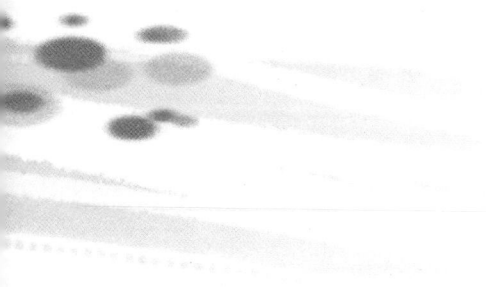

鲁院启思录

李蔚超 著

作家出版社

李蔚超

    鲁迅文学院助理研究员，北京大学中文系文学博士。做文学教育与当代文学史研究，及文学现象研究、作家作品评论等，文章见于各类学术期刊、文学报刊。有评论集《批评的左岸》。

目录

代序：鲁院记忆的五光十色

邱华栋

2018年，我们在鲁院八里庄校区建起了一间"百草书屋"，是将过去的一间餐厅改成了自助式的读书室。在"百草书屋"里沿着墙排列得整整齐齐的书柜上方的墙上，还有一些空地儿，就挂了一些美术作品。这些绘画、书法、摄影和手稿作品，大都是鲁迅文学院学员的作品，但其中有一幅，是鲁院青年教师李蔚超画的油画。画面上，一个年轻的母亲带着自己的女儿，站在有栏杆的海边步道上，她关注着孩子，孩子在举手投足地活跃着，似乎想挣脱母亲的手跑开。而远处的大海上，旭日东升，波光潋滟，霞光闪烁，一种温暖和宽阔、宁静和沸腾的气息在洋溢。这幅画，有着印象派的风格，莫奈和凡·高的画风。很多人看到这幅画之后，听说是李蔚超画的她和孩子的自画像，都说，李蔚超老师真有才啊！你们鲁院的好多老师，都有多方面的才华！

我也有这个同感。2015年我从《人民文学》杂志调到鲁迅文学院工作，一晃四年过去了。2004年我曾在鲁院的第三期中青年作家高研班上学习过。没有想到，作为曾经的学员，我后来变成了这所中国文学的"黄埔军校"的副院长。我来的这四年多的时间里，鲁院马不停蹄地举办了多种类型的作家培训班超过了六十个，培训的作家超过了三千五百名，还开创性地举办了国际作家写作计划、与北师大联办作家研究生班等，使得鲁院的作家培训形式更丰富有效。而之所以鲁院人能有这么强的干劲儿，和鲁院的老师们的才华、专业精神和敬业精神，都有很大关系。

在鲁院工作，我常常感叹，女士多男士少，一大半的同事都是孩子母亲，平日里她们既要把日常工作做好，还要回家带好孩子，爱护好家庭，做到工作、家庭两不误，这是十分不容易的。在这样的情况下，我也常常鼓励和提醒大家，尤其是教研部和培训部的老师们，在繁重的工作之外和繁忙的家务事之余，别忘记我们是鲁迅文学院——中国最高文学殿堂的老师，我们自身也都是文学人，有着文学梦，应该在文学研究和创作上不断精进。搞研究的，应该出成果，写东西的，应该有作品。我也常常拿自己举例子，说我是多么多么的忙，可我用"碎片连缀法"的方式，把零碎时间连缀起来、把创作计划化整为零，每年都能完成一些创作计划，不断出书，始终不忘自己在作家协会工作，是个作家。因此，这几年，鲁院的同事们也都抓紧时间，忙里偷闲，在文学研究和文学创作上取得了很好的成果，不断发表作品、出版新著。这让我很高兴，而能在文学研究、批评和创作上出成果的同事中，李蔚超是很突出的一个。

李蔚超在 2010 年由北京大学硕士毕业后就来到了鲁院工作，她是大连人，形象亮丽，性格开朗，在鲁院的教学工作上很努力，当过多个高研班的班主任，每个班结束之后，她就和很多作家成为了好朋友。鲁院是一个亦师亦友亦兄弟姐妹的地方，和一般的大学是不一样的，大家在一起学习培训，年龄相仿，更多的都是同道关系。李蔚超把工作和生活的关系都处理得很好，结婚之后家和万事兴，有了孩子，孩子也带得好，逐渐长大。业余继续从事文学研究和批评，作为一个当代青年评论家，她已经获得了很大的瞩目，与文坛上的"80 后"批评家们形成了很好的阵容。她对当代文学现场的观察和当代作家的研究，也很有见地，并能结合鲁院的教学研究来进行。前两年，她还考上了北大中文系主任陈晓明教授的博士生，眼下正在为博士论文而鏖战。能够不断进取，且能够在进取中，获得一种难得的平衡掌握自己的能力和能量，李蔚超很突出。

平时聊天，我知道她志在做文学研究，搞文学批评，那么，这本《鲁院启思录》，就是她在文学研究、特别是鲁院研究方面的最新成果。以鲁迅文学院作为研究对象，她应该说有相当独特的条件。就像她在这本书的后记里说的那样，这本书的完成，和我的鼓励是分不开的。这点功劳，我也就当仁不让了。当初，我是看到了她在《江南》杂志上发表的对鲁院结业作家的问卷调查之后，非常感兴趣，就对她说，为什么不能继续扩大内容成一本书呢？为什么不能多设计几个问卷，从各个方面调查鲁院结业作家的状况呢？等到她有了更多的想法，比如撰写鲁院创立时期研究的论文，我也是十分赞许。可是我知道，一个人有很好的想法和完成这个很好的想法之间，往往有着一段距离和难度，必须要加以催逼。不然，很可能就只是一个想法罢了。我当了二十多年的编辑，当编辑，一要有抓稿子的狠劲儿，必须紧盯作者，三不五时地询问稿件进展，不能丢掉作者；二要有催稿子的黏糊劲儿，告诉对方这稿子必须给我，你给别人不行，我会翻脸。所以，我就对蔚超说，你赶紧写哈，夏天交给我，咱们有个鲁院后续教育项目，能够资助出书的。可到了夏天，她没有完成。我也知道，她现在面对着工作、家庭、孩子和攻读博士，几个方面都要协调，不催促这本书是出不来的。就这么又过了几个月，我是连催促带威胁、连鼓励带激将，使她终于排除万难，完成了这本书稿。

在台灯下翻阅书稿，我很惊喜。到 2020 年，就是鲁迅文学院建院七十周年了。七十年的时间里，除掉 1958 年到 1978 年之间那二十年时间里鲁院停摆了，其他的五十年里，鲁迅文学院都在培训着一拨拨的中国作家。这些作家在不同的阶段，都受到了鲁迅文学院的滋养，都对中国文学做出了贡献。因此，将鲁迅文学院的历史作为文学研究的对象，本身就是非常有意思、有价值的题目，也是一个不小的挑战。而对当代文学的生产机制的研究，是一件复杂的事情，每个研究者应该选取自己的角度。那么，李蔚超的这本论文和问卷著作，就是选取了鲁院历史中的几个时间点来切片，进行一种对鲁院的节点性观察和散点性访谈分析的。如开篇第一章，就是一篇关于鲁院是如何成立起来的过程的研究论文。在这篇论文里，我们看到了鲁院成立时的前前后后的情况，李蔚超花了很多功夫，通过对档案材料的详细解读，让我们看到了新中国成立那一时刻，那些有着理想主义热情的文学大家、前辈们为鲁院的前身——中国文学研究所、讲习所所付出的巨大努力。第二篇是对作家邓刚的访谈，则一下子就跳到了上世纪80年代，是对80年代鲁院的培训和如何由文学讲习所改成了"鲁迅文学院"这一过程的最好回顾。而第三、四、五篇，文体上变成了多点访谈，是李蔚超对新世纪作家，尤其是21世纪的当下在创作上最为活跃的中青年作家的访谈问卷，既是对鲁院作家培训效果的跟踪调查，也是作家们自我呈现的百花齐放，内容极其丰富。看着这些作家们独具个性的表达，实在是接地气、最现场、极生动。因此，这本书就这么组合起来，前后几篇，论文、访谈、问卷，提纲挈领地将鲁院的历史以断面的深究、散点的折射的方式，呈现了出来，使我们看到了鲜活的鲁院记忆。这些作家们的五光十色的问答和回忆，最终构成了李蔚超本人调色盘里的颜料，就像她受到了印象派画家的影响画的油画那样，这本打捞作家记忆里的鲁院的五光十色的问答，这本集合了研究论文、访谈、调查问卷、作家档案的《鲁院启思录》，就成了一本关于鲁院历史研究的相册式的独特著作。

　　李蔚超完成了这本书，我十分高兴，在阅读书稿的时候，我自己也获益良多。希望读到这本书的朋友们，能够看到当代中国作家的成长和鲁院之间如此深切的关系，自然，鲁院也将因为还会有更多的作家加入，而不断创造着崭新的历史。

2019 年 1 月 25 日

社会主义文学教育的试验与试错

——记草创阶段的中央文学研究所

鲁迅文学院从哪里来？

口述史、文学史以及鲁迅文学院相关文件都会提到，作为鲁院的前身中央文学研究所，是效仿前苏联高尔基文学研究院而建，并明确丁玲作为倡导者、创立者的身份。因未有史料面世，中央文学研究所的研究大多筑基在所涉人物的口述史或回忆文章上。丁玲和所内老教师、老作家、老学员的回忆层层叠叠压在过往历史的残骸之上，人们在不同境遇下的追忆叙述随时事变迁而闪烁游弋，"攻讦"他人或"抗辩"自我时势必浓墨重彩、侧重取舍，反过来做"翻案文章"，难免偶有言辞闪烁，尘埃落定后，以纪念为名的回忆亦不自觉地温情修饰，往事如烟。

中央文学研究所的兴衰，学界的关注集中在丁玲的个人遭际及其与文学体制之间的关系，特别是文学体制初创时期，丁玲是共产党内最耀眼的作家"明星"，她是延安"内""外"文艺相遇后的一种命运，这种命运自延安延续至北京，再颠沛流离至北大荒，又罹患牢狱之灾，新时期后方才再度"归来"，几十年中，这种命运包含着新中国对"五四"文艺传统和国统区文艺的改造或批判、继承及容纳的程度，显影着新中国党和政府、最高领导人对于文艺界领导者的取舍倾向——谁才能代表、领导、建设社会主义新文艺？最重要的是，在 1950 至 1970 年中，胡风、丁玲、陈企霞、周扬和所谓"周扬派"先后陨落于文艺界的政治运动中，他们都是左翼知识分子，都是党内重要的文艺干部，每个人的遭厄都代表着新的革命进程对他们提倡、代表的文艺方向的否定，这一过程似乎全部表现为一次又一次"试错"而后求索"答案"的过程。人事因素确与1950年代中央文学研究所的命运息息相关，可以说，丁玲的个性及文艺观，她在建国初期对新政权所设想和需要的文学体制的理解和设计，她对苏联文艺和文学体制的崇尚，以及她的工作方法，显影在丁玲筹备、建立、管理中央文学研究所的四年时间里。丁玲与中央文学研究所的命运互为表里。

1936年从国统区来到保安的丁玲，以极大热情拥抱革命、改造自我。但在1950年代丁玲被"打倒"的过程中，虽其志不改，犹自招罪愆。1955年，中国作协党组为丁玲开列的罪失中，"拒绝党的领导和监督，违抗党的方针、政策和指示"一条的主要依据，就是批判丁玲、陈企霞把《文艺报》、中央文学研究所"看作他们个人的资本和地盘"[①]。"制造个人崇拜，散布资产阶级个人主义思想"一条，说的是丁玲在《文艺报》和中央文学研究所"狂妄吹嘘自己，制造个人崇拜"[②]。文研所的学员也屡遭训问，是否"只知丁玲，不知有党"。丁玲的自我辩正和新时期以后的丁玲研究，则不断为丁玲辩解，证明她在文研所工作时期的清白与无辜，她从未提倡骄傲、一本书主义，更无向党闹独立的意思，她是一位对党忠诚的党员作家。中央文学研究所里到底发生了什么？

在中央文学研究所后身鲁迅文学院的院史档案（下简称院存档案）中，保留了自1950年代创办起的部分教学与教务资料。在鲁迅文学院建院六十周年活动期间，曾展出部分历史文献，也被研究者视为重要的史料依据，然而，大多数自1950年筹备建院起便留存下来的历史材料，仍静默无言地躺在壁橱中。笔者试图将六十多

---

① 李向东、王增如，《丁玲传》（下），中国大百科全书出版社，2015年5月，第497页。

② 同上，第498页。

年前的公文、教务资料、课堂记录、作家笔记，与现有的文学史及文学体制研究、作家口述史、人物传记互相印证，努力拼贴出历史的"原貌"。作为今天鲁迅文学院的一员，钩沉史海的过程中，笔者不免携带了现时的切身之感和以史鉴今的问题意识。按照文学史的叙事成规，中国当代文学中，存在一条"断裂"的鸿沟，而中央文学研究所、中国作协文学讲习所与鲁迅文学院，恰好居于鸿沟两岸，今天的鲁迅文学院，哪些是沿袭历史传统的？在我看来，文学体制的建立是组织行为，它势必有着超越个人因素的复杂过程及内涵，体制建立后，又有其稳固的内生性和延续性。丁玲被"打倒"，文学讲习所停办，是否意味着在文学院内"肃清"了丁玲文学教育理念的影响？1953 年，中央文学研究所换牌为中国作家协会文学讲习所，由雏形阶段的文学院缩小为短期文学培训班，文讲所的教学人员依然是在总结文研所前两期研究班的教学经验、按照高尔基文研院的教学计划制定教学方案，其模式仍然保留了部分高尔基文学研究院的模式，这种影响草蛇灰线延伸至新时期以后恢复工作的文学讲习所甚至鲁迅文学院，当然，现实的"果"可能远大于历史中的"因"，修复与复建的"文物""古建"可能与原件貌合神离、南辕北辙。这些问题都值得我们探究。

一、自历史深处的回音：何以创办文学院？

为何要创办一所培养作家的文学院？

事关中央文学研究所，各类研究与回忆大多率先回应这个问题。关于创办原因的说法大致是两个方向，建国初期新的文学体制的建立，向社会主义阵营的"老大哥"苏联看齐，以解决培养文学新人的切实需求。关于这一问题，徐光耀的回忆文章成为重要的引证来源。《昨夜西风凋碧树》一文中提到，1956 年 12 月 12 日，徐光耀收到中国作协党组寄来的调查信，向他调查"文研所是丁玲创办的"类似说法是否在学员中流传，徐光耀向组织"交代"了他听来的文研所创立缘由："有过这样一个事实，1960年[①]9月30日我出游天津，来北京遇到陈淼同志，他告诉我文研所创办缘由，大意说：解放不久，毛主席找了丁玲去谈话，问她是否愿意做官呢？还是愿意继续当一个作家？丁回答说'愿意为培养新的文艺青年尽些力量'。毛主席听了连说'很好，很好'，很鼓励了她一番，所以丁玲对这次文研所的创办是有很大的决心和热情的。二、文研所的创办，与苏联友人的重视也有关系，苏联的一位青年作家（可能即龚察尔，记不大清了），一到北京便找文学学校，听说没有表示很失望；三、少奇同志去苏联，斯大林曾问过他，中国有没有培养诗人的学校，以上两项也对文研所的创办起了促进作用。"[②]这番"交代"重在强调文研所创办的外界因素，特别是丁玲受命于高层领导人的背景。徐光耀敏锐的政治直觉，加上他并不认可文研所是丁玲"独立王国"的立场，他的话包含了为丁玲撇清以个人意志独立行动的意思。毛宪文又有所补充："据一期一班学员胡昭回忆说，丁玲在一次谈话中说，建国后有一次她跟少奇同志谈话，少奇同志说我们应该有一所培养自己作家的学校。她深表赞佩。少奇同志说，那你就张罗起来吧。"[③]此外，马烽《京华七载》的回忆也常常被引用："文协为什么不可以办个文学院呢？我把我的想法和田间、康濯同志谈了，他们也有同感。后来我们又向主持文协工作的丁玲同志讲了。她说她正在考虑这个问题，她经常收到一些读者的来信，大都是战争时期根据地土生土长的青年作者都要求能有一个学习提高的机会。从长远来看，这确是个值得重视的问题。她已经在主席团会议上提出来了，大家都认为很有必要。但仅靠文协的力量是不

---

① 1960年应为1950年。——作者注

② 徐光耀，《昨夜西风凋碧树》，《长城》2000年第1期。

③ 毛宪文、贺朗，《丁玲——伟大的文学教育家》，《武陵学刊》2010年1月。

可能办到的。她打算向中宣部领导正式汇报，争取能够早日实现。"种种说法汇至一个方向：向社会主义阵营的"老大哥"苏联看齐，以及解决新中国培养文学新人的切实需求，出于这两种原因，党和国家的领导人希望丁玲来办。

翻看各类 1950 年代中期的文章以及后来的研究时，笔者不断产生一种困惑，何以有"何以创办文研所"之问？为何一再拉大旗扯虎皮呢？各种修辞与言说中，都在弱化丁玲对文研所的首创之功和辛劳付出。须知不唯中央文学研究所，新中国的文学体制本就师范苏联。新中国成立时，中国作家对苏联那所作家学校大多十分熟悉而心向往之。根据邢小群的研究：1949 年筹备"第一届文代会"期间，《文艺报》主办了几次题为"新文协的任务、组织、纲领及其它"的座谈会，都是由茅盾主持。在第一次座谈会上，茅盾就谈道："苏联作家协会有文艺研究院，凡青年作家有较好成绩，研究院如认为应该帮助他深造，可征求他的同意，请到研究院去学习，在理论和创作方法方面得到深造。培养青年作家是非常重要的事。学生们经常提出问题来，有时个人解答觉得很难中肯，文协应该对青年尽量帮助和提高。"郑振铎也在这次会上说："发现一个青年作家有写作的天才，就介绍到文艺研究院去，训练他怎样写作。使他在各方面有所深造，如西蒙诺夫，就是那里毕业的。"①

1949 年新中国成立的第十天，苏联作家协会总书记法捷耶夫为团长，西蒙诺夫、格拉西莫夫等为团员的苏联文化艺术科学工作者代表团，来华参加中苏友好协会成立大会，并与全国文协的作家代表进行座谈会，这无疑是中国共产党领导下的文艺界第一次经历规格如此隆重的外事活动。文艺界的主要领导人和作家悉数列席欢迎，纷纷讲话、撰文，1949 年第 1 卷第 2 期的《文艺报》便刊登了

---

① 邢小群，《丁玲与中央文学研究所的兴衰》，济南：山东画报出版社，2003 年 1 月，第 3 页。

会谈的相关文章，其中，萧三《略谈苏联苏维埃作家联盟近况》一文中，条分缕析地介绍了苏联文学体制的各方面情形，包括苏联作协领导人和组织架构、官办报纸杂志、出版机关、保护作者权利局、文学基金会、作家俱乐部、稿费制度甚至作家"创作假"都逐一加以介绍，其中自不会少了对苏联高尔基文学研究院的介绍："文学研究院——这是作家联盟办的，招收各地被发现的青年作家入院学习。从这个文学研究院出来的有不少现在很著名的作家、诗人——西蒙诺夫、阿利格兰（女诗人）、格里巴车夫（诗人，现为作家联盟党委书记）、阿热也夫……都是"①。其时，法捷耶夫既是苏联作协的书记，同时兼任高尔基文学研究院的院长，在他与中国会谈中，谈及高尔基文学研究院的可能性是很大的。在中苏关系友好的年代里，仿苏的中国作家，大多对高尔基文学研究院进行了访问，《文艺报》1950年12月出版的第3卷第4期，便登有一篇刘白羽访问高尔基文研院的文章②。站在今天的角度回望1949年的中国文艺界，既然可以仿效苏联官办报刊出版、发展作家"会员"资格，那么，开办一所为新中国培养文学新人的学校，也是顺理成章的事情。

筹备建立新中国的文学院，为什么选择丁玲来牵头？首先当然取决于建国初期丁玲在文学界举足轻重的地位。彼时，丁玲集诸多要职于一身，"可以称得上文学界最红的人，是极少有人可以相比

---

① 萧三，《略谈苏联苏维埃作家联盟近况》，《文艺报》1949年，第1卷，第2期。

② 刘白羽："文学院是1933年，由高尔基倡议创办，属于作家协会所领导。创办的动机，并不是由于单纯培养作家的观点，而是高尔基鉴于工人群众当中有很多人欢喜文学，高尔基看到在劳动人民中含有丰富的创作天才与智慧，所以这个学校当时是一所工人文化夜校，是个补习性质的学校。但后来，由于苏维埃社会的成长和成熟，人民文化水平的提高，对文学艺术的要求逐渐普遍……而逐渐变成为一所正规学校。……学院学习课程，除了必须学习马列主义、政治经济学课程之外，学习中的重点最主要的部分是文学史、古代文学、民间文学、苏联文学、文学理论、诗、小说、儿童文学以及各民族文学史，各民主国家文学史。"《文艺报》1950年第3卷第4期。

的高级别领导人"[1]，"延安时期，论创作的艺术质地，论作为作家在文艺界的影响和分量，她恐怕都是实际上的第一人，而且不仅仅是作为'女'作家。到1949年后，共和国文学最初的五六年，她的声望倘不用'如日中天'，则不足形容。当时全中国的作家，老一代的'郭、茅、曹、老、巴'等，声望当然很高，但因时代改变的缘故，其实是走下坡路了的，而在经历、背景、资格相近的人中间，无一人声望可跟丁玲比。"[2] 筹备并管理一所培养新中国文学新人的学校，丁玲具备足够的能力、威望与政治资本。

其次，在我看来，这件事归丁玲来办，当然与丁玲的主观愿望有关。1949年到1951年，社会主义阵营中的国际声望日隆的丁玲对于苏联的文艺界组织情况是很熟悉的。丁玲曾五次访问苏联，建国前两次，建国后三次，"是访问苏联最早、访问次数最多的中解放区作家"[3]。1948年，丁玲到巴黎参加世界妇女大会，归国途中在莫斯科见到了苏联作协总书记、高尔基文学研究院院长法捷耶夫，会见时的丁玲是双重身份，既受中央委托代表中国文艺界，又是以一位中国作家身份与法捷耶夫对谈。她介绍了中方文艺组织工作的情况，又从法捷耶夫处"取经"，了解苏联文艺界的组织形式，为方兴未艾的新中国文艺体制搜集信息[4]——大概在这次会谈或访苏过程中，丁玲便已经形成了建立一所中国作家文学院的想法。值

---

[1] 李向东、王增如："党中央委以重任，两三年间，丁玲可谓'官运亨通'，头衔一增再增，而且全都分量十足：1949年9月，她当选为全国政协委员，出任全国文联机关刊物《文艺报》主编。1950年春，任全国文协常任副主席，主持文协日常工作；7月被中央任命为中国文协党组组长，相当于后来的党组书记。1951年1月任中央文学研究所所长；春天任中宣部文艺处处长；11月参加全国整风运动。"《丁陈反革命集团冤案始末》，湖北人民出版社2006年版，第4页。

[2] 李洁非，《典型文坛》，湖北长江出版集团，2008年8月，第1页。

[3] 李向东、王增如，《丁玲传》（下），中国大百科全书出版社，2015年5月，第458页。

[4] 胡风在1948年日记中记载了丁玲跟他提到的法捷耶夫谈话，见《胡风全集·日记》，湖北人民出版社，1999年1月，第3页。

得注意的是，1949 年 10 月，刚刚送走法捷耶夫一行，建国后第一个代表团访苏，丁玲作为团长率中国代表团参加十月革命三十二周年庆典，此行，她还专程参观了高尔基文学研究院①。为什么要去参观高尔基文研院？极有可能就是为了筹备中国的作家学校做准备。1949 年的整个 10 月份，先后发表《西蒙诺夫给我的印象》《苏联人》，与苏联人和国度亲身接触、密切交流的丁玲，不断酝酿中国的"高尔基文学研究院"的建设计划——也就是徐光耀所说的"决心和热情"。院存档案中，最早一份筹备公文《创办文学院建议书》（以下简称《建议书》）的时间是 1949 年 10 月 24 日，恰好居于法捷耶夫离开中国与丁玲赴苏之间，可以推断丁玲参观高尔基文学研究院，应该就是为筹建文学院做准备。

关于文研所来历的文章里，论者经常引用马烽回忆录《京华七载》中的记载："文协为什么不可以办个文学院呢？我把我的想法和田间、康濯同志谈了，他们也有同感。后来我们又向主持文协工作的丁玲同志讲了。她说她正在考虑这个问题，她经常收到一些读者的来信，大都是战争时期根据地土生土长的青年作者都要求能有一个学习提高的机会。从长远来看，这确是个值得重视的问题。她已经在主席团会议上提出来了，大家都认为很有必要。但仅靠文协的力量是不可能办到的。她打算向中宣部领导正式汇报，争取能够早日实现。"② 马烽回忆的是 1950 年的事情，此时，《文艺报》已于 1949 年年底刊登了周扬在全国文联第四届扩大常委会议上的报告的要点，周扬讲到，翌年全国文联将要完成的工作任务中，就包括"筹办文学研究所，征调一定数量的有实际工作经验和相当写作能力的文艺青年，加以训练，提高其写作水平"。丁玲同马烽说的

---

① 李向东、王增如编，《丁玲年谱长编 1904—1986》（上卷），天津人民出版社，2006 年 1 月第 1 版，第 260 页。

② 马烽，《京华七载》，《马烽文集·散文杂感》，第 7 卷，大众文艺出版社，2000 年 2 月，第 164 页。

"经常收到一些读者的来信,大都是战争时期根据地土生土长的青年作者都要求能有一个学习提高的机会",指的便是《文艺报》刊载即将办文学院之后的社会反馈。丁玲建立文学院的意愿,时间上一定早于马烽提供的这次"交流"发生的 1950 年。

1956 年,当面对文研所是自己"独立王国"的指责时,丁玲承认自己曾向组织提出了建议:"文研所虽由我建议,但是经过党组多次讨论,领导上决定建立的。我听到许多同志的反映,觉得过去在战争时期读书太少,我也觉得他们需要读书,就像我这样的人也需要读书,所以才向党建议的。那时文学创作部部长是赵树理,赵树理正筹备曲艺研究会,工作重点不放在创作,副部长是田间,部内有康濯、马烽、胡丹佛、陈淼四人专门从事创作,拟议中的文研所初期计划只是创作部的扩大,党员就是这些人,又搞创作,又学习,不是一般的学习班,经过党组几次讨论,才成为研究所的,在我的思想,一直是不愿意这样扩大的,因为我那时觉得文联的力量是不够的。"[①] 从延安走出来的丁玲深知宗派主义、向党闹独立等罪名的严重性,在那事关个人命运的关键时刻,谨慎地回避自己的努力和影响力几乎是必然的选择。

至此,笔者终于明白,事实上,"何以创立文研所"、为什么是丁玲之问,连同关于两个问题的种种回忆、言说和讨论,正是自 1950 年代"丁陈反党集团"历史深处传来的回响。1955 至 1957 长达两年的时间里,作协党组对丁玲展开调查和批判的导火线,便是文研所康濯的一封检举信,追诘与讯问延宕在后来的文学史叙述之中,后人一次次站在丁玲的立场,去寻找丁玲不敢擅专的答案,以证丁玲之清白和那段历史逻辑的错谬。"自保"的思路在丁玲是别无选择的立场,可是,当文学史研究仍然采用这样的思路,则难免错过丁玲的文艺观、文学教育思想中的许多丰富内涵,更会与作为

---

① 丁玲,《重大问题的辩正》,见周良沛《丁玲传》,北京十月文艺出版社,1993 年版,第 46 页。

文学体制的中央文学研究所的历史可能性失之交臂。笔者将尽可能避免这种思路的影响，从丁玲以极大的"决心和热情"投入建立一所中国作家学院的角度展开讨论。

另外，笔者注意到，尽管在"何以创办文研所"的动机讨论中论者将中央高层领导人与文研所的创办建立联系，但是他们大多只能以口述和间接材料为证，于是，这便有了50年代丁玲在遭批判时是否曾向毛泽东等领导人直接申诉的问题。以情理推断，无论丁玲牵头创办中央文学研究所是否受命于中央领导人，以她在延安的资历，和她与毛泽东、周恩来等人的友谊，建国后丁玲的工作情况和中央文学研究所的进展，甚至个人感受、想法，理应可以找机会向领导人直接沟通的。院存档案中，笔者发现了一封丁玲的亲笔信，这封信比较随意地写在一份油印刻字材料《中央文学研究所给中宣部和文协党组的报告》的前几页，信的抬头是"副主席"，内容如下：

副主席：

　　我把文学研究所向文化部及文联的一个报告寄给你看看。很多次我都想找你谈一次，向你汇报工作，并且告诉你工作人员和研究员对你帮助我们的感谢。都因为知道你忙，怕你没有时间，没有去找你。开学的时候本来也想请你来讲话，也因为没有礼堂，只有一个能挤六七十人的小课堂。所以，只请了郭老、茅盾、周扬同志，但我心底一直是记挂着。我总觉得，我应该，而且我情感上也有这种要求，要告诉你才好，但为时间关系，把这一份报告寄给你，不另作报告了。不过我还想补充几句，我觉得，这个工作是十分重要的，尤其是在工作中更感到我们的年轻的是有才能的作者，的确是非常可爱的，他们都经过一般干部的培养，都没有得到特殊的文艺方面的辅导。他们聪明，努力，却基础太差，如果不去注意他们，他们也许还可继续下去，也有人能有更大的发展，但一般的都不易提高，现在我们这个研究所虽然还有很多缺点，但却做了一点急需要做的事，我个人是感到担子沉重的，却也感到这是很有意义的。虽然他会妨害我的一些创作。

副主席是谁？从丁玲的语气中看得出，她十分尊敬他，他的地位又高于郭沫若、茅盾，并在文研所工作中为丁玲提供了帮助，随后丁玲介绍了几位文研所第三期的优秀作家，如陈登科、赵坚等，也反映了所务繁杂、人手不足的问题。从信的内容看，此时丁玲对文研所的工作依然怀有热情和成就感，对她的学员们也很有感情。"不过在现有阶段我们总的勉励工作下去，到实在需要帮助，而文化部、文联都不能解决的时候，我是会找你的。我对你有十分的信心。不过我一定不经常麻烦你，我爱惜你的时间和精力。许久没有见到你了，深深致以我对你，和小超大姐的眷念和尊敬！"直到信的最后一句话，我才明白，这封信的收信人是周恩来。信的落款的时间为"4月29日"，根据院存档案记录，这封信写于1953年。仅从这封信的内容来判断，丁玲是可以向周恩来汇报自己的思想状况和工作情况的，也就意味着，建国后丁玲在文艺界的工作情况，哪怕小到文研所学员的创作情况、秘书长的工作量，中央领导人是直接掌握来自丁玲方面的信息和说法的。这也佐证了时任中宣部机关党委书记李之琏所说的："在审查丁玲的历史问题上，周恩来总理曾有过指示，他说：'由于周扬和丁玲之间的成见很深，在审查时要避免周扬和丁玲的直接接触，以免形成对立，不利于弄清是非。'"[1] 中央领导人显然是掌握丁玲的想法的。

---

[1] 洪子诚，《材料与注释》，北京大学出版社，2016年10月，第27页。

二、"现实化"的理想：想办一所什么样的学院？

笔者在 1950 年中央文学研究所第一期作家班的档案中找到了 1949 年到 1950 年之间四份与创办文学院相关的公文①，可以印证丁玲所说的向党建议的过程和建议的内容。四份文件按时间顺序，最早的一份是 1949 年 10 月 24 日的《创办文学院建议书》，内容包括创办文学院之意义、如何创办和几条具体意见，落款处为油印刻字的"全国文协创作部"。对创办一所文学院的意义，这份最早的《建议书》阐释得较多，随后的几份文件关于建院意义的阐释，大多以此为本：

（一）创办文学院之意义：

按文学艺术各部门来说，文学是一种基础艺术。目前我们有戏剧音乐美术各学院，恰恰缺少文学院，所以有创办文学院之必要。自五四新文艺运动以来，除延安的鲁艺文学系及联大文学系用马列主义观点培养文学干部而外，（经验证明他们是有成绩的），一般的文学工作者大多数是单枪匹马，自己摸路走。这是过去他们不得已的事情，这是旧社会长期遗留下的个人学习方法。至于过去各大学的文学系，由于教育观点方法的限制及错误，从来很少培养出多少真正文学人才，我们接收以来，教育观点方法虽然要改，但也不一定能适合培养各种不同条件的文学人才，不一定适合培养作家，所以也有创办文学院之必要。此外，在我党领导下，近十几年来，各地已涌现出许多青年文学工作者，有的实际生活经验较丰富，尚未写出多少好

---

① 在鲁迅文学院建院五十、六十周年庆祝活动上，这四份文件的扫描件已经展出，成为重要的引证材料。

作品，有的虽已写出一些作品，但作品的思想性艺术性还是比较低的，他们需要加强修养，需要进行政治上文艺上比较有系统的学习。或学习同时，领导上可以有计划地组织他们从事集体写作，把各种斗争史有计划的反映出来，常说"十年树木，百年树人"，只有党和政府有计划的领导，文学人材才能更多的更好的出现，文学上也才能有更多好的作品，所以也有创办文学院之必要。

关于意义的阐释，《建议书》首先突出求"新"的意旨，倡议建立一所不同于高等院校的、"旧社会"的、培养作家和各类文学人才的文学院，这与新中国文学体制的内在诉求具有一致性，即打倒一切旧的文艺成规，培养和塑造社会主义文学新人和新文艺，是符合党的文艺工作方向的。其次，强调"加强修养"以期提高作品的"思想性艺术性"，则颇为接近作家的思维方式；最后，"有计划地组织他们从事集体写作"一条，让笔者联想到另外一则材料，据文研所内人的回忆，丁玲曾提到毛泽东在建国后与她的一次谈话的内容，毛泽东问她在做什么，丁玲答了办作家学校的事情，毛泽东评价道，办个互助组嘛。1953年丁玲给周恩来汇报文研所教学方针时也提到了"互助"："我们在做法上就确定了以'自学为主，教学为辅'的方针。类乎组织了一个生活合作社，来发挥集体互助的力量与大家的积极性。"[①] 合作社、互助组，都是社会主义经济组织方式，与其说丁玲与毛泽东的对话启发了丁玲的办学方针，毋宁说这是丁玲对毛泽东思想和社会主义文艺生产方式的理解，而"互助组"办学也受到了相关的批评。

起草政府公文，诸如讲意义、"举旗帜"的段落里，必须与党的政策方向保持一致。重头戏在建议的具体细则。"如何创办"一

---

① 引自院存档案《我把文学研究所的工作向你作一汇报》（题目为整理者添加）。

项内容包括："定名问题，或定名'国立文学研究院'[①]，或定名'国立鲁迅文学院'"，尽管只是建议，这份方案里已经设计了清晰的教学方法，倡议者的文学教育理念表达得也比较明确：

> 采取理论（学习研究）与实践（创作和下乡等）相结合的方法。基本上是培养作家，但如有一些年轻的文学工作者，亦可培养为理论及[②] 编辑人才。文学院可分为研究班、初级班，研究生班以自学为主，自己读书、自己创作，自己互相研究问题，大家当先生，大家当学生，这当然也要在领导之下进行，实际上也是集体主义的方法，辅助以定期请专家做报告。初级班以上课为主，学习马列主义及文学上的一般知识，（如哲学、政治经济学、各种政策、文学概论、近代文学史、创作方法理[③] 论、名著研究、作家研究等[④]。）

计划中，文学院的学习既包含"普及"也侧重"提高"。初级班尚好理解，工农兵出身的青年人才，展露出文学才能，集中起来学习政策、知识和创作技能，但是"大家当先生，大家当学生"的研究生班则有些微妙，在文研所又当学员又参与教学工作的王景山回忆："后来许多研究者关心丁玲要把中央文学研究所办成什么样子，我以为是在发展中有变化的。看来她好像不仅要把中央文学研究所办成培养作家的基地，还准备有计划地组织一些作家和评论人员，从事创作和理论批评研究工作，形成教学、创作、研究三者互补互促的局面。"[⑤] 也就是说，研究生班的作家面对上课、创作和理

[①] 档案原文在"文学"和"院"之间插入了手写"研究？"的字样，特此标注。
[②] "理论及"三个字为手写插入修改，特此标注。
[③] "理"字为手写插入修改，特此标注。
[④] "作家研究等"五字为插入修改，特此标注。
[⑤] 王景山，《我所知道的中央文学研究所和所长丁玲》，《新文学史料》，2002 年第 4 期。

论研究三种安排。笔者看来，丁玲及文研所的筹建者心目中的工作重点，恰恰放在了作家、理论家和编辑组成的"研究生班"上面。以丁玲任所主任时文研所一期一班与一期二班来考察，两个班在所内都是"研究学员""研究员"，应属于"研究生班"序列，一期一班是开创后的第一个班，据院存档案《中央文学研究所第一期工作总结》记载：

> 第一期学员的水平，就可分这样五类：1. 斗争历史较长，有丰富的生活经验，写作水平较高，写过不少东西，其中也有较好的，在全国起过很大影响的；2. 有一定的斗争经验，写过一些东西，其中也有些不错的，但老突不开那个水平；3. 斗争经历较短，写过几篇东西，但水平都较低；4. 工农出身的学员，写过一些小东西，但文化水平低，斗争经历短；5. 知识分子出身的学员，没有什么斗争经验，懂得一点理论，写的东西也很少。其中第二种类型的人最多，第五类型的人仅是个别的。这样五种类型的学员在一起学习，自然他们的要求是不会一致的，收获的大小也不会一致。一方面给领导学习上增加许多困难，另外学员也不会都学习很好，因为照顾了这一水平，就不可能同时去照顾那一水平，这一门课有的人听了很好，有的人听（了）还根本听不懂。这种情况，今（后）一定要设法避免，在招生时一定经过慎重的选择，一定要根据一个标准才行。

从这份总结的措辞来看，所内的教学人员谨慎地表达了研究员应该本着"就高不就低"的招生标准，这就不是给工农出身的学员提供读书学习的机会这样的办学目的了，而在对一期研究生班进行总结时，石丁起草的材料里就谈到了"关于培养对象的问题"：

"工、农作家必须培养，但作为培养对象的必须且有较丰富的生活知识与文化水平，才有培养为作家的可能，即便有些工、农同志，生活知识较多而文化水平不足，还应当首先去学习文化，然后才有条件从事创作活动"①。另外，一期二班共二十二人，其中有十九人是大学中文系毕业生②，其中包括不少来自北京大学、清华大学等高等教育人才。可见，文研所成立后的两个班次都是研究生班，或者是研究生班和初级班的折中状态，至于《建议书》中区分的研究生班、初级班可能根本没有操办起来。通过这些草创阶段文研所的工作总结便可以看出，《建议书》最早的设想在操作中是有难度和内在矛盾的，政治上符合标准的革命工作者，原本就基础薄弱，在两三年的时间里，达成"研究员"的水准甚至成为师资力量，大概难以实现。

《创办文学院建议书》没有署名，也没有提及具体人名。落款既为"文协创作部"，意味着是以下级单位向上级组织建议的方式操作的。从丁玲向组织"辩正"的内容看，丁玲除了口头上可能和中央领导人或文化部、中宣部相关领导建议之外，这份《建议书》应该就是丁玲所说的"曾向党的建议"的正式文件。另外三份院存档案，丁玲的名字已经作为"院长""筹备委员会主任""所长"的人选出现在文件中了——院存档案里两份 1950 年的建院筹备文件，都提到了拟任命丁玲作为文学研究院筹备委员会主任一职。

研读《建议书》不难发现，丁玲虽说是向党提建议，恰如上文所分析的，对于这所文学院的教学、组织方式，丁玲已经形成了相当成熟的想法，最终 1950 年文协创作部向全国文联党组提交的筹建文学院的正式文件正是以 1949 年《建议书》为母本而起草的。

丁玲的建议一定得到了全国文联的组织程序上的批准。1949 年的《文艺报》刊登了周扬在全国文联第四届扩大常委会议上的报告

---

① 引自院存档案《中央文学研究所两年来工作中的几个问题》。
② 引自院存档案《1952 年教学工作汇报》。

的要点，周扬讲到翌年全国文联将要完成的工作任务中，就包括"筹办文学研究所，征调一定数量的有实际工作经验和相当写作能力的文艺青年，加以训练，提高其写作水平。"[①] 于是，1950年春天，以文协创作部为班底，文学院的筹备工作由此展开。

院存档案中关于建院的第二份材料十分重要，一份手写的《国立文学研究院筹办计划草案》，时间为1950年3月9日，草录在有"文艺报"字样的稿纸上，文稿上有多种笔迹删改涂抹，可知《草案》势必经过了若干人手的修改；档案中还留有陈企霞于1950年3月10日致周扬的信，信内说："周扬同志：我们起草了一个文学研究院计划，先请你看一看。布礼。企霞　三月十一日。"指的应该就是这份《国立文学研究院筹办计划草案》的最终定稿，并随信附上，交与周扬。

《草案》中，首先将文学院初步定名为"国立鲁迅文学研究院"，学制设立"研究班与普通班"，《草案》先讲"研究班"的学员要求、课程设置：

甲、研究班：

1.第一，参加成员需经过一定的思想改造，其有相当的政治实际工作经验，还有一定的写作能力及表现，或在研究工作、实际工作（为编辑、教育、运动等上）有某些经验与成绩等。第二，有相当文学及政治修养，曾发表过创作或理论作品，政治倾向进步。第三，出身工农或从革命队伍中长大的文艺青年，有相当的实际工作经验，具有初步的写作能力及表现者，这是参加成员三种不同对象的条件。

2.研究班下，设创作室、理论研究室二室。创作室下，分小说（包括散文、戏剧）、诗歌两组，理论研究室

---

① 《文艺报》1949年第1卷第10期。

按性质分小组为理论批评、文学史、民间文学等。

3.研究班成员可根据其条件、经验及表现分为研究员与研究生。

4.研究班不论员生、研究年限不固定，但起码一年，一年以后得根据其成绩决定其继续研究，包括研究生升为研究员，继续创作或分配下乡入厂以深入生活，并定期回来创作或分配其适当的工作。此外，在研究的任何时期都得视需要及情况派员生下乡、入伍、入厂或组织集体创作及专题研究。

5.研究班员生，除必须引进干部学习以及参加指定的重要的文艺课程学习外，一般以自学及集体研究、讨论理论问题、创作问题（名家或自己的作品）等为主。

乙、普通班

1.学生条件：一、有一定的政治意识与实际工作经验，并有初步的文学基础知识（或经验），（为学习过通讯、报告、快板诗或从事过部队、农村的编辑、记者等文学工作等）。二、高中以上程度，有起码的文学写作能力或理论研究、实际工作（教育、编辑等经验），政治倾向进步者。三、工农出身的文艺青年，有实际生活体验及起码写作能力者。

2.普通班的目的主要为研究班培养后备人员，此外，毕业后也可视需要及情况适当分配出去一些干部。不经常招生，一班毕业后再招第二班。①

3.普通班修业年限为两年，第一年全部为普通必修课程，第二年分创作、理论研究二系，创作系下又可分小

---

① 这一条被横线划去。——作者注

说、诗二组，理论研究系下亦可分理论批评、文学史、民间文学等组。

4. 课程：

第一，政治课为必修课，分哲学（辩证唯物论与历史唯物论）、马列主义（包括社会发展史、政治经济学党史等）、国家建设（即多种政策）三门，两年学完。

第二，第一学年普通课程：文艺学（文学概论，毛主席文艺讲话），文学史（包括旧文学及五四以来的新文学），俄国文学及苏联文学。西洋文学。中国民间文学。名著研究。创作方法，创作实习。

第三，第二学年按创作、理论研究多种不同性质制定不同课程，作进一步专门的深入的学习，但本系得选外系一种至两种课程。

5. 学习方法：上课与集体讨论并重，但必须①有一定的自学时间。每学期定为二十个星期。寒暑假得组织下乡、入伍、入厂实习。

《草案》在《建议书》基础上更加清晰地区分了研究班与普通班，虽然《草案》草稿的第二条"普通班的目的主要为研究班培养后备人员"后被画去，但是也泄露出办学者的潜台词——普通班的学生通过学习和进修，优秀者可进入研究班。而研究班的教学目的，则指向为文学研究院培养并选取后备创作、研究和教学的师资力量。对《建议书》的分析中，笔者曾提出"大家当先生，大家当学生"是丁玲对文学院的核心设想，至少，她更看重这部分的教学工作和安排。新中国百废待兴，什么样的作家、理论家能成为一所国立文学院的教育者和研究人员？研究员队伍形成后，师资问题

---

① "必须"两字为另外一种字迹加上的。——作者注

得以解决，也支撑起国立文学院的教学架构。要想建立一所正规的教育机构，老师与学生同等重要，如果没有学院的师资和研究力量，那就只能外请专家讲课，事实上，草创后的文研所就是采取这一形式的。对于这种方式，大概形成了两种截然不同的评价，文研所学员在回忆当年的学习生活时，往往对授课的"豪华"阵容十分难忘："当时没有自己的教师，讲课人都是外请，北大的，清华的，师大的，天津南开的，一大批著名文学教授，以及散布在各文化、文艺、文学机关单位的知名学者作家，都请到了。每一堂课就是一次精彩的学术报告。教师水平之高，阵容之强大，差不多可说是不但空前，恐怕也将绝后了。"① 然而，从所部的管理和发展角度来看，当时办学者普遍认为没有自己的教师的情形不利于开展办学，院存档案 1952 年 6 月的《中央文学研究所创办以来的工作情况报告》中谈到"目前存在的问题"，首先便提到了师资问题：

> 一年多来，我所还是草创时期，干部缺乏，行政、教学、党务各部门工作人员，大都由研究员兼任，缺少专人负责，特别是缺乏专任教授和对研究员进行具体帮助的干部。我们在讲课方面，差不多把在京的名教授、老作家都请遍了，但总带临时性，讲授不够系统，个别教授（杨晦）还在讲授中发生过问题。我们自己的水平也差，思想工作也做得不主动、不系统、不深刻，日常行政与党、团工作也没有做得很好，以致不能满足研究员的要求，而且，今天也还没有摸出一套较适合的教材与较系统的教学经验。

据笔者的观察，1952—1955 年间，文研所内的工作总结中，在

---

① 王景山，《我所知道的中央文学研究所和所长丁玲》，《新文学史料》，2002 年第 4 期。

所务人事的问题上主要围绕三个问题检讨不足："领导干部""教学干部""师资"三种。例如《中央文学研究所第一期工作总结》提到的干部问题：

> 中央文学研究所，在干部问题上过去有这样几种情况：第一，所有担任领导工作的同志，以前都是专门搞创作的，对于担任行政领导工作，起初都有些矛盾，往往不能把很大的精力集中到工作方面，因此对学员的领导多少有些影响，但是，这个时期并不长，一方面由于他们采取了正确的态度对待了这一矛盾；另外采取了适当的办法，即轮班制的办法解决了这一矛盾。第二，大部分领导教学的人员，都缺乏教学工作经验，有些干部过去就根本没有做过教学工作，有的干部虽做过一个时期教学工作，但像文学研究所这样的教学工作，过去是没有经验的，他们一方面采取了摸索态度，同时，对这工作也有一种怕做的心理，虽然这种现象不明显，但确实是存在的，目前说，这种现象已有了好转。第三，教学干部缺乏，文学研究所过去只有很少几个教学干部，例照教学工作需要，这些人是不能完全把教学工作担付起来的。第一期学员的课程，主要还是依靠外面的文艺界的负责同志和作家们来讲授的，例如："五四"运动以来的新文学史的学习，就是茅盾部长参加组织的；文艺界及文艺政策的学习，就是周扬部长亲自主持的；中国古代文学史的学习，是由郑振铎先生讲授的，郭沫若总理就曾亲自给讲过课，此外如冯雪峰、（赵树理）、周立波、刘白羽等作家，都曾担任过讲授工作。（由于）他们给予我们很大的关怀和帮助，才使得我们的工作获得了一些成绩。但是，应该说，他们的工作是很忙的，以后不可能再花很多时间为我们服务。因此，

这个情况，今后就必须要设法改善，要尽量做到，本身有较多的教学人员，（主要）依靠自己的力量解决教学问题，当然，要想达到这个目的是有困难的，党和政府已花了很大的力量帮助解决这个困难，这困难不可能一下（还不能）完全解决好，只能逐步的去解决。[①]

徐刚回忆当初文研所的往事，也提出了师资问题的看法："而我想，当时文研所的条件不具备养这些老资格的大作家，如陈学昭、周立波等同志；工作上也没有必要养这些作家，而应该空出名额培养师资。没有条件养硬养就会发生这样那样矛盾。这样那样的矛盾也构成了文研所改成文讲所的一个因素。"徐刚看来，陈学昭在1955年作协党组扩大会上激烈地批判丁玲，便是在所内不干具体工作，又因个人原因积聚了"私愤"。[②]

手写《草案》中，在我看来，最有意味的是对学院的"组织机构"设想：

五、组织机构：

甲、董事会：由郭沫若、陆定一、陈伯达、茅盾、周扬、乔木、丁玲、郑振铎、叶绍钧、巴金、冯雪峰、胡风、柯仲平、艾青、老舍、曹靖华、肖三等组成。

乙、顾问会：由沙可夫、赵树理、黄药眠、俞平伯、陈望道、冯至、钟敬文、沙汀、艾芜、何其芳、欧阳山、刘芝明、杨晦等组成。

丙、正院长一人[③]，副院长一人或二人[④]。

---

① 引自院存档案《中央文学研究所第一期工作总结》。
② 徐刚、邢小群，《丁玲与中央文学研究所》，《山西文学》，2000年第8期。
③ 甲、乙两条全部被划去的字迹而改为"一人"，根据稿纸暴露出的笔画猜测原文是"丁玲或他人"。——作者注
④ 此处副院长下面的原文是"黄药眠或他人，或两院长"，被划去。——作者注

丁、院长办公室设正付主任各一人，下设各科，助理院长处理日常工作。

戊、教务处：在院长领导下，计划、推动、管理全院教育学习事宜，设主任一人，下分教务科（掌握课程，设科长一人，科员三人）、组织科（掌握干部、学生材料，负责对外联络，组织干部学习，设科长一人，科员三人）、图书资料科（建设图书室，整理、保存、供给学习研究资料，设科长一人兼图书馆长，图书管理员三人，资料组长一人，组员三人）。总计教务处需干部十七人。

己、秘书处：在院长领导下，计划、推动、管理全院生活及事务为宜。设主任一人，下分秘书科（科长一人，文书股文书、打字、刻印四人；收发一人，并领导传达、看门、司车二人及通讯员三人；俱乐部负责体育娱乐的干部二人；公务员十五人；汽车司机等二至四人）、总务科（正付科长各一人，会计股三人，事务股保管、采购、建设等四人，管理股三人，伙夫七人）。总计秘书处需干部及勤杂人员约四五十人，内科员以上干部约需十二三人。

庚、研究班：在院长领导下，按计划进行研究、创作、实习等。设班主任一人、秘书一人，下面创作室、理论研究室各设室主任一人，室下面可分组，得设组长；研究人员分为研究员与研究生，有些研究员可兼教授、教员、助教等。研究班需室主任以上干部四人。

辛、普通班：在院长领导下，按计划组织学生学习。设正付班主任各二人。学生生活由学生民主管理。

壬、教授会：由各专任的教授、副教授、讲师、教员、助教组成，在院长领导下研究、讨论及建议全院教学具体实施上面的事宜。

癸、由院长、办公室主任、研究班主任、普通班主任、教务处主任、秘书处主任、教授代表、学生代表，组成院务会议，在院长的领导下决定全院的大政方针（首先是教学方针）。

此外，还可建立联系性质的教学会议，由院长办公室主任、教务处主任、各班主任及各科主任、教员、学生代表组织之。

（六）创办第一期招生计划

甲、介绍、保送五十名。研究班员生暂定为三十名，全部介绍、保送，不招生；普通班学生介绍、保送二十名。介绍、保送来后审查确定读研究班或普通班，不合格者介绍工作。分配名额暂定：

1. 四大野战军，每一野送六人，共二十四人，但数目不一定平均分配。

2. 各大行政区、军区，统一由各中央局负责介绍、保送，共二十六名，东北、华北可多一些，华东、中南次之，西北、西南可少些。

3. 男女兼收，二十三岁以上，四十岁以下。

乙、招收普通班学生五十名。

1. 京津二十名，沪宁二十名，武汉十名。

2. 男女兼收，二十岁以上，三十岁以下。

3. 此外，可酌情收取少数旁听生，不超过十名。

（七）房子：约需一百五十间至两百间。

（八）供给：一律供给制，研究生班员生按干部待遇，学生按学生待遇，旁听生自费。

……

原稿中董事会和顾问委员会虽然被删去，但附在后面的组织架构图还在，可以看到，董事会处于最高领导位置，下面连接院长和副院长。既是筹备草案，尚未经组织上的删定或批示，所呈现的应当是丁玲与参与创作部筹备组几个人的最初设计想法，便最能体现丁玲理想中的中国文学研究院的愿景。考察这些名字可以推测，丁玲和筹备组成员想把建国初期文学、教育、文化领域的最重要的人物都囊括进即将成立的国立文学研究院的架构内，组成类似"校委会"、主席团那样的顾问组织，虽然被筹备者画去，但也可看出当时丁玲对学院的规格设定是非常高的。如今看来，《草案》设想的草创阶段的学院规模并没有多庞大，仅仅是两种作家班的类型，加在一起，第一期不过计划招生五十人。在战争年代共产党也搞过文艺教育，在延安办过鲁迅艺术学院，在抗日战争时局如此紧张的年代，鲁艺尚且设戏剧、音乐、美术三个系，后又增设文学系，新中国建立后再来筹建作家学院，作为筹建者的丁玲未必满足于草创阶段而不求扩展。我们再来看丁玲自辩时所说的话："在我的思想，一直是不愿意这样扩大的，因为我那时觉得文联的力量是不够的"，既是实话，无论《建议书》还是《草案》，要筹建的学校规模算不上大，但同时也隐藏了她内心为学院设计的规格、规模与远景，丁玲心目中的学院，远不是后来文研所或文讲所达成的规模，至少绝不仅仅是"给解放区的作家一个学习读书机会"的教学机构。

历史的运行轨迹充满意外。当后人借助文研所相关人物的回忆追索丁玲心目中的学院到底是什么样子时，丁玲早已借助周扬之口公布于众。院存档案《中央文学研究所创办以来的工作情况报告》（1952 年 6 月）："周扬同志在《一九五〇年全国文化艺术工作报告与一九五一年计划要点》中关于艺术教育事业的指示：'它不只是教学机关，同时又是艺术创作与研究活动的中心'。是一个培养能忠实地执行毛主席文艺方针的青年文学干部的学校。"也就是说，普通班对应教学功能，而研究班对应的是一个建立创作与理论研究的中心，囊括教学、创作与研究三个面向，这个想法显然是经过组织同意的。

与手写版《草案》相比，院存档案另外两份油印刻字版文件更"现实化"，对即将建立的文学院的规模设想也大为缩小，其中一份落款为"文联党组会"，提到"根据文化部一九五〇年工作计划及全国文联四届扩大常委会一九五〇年工作任务的决议，今年要开始筹办创办文学研究院"，文件中创办理由与《建议书》基本内容和行文措辞一致，增加了确定院名为"国立鲁迅文学研究院"，以及"提议由丁玲、沙可夫、黄药眠、杨晦、田间、陈企霞、康濯等七人组成筹备处，由丁玲负责，开始进行筹建工作"和院舍、经费等细节内容。另外一份材料是 1950 年 4 月 24 日，由全国文学艺术界联合会上报"文化部沈部长，周、丁副部长"的文件，行文措辞明显是在落款"文联党组会"文件的基础上增补的，内容也提到了由丁玲等七人组成筹备处展开工作。四份文件的发展过程应该是，1949 年年底丁玲向文联党组提交了建议书，建议被采纳，并纳入了全国文联"1950 年的工作计划"之中，才有了向文化部申请共同领导与筹建新文学院的举措，文联党组也便顺理成章地将筹建工作交由丁玲来做，也正因这三份材料与中央文学研究所的成立密切相关，才会珍而重之地保存在档案内。这些文件也佐证了丁玲自我"辩正"时"要办文研所是我向党的建议……但是经过党组多次讨论领导上决定建立的"的说法。然而，中央文学研究所的筹建班底是丁玲领导下的文协创作部，后来，作为主任，所内干部是她出面选调，招选学员及选择合适学员留所参与管理，这些都与丁玲无法彻底剥离开。这些工作原本是主任职责所在，但是，一旦被指控搞"独立王国"，丁玲很难自辩成功，她也仅能无力地反驳："历来不要党领导的'文学讲习所'这个'独立王国'，不但党的原则进不去，革命的空气也进不去。我的说明：无事实根据，请总支书记提出确凿的证据。"而组织获取证据的方式就是大会发言、揭发、批判，于是，才有了 50—70 年代当代文学史上的重大事件——1957年中国作协党组扩大会议。

《丁玲传》的作者之一王增如是丁玲晚年最后一任秘书，她与李向东两位丁玲的研究者对丁玲的理解以及前后几部论著的立场，大多围绕着丁玲是一位不情愿参与行政事务的作家的核心主题来进行书写的，这与丁玲的自我描述保持一致："我思想里，认为我不是不适宜办学校的，又怕做行政工作"，"工作责任减轻了，可以专门创作了，并没有撒污烂之意"。我们不能断然判定这些仅仅是丁玲为求自保的托词，然而纵观丁玲的一生，无论延安前后、建国初期和"归来者"丁玲，始终不曾过着书斋写作的"纯粹"作家生活，与革命相伴而行的丁玲深刻地体认到，文学是党的文艺工作，是革命事业的一部分，她的确饱含热情地投入到建立一所培养年轻作家学校的工作中。她因"作家"这一职业的特点：沉浸于个人世界的闲暇与余裕，不自觉地竞逐文学"成就"。另外，她有热情便工作，遇阻力就想撒手，她心中一定有厌烦庶务缠身的想法。这些都是作为党内高级文艺干部、作为作家的丁玲。1953 年，丁玲向组织要求不再担任文研所主任一职时，文研所仍处于草创关键的时期，几年来积累、暴露出的所务问题，如干部、教学体系、发展方向仍然没有得以解决，而且尚不清晰。在笔者看来，这是 1955—1957 年所内人员检举、批判丁玲潜在的客观原因。

三、扑朔迷离的规模问题："院"还是"所"？

在研读丁玲的自辩、回忆文章和文学史时，笔者一再产生疑问，为什么会一直谈到，或间接指向文学研究所的规模问题？丁玲不断否定想要扩大规模的想法，对她的批判却认为，1953 年中宣部决定将中央文学研究所改为中国作家协会讲习所，丁玲对此极为不满，对党闹情绪。

《中国作家协会党组关于丁玲、陈企霞等进行反党小集团活动及对他们的处理意见的报告》中说："1952 年，中央宣传部鉴于‘中央文学研究所’缺乏必要的教学人员，建议停办一个时期，在停办期间，一面准备教学力量，以便将来办成名副其实的有正规教学制度的训练创作人员的学校，一面仍可做广泛辅导青年作者的工作。当时丁玲同志身为中宣部文艺处长，不但不执行这个建议，反而布置陈企霞等出来反对，并且大吵大闹，说是党不承认他们的成绩。事后，又在‘文学研究所’学员中散布对中宣部不满的话，说中宣部不重视培养青年作者，只有丁玲个人关心这件事。"[①]

丁玲的辩正是："有人说我因为听说乔木同志要取消‘文研所’，我就召开会议，反对，陈企霞就大吵大闹。

"我第一次是听田间、康濯告诉我说乔木同志有这个意思，还没有决定。我到北京后荃麟（党组书记）也告诉我乔木同志有这个意思，未决定。但他个人倾向不取消。我当时就告诉他，康濯、田间等都有这个意见，如既是还没有决定，那么是不是可以谈谈。荃麟同意召开党组会议，他说到我家里去开。开会时他没有来，默涵来了，说他（荃麟）身体不好，会议可由冯雪峰主持。我还说最好还是等他来。这次会议也许不应开，但绝不是我召集的，是荃麟召集的，我也只是说了我的意见，也没有一定要怎么样。至于接下来陈企霞同雪峰吵了起来，同我是毫不相干的。会后乔木同志决定缩小编制，改为‘文讲所’。我就毫无异议，遵照执行。阻挠了什么抗拒了什么呢？"[②]

邢小群提到，80 年代归来的丁玲曾多次与文学讲习所的学员提到，"所"还是"院"的话题，言下颇有怅惘之意。"叫‘所’还是叫‘院’，不是丁玲所能决定的。1950 年向中央人民政府文化部和全国文联申办的是‘国立文学研究院’，等批下来时，名称定为

---

① 周良沛，《丁玲传》，北京十月文艺出版社，1993 年，第 37 页。

② 丁玲，《重大事实的辩正》，见周良沛，《丁玲传》，北京十月文艺出版社，1993 年，第 49 页。

'中央文学研究所'。梁斌说：1953年'田间要改成文学院，……胡乔木不同意，他说叫讲习所吧，毛主席在广州主持过农民运动讲习所，改了性质就变了。'将'所'赋予一些革命传统的意味，恐怕只是个托词，而规模、形式与组织人选才是当时考虑的主要问题。"1955年9月6日的党组扩大会后，党组就指示文学讲习所总结检查过去的工作，把文学讲习所改为短期培训班。笔者意识到，规模问题之所以在文研所、文讲所的讲述和研究中十分醒目却又众说纷纭、云山雾绕，究其根源，还在丁玲的"反党集团"问题上，针对丁玲的批判逻辑包含着某种暗示：学校规模设计得越大，意味着主张者的野心越大，越能证明当组织上决定缩小规模时，抵触、"反抗"的情绪越激烈。

上文提到的四份文件中，自1949年的《建议书》、手写版《草案》到1950年4月24日全国文联向文化部"沈部长，周、丁副部长"发去的公函里，提到的都是"国立文学研究院""国立鲁迅文学研究院"，而1950年6月26日中央人民政府文化部致康濯同志的回函中，对即将诞生的机构已经称之为"文学研究所"①，丁玲向周恩来汇报的文件中说的是"郭老给确定了机构的名称"②，笔者相信在4月24日至6月26日之间，"院"已被驳回而后改"所"，而全国文联应该是没有同意，甚至还曾有过一番交涉。院存档案里，笔者看到6月3日中央人民政府文化部办公厅给全国文联发过一份公函，内容是"兹接文委会五月卅一日（50）文委秘字第五六四号批复称：'鲁迅学园'名称嫌含混，仍用'文学研究所'较妥。特此转知。""鲁迅学园"这一名称的确有些旨意含糊，有些

---

① 见院存档案1950年6月26日中央人民政府文化部回函。

② 丁玲："直到1950年，文化部和文联党组才正式作出了创办文学研究所的决定，并于五月间分配我主持筹备工作。由于党与各方面的关心，筹备相当顺利。总理批了房子，郭老给确定了机构的名称，乔木同志、周扬同志帮助考虑了方针、做法及干部问题。"见院存档案《我把文学研究所的工作向你作一汇报》，题目为档案整理者添加，原文没有标题。

类似主题公园的名称，但足以使我们推断当时文联对学校名称改为
"中央文学研究所"的看法，既然不能叫"文学研究院"，大概仍然
想保留"鲁迅"的名字作为旗帜。7月初，筹委会还是接受了"中
央文学研究所"的命名，拟定了筹办计划草案，由中央文化部领
导，由全国文联协办。"计划由各地选调六十名研究员，两年毕业。
并指定专人负责组成筹备处，调集干部，建立机构，征选研究员。
九月底各地研究员陆续报到，由十月开始至年底三个月的时间开展
了临时学习。十二月政务院委员会批准丁玲为主任，张天翼为副主
任，筹委会宣告结束，中央文学研究所正式成立，一九五一年一月
八日举行开学典礼，开始正式两年的学习计划。"①

　　尽管在上文的分析中，笔者认为从最初的计划草案中可以看出
丁玲对新学校的设想是建一所规格极高的文学研究院，她是否有意
引导文研所向文研院过渡呢？院存档案里，所务类的文件、档案保
留得最多，这些材料不断带给我一种感觉，无论是所部的工作总结
还是工作计划，文件的措辞中，大多表现出急于改变草创期阶段、
尽快补齐人手走上正轨的焦虑感：

　　　　一年多来，我所还是草创时期，干部缺乏，行政、教
　　学、党务各部门工作人员，大都由研究员兼任，缺少专人
　　负责，特别是缺乏专任教授和对研究员进行具体帮助的干
　　部。我们在讲课方面，差不多把在京的名教授、老作家
　　都请遍了，但总带临时性，讲授不够系统，个别教授（杨
　　晦）还在讲授中发生过问题。我们自己的水平也差，思想
　　工作也做得不主动、不系统、不深刻，日常行政与党、团
　　工作也没有做得很好，以致不能满足研究员的要求，而
　　且，今天也还没有摸出一套较适合的教材与较系统的教学

───────────

① 　见院存档案《中央文学研究所筹备以来的简况》（原文没有题目，为笔者所加）。

经验。(《中央文学研究所创办以来的工作情况报告》)

　　研究所尚须建立其他几种组织：党组、及其他群众组织。尚须建立文学顾问委员会（聘请专家给本所研究员、研究生讲课、看稿等）。(《一九五二年工作计划及春季工作重点》)

　　关于人员编制、干部配备问题：

　　1、本股现有人数共九十四名：工作人员三十三名，研究员五十名，服务员十一名。在不招收新生以前，编制人数照旧为一百零五名（原批准人数）。招收新生后，全所最高名额为一百五十名。在"三反"运动的基础上，拟尽最大可能精确。计划另订。

　　2、过去本所中下层组织（如资料室、人事科），干部太弱，影响工作太大，因此，必须调整干部。处级以上干部（如秘书处正副主任、政治教员），最好由文化部委派，处级以下干部可以由现有研究员中抽调几名。

　　3、估计尚有需要调出的干部若干名。(《一九五二年工作计划及春季工作重点》)

丁玲作为文研所主任，面对所内的干部问题，她不得不亲自出马。院内档案保存了一份丁玲写给安部长的亲笔信：

安部长：

　　有一件事情，不能不直接来麻烦你，请求你的协助与指示。

　　中央文学研究所，草创一年又八个月，由于周总理经常的关怀，中宣部、文化部正确的领导，在贯彻毛主席的文艺思想，执行党的文艺政策方向时，幸能没有发生什么错误与偏向；经过文艺整风，领导上曾一再肯定我们的方向是搞对了，注意了思想工作，学员均有一定的提高，并决定在现有基础上加以扩充、发展，以符合党与国家的需要。

但，中央文学研究所草创一年又八个月以来，困难是很多的，最突出的，最迫切的手上需要解决的，就是干部问题。我们虽然□□用过很大的努力，总难以解决得很好，以过去一年又八个月来说，我自己即因其他工作较多，又常因公出国，便很难做到周密的具体领导。副主任张天翼同志，常年肺病未愈，需要休养，亦不能让他多做工作，虽然他很热心，主要的工作，依靠了正副秘书长，但他们又是搞创作的，工作与创作的矛盾，实际上存在着，未能适当解决。以下秘书处主任、教务处主任则都是由来所学习的学员中动员出来暂时兼任的，正□行政科与人事科的科长，教务处的秘书，都是学员兼任的，干部缺乏的情况可想而知。至于教学人员，简直一个也没有，所有的课程，都是临时向外面请人来讲，因此这一年多，我们虽然做出一点成绩，但缺点也很多，因为困难多，没有干部，现在既以决定加以扩大，发展，暑期后新生即将入学，又一新的局面，以原有的干部配备情况，组织机构极不健全，实在难以胜任。因此此前我们曾郑重考虑，提出一批干部名单，提交文化部转报人事部，请求迅速调配，但及今仍无消息，现在，就不能不来麻烦你了。

......

我将这些情况写给你，并再附一名单给你，根据我的了解，这几个干部，完全是可以马上调来的。

一、田家：共产党员，鲁艺二期学生，原在晋绥文联工作，有创作与教学能力。现任西北艺术学院文学系主任。来我所可担任研究班主任工作。

二、袁珂、刘继祖：民主人士，西南人民艺术学院文学系讲师，思想前进，有创作及教学能力，来我所可担任教学研究工作。

三、西戎：共产党员，《吕梁英雄传》作者之一，现在川西农民报工作，长久不能进行创作活动。羊路由：共产党员，《兄妹开荒》作者之一，现在川西文联音协工作，长久不能进行创作活动。

以上二同志来我所可加强创作室并可兼做一部分教学工作。

四、刘莲池：共产党员，《刘胡兰》作者之一，原任西南人民艺术学院戏剧系主任，去年随出国文工团去国外工作，现已返京，尚未分配。来我所可担任创作室副主任工作。

上述六个干部，根据各种情况，完全可调而根据我们的需要，又应该是必调的。故一再申述，务请能设法迅速调来，这样，即使我们在其它方面还有许多困难，但，我相信，我们的工作会做得更好一些的。

这封信写于"中央文学研究所，草创一年又八个月"时，应该是1952至1953年之交，信的内容关于干部人事调动，又是丁玲亲自出面求助的对象，笔者推断安部长应是时任中央人民政府人事部部长的安子文。安子文1943年赴延安，参加延安整风运动，与丁玲是旧识。丁玲为了尽快扩大所内干部队伍，亲自写信给安子文，这是符合丁玲的工作作风和逻辑的。

可以说，1950年到1953年，文研所内始终在发展与壮大的过程中。真正解决我的疑问的是一份《中央文学研究所关于院址建筑计划概况》，这份文件明确提到："本所将来拟由研究所扩充为研究院，兹将组织机构说明之后，再根据组织机构而拟出建筑计划如左：

"组织机构说明：研究院由院部领导，分为教务处、秘书处、理论研究室、创作研究室、鲁迅研究室五部门工作。教务处领导研究班学习。院部、教务处、秘书处共定工作人员一百人，三研究室共定研究员二百人，研究生为二百人，除研究生不带家属外，其余三百人平均每人随带家属一人共为三百人。合计全院人数为八百人。"

文研所刚刚建立时，连同研究员学生在内，不超过一百人，五年内将其扩展为八百人，可见文研所人设想的学院规模是相当大的，而建所时"它不只是教学机关，同时又是艺术创作与研究活动的中心"的构想，也能从这一方案中表现出来，教学功能归属教务处，而研究班培养的研究员和外调的研究员、创作员则进入理论研究室、创作研究室、鲁迅研究室工作。事实上，这还不是文研所的最终设想，《中央文学研究所关于院址建筑计划概况》中还提到了将来要像苏联文学院那样，建立鲁迅、白居易、杜甫等研究室：

图书馆：（1）要有图书刊物杂志等一百万册的藏书室；（2）四五个资料室；（3）办公室；（4）阅览室；（5）需要四五个作家研究室，如苏联文学院他们有高尔基研究室、托尔斯泰研究室等，我们将来要设鲁迅、白居易、杜甫等研究室；（6）要有两个小型临时展览纪念室，如毛主席文艺座谈会纪念展览室，或鲁迅、高尔基等纪念展览会之用。

这才是丁玲和草创阶段文研所人心目中一所国立文学研究院应该有的规模。

然而，正因为设想规模大，现实的操作难度可想而知，但是，丁玲和文研所人以苏联高尔基文学研究院为样本的话，这类设想本是题中应有之义。1953年丁玲卸任文研所主任后，1954年文研所改为文讲所后，吴伯萧、公木等新任所领导下的文讲所仍然在追问着同样的问题——我们到底要往哪里走："从发展上看，尚需进一步明确讲习所的性质：是学校性质还是研究机关？抑或是训练班？若为学校性质，是等于专科学校还是等于学院？性质确定，组织机构、领导关系、干部待遇等方能明确。"① 文讲所内部依然认为："培养教学人才是迫切的任务，希望中宣部、文化部与中国作家协会从现在起就采取有效的措施，物色有发展前途的干部，有计划地加以培养；只有这样，三五年之后才可能有条件开办正规化的学校。"②

直到新时期的 1979 年 4 月，1950 年代在文研所和文讲所工作过的徐刚、王剑清、王景山、古鉴兹、朱靖华联名给中国作协、中宣部提交恢复该所的报告，写到恢复文讲所工作的几条设想时，几位老文研所人的最后一条的建议值得寻味："建议名称不再用《文学讲习所》，可称《中国作家协会文学研究所》或《中国作家协会文学院》。"他们仍然留存着二十多年前将这所作家学校正规化的愿望。1984 年，在文学讲习所的作家学员与讲习所联名申请之下，中央宣传部给中国作协党组发来公函：

中国作协党组：

　　一九八四年十一月一日报来的关于将文学讲习所改建为鲁迅文学院的报告收到，我们同意你们的报告。无论是从需要或可能来看，还是从教学力量或招生对象来看，办这所鲁迅文学院是可行的。

　　　　　　　　　　　　　　　　　一九八四年十月十二日

　　抄送：教育部、中国作协文学讲习所

---

① 见院存档案《中国作家协会文学讲习所工作情况汇报（一九五三年九月——一九五四年三月）》。

② 同上。

自新中国成立起，丁玲和文研所人愿景中的"文学院"终于得以实现，建立一所培养中国的文学新人、理论研究者和编辑的正规学院，以新文学的旗帜鲁迅先生为之命名，以文学院之"院"确定其规模和发展方向。鲁迅文学院部分延续了 1950 年代的文研所、文讲所、苏联高尔基文学研究院的教学模式，例如教学板块的组合方式，名家讲座、社会实践与自习、创作结合的方式，院内也逐步发展了教师的理论研究和创作功能。但是，今天的鲁迅文学院，与草创阶段丁玲及文研所人设想的"它不只是教学机关，同时又是艺术创作与研究活动的中心"是不一样的。

四、师法苏联模式：从一份高尔基文学研究院的《教学计划》说起

中央文学研究所是否受到、如何受到苏联高尔基文学研究院的影响呢？王景山、徐刚以及文研所内人的回忆中，都不确定文研所与高尔基文学研究院的关联："丁玲是不是曾想把文学所办成当时苏联的高尔基文学研究院那样，我不清楚。但一度曾考虑派我和古鉴兹到那里去学习，她也许有过这个想法。"[1] 因此，邢小群只能得出高尔基文学研究院是文研所筹备者的"心里的模式"的结论。

看似清晰的问题，又变得颇为暧昧。

上文中，笔者已经谈到丁玲在 1949 年给党组织提交《建议书》的一个月内，基本都在与苏联文学界的领导人交流，并亲自前往高尔基文学研究院进行考察。在我看来，这些交流和考察都是 1950 年筹备委员会制定建院草案时的主要参考依据。是否有材料证明二者的直接联系呢？

---

[1]　王景山，《我所知道的丁玲和中央文学研究所》，《新文学史料》，2002 年第 4 期。

前文曾列举过院存档案《中央文学研究所关于院址建筑计划概况》，其中"五年建筑计划补充意见"讲到，将来扩展为文学研究院，则校址按照苏联方式来建："按原来之计划，又参考了苏联文学院、莫斯科大学的建筑等，根据我们发展的具体情况，提出一些补充意见，供为参考。这一建筑虽是在五年计划之内做的，但我们想，应作较长期的打算。""研究员（创作等室的研究员，为工作干部），参考苏联学院情况，是每人房子一栋，由三间到八间，我们的意见我们这里的研究员，是由三间到五间。大小不同的一栋一栋的房子，其中办公室应注意，研究员藏书最少者一千册，在创作写东西时，有一些游动的余地。如有小孩保姆时，不能直接通往办公室。在研究员许多栋房子间，还要有三个小型会议室。"

除去院址建设的材料外，院存档案中，笔者还发现了一份重要的材料，可以证明高尔基文学研究院与中央文学研究所之间的影响关系。中俄双语资料各存一件，俄文标题为 ученный план[①]，中文标题为《教学计划》，副标题标有"类别：文艺（散文、戏剧、诗、批评、儿童文学）"字样，理应是当时对俄文的译本。中文译本的形式完全按照俄文版设计，左右上角各用小字注明这份《教学计划》的内容和来历："批准者：苏联高等教育部长 B.斯维特洛夫，一九五〇年八月十六日"，"一九五〇年月日同前，经苏联作家协会秘书处批准，苏联作家协会副总书记 K.西蒙诺夫"，以及"苏联作家协会附设高尔基文学研究院，文艺工作者，学习期限五年"[②]。表格内容密密匝匝地罗列着六项内容："I 教学进程图式""II 表列时间以每周计""III 教学进度计划""IV 选修科目""V 实习""VI 国家考试，拟毕业论文提纲，写毕业论文"。

---

① 据毕业于北京大学俄语系的中国政法大学王噶教授翻译并告知笔者，这个俄语词中文意为"教学计划"，并为笔者翻译了若干俄语词汇，帮助我理解了这份材料的一些问题。

② 档案原件为表格形式，以上两组分布在表格的左、右上角。

内容 III 是《教学计划》的主体，共开列了三十三门课程科目，其中包括"社会－政治类""历史－文学类""语言学类""艺术史类"四类。"社会－政治类"为马克思主义政治理论的课程，如马克思主义、列宁主义基础、政治经济学、辩证唯物论与历史唯物论等七项。"历史－文学类"对应的是中国的"文学史"，课程包括"人民口头文学""俄国文学史""俄国批评史""苏联文学史""苏联各民族文学史""外国文学史"等十一项。与作家创作有关的课程归为第十七项"文艺技巧"，分为讲座、课堂讨论及个人习作三种课程形式。

在同一档案盒内放置了另外一封油印刻字书信。时间为 1950 年 10 月 27 日，标题为"苏联高等教育部、苏联作家协会、高尔基文学研究院院长法捷耶夫给联共（布）中央委员会宣传鼓动处文学艺术科科长马斯林同志一封信"，在信中，法捷耶夫表示："按照您的要求，我给您送来：（1）本院的教学计划，（2）本院教授们在工作中所教授的课程如下：马列主义基础、政治经济学、辩证唯物论和历史唯物论、哲学史、逻辑学、俄罗斯民间口头流传诗歌的创作、俄罗斯古代文学、俄罗斯文学（十八世纪）、（十九世纪）、（二十世纪）、苏联文学史、马列主义美学基础、外国文学史（一、二、三、四、五册）、语言学绪篇、现代俄语学、俄语文法史、俄语文学语言史、德文、法文、英文。"

法捷耶夫所说的"教学计划"，应指的是上文提及的俄文版《教学计划》，而第二项似为应马斯林（或中方）要求展示高尔基文研院自身储备的师资力量。这两份重合的课程名称，更接近于普通高等院校中文系的基础课程，缺少与作家写作相关的技巧、阅读、讨论等课程，突出的是高尔基文学研究院的研究性质和面向，也体现了高尔基文研院教学体系的"苏式"特征，即课程以政治思想教育、文学史的学习以及语言学知识的教授为主体框架，重理论与宏观知识，缺乏针对作家培养的专门课程。这一缺憾无论是当时的苏方还是中方都有所察觉，信的后半段法捷耶夫缀以解释说明：

"上述各教程，都是苏联高等教育部所批准的基本教程，但苏联作家协会秘书处在本年春季①，认为本院仅仅使用基本教程而没有增加反映本院专门性的教程的这一现象的存在是不对的。所以本院秘书处决议，令所有的教授工作者，均应于本年十二月完成编制完全符合本院教育宗旨的新教程大纲，送请本院秘书处审核批准。"此外，就没有专门的创作类课程的问题，法捷耶夫也在信中表示，"目前教授们正在完成教程的初步纲要工作，并准备在最近几天就要召开的教授会议上予以讨论"。

油印刻字的材料上方的空白处，有数行署名林默涵的手书留言，抬头为"田间、石丁同志"。当时，草创的文研所隶属于文化部，林默涵大约 1951—1952 年由胡乔木调入中宣部文艺处，任副处长，此时给田间和石丁写信的林默涵应该还是文化部的干部，收到材料后，转给文研所筹备委员会供其参考，并留下了自己的建议：

"特别注重的是关于马列主义的基本知识和关于俄罗斯古典文学的课程，我觉得这是很值得注意的，因为这两门学问是作为一个文学工作者的必修的基础，若果在学校里没有专注地学习，到工作岗位上去以后在学习就比较困难了。但他们也存在着一个缺点，就是缺乏适合他们的专门性的课程，想来现在一定有所补救了，最好能设法找到他们最近的课程表来看一下。"林默涵的话，是顺着法捷耶夫"新教程大纲"的说明而来的。究竟有没有拿到高尔基文研院的"最新课程"，现有的院存档案没有给出答案。对于高尔基文研院的课程，林默涵还关注到了一点，他写道，"还有一点也可注意，就是他们很重视语言学的课程，这也是一个文学工作者的必须知识。"

由俄语《教学计划》和林默涵留言的法捷耶夫信函两份材料可知，在 1950 年 10 月中央文学研究所筹备期间，筹备委员会已经得

---

① 1950 年——作者注。

到了一手的苏联官方材料，并作为制订教学计划的重要参考资料和范本。

从文研所一期教学内容来看，讲课分为中国古典文学史、"五四"以来的新文学史、中国新文学专题报告、"文艺学"与文艺学习问题、文艺思想与文艺政策、苏联文学、作家谈创作经验报告、中国革命史、近代世界史九个专题共八十八课；全部一期研究员分为八个小组赴朝鲜前线、东北及京津一带工厂，河北、山西两地老区农村实习，并赴新区参加土改，全体研究员都参加了"忠诚老实的临时学习""三反""五反"运动与文艺整风学习；毕业前还提交了毕业创作与论文。生活实践方面，文研所是根据中国当时的具体情况来组织安排的，有些政治活动甚至不是事先安排，而是跟着"运动"走的，而课程单元的设置，特别是政治理论、文学史、毕业论文等方面，则显示出受高尔基文学研究院影响的痕迹。

文研所筹备组及所内人员究竟是否曾赴苏考察呢？邢小群根据口述采访判断，除多次赴苏的丁玲外，文研所与文讲所并没有派人去过苏联专程调研的："我在与一些当年文研所学员的交谈中，他们都提到把苏联的高尔基文学院作为学习和体制的模式。徐刚说：'公木是诗人、教育家、实干家。他经过调查研究后，认为文学讲习（这时文研所已改称文学讲习所）只有发展为文学院才有前途；作家协会不能领导正规的大学；要与文化部教育司联系，将文讲所纳入正规学院的轨道。吴伯箫和公木长期搞教育事业，都想把文讲所这一教育事业办好，便共同到文化部去联系。文讲所与文化部联系也是正当的途径。经过交涉，教育司同意吴伯箫、公木的意见，而且给了一个出国留学的名额，让他们派人到苏联高尔基文学院学习。吴伯箫叫我去留学，我不愿意去。我没有一点外文基础，勉强出国留学，会结出个什么果子？有一名教师和所部秘书要求去，经审查，没合格。那时要求历史、主要社会关系、政治思想都清白纯正，这事也就搁下了……'"①可能的情形是，由于并没有受访者对邢小群提及赴苏往事，相关材料无从得见，研究者也只能将文研所和苏联模式之间的关联描述为"心理的影响"，这是历史研究者的权宜之计。

笔者在院存档案中找到了另外一份关于高尔基文学研究院的材料，题为《苏联高尔基文学研究院的情况》，作者康濯。康濯是最早的文研所筹备小组成员，1950年4月全国文联初拟的"七人组成筹备处"（丁玲、沙可夫、黄药眠、杨晦、田间、陈企霞、康濯）②中的一员，后筹备处扩展为十二人——增补了张天翼、李伯钊、李广田、蒋天佐、何其芳，康濯仍是文研所的重要成员，丁玲对他是信任的。1951年1月，文化部批准田间任文研所秘书长、康濯为副秘书长。而在1951年时，康濯正担任中央文学研究所副秘书长，赴苏报告的最后还附上康濯的说明：

> 这个材料是根据一九五一年冬天我在苏联访问高尔基文学研究院时，该院院长法捷耶夫和副院长谢留金等同志的谈话，整理出来的。所谈情况均系一九五一年的情况。有些问题也许由于翻译及我当时的笔迹有毛病，可能有遗漏甚至错误之处。特说明。这个材料只供所内同志参考。

康濯的这番说明，依照报告的落款时间在1953年5月。可推断，最晚至1951年冬天，康濯作为文研所的教学人员，就已经前往苏联并考察高尔基文研院，与院长法捷耶夫、副院长谢留金等苏方

---

① 邢小群，《丁玲与中央文学研究所的兴衰》，济南：山东画报出版社，2003年1月，第30页。

② 见院存档案之《报告》（下款有"文联党组会"五个字），根据内容，笔者推测此份材料应为丁玲等七人筹备处提交全国文联党组会的关于创办"文学研究所"的报告。

人士会面。笔者曾看过徐光耀为鲁迅文学院提供的几张 1951 年 11 月中国作家代表团访苏时的照片，照片中有胡可、柳青、马加、瞿独伊（记者、翻译）、魏巍、孙犁、陈登科、徐光耀、冯雪峰、康濯、陈企霞、田林、陈荒煤、李季、王愿坚、康濯。此行的重要任务应该是考察高尔基文学研究院，他对此行访问高尔基文研院记录的调研情况颇为详实细致，包括几方面：

（一）"历史情况"。介绍了高尔基文研院成立的始末和文研院的学制时长。文研院建于 1932 年，为纪念高尔基创作四十周年而创办。初期条件困难，学制为两年，后陆续改为三年、四年，1951 年时已经延长至五年。

（二）"目前招收新生的情况"。介绍了高尔基文研院招生条件、推荐方式、考试方式。学生要具备一定的文化条件、五年以上工作经验和在国内主要刊物上发表作品等条件，"不公开招生，每年由苏联作家协会布置招生工作以后，各共和国及各州作家协会就负责挑选保送。""被培养者必须首先具有相当充分的条件，具有一定的文学才能才行。研究院的培养工作，只不过在学生原有基础上，给以一段必要的、系统的帮助，使条件更充分更完备而已。正因为这样严格，所以创办以来得以培养许多很优秀的作家，如西蒙诺夫、阿扎耶夫、巴巴耶夫斯基、米哈尔可夫、恰可夫斯基、聂达果洛夫等。"

（三）"五年的课程"和高尔基文学院八个教研室开设的课程。"主要有四个方面的课程：（1）马列主义；（2）文学史和文学理论；（3）语言、技巧等技术课；（4）艺术修养课程。此外，作品研究，听取讨论名作家的创作经验与学生的创作实习，是学院里提倡的生活，当然更是重要的。"课程安排时间上"政治和业务是一比三"。

（四）"学生学习、创作、生活情况"以及学生毕业后的情况。"一部分从事专业创作，较大部分分配到全国各文学机关里担任工作。""二十年来学院里还没有一个中国学生。朝鲜、蒙古都有，东南欧各国也都有。中国则只有过一个函授生。"

（五）"组织机构"。[1]"学院设有函授部，有专人负责，另行招生。手续、条件和一般学生相同，只是年龄不限。考上后发给学生学习计划、课程表、教学提纲等，均与正式学生一样。"

尽管材料提供的是苏联高尔基文学研究院的情况介绍，康濯作为记录人和考察者，材料中记录的内容应该是康濯及文研所想要了解的情况和需要的信息。行文与措辞中，康濯对考察对象的向往、尊其为范的态度不难辨析。文研所创办初期的作家班学时即为两年，其后除去与高校合办作家班学制为三年之外，学制最长不超过两年。在推荐制基础上，高尔基文学研究院采用的是择优录取，即先有文学体制确定其作家身份、创作资质，不仅中央文学研究所，直到鲁迅文学院也依然在沿用这一方式，甚至苏联学院函授教学也曾被鲁迅文学院采用过。课程上强调政治课、文学理论和其他艺术门类的课程的教学模式，不仅文研所、文讲所及至鲁迅文学院也依然以这种教学设计方式为本。徐刚是否知晓康濯赴苏考察、有否见过院存档案中康濯的说明，如今已然无从考证，但是，多年后他在与邢小群的访谈中只字未提康濯赴高尔基文学研究院考察的往事，则很可能源于康濯在丁玲"事件"中的作为，让他在文研所的位置逐渐模糊暧昧起来。

康濯1953年提供这份赴苏材料，印证了徐刚回忆中央文学研究所改为文学讲习所后，根据苏联经验制订教学计划的回忆。在院存档案里，笔者发现了与1950年俄文、中文版形式一样的一份中文《教学计划》，右上角标明"学校：中国作家协会文学讲习所，培养目标：文艺创作干部，修业年限：二年。"课程内容包括：社会－政治类，文学－理论类，语法修辞－语法讲解改正课，关于当年工农业情况，政策及军事，科学，艺术各部门等的专题报告，假期作

---

[1] 引号内均为鲁迅文学院保留档案中康濯的原文。

业（创作与论文），毕业论文六个方面。既然名称改为"中国作家协会文学讲习所"，这份教学计划的制订时间应是1953年11月正式更名之后，吴伯箫与公木上任后重整所务的举措。按照徐刚的回忆，吴伯箫和公木比丁玲更擅长办学，是实干家。看这份《教学计划》可知，他们仍然想把讲习所办成一个师法高尔基文研院那样的正规的教学机构。但此时，缩小规模的文讲所的氛围与前几年已经不同，不仅编制规模缩小为行政处、教务处、教学研究组，所招学生也放弃了"研究班"的高标准，变为"普通班"："第二期的成员多数也是从少年时便投入抗日洪流中，或是因为穷上不起学，利用这两年满足渴望读书的要求，这也是大好的事情。"[1] 1955年，针对丁陈"反党集团"的政治斗争逐步展开，文讲所不仅不可能沿着苏联模式发展下去，反而在1957年关门停办。

五、结语：试验抑或试错

　　无论丁玲、田间、康濯还是公木、徐刚，1950年代党的文艺工作者们都和"迷信苏联"的周扬一样，曾经在心目中绘制了一幅中国的文学研究院的蓝图，它既是正规的教学中心，更是理论研究、文艺创作中心，既培养作家，又培养文艺干部、研究人员，甚至也可以接待"友邦作家"的文艺外交平台。以历史的后见之明来看，这些想法都是好的，但草创阶段的文研所是不是新中国需要的社会主义文学教育的模式呢？党的最高领导人毛泽东是一位充满想象力，甚至带有浪漫主义精神气质的革命家，他对中国革命、新中国的建设图景是马克思主义式的，更是中国道路的马克思主义，他强调建立自主性的、工农的、无产阶级大众的政权，倡导政治诉求

---

[1] 徐刚、邢小群，《丁玲和中央文学研究所》，《山西文学》，2000年第8期。

相匹配的文艺形式，并借由文艺传达、塑造政治想象图景。如今研读《1957年毛泽东在颐年堂的讲话》[①]可以看出，毛泽东在建国后对文艺界的动向了解得多么细致。丁玲既然能与周恩来通信，随时向他汇报文研所的工作和自己的思想状态，遇到困难时，还能直接在周恩来处求得帮助，由此可以推断，毛泽东对丁玲和文研所的情况是了解的，而这所模仿苏联、培养一批研究员的精英主义方式，很可能会被视为是一种小资产阶级、修正主义的方式，或者说，它不符合党在新中国倡导的文艺发展方向，从50—70年代日益激进、走向工农的文艺发展趋势窥见一斑。另外，在文研所的草创时期，当一份理想愿景在前方召唤着人们时，现实境遇和理想愿景之间的矛盾、龃龉和困境，也在无形中给文研所内制造了一种无法摆脱的压力与焦虑。草创期暴露出的矛盾，没有得到及时的总结、调整，便以一种激烈的政治斗争的方式终止。我们再把目光聚焦在丁玲的身上，她无疑是一位个性张扬、才华横溢、经历过革命战火的女作家，她的理想、热情和对行政工作的倦怠，使得她作为新中国第一所作家学校的创办者的诸多优势，在具体工作中又极可能转为劣势。仅举一个徐刚回忆的细节来看：

> 我想到李又然老师在教学中的几件事：李又然讲语法修辞时，讲李清照的词"人比黄花瘦"，他说："你们看，我的脸比黄花还瘦。延安整风时，他们用香头插我的鼻子。"用南宋女诗人的词和他在延安抢救运动中的遭遇相连，风马牛不相及联系不起来嘛。……我在总结经验时用正面的语言中写道：本所教师授课最好有个经过集体讨论的教学大纲，不要随意性太强。这个总结激怒了两三位教师。所部便召开会议讨论二班总结的问题，三位教师厉声

---

① 洪子诚，《材料与注释》，北京大学出版社，2015年10月，第3页到第20页。

批评我，马烽、邢野保持沉默，田间揽过责任说："这总结是我叫人印发的。"丁玲在会中走来走去后说："我们的水平都不高。"过后丁玲在多福巷家中设了一席便宴，李又然见我坐在席上扭头就走。丁玲说："他有病，我们吃我们的。"这时我才想到丁老师可能是想在席间淡化这一问题的矛盾。

如果仅把这类情况视为教师们个人的意气之争，则无疑忽略了徐刚所说的"教学中的问题涉及原则"的严重性，据徐刚回忆推测，草创时期的文研所，知识分子们随意性的言论和工作作风是发生过的。毕竟不同背景、水平的作家、学员处在一个空间中，如果没有明确的计划、方向，严格的组织领导，在建国初期特殊的历史时期中，组织要求全体党员绝对的忠诚和整肃的纪律，以保障革命事业的最终胜利，延安历史经验已经证明，革命需要知识分子、作家与艺术家改造个人主义与自由主义的思想倾向。徐刚作为文讲所时期教务处的负责人、参与者，他与邢小群对话中提到的这一观点，与笔者在院存档案中看到的中国作协文学讲习所教务处撰写的《中国作家协会文学讲习所第二期教学工作初步总结》一致：

> 五年来，我所虽然取得了一些收获，但存在的问题也很多，而且有些问题，是长时期以来一直存在着，由于所的领导干部没有及时地采取有力的措施，问题不仅没有解决，反而愈拖愈深，愈来愈严重。这种情况与我所的领导力量薄弱是有密切关系的。在中央文学研究所时期，本来人力较多，可是由于当时的主要领导干部把研究所的工作当作个人的事业，没有把教学工作看作中心工作；对于教学工作中所发生的一些问题，没有按照党的原则加以解决。……

我所的某些领导干部不热心，也不重视教学工作，没有把主要力量集中地放到教学工作上，也没有有计划地去培养教学干部；而是更多地侧重于自己的创作，使自身的工作与创作长期存在着矛盾；因此，至多只用半条心来考虑教学问题，缺乏长远打算，抱着"当一天和尚撞一天钟"的消极情绪；因此，许多工作没有得到周密的考虑与计划，有些问题甚至没有很好过问；即使处理问题，也常是采取"息事宁人"的态度，怕矛盾尖锐化，不敢把重大问题经常摆到桌面上，用党的方式来解决。教研室的干部在工作与创作之间的矛盾，尤其严重。如何把教学工作做好，如何切实地帮助学员提高一步，原是教研室的主要任务，应当以全部力量与时间来做这工作，但是教研室大部分干部缺乏这种认识，只把教学岗位作为进行创作的立脚点，把教学工作放到次要的地位，反而把自己的写作放到主要的地位上。本来进行业余创作是允许的，而且是应该的，但必须在不妨碍主要工作的情况下，在认真地完成了自己的任务之后；可是在我们所里，有些人把这种位置颠倒过来，结果，这些同志不仅不能按照规定完成他所应完成的教学任务，有些人甚至竟连起码的劳动纪律也不遵守。情况既然这样，教学方针怎么能够贯彻？教学质量怎么能得到保证？教学辅导工作那里还有人去做呢？

根据文研所二期（二期入学时还没有改名，结业时则改为文讲所）结业的时间判断，这次工作总结应该在 1955 年春。此时，作协党组对丁玲的批判还没有完全拿到桌面上展开，就这份文讲所内部总结的内容与措辞来看，还是从工作实际出发的，还在就事论事地总结经验教训。"在工作与创作之间的矛盾"，被视为管理不善的原因之一。丁玲 1953 年给周恩来的信中也谈到了"主要负责人又都是搞创作的，如我、张天翼（并且有病）、田间、康濯，因此教务工作、行政工作都使我们很吃力"。主持文研所工作期间，丁玲的事务十分繁忙，还有数月在大连养病、外出考察，的确在所务上既"吃力"又有疏忽。"由于当时的主要领导干部把研究所的工作当作个人的事业，没有把教学工作看作中心工作；对于教学工作中所发生的一些问题，没有按照党的原则加以解决"，即使不必非要落实在丁玲的头上，潜在的意思也说的是文研所时期的领导没有严格执行党的原则和纪律，致使所内滋生了矛盾和自由主义、个人主义的风气。

特殊的历史情境及具体人的意愿、选择、行动，共同决定了新中国成立后第一次社会主义文学教育的结局。如今看来，彼时的情境中，文研所是一次社会主义文艺工作方向与实践的试错，而对于当代中国历史和今天的鲁迅文学院而言，它无疑是一次宝贵的充满理想情怀与奉献精神的试验。

从中央文学讲习所到鲁迅文学院：
追忆80年代的文学院

——对话作家邓刚

缘　起

　　我是大连人，邓刚老师是我们城市的一宝。还在读中学时，我就听过他的讲座，一口大连人特有的"海蛎子"口音一旦幽默起来，实在叫人难忘。工作后，每次返乡，在饭局上，只要邓刚老师一落座，"海碰子"的"海蛎子"脱口秀就开始了，听众从头笑到尾。当然，他会讲到80年代自己创作、获奖、挨批评、上鲁院的故事，那时候，鲁迅文学院还叫中国作家协会文学讲习所，他的重点除了八卦外，往往放在怎么想办法弄到学历和申请为学院改名的故事上。我的感觉是，他讲的80年代文学界，没那么"先锋"、不怎么"现代派"，这就给我留下了一重好奇。而我在翻看院存档案，读到丁玲80年代来文讲所讲课的记录稿时，发现她屡屡谈到邓刚和他的《迷人的海》。读《丁玲传》，也看到丁玲让邓刚和几位学员去家里吃饭的细节，这些更加深了我的好奇心。晚年的丁玲与文讲所、中国作协和中国文坛之间的微妙关系，是文学史研究的重要内容，她是喜爱和欣赏年轻有才华的青年人的，"我们的年轻的是可爱的"，正如丁玲写给周恩来的信里写到的。于是，在计划这本《鲁院启思录》时，我总想在50年代和新世纪以后的鲁院建立一个过渡和联系，这件事很不容易。前几日，我读到王安忆和张新颖的谈话录，有一章节谈到 80 年代文学讲习所，特别是文讲所学习对王安忆创作的影响，王安忆的回忆生动、饱满，我羡慕，着迷，懊悔，只能暗下决心，以后再做些文章吧！这一次，好在有邓刚老师贡献他的回忆。

李蔚超：您是哪一年读的鲁迅文学院，不对，那时候学院还叫"中央文学讲习所"吧？您是怎么上的，还记得吗？是因为您的创作成绩突出的缘故吧。

邓刚：上个世纪 80 年代初，我因中篇小说《迷人的海》获全国大奖。也许在雪花飘拂的初冬，没一个作家能憋着一口气潜进冰冷刺骨的浪涛，并敢于在刀丛箭镞状的暗礁中捕鱼捉蟹，所以我这个"海碰子"的小说一下子激动了文坛。再加上当时文坛盛行的"伤痕"和"反思"文学沉重的氛围中，突然跳进来一个充满海味的"大自然小说"，就意外地受到欢迎。为此，我非常走运。不但从一个普通工人变成作家，而且还"保送"进北京中央文学讲习所读书。

李蔚超：《迷人的海》是在上海的文学刊物上发表的吧？您是否被文学界归入寻根文学等流行的派别？

邓刚：发表我这个中篇的《上海文学》，因为连续发表了王蒙、高行健、刘心武等作家的现代派小说，而被"严重关注"。刚开始《迷人的海》也被列入反动的现代派范畴之内，后来文学部门的权威巴金、刘伯羽和冯牧等认真审阅后，写文章表扬，这才一下子轰动起来。

李蔚超：然后，您就来到了文讲所。

邓刚：80 年代初全国一片文学的激动，满城市都是文学爱好者。那时生活单调，没有个体企业没有有限公司，没有幸运中奖没有股票上市，没有舞场等娱乐场所，甚至没有足球！因为文学能首当其冲地倾诉人们刚刚结束的政治磨难，所以，几乎是全国人民都在看小说讲小说评小说，谁要是在文学上有了光彩，从省里领导市里领导直到单位领导也跟着光彩，同时给予政治上和生活上的关心。中国特殊的国情下，这种作者个人奋斗加上长官意志的激励，在一个时期，给文学带来极其迅速的辉煌。

也许为此，领导们也相当重视文学，被"文革"废止的"中央文学讲习所"就在 1984 年恢复了招生。续接 50 年代第七期中央文学讲习所，我们就是"文讲所第八期作家学习班"。记得当时正式学员是四十四名，大都是各省选拔出来的创作尖子，基本上是每省一至两个名额，其中绝大多数是全国获奖作家，给人们的感觉是全国的文学秀才和状元们进京。因此，有人自豪地说是文坛上的"黄埔八期"。

李蔚超：您大概想不到，现在院内资料还保留着当时的试卷和考官笔记，我看过您的试卷，上面写着评语和结果："创作经验丰富，理论、知识欠缺，同意录取……"您记得那次考试吗？

邓刚：坦率地说当时我们的创作经验也丰富不到哪里去。但理论知识的欠缺倒是件大好事。因为在 80 年代之前，我们所宣讲的一切文艺理论，都是极其落后或充斥政治概念的理论，对文学创作只有害而无利。就拿当时所谓轰动文坛的《迷人的海》来说，我描写人与自然奋斗的惊险场景，就是象征世俗世界的人生历程。但当时评论家们连"象征"二字都不敢说，因为象征手段就是反动的。我们曾经在文学创作上"左"到这个程度，说起来真可怕。

所以，我们最厌烦考试。倘若考试的内容拿到今天来看，可以说是相当肤浅和可笑了（不是吹嘘，当时我们就看到这些考题无用而可笑）。为此我们基本上是采取"对抗"的态度，因为考试题是在预先给的若干道学习题中选，我们就将所有的题都答完，当时没有印刷考卷，为此我们就到办公室"偷"空白考卷纸，一张卷纸答一道题。到考场上按考题择出，偷梁换柱地交上去就完事大吉。记得我还挺细心，有些题故意答错一点，或是改动一下回答的方式，这样老师就看不出是作弊了。

今天回忆起来，我还是坚定地认为，作家班的学习方式，不应该用一般学校的教育方式，特别是考试方式。

李蔚超：同期作家班都有谁？他们后来在文学界都有怎样的发展？

邓刚：从出身和经历来看，同学们相互之间都差不多，大多是普通工人、农民、军人和职员，一篇小说定乾坤，一步登天进北京。所以，一个个既受宠若惊，又自豪得要命。有些同学还在棉袄外面套上件风衣，自以为这就是城市形象，雄赳赳地迈步在北京大街上，很有点占领上层建筑的意味。

鲁院结业之后，有很多同学在文坛上名声响亮。例如军队作家的乔良和唐栋，晋升为将军级，创作出相当震动全国乃至世界的作品。军队作家朱苏进走进电视剧创作领域，从电影《鸦片战争》到后来二月河所有的戏说清皇朝的电视剧，都是他执笔编剧。我羡慕他写剧本挣了大钱，我惋惜他再也不创作精彩的小说了。还有陈源斌小说改编成的电影《秋菊打官司》，赵本夫《天下无贼》改编成同名电影，都在全国引起巨大的反响。军队作家简嘉、储福金、杨东明等作家，至今还宝刀不老，有的获鲁迅文学奖，有的大作不断出新。这在历代文坛上，六七十岁的作家还能有如此创作激情，可以说不多见。还有一大批作家毕业后走上领导岗位，例如刘兆林等一批作家，都在各自的省市晋升为厅局级的作家协会主席或副主席。

李蔚超：当时学院的情况是怎样的？

邓刚：当我走进所谓中央文学讲习所时，真就是有点目瞪口呆。也许由于改革开放初期经济并不富裕，百废俱兴，方方面面只能是仓促上马，所以堂堂"中央文学讲习所"的校舍很"寒碜"。是在小关园林处租的房子，而小关当时绝对就是个土气的农村，一个不大的院落，几间排列的平房就是教室和宿舍。特别可怕的是厕所，里面是一览无余的一排粪洞，老师同学全都蹲在一起，光亮的屁股相互映照，彼此面面相觑，很有些不好意思。幸好大家都是从底层滚打摸爬出来的，很快就适应甚至很快就爱上了这个更多是自然风光的学校。

虽然后来中国作协新建了有楼房有卫生间有崭新教室的新学校，但我们同学最怀念的还是小关那里土气的校舍。

前些年我到北京开会，千方百计地找出时间，便跑到母校的旧址小关。但我大吃一惊，那个半农村半城镇的学校怎么也找不到了，高大的建筑拔地而起，商店酒店灯红酒绿，一条宽阔的柏油马路直通亚运村，各种车辆呼啸而过。我怅然若失地站在隆隆喧响的路边，回想当年同学们一张张生动的脸，回想那时比今天要晴朗得多的天空，甚至回想蹲在一起彼此感到尴尬的厕所。我足足在那里站了一个小时，几乎就热泪盈眶，还有点痛不欲生。

李蔚超：作家们在一起怎么学习？上过哪些课？还记得哪些课让您印象深刻？

邓刚：那时的学习的方式主要是听讲座，学校请社会上各个行业有名望的专家教授来讲座。有画家、音乐家、大学教授，但更多的是文艺评论家和作家。画家黄永玉、音乐家李德伦等给我挺新奇的印象，使我了解艺术与文学有着相同的东西。虽然"隔行如隔山"，但确实"隔行不隔理"。我个人不太喜欢理论家的课，特别是大学院里讲文艺理论的教授，声音洪亮震耳，内容空洞乏味，简直就要了我们的命。记得讲座结束，教授前脚走，同学们紧跟着就在教室前面幽默地模仿教授的神态，大家笑得前仰后合。作家的讲座还是比较有兴趣，例如王蒙、刘绍棠等。当时一些正规院校的人讥笑我们，说听讲座的教育方式不正规，其实要是用正规学校的教育方式，那更完蛋了。我认为办培养作家的学校，最好的教学方式就是讲座。

记得当时学校要我们写创作笔记，像交作业那样定期检查。同学们有的相当激进，记得一个同学写道：我们多少年高喊知识分子接受贫下中农再教育，结果整个国家文化水准倒退和落后。那我们是否能高喊新的口号：贫下中农接受知识分子的再教育！……我也初生牛犊不怕虎，在作业本上写道：巴尔扎克算什么，他作品中人物从开始到结尾不变化，开始是吝啬鬼，结尾还是吝啬鬼；开始是愚蠢的官僚，结尾还是愚蠢的官僚。他的写法只是导游员讲风景而已。而不像其他大作家笔下的人物，历经风云变幻的坎坷之后，或是走向高尚，或是走向堕落。

学校的领导们看到我们如此放肆的想法，大吃一惊，竟然像小学老师批改作业那样批评我们。可惜，我和同学们的这些本本早都扔进垃圾箱里了。如果现在要是能重新看到当年这些"放肆的创作感想"，绝对还会感到闪烁着青春激情的。

当然，印象最深，也对我最有帮助的还是同学们之间的创作交流，尤其交流得争论起来，甚至争论得"脸红脖子粗"，更有受益。为此我们经常举办全班级创作研讨会，也可以说是辩论会。主要是针对当时全国哪一部热门的作品，或当红的作家。同学们纷纷发言，或赞颂或批判，绝对不留情面地剖析，直言不讳地讥讽，会场往往严肃而热闹并妙趣横生。

李蔚超：我记得丁玲给你们讲过课。我查过院里保留的讲义资料，丁玲上课时提了您的名字，提了几次，还是她那种犀利硬朗的风格，在课堂上拿您举了例子，既肯定您的创作，也提了意见，您记得吗？

邓刚：丁玲是建国前就功成名就的老作家，在我还是孩童时期就知道她的大名。当真正看到她的"真人"时，几乎就有种看古老的"文学化石"感觉。我做梦也想不到丁老会关注我的作品，而且关注得令我感动并吃惊。因为她的秘书说丁老患有严重的眼疾，所以她想看的书都是由秘书朗读给她听。但《迷人的海》却是她坚持自己一页页读完的。

记得丁老讲座时的第一句话就是问："邓刚在哪儿？"

我立即站起来。

丁老却笑道："其实你不用站起来，我也知道这个大块头就是你。"

然后她就像拉家常一样地讲起来。当然讲到我的《迷人的海》，但她说偌大的海边只有两个人，一个老海碰子和一个小海碰子，是不是太孤独了呢？但后来她却又说到文字艺术的清澈和单纯，说到意蕴的深刻，人物的多少并不太重要（这是我仅凭个人的记忆，不见得准确）。我一下子感到丁老真正是个充满艺术细胞的作家。她从叙事艺术的角度给了我一种鼓励和认可。而当时一般的评论家都从思想和政治的角度来解析《迷人的海》。

但从丁老总体讲座而言，我们发现她讲得很散，没有重点主题，也没有中心内容，一会儿是回忆过去，一会儿是评述现代。我们以为她被打成"右派"，发配北大荒劳改，吃尽了苦头，准备听她从刀山火海中挣脱出来的思索。可她却没一点这方面的感慨。给我最明显的印象是，她对半个多世纪发生的事，没有理性的剖析，少有思想的愤怒，更多是情感的溶解。那时，80 年代改革开放刚刚兴起，改革和保守的阵线很分明，大家都在讲哪个作家是保守派，哪个作家是改革派。所以，我发现丁老对此非常敏感，她多次邀我、刘兆林和史铁生去她家做客。我个人的感觉她是刻意邀我们年轻的作家，与我们交朋友，让人们感到，她并非保守，而是改革向上的。

丁老在家特意给我们熬延安的小米粥喝。她充满深情地说："这是延安的小米啊！"言外之意，使我感到她特别留恋抗战时期延安那一段生活。坦率地说，我心里相当地不理解，因为在我所能看到的资料，都让我感到从延安到解放初期，一些知识分子总是断断续续地遭受打击的。作为鲁迅弟子的丁玲，可以说是首当其冲。

丁老对我非常非常地热心，她亲自对我说："邓刚啊，我的眼睛已经不行了，所有的作品都是秘书念给我听，但是就你的作品我是自己看完的。我临死时，最后一本书的第一篇文章，一定要写你的这部作品。"

我当时认为这只是对我一种热情的鼓励，说说而已。可没想到她真就说到做到，这就是后来收录在丁玲最后一部书的第一篇文章《漫谈邓刚同志的海》。我为此非常后悔，因为后来的年月风云变幻，我有些心灰意冷，不再有当年初闯文坛的热情。当听到丁老仙逝后，我竟然也没认真写过纪念她的文章。愿丁老在天之灵能原谅我！

李蔚超：作家们日常交流中，您有什么印象深刻的事情？

邓刚：作家之间交流的故事多得不能再多了，但由于是真人实事，不免就有褒贬之嫌，还可能侵犯隐私权，所以不便写出来。然而，有一次同学之间的辩论，我却永远难忘。同学中有一个诗人张廓，他是内蒙古一所大学的教授，读书之多令我们咋舌。但他从来不善言语，不知怎么有一天与几个伶牙俐齿的同学辩论起来，他就从马克思讲到黑格尔，再从黑格尔讲到康德，我们简直就被他丰厚的学识惊呆了，原来哲学理论的精彩是在一代代哲人的肩膀上拔高。

最使我牢记不忘的是他讲神圣——有用的东西不神圣。比如说板凳有用，你能说它神圣吗？家里的锅碗瓢盆柴米油盐有用，没有这些你就无法活下去，但你不能说它神圣。可挂在墙上的一幅精美画作，古董架上的一个艺术雕塑，有用吗？没有这些玩意儿你活不下去吗，但这些艺术品可以说神圣。

我为此在以后的讲座中还派生出"神圣的幽默"。我说一个人不喘气不喝水不吃饭就能死，可是不看小说能死吗？那我们为什么要看小说呢？于是我就在听众惊讶的笑声中讲小说的神圣。对生命并没有直接用处的文艺作品，存在了数千年，人们往往还为作品中的人和事痛不欲生，热泪盈眶，说明文学是多么了不得的神圣！……

李蔚超：您经常出去参加文学活动，从您的角度，当时 80 年代中期文学界的状态是怎样的？大家都谈些什么文学话题？

邓刚：80 年代刚刚打开国门，西方现代派和先锋派的创作理论蜂拥而入。一些年轻人为此几乎就疯狂了，他们甚至就像邪教的信徒一样，对传统文学的现实主义大加讨伐，真就是横扫千军如卷席。当时出现了一些荒诞得令人啼笑皆非的写法，说是一先锋作家将稿子写完后，不标页数，来个天女散花扔到地上，然后随意捡起来，稀里糊涂地装订在一起，重新阅读会有奇特的感受。还有更超荒诞的，说是小说要分左右两行写，读者阅读时左眼看左边的小说，右眼看右边的小说，感受会更奇特。这些荒诞真就有了荒诞的效果，一些刊物的编辑看不懂太先锋的作品，怕丢人，只得照发出来；一些人看不懂这些鬼画魂的小说，也怕丢人，就假装能看懂。

由于鲁院的作家们毕竟都有过相当优异的创作成绩和经验，对这些突如其来的东西不但没乱了方寸，反而还有点情绪式的抵制。我为什么说情绪式，因为大家并非是过去搞运动那样批判，而是认真研究了这些"超级"的创作手段，其实就是"形式花样"。我们的教科书上早就斩钉截铁地写上"艺术即形式"。没有形式的翻新，文学艺术压根就得断流。例如曹雪芹写爱情，托尔斯泰写爱情，鲁迅也写过爱情，那我们为什么还在继续写爱情，难道一代代大作家没写透爱情的本质吗？这就是艺术形式花样的不断翻新，才能使一代代作家有活干。

说实话，我对这些先锋派和超现代派的想法有些复杂，既有些抵触情绪，又有点好奇，甚至觉得这可能是一种飞跃。于是我就试着写了新形式的小说《全是真事》，故事和人物很荒诞。当时王蒙是《人民文学》主编，他对我这个东西很感兴趣，把我叫到他的家里谈稿，认为我写得还不够荒诞。后来小说发表出来，竟引起一些反响。但真正先锋派的作家们并不买账，写文章批我的小说不够先锋或现代。不过我为此却感到过度玩形式的危机，因为我发现连我《全是真事》这种不够先锋的"形式"，也只能用一次。而不像现实主义写法，永远有生命力。过度地玩弄"形式"，真就不会有生命力。先锋派或超现代派式作品很快就云消雾散，被读者抛弃了。

李蔚超：您当时在学院写了什么作品吗？现在回想一下，那段学习对您的创作是否有影响？

邓刚：在鲁院学习的时候，正兴起读拉美作家马尔克斯《百年孤独》和美国作家塞林格的《麦田里的守望者》。同学们相互传阅和交流读后心得。这也促使我如饥似渴地读完这两本书。特别是塞林格的作品，叙述语言之幽默，简直绝妙。我这个人也喜欢幽默，所以很快就将塞林格的语言风格融进我的创作中，并写出长篇小说《白海参》和长篇小说《曲里拐弯》。特别是前一部长篇，至今还有读者千方百计，用书信的形式与我联系，要购买《白海参》。不少人告诉我，一家文学艺术审美情趣相当高的"豆瓣"网站，给予《白海参》很高的评价。最近我开了公众号，重新发布长篇小说《曲里拐弯》，反响之热烈，令我感动并激动。这也可以说是在鲁院学习的收获。

我从鲁院结业回大连，幽默地说，在去北京鲁院读书前，大连所有的文学同行们都能拍着我的脑袋说，你懂什么叫文学创作吗？……可我在鲁院学习回来后，却可以拍着所有文学同行们的脑袋说，你懂什么叫文学创作吗？……当然，这是幽默，但没到北京鲁院学习，我决不敢这样幽默。

李蔚超：据说，是您带着班里的作家们一起"闹文凭""改校名"，是这样吗？

邓刚：因为国家开始改革开放，大讲四个现代化。而我们学校的名字太不现代化了，应该改革；更重要的是国家开始讲究文凭，我们白白在这里读几年书却没有文凭，这也太不合算了。于是同学们开始闹文凭，但怎么闹也没用，上面就是岿然不动。学校领导也支持我们的文凭要求，有了文凭，学校的级别也就高了，对上对下都是件好事。可无论学校领导和我们怎样努力，也是无济于事。同学们气疯了，凭我们堂堂作家，大学教科书里都有我们的文章当教材，怎么会不给文凭！有的说要到国家教委去评理，有的说要绝食，有的说要静坐，众人气势汹汹，怒火冲天，实际上连根草也烧不着。

坦率地说，我当时对文凭不太在意，我想我反正后半辈子只能是写小说，也不到大学当教授，更不到什么单位去当官，要文凭作甚？麻烦的是我和当时还是军队作家的刘兆林都是学委会领导，也就是作家班班长。我和他俩又都是辽宁来的，班上全国各地的同学们都为文凭奋起拼命，辽宁两个当班长的却置若罔闻，怎么能行？刘兆林还可以，因为他当时已经有大专文凭了，而我却两手空空，不为文凭使劲儿也让人觉得不合逻辑。

同学们对我一定是有了意见，因为他们利用我出外开会的机会，背着学委会成立为文凭而战的"学历委员会"。学历委员会的成员大都是班级里的高才生，即全国有影响的作家。但不客气地说，秀才造反，十年不成，他们在创作上一个个能龙飞凤舞，可在现实生活中几乎就是乌合之众。成立学历委员会要干什么？第一步怎么干？第二步怎么干？遇到障碍怎么办？大家一盘散沙，牢骚四起，甚至把和我们同样心情的校方领导当成了对立面，吵吵嚷嚷地要罢课。

也许我块头大，也许我毕竟是班长。所以在成立学历委员会时，部队作家朱苏进可能是重视我可能是出于计谋，提名让我也成为学历委员会成员。当我从外地开会回来，得知同学们在"密谋"时并没忘记我，心下挺得意。为此也就热血冲动，要为文凭大干一番。

当时我们的院长是李清泉老先生，在极左年代他饱受迫害，因此我们都很尊重他。由于他身体不太好，所以负责日常工作的是才从黑龙江大学调来的周艾若先生，他是著名的作家、文化官员，原中宣部部长周扬的大儿子，颇有学者风度。他大概对我们为文凭要罢课的举动不太满意，因为一些老师早已惊慌失措地向他报告，说我们闹得不像话了。因此他决定与学历委员会的"骨干"们进行一次对话。

当周艾若先生用领导的威严和师长式的关切目光望着我们时，我才感到我们实际上是非理性的一群，所谓学历委员会只是群情激愤的产物，大家除了精彩的愤慨和抱怨，再就说不出什么有力量的话来。尴尬之时，我突然觉得自己重任在肩，于是我开始显示我撒谎的才能。我讲学历委员会成立后是怎样艰难而又努力地工作着，既要争取文凭，又要做大多数同学们的思想工作，维护学校的纪律和秩序，让同学们能安心学习；我说我们学历委员会先后召开了三次会议，每次会议的时间地点讨论内容都说得分毫不差，有鼻子有眼。这些凭空捏造的谎言，我说得慷慨激昂，说着说着还动了感情，也就更加说得真实而感人。

我把我的撒谎能力发挥到极致，这是我在当"狗崽子"年代里学成的高超生存本领。那时为了能活下来，我对我痛恨的东西兴高采烈地唱赞歌，必要时甚至能热泪盈眶地说胡话。几十年的扭曲，我既柔软灵透又刀枪不入。没想到周先生竟然被感动了，他说没想到同学们能这样认真这样严谨地对待文凭问题，他说学校方面对同学们的迫切心情理解得不够（大意如此）……我听了心下又得意又想哭。

我不知道同学们是不是能记得起那次会议，但有一个同学肯定是不会忘记，那就是当今写电视剧的高手朱苏进，因为当我谎言连篇时，他那对冷峻而狡黠的眼睛一直朝我闪动，流露出赞许也许是嘲讽的意味。后来"文凭运动"真正是如火如荼地全面展开，同学们全都调动起来，大家心心相印，抱成一团，为文凭而战！这种精神实在是感动了我，并给了我激情也给我了胆量。我拿出了浑身的解数，首先单枪匹马地找到了当时作协领导唐达成先生和鲍昌先生。他们很认真地听取同学们的意见，并认真地去为同学们的要求而忙碌，给我留下深刻的印象。两位先生已先后作古了，愿他们的灵魂能在天堂里得到公平待遇。

同学们可能由于心情迫切，经常就与方方面面发生一些争论，实际上唯一的争论是学校名称，我们要改为"中国文学院"，领导要改为"鲁迅文学院"。直到今天，我和同学们还认定领导没听我们的意见是个遗憾。

在一次相当"高级"的会议上，我不顾一切地冲到台上领导席，向当时在文化界很有影响的领导人贺敬之诉说我们文讲所为文凭而战的苦衷。也许我说得热切而恳切，贺敬之很感动，他二话没说，带我到更高一级的领导邓力群房间里，我又对他重新热切和恳切了一通。难以置信的是面孔严肃的邓力群也大大地感动了，他掏出笔，在"申请书"上写下支持我们的意见，正面空白处写完还要写，一直写到申请书的背面。走出开会的宾馆，我很是兴奋，因为当时我的正式行当还是大连机电安装公司的工人，到北京读书才几个月，两眼茫然，却如此敢闯，不能不说是我的一次"杰作"。

但一切努力几乎是付之东流，无论怎样你也撼不动老气横秋的教委，更无法感动教委"老爷"们的铁石心肠。然而，毕竟作协领导、学校领导，还有我们发了疯一样的四十多个同学的苦苦努力，还是换回来如下的胜利：一、学校更名为"北京鲁迅文学院"。二、八期作家班（包括上一届七期的编辑班）全体进北京大学读书，毕业后持有北京大学文凭。这也是个不小的胜利，再加上我们这时搬进了建好的新校舍，同学们还是欢呼雀跃。

就在同学们欢呼胜利之时，我悄悄地先把行李运到火车站，然后在我的房间门口贴上一张留言条：同学们，我走了，请你们记住我的优点，忘掉我的缺点！然后我散步一样悠闲地走出校门，一些同学以为我是到商店去买方便面了，还与我轻松地点头致意。但连我也没想到，我从那次走出校门至今整整三十多年，再也没回去过。

李蔚超：历史真是充满巧合，早在1950年丁玲等老一代文学人筹备文学院时，就拟了两个院名上报中央，一是鲁迅文学院，二是中央文学研究所，中央批下来的是中央文学研究所，想不到三十余年后，兜转沉浮，院名又改回了原本的选择之一。感谢您提供了80年代文学界故事的其他面向。谢谢您！

邓刚：哈哈，谢谢你！

鲁院启思录

缘　起

一次，在自媒体上推出十万＋特稿的记者朋友——是了，认识她时，朋友圈正"病毒"似的传播她的大作，《一个人的性生活》，听说我供职于鲁迅文学院，她立时眼放精光，执我手不放："我想写鲁院！怎么能去做采访？"

"为什么啊？"

"中国竟然有这样一个学校，一群作家在一起，多有趣、前卫！多酷！"记者姑娘道，"他们聚在一起，每天都做什么啊？"

一时无从回答。原来，外界想象中的鲁院，如此神秘，时髦，自带文艺腔调。然而，这些词，大概很难比拟成立于1950年秋季、中国唯一一所培养作家和文学工作者的"文学院"的内涵。这所学院随中国六十多年的当代史一同经历陵谷变迁。数千位中国作家、文学"信徒"、文学从业者曾聚集于此，不同的历史阶段，震荡、变幻、回旋着与之相对应的文学的政策、思潮、审美、趣味，以及作家的命运——首当其冲的就是丁玲，我在想，如果她不把办文学院视为理想、使命和责任，便不会推动由中央文学研究所向文学研究院发展壮大，所内人际关系可能缓和一些，历史便会向另外的方向、以别样的方式演进，也便不会有鲁迅文学院。有悲剧，自然也有喜剧和正剧，我在鲁院，也听过不少人因来鲁院而改变命运的"大团圆"故事。

于是，2017年当《江南》杂志《非常观察》栏目找我做一期鲁院时，我决定邀请几位新世纪之后在鲁院高研班就读的作家来谈谈，他们十足"当下"，他们属于"现场"，他们的经验事关对这所学院有兴趣的写作者的关切，也对应着中国当代文学史研究的重要面向——文学体制研究。这番访谈对我作为观察者和研究者而言，也是一次良好的机会：文坛上回忆鲁院生活的文章不少，许多场合，作家也会"应景"地谈起鲁院对他们的影响，然而，我想探究的是影响的细微处和实际效力，譬如阅读、写作、观念、转变……鲁院给予作家的启迪到底在哪里，若有启迪，又是如何发生的？

九位作家中，有已然离我们而去的红柯，这位才华横溢、勤勉自省的作家，待人谦和亲切，和别人发信息时，永远比着赛着地姿态放低，仿佛一直能低到泥土里去。也正是他谦和的态度，给了我作为年轻后辈敢于向他约稿的勇气。关于鲁院的影响，红柯的回答算坦诚，他是来鲁院"休养生息"的，是来看北京城的，可能不少来鲁院的作家怀着相似的而不是别的什么高尚目的，红柯替大家讲了出来，当然，无心插柳柳成荫则是另外一个故事了。我的微信里，至今存着他发来问卷时的留言。我不会删掉它们。乔叶老师岁数不大，文学成就不小，在鲁院高研班的资历也高，"鲁三"的学员，她的成名路颇为离奇，一个尚未成家的姑娘写家庭情感类散文写得头头是道、引人唏嘘，竟时有读者把她作为知心姐姐打电话向她倾诉心曲，堪称当年的《知音》一姐、内地的张小娴。可是据她讲，她是在鲁院开始学写小说的，还记得2017年杭州，我同她和我们教研部的严迎春老师一起散步在浙江党校的院子里，听她讲鲁三旧事。鲁院有为学员聘请文学导师的传统，乔老师师承李敬泽老师，学期里，导师李敬泽带着他们组的几位作家讨论文学，每次问，谁先来，初生牛犊乔老师，总是先滔滔不绝一番，举座静默，李老师只好发话，（胡）学文啊，你来说说吧。乔老师也不怕，读书，思考，下次接着滔滔。无所畏惧的乔老师通过与导师、同学的不断交流，最终学会了写小说，而且还不是一般的会，她俨然成为当下最优秀的小说家之一。这样的好作家通向成功的道路，竟然途经了我们学院的院子，严老师和我都产生了与有荣焉的快慰。所以一旦要谈鲁院，我首先便想到了乔叶。儿童文学作家萧萍，小说家李浩、徐则臣、东君，普米族诗人鲁若迪基，编剧张建祺，网络作家血红，几位作家创作领域不同，选择这几位，也是鲁院教学工作的基本思路，让不同类型的作家都能得到展示自己的机遇。

《江南》发稿后，鲁院常务副院长邱华栋先生很感兴趣，是大作家，也是一位好编辑，他马上灵光闪烁，嘱我多多邀约作家来谈鲁院，甚至结集成书。广撒"英雄帖"后，我意识到，谈鲁院，难。抒情、怀旧、八卦、吐槽，似乎人人都于吞云吐雾间口若悬河地说上一气，唏嘘感慨，哈哈一乐之后，这些野史轶事就自唇齿间流离失所，无处安身，毕竟文字是伦理的、神圣的、事关千秋的，欲谐先得作庄。每每想到，几十年后，当今天的作家已成文学史上的大人物，成为教授、博士的研究对象时，曾氤氲于历史中的微妙情境，连同具体的人事遭际甚至八卦对作家其人其文的影响，都会在正襟危坐的"庄重"中遗失，只留些严肃郑重的大话语，若碰上知情解趣、翩然会意的读者，尚能从我们的庄语中猜测几分真相，若被当成，那可就太可惜了。

我曾颇为自信地把目光落到鲁院对"写作"的具体影响上，看似路数正大，其实同样限度重重。影响研究是常见的学术方法，研究域外文化、思想和作家对本土作家的影响，可通过文本互证、外部条件的举证、作家言论的自证。教育之于人的影响要更难于确认一些，教育者的传统、教育的形式、教育施与者的自身特质，复杂的因素共同作用于鲁院文学场域中，法国布迪厄所说的"场域"，是位置间客观关系的网络或形构，这些位置是经过客观限定的。所以，我会向各位作家发问，可了解"鲁迅文学院"的历史和她倡导的文学理想？希望提醒作家对鲁院这个场的反思和清醒——显然，我是多虑了，作家洞察世事人心，岂会不明白？明白也可能说的还是同样的话。

作为设问人，我自有难处，身在此山中，能不能剥离习焉不察的思路？能否意识到不自觉地回护姿态和立场早已蕴含在我的提问中？——提问的方式暗示、限制了答案的内容和可能。尽管我不厌其烦地对每一位受访作家说，不必一味说好话，若鲁院对你并没有影响，不妨直说啊。一位作家戳破了我看似客观的"公心"，他说，我没有说好话，我说的是实话——当然，实话也是有欺骗性的，因为部分也只能是实话的部分。

把难度"有言在先"地摆出，是在提醒我自己和读者们，话语的迷津中有真实，当然，真实也可能在讲述中被遗忘、闪躲和放逐，好的思考者需要有侦探破案的能力。鲁院的故事，作家与文学的事，我想，是值得侦探们反复思量的。

一、你的哪部作品、哪首诗的灵感，来自于鲁院的学习？是课堂、阅读或者与老师或其他作家的交流？能否描述一下爆发灵感、形成构思、落于文字的过程？

红柯：2001 年我的第一部长篇小说《西去的骑手》在《收获》杂志发表，2002 年元月云南人民出版社"金收获丛书"出版。完成一部长篇后整个人陷入疲软状态。我一直是职业教师、业余作者，每年要上几百节课。那时我还在宝鸡的一所大学执教，一看课表吓一跳，课时增加一倍多。实际情况是，当时老师们都抢课时，年终奖按课时结算，中、老年教师都把课抢完了，年轻老师刚成家急需钱养家糊口，我的课反而上涨。恰好省作协通知我，有个去北京鲁院上学的机会，白描老师也鼓励我来。我去鲁院有休养生息、养精蓄锐的意思。2002 年 9 月入院，一个月后恢复元气，到 2003 年 1 月 16 号离校，完成了长篇《大河》。《大河》的最后一句话是："大河还在流着……金海莉只能写到这里了。时间是 2003 年 1 月 16 日凌晨 5 点钟。"

徐坤：我是新世纪鲁院首届高研班学员，2002 年 9 月入学，2003 年 1 月结业。为什么要强调"新世纪"？因为在 2000 年以前，从上世纪 50 年代到 80、90 年代的旧世纪里，鲁院办过各种形式的各色培训班，培训出形形色色各种威武堂皇和各种奇形怪状的学员。可惜都不成序列，远远比不上新世纪以来从 2002 年到 2018 年连续办了三十三届高研班这样宏大的规模。这期间还夹杂着大量其他类型的班。

对了，你要问什么来着？"你的哪部作品、哪首诗的灵感，来自于鲁院的学习？是课堂、阅读或者与老师或其他作家的交流？能否描述一下爆发灵感、形成构思、落于文字的过程？"我的唯一一部作品灵感来自于鲁院，就是毕业后的 2003 年，怀着无限思念和莫名的眷恋，写了两万多字的长篇散文回忆文章《在鲁院那边》，发表在当年的《青年文学》杂志上。据说，后几期的鲁院学员每来必读，因为里边有一段详尽介绍了鲁院八里庄校园周边的饭馆分布情况，成为吃货必读宝典（哈哈哈）。当然，这是开玩笑。文章主要还是回忆和介绍了切身感受到的鲁院的培训特点，师资配备和教学情况，并有意和 50 年代与 80 年代的鲁院形成对比，以期在记忆还鲜活时留下一些鲁院的"当代史料"。

文中我也提到，因为在鲁院学习时曾受社科院文学研究所陈骏涛老师之托，帮他查找鲁院史料以助其撰写中国大百科全书中"鲁院"辞条。所以我全面系统地查阅了所有能够找到的有关鲁院史传评论材料以及过去年代老学员们的回忆文章。看完之后，当时就有心思要把我们这一茬新世纪的鲁院学员情况记录下来，以供后人检索。

邵丽：其实，我算是真正从鲁迅文学院成长起来的作家。别的作家可能是发了很多作品才走进鲁院的，我先期自费在鲁院学习过，创作了一部分中短篇小说，发表在《青年文学》《中国作家》等刊物，2002年进入首届鲁院高研班之后，开始在《人民文学》《当代》《十月》等杂志发表作品。我的早期作品，像《王跃进的生活质量问题》《故园里的现代女人》《礼拜六的快行列车》，都是在鲁院学习期间创作完成的。长篇小说《我的生活质量》是在鲁院开始构思的。

王松：就蔚超提出的这十个问题，可以看出，她对鲁院这个在中国独一无二的文学学府与作家写作的关系，思考很深。更深一层的是，文学教育对一个作家的成长，究竟有什么意义？

蔚超还将提问的外延扩大，解释说这些问题可就感兴趣的作答，或可跳过，或可谈开去。如果这样，我就把这些问题综合起来，谈一下我当年在鲁院学习的感悟。

先说几句题外话。题外话，其实也是题内的话。我当年在大学读的是数学，而且不是应用数学，是基础数学。应用数学还好办，是看得见摸得着的东西。基础数学就难了，只研究理论，极抽象，搞来搞去好像跟现实没一点关系。有时为了证明一个莫名其妙的定理，老师能把证明的过程写满几大黑板。我记得教我们"数理逻辑"的老师曾扬扬得意又不无感慨地说，一个真正的数学家，一生中只能选择一个研究方向，不是精力不允许，而是时间，生命的长度不够，不要说到晚年，就是中年再转向也已经来不及了。我当时简直难以想象，在这个世界上，究竟什么事会跟这些奇怪的定义定理和抽象复杂的公式有关系。但毕业以后，我才渐渐意识到在大学里读的是什么。不是那几十门理论数学的课程，而是思考问题的方式。也就是说，在毕业若干年后，尤其是从事文学工作，开始写小说以后，我才发现，我开始真正读懂了数学——当然，数学与小说的关系是另外一个话题——这让我感到很意外。可以这样讲，一个读过数学专业的人，无论他承认与否，自己意识到与否，他想问题的方式肯定跟没有这种学习经历的人不会一样。这还不仅是简单的逻辑思维问题。可以说，包括他的说话以及表达方式也不一样，甚至会影响性格，改变了他观察这个世界的角度。

我想，我说到这里，就从这个角度应该已回答了蔚超的问题。

陶纯：仔细回忆一下，我 2014 年能够写出长篇小说《一座营盘》，与上鲁院首届高研班有很大的关系。我是军队作家，2002 年来鲁院学习时，已经有二十二年的从军经历，熟悉的生活只剩下军队，但由于种种原因，军事题材的创作面临瓶颈，包括我自己在内，军队作家写出的东西大多是不痛不痒，小情小调，重复制作。记得著名评论家雷达在课堂上讲过一段话，大意是，当今文学回避宏大叙事，钻入小型叙述和个人化的迷宫成风，鲜有表现时代民族命运的大主题，鲜有对民生疾苦的深切关注，鲜有对父老乡亲的大悲悯，大关怀，总之，反思精神、启蒙精神、悲剧精神趋于弱化，这是当下最忧虑的。由此，我深深意识到，自己的创作得换个路数，不能再一成不变了。离开鲁院后，赶上影视繁荣，便一头扎入剧本创作，写了八个剧本，还好，都拍摄成功了。直到十八大后，党中央大力反腐，我意识到，军事文学创作的春天来到了，便毅然回归文学，用不到一年的时间，写出了《一座营盘》，动笔写作时间虽然不长，但我的思索和创作准备，却是在鲁院就开始了的。正因为有了那么长时间的积累和思索，写起来才得心应手，一气呵成。

雷平阳：2004 年在鲁院学习期间，我完成了散文集《我的云南血统》的写作。该书的内容与鲁院没有直接的关系，那四个月，除了上课与聚饮，我沉浸在了有关云南的回忆与思考之中。原因是在此之前我已开始该书的写作，放不了手。当然，由于当时我的另一本散文集《云南黄昏的秩序》出版不久，班上有几个同学买来读了，对我的语言、叙事和旁观者的身份给出了不错的评价，让我在

《我的云南血统》的写作过程中显得更加从容一些了。

刘亮程: 上鲁院时,我的长篇小说《虚土》,刚写开头,正处在困难期。因为它不是讲一个故事,是写一种生的恍惚,人到中年,前后不着村店。写作的状态也这样。那是我刚从散文转弯写小说。其实也没怎么转。原计划是写一部小说的,最后可能写成不像小说的小说,但也不像散文。所以那本书当长篇小说出版一次,又当长篇散文出版一次。

小说的核心部分,已经在那几个月里写出来了,一个五岁孩子,在某个早晨睁开眼睛,看见村里二十岁三十岁的人在过着他的青年,五十岁六十岁的人在过着他的老年,整个一生都被别人过掉了,而他自己,又在过着谁的童年。

断断续续地写。恍恍惚惚。

现在想起来,在鲁院的那段生活也是恍惚的,一个中年男人离家数月,和一群中年人过集体生活,单个的小房间,单独地睡着醒来。也难得。

徐剑: 鲁院的四个多月里,同学当中,奋笔疾书写长篇小说者有之,写出几个短篇小说者有之,甚至有的还获了青春文学奖,而我却陷入一种中年作家文学恐慌之中,这种恐慌于我,几乎是毁灭性的,但它又可能是一次浴火重生的前夜。故,我暂停了一切书写。每天重复着上课、读书、读书、上课的节奏,读苏联作家索尔仁尼琴的《红轮》,读博尔赫斯,读卡尔维诺文集六卷,尤其是《树上的男爵》《分成两半的子爵》《不存在的骑士》和《看不见的城市》,对我的启发特别大。读罢《看不见的城市》,方觉散文可以那样写,小说也可以这样写,城重如轻,轻轻皆重,如同在迷雾中前行的旅人,忽然烟消云雾散,眼前一片坦途。在培训即将结束的时候,组织我们去元上都采风,回来后我就写了一万七千字的散文《城郭之轻》,发表在《散文》杂志头题上,这是我在鲁院四个半月的唯一作品。鲁院学习归来,女儿正好考上了大学,人的心情一下子放松了，这年初秋，我随着大名编崔道怡和玛拉沁夫老人去河南焦作，参加中国作协的云台山笔会，徜徉于"竹林七贤"之地。这时，铁道部文联的电话打来，邀我完成青藏铁路历时四年的采访。从这个深秋开始，我用了一年时间，开始《东方哈达》的写作，一种强烈的文本意识跳荡于键盘，从此一发而不可收。我用上行列车、下行列车形式，结构此书，上行列车写青藏铁路筑路人的故事，从北京决策层写起，一站一站写至拉萨。下行列车写汉、藏两个民族在一千三百年的时空，由战争、杀戮、汉亲，最后融合一家兄弟的往事，一个岔道，一个事件，写起来举重如轻，左右逢源，游刃有余。

乔叶：我是鲁院高研班第三期学员，在鲁院的学习期是 2004 年 3 月到 7 月。回想起来，似乎有点儿遗憾。没有任何一部小说作品的灵感产生，和鲁院的学习有直接的关系。但在鲁院学习期间确实也写了两个小说，都是原来就有的素材积累，在鲁院学习时完成的。一个是短篇小说《普通话》，另一个是中篇小说《紫蔷薇影楼》。不过一些散文的写作倒是和鲁院有直接关系，我们班曾去内蒙古进行社会实践，我写了一篇挺长的《草原日记》，记录了那几天的生活。近些年还写了几篇鲁院同学的印象记，如写钟求是的《求是实事》，写胡学文的《胡学文的眼睛》。

范稳：记得去鲁院前刚刚写完自己的"藏地三部曲"收卷之作《大地雅歌》，接到去鲁院学习的通知时就想：正可在鲁院好好改一改，同时也方便跟北京十月文艺出版社的编辑商量修改方面的事宜。因此在鲁院学习期间我做的唯一一件事就是修改这部作品，还写了一篇近万字的"后记"，为自己十年藏区的写作经历作个总结。

葛水平：我是鲁十一。去鲁院学习第一是想躲清净，第二是正写一部长篇《裸地》想在鲁院完成。写作更多是在房间里；课堂上要认真听课。好像没有爆发性的灵感出现，当时觉得，上了鲁院以后的写作一定不能掉了水准，仅此。

徐则臣：长篇小说《耶路撒冷》中偶数章的十个专栏，大部分写于鲁院学习期间。很难说是有一个清晰巨大的灵感火花某一瞬间绽放，更多的是在鲁院学习期间，从听课、阅读、交流乃至课余时间的日常生活中一点点汲取和积累出来的。我是个迟钝的匠人，更信任厚积薄发和水到渠成。

东君：2008 年春，我在老鲁院（八里庄南里）学习期间，可以说是饱食终日，游谈无根。每天看书写作的时间并不多，过了三分之二时间，我还只写了个万把字的小说。而我身边的几位同学，像秦岭、王十月，都已经写了十几万字。尤其是王十月，右手受了重伤，打着绷带，依然可以用左手打字。四个半月过去了，他竟然完成了近二十万字，而我，很可怜，只写了一个万余字的短篇和半个中篇。我写得慢，固然与自己那种散淡的性格有关，但也有一部分原因是出于自身对文字的苛求——那时我还没想好，下面自己应该写出点什么跟以前有所区别的作品。我带着半个未完成的中篇回去后，状态居然出奇地好，不出半月就完成了中篇小说《阿拙仙传》，之后我又一口气完成了另一个中篇《子虚先生在乌有乡》。说到底，我不是一个勤奋的写作者，写得太多我就会莫名地厌烦起来。凡事做到十分就无趣，做到七八分正好。

王十月：这个，还真没有。上次看您在《江南》做的访谈，东君说我在鲁院写了几十万字，那是误传，可能他觉得我的写作量比较大，在鲁院期间就会写许多吧。我读了两届鲁院，鲁八，鲁二十八，总共只写了一部中篇小说，《白斑马》，发表在《十月》杂志。灵感也与学习和交流无关，是我计划中的。只是当时《十月》主编王占军老师到鲁院来讲课，说王十月我们都是"十月"，你应该给《十月》杂志稿，我就把计划中的一个小说落到了实处。

次仁罗布：短篇小说《雨季》的灵感来自于鲁院。记得当时是在 2004 年秋末，我们少数民族班（第四届全国少数民族高研班）

要出一本集子，学院正式向我们征集稿子。当时我的手上没有现成的作品，看到其他同学交稿心里非常地着急。那时候，我是个文学新人，刚刚在鲁院的学习过程中懂得了一点小说的皮毛，就在万分焦急中想到了自己曾经去采访过的一个小镇，它位于西藏山南加查县。之前，被采访的这些人居住在一个叫洛林沟的地方，那里夏天雨季一到，经常发生水灾，不仅冲毁庄稼地，沟里的村民也与外界中断联系。更恐怖的是村民一旦得了重病，只能被人背着翻山越岭去就医。其中有一个村民的父亲当时病危，他背着父亲走在泥泞的羊肠小道上，翻越了两座山，父亲熬不住就在他的背上断气了。这个村民只得又把父亲背回沟里安葬。后来，政府把他们从不宜人居住的洛林沟里搬迁出来，给他们建房子，分农田，过上了安定的日子。当时我把这个故事讲给几位同学时，他们一致认为这跟余华的《活着》很像，写出来会是一个不错的小说。正是受到他们的鼓励，自己才敢于落笔完成这部作品。

在创作过程中，得到了其他同学的很多好建议，自己也虚心接受，不断修改，终于完成了这篇小说。

最有趣的是，这篇作品出来后，有几位老师问我这是真实的事吗，我知道老师们是怀疑一些细节上的真实，那时我回答说都是真实的。事实上小说里所写的很多事件就发生在我的身边。这么多年过去了，我想小说应该是贴着生活的，是关注现实的尴尬与荒诞的。

萧萍：可以说，迄今我自己的重要作品几乎都是在鲁院之后产生的：比如获第八届全国儿童文学奖的《狂欢节，女王一岁了》，比如入选德国慕尼黑青少年图书馆的《流年一寸》，比如今年第四届政府出版提名奖的《沐阳上学记》，等等。相比于其他人，我更愿意将鲁院的学习看成是一次生命的邂逅和觉醒。那里的学习虽然短暂，却具有光一样穿透力，发散、随性而又专注。

鲁若迪基：您的提问让我回到了在鲁院学习的日子。请容我在回答问题前啰嗦几句。我们班是新中国成立六十周年举办的鲁十二班（五十五个民族作家班）。这在鲁院历史上是没有过的，所以，我们得到了很多的殊荣。我们参加了国庆观礼，观看了大型音乐舞蹈史诗《复兴之路》等；登了泰山，下了江南；还参加了国务院第五次全国民族团结进步表彰大会，全体学员受到了党和国家领导人的亲切接见。结业时，中共中央政治局委员、中央书记处书记、中宣部部长刘云山还亲临鲁院看望大家，给大家殷勤的鼓励。两年后，他又邀请我们班全体学员返回母校，与我们进行了座谈，听取了大家的汇报。我在鲁院学习时主要整理出版了诗集《没有比泪水更干净的水》。这部诗集的序末我还特意写上了日期和鲁院214室。算是对鲁院那段美好时光的纪念。那时写的组诗《异域》等，灵感就来自鲁院。稍微有点遗憾的是，大部分灵感都来自周末睡懒觉的时候。

血红：刚刚结束不久的书《巫神纪》，最初的想法就来自于鲁院的一堂讨论课，我想要在玄幻小说中融入更多的中国传统神话因素和中国历史人物的影子。抛开手上正在写的这一本书，下一本书计划会融入更多的中国传统神话和历史传说的元素，这都是在鲁院学习时，对中国传统文化在创作中的作用进行仔细思考后的结果。

李浩：具体还真说不上来。我的小说绝大多数都是"虚构之物"，在写作中我会把生活"改头换面"，我必须把它们放置在我的虚构的世界里去才会让我舒服。我的生活和经历不太会以原样的方式出现，所以，我无法说清哪部作品的灵感来自于课堂、阅读或者与其他作家的交流。但需要承认，在两次的鲁院学习之后我分别有小小的调整，包括方向上。在鲁八，我和王十月、陈大明的交流甚多，我的《告密者札记》写于那个时候，我决心更多地强化非生活的虚构，让自我的面目更清晰些，至少这成为我的方向之一。我与郭艳老师在文学上的交流也多，她多次对我的写作提出"警告"，我很看重这份警告并做着悄悄的调整，哈，当然当我在《镜子里的父亲》那样运用"知识"和"知识点"的时候她又说这并不是她想要的样子——作家和批评家之间，就应当有反复的、砥砺的博弈，不是么？我希望自己能够真的让每一次日出和日落都是陌生的，书写下的旧鞋子也是陌生的，虽然我做得不够好。

张建祺：我有个短篇小说《江南江北》发表在《青年文学》上，这篇小说的开篇是对一个梦境的描述，其实这个梦是我在鲁院的寝室做的，把梦展开之后形成了这样一篇小说，写作的过程也是在鲁院寝室，那里非常适合思考和创作。

任林举：我有两部作品都与鲁院有关。2005年上鲁五的时候，长篇散文《玉米大地》刚要截稿，鲁五严谨的学术氛围让我重新审视并调整了自己的作品，在充沛的感性中加入了理性和思辨的筋骨，得到了同学们的充分肯定和鼓励，后来，这部作品确实也成为一部我的重要代表性作品。十年后的2015年，我又第二次进入鲁院，开启了又一次圆梦之旅。那时我正在为如何写好长篇纪实作品《贡米》而愁肠百结，找不到合适的叙事方式和结构。与鲁院老师和同学间的交流、碰撞又一次激活了我的文学感觉，两周之后，一项庞大的叙事工程正式出了"零米"。那一段时间，每天听完课我就躲在寝室里写《贡米》，敏捷的文思，不知从何而来，我感觉静静的寝室落下一根针我都能听得到。结业时《贡米》的写作已经完成大半。

弋舟：在我的感受中，鲁院对我创作形成的刺激更接近一种潜移默化的效果，很难说它在某一个"具体的点"上使我灵感迸发，但却可以说它在"一整面"上影响到了我的创作方向。譬如《丙申故事集》的写作，大致就肇始于我和同学间的交流，我们有感于当下小说集出版的某些病象，诸如内容的重复、篇章的再三拼凑，我才动念去写一本全新的小说集，给它某个主题，并且一旦结集，便永不和其他集子里的作品重叠出版。我想，这种"自重"，亦是鲁院整体气氛给予我的矫正，它让我对自己有了更高的要求，以一个

"负责任的作家"的态度，去重新规划自己的文学道路。

李骏虎： 我上过两届高研班，鲁七是第一次，当时正在山西洪洞县挂职锻炼，进了八里庄老鲁院门，用了一个多月才从行政工作思维回归到作家状态，这要得益于鲁院科学合理的学习生活安排：周一三五上午有课，下午没有，周二四也没课，有足够的时间来消化课堂上受到的文学刺激，产生思考和创作冲动，然后形诸于文字。写作十几年，有很多文学理念我并未听过，第一堂文学课上胡平老师讲文学要"照亮"现实的理念，一语惊醒梦中人，使我意识到自己作品过于忠于现实，缺少悲悯情怀，没有达到照亮苦难、给人生以希望的高度。大概一个多月后的一天晚上，我照例到四环人行天桥下的久久鸭脖小店买了两个辣鸭头，提回宿舍，啃着鸭头用笔记本电脑追美剧《罗马》（一位央视主持人在讲课时推荐的）。那天很奇怪的是看不进去了，鸭头也吃不出滋味了，索性关了电脑发呆，想起胡平老师讲的"照亮"来，就想着能不能实践一下，于是又想起了挂职之前写的中篇小说《炊烟散了》，其中有一个次要人物老姑娘秀娟，是一个心地善良、心中有大爱的人，似乎可以把她作为主角再写一部小说，塑造一个以善待恶，舍己为人，爱着所有人的"地母圣女"似的文学形象。写《炊烟散了》时还剩下不少素材没有用，这些故事正好适用，我去洗手间把手洗干净，关了美剧，打开 word，开始写这部小说，背景就是《炊烟散了》里的故事和人物关系，而不是直接以现实为背景。后来我又以这两部小说为基础，写成了长篇小说《母系氏家》，获得赵树理文学奖。

鲁敏： 我也是鲁七，因为距离现在比较久了，具体有些模糊，但却又很清晰地记得窝在宿舍里写小说的场景。窗台上我晾了冻柿子，写热了吃冻柿子；写冷了喝热水，喝完一热水瓶，就拖沓着拖鞋到水房去添续。短篇《离歌》、中篇《墙上的父亲》等都是在宿舍里修改或写完的。老鲁院那狭小的、素清气的宿舍很适合写东西。

记忆到最后往往会固化成某些场景，但又是抽象了的场景。因此就我而言，虽然一口报不出什么有直线逻辑的灵感引发，但重要的是那种场景。不可替代、不可重演的记忆。

刘建东：在鲁院期间，我开始了长篇小说《一座塔》的写作。到鲁院之前，我给自己制订了很庞大的写作计划，要求自己能够完成小说的初稿，没想到，鲁院的学习内容出乎意料，竟然那么丰富多彩，哈哈，而写作的时间被大大地缩减。四个月，我只是完成了小说的八分之一，有些遗憾。但是却奠定了整个小说的基调和走向，让我在毕业后的很短时间内便完成了整部小说的创作。另外，我还创作了短篇小说《编织谎言的人》。在我印象里，鲁院是能让我的创作进入美好的思考的阶段，是能让我捡拾自己的创作经历，从中发现残缺和不完美的一段愉悦的旅程。就是从那个阶段开始，我开始追问自己，这种惯性的写作方式，这种基于自己的喜好的写作观念，是不是更加合理。

黄孝阳：我的日常工作较为繁重，多是琐屑之事。我呢，被这些形而下之事覆盖住口鼻，难有喘息之时。鲁院所提供的文学氛围，或者说"场"，让我有机会喘出一口粗气，在一个形而上的层面上，打扫自己内心的庭院，再三审视自己与文学的关系。"再三"是持续，反复，一个人枯坐数小时、通宵达旦等。这里应该有两种可能。一、在鲁院外的生活是在收集各种材料。在鲁院里的生活是把这些材料建构成宫殿；二、在鲁院学习的我是一个凹。在鲁院外工作的我是一个凸。两者榫卯，构成斗拱之物。这在某种程度上影响着我的文本建构，从时间的单向度到时间的涡流，从线性空间移动到非线性空间，从河流叙事到群峰并起，从一把二胡到数十种乐器构成的交响乐团。

比如我写《众生：设计师》。

也是一个凹加凸的结构。

李凤群：我个人觉得，离开鲁院之后的每一部作品都不能离开在鲁院所得到的指导、体悟和碰撞。这不是客套。上鲁院是一个节点，它使我们从小处到大处，从低处向高处，打开了一个上升通道。我觉得获得灵感的方式很难界定，但可以肯定的是，学者和导师的课是最有效的方式，其次就是同行之间的碰撞，这种碰撞是持续而有效的。同学们建立了长期的交流，在离开鲁院之后，仍然通过语言、信件和对对方作品的解构得到了非常接地气的浸润，这使得单个的人成了一个组织、一个群体，如同涓涓细流汇成小河，一同向大海奔跃的感觉。

陈鹏：我的三部重要的中篇小说都是在鲁院期间完成的：《绝杀》《云破处》《去年冬天》，都是在鲁院学习期间动笔，最终分别发表于《十月》《当代》和《青年文学》。《绝杀》后来还获了十月文学奖。我非常投入地写它们，一个重要原因是我们当时成立了一个文学小组"花儿"，几位志同道合者彼此督促砥砺，暗暗较劲儿，必然灵感四溢。我记得《云破处》就是在与天津作家王震海一起溜达前往一家回族餐馆吃饭途中突然想出来的。那时候，我们花儿小组一共十个人，非常疯狂，除了文学只有文学，没有八卦，那是多么美丽幸福的四个月啊！

骁骑校：我在鲁院上过两个班，先是 2010 年的第二届网络作家培训班，后是 2014 年年底的二十五届高研班，就像一个人的初婚和二婚一样，初婚总是更加激动和全神贯注的。在 2010 年的那个班上，我们的学习节奏更快，见缝插针地安排了晚间的集体讨论。正是在其中一次讨论课上，我觉得我掌握了属于我自己的写作网文的方法论，当时老师（王祥）问大家写作时以什么来推动情节，我到现在都记得每一个人的答案，我们像中学生一样揣摩着老师的心思来回答，但真正的答案其实在每个人心里早就有了，只是遮掩在面纱之后罢了。那节课之后，我就一直在完善我的方法论，也正是那个阶段，写出了成名作《橙红年代》。鲁院给了我一块陨铁，我把它打造成了自己的屠龙刀。

翌平：在鲁院写了两只猫的童话《花喵咪与白喵咪》，老院有很多猫，作者闲时随时看到它们懒散的样子，也正是写作人向往的样子，很多人都把这些猫记录下来了。

阿舍：2011 年 5 月 11 日，中国艺术研究院研究员、博士生导师欧建平老师来为我们讲授《现代舞百年思潮》一课。这堂课远非一堂艺术欣赏课，对我而言，除了把之前关于现代舞的零散认知以一条时间线索贯穿起来，更重要的是，由现代舞的推进历程，映照出西方艺术思潮的流变，而这些艺术思潮的核心指向，便是对人的存在的思考的探求。人类在这一个世纪里遭遇了什么？人如何认识自己与世界？人如何表达自己？以及人如何探求人类幸福的可能性？这些重大的艺术母题是如此集中又强烈地体现在那些舞蹈艺术家的作品中，若非有这样一堂课，我对现代舞的理解还会简单与肤浅许多年。当然，这堂课更大的收获还在于使我由舞蹈而文学地连贯起来，使我确信优秀的艺术都是对生命处境与诉求的思考与表达，使我从舞蹈的肢体语言中领会到艺术表达的微妙与深邃——追求蕴含其中的生命力和表现力。诸多感触与启发，诸多欣喜与满足，促使我在课程结束四天后写下了一篇名为《相遇———一堂现代舞课的随想》的随笔文章。每篇文章从构思到落笔再到完成，一定是一个由中心向四围发散的过程，这篇随笔的写作就是如此。课堂所讲犹如一个位于核心的力量，可以很快帮助你整理和打开思维，使你在清除芜杂和拂去模糊之中，逐渐走向清晰与纵深。所以这篇文章的写作，便是凭借这个力量，再生出的另一个有机体，其间有二者间的紧密依附，也有延伸出的自我生长，譬如通过芭蕾和现代舞的比较，进入艺术表达中的轻与重的思考。写作的过程，也是思维推进的过程，一些意料不到的发现从天而降，这是令我万分欣喜的事情。

胡学文：我在鲁院写了两篇小说，《麦子的盖头》和《谁是谁的敌人》。已经记不清是什么触发了我的写作，是小组讨论还是同学交流，但肯定与鲁院有关。不去鲁院，那个阶段我还会写小说，但未必是这两篇。正好有这个机会，我想谈谈气场。自然界是有气场的，春天万物生长，所望之处皆勃勃生机，秋天花木凋零，遍野肃杀。一个对生活绝望的人，气场必定是颓废的，而一个对未来充满信心的人，会给周围带来正能量。鲁院是有气场的，一个巨大的文学气场。我是 2004 年读的，宿舍没有电脑，写作得去电脑房。据说写作都有个人习惯，都喜欢关起门独自写作。但在鲁院，这个习惯被更改了。我是纯粹的手工写作，所以多数在宿舍，但改稿要在电脑上。那个晚上，我走进电脑房，很是吃惊，竟然有十几个人在写作。没人说话，只有敲击键盘的声音。那感觉怎么说呢？美妙而又让人激奋。那时我和武歆在一起较多，一说就是半夜。我回去就睡了，可武歆却开始写作。第二天他告诉我夜里写了两千字或三千字，我特别吃惊，当然还有羡慕嫉妒恨。本来白天想去一个地方玩的，想起和人家的差距，便把贪玩的心收起来。那几个月，我读过几个同学的作品，比如乔叶写的影楼，钟求是写一个孩子把父亲钉进棺材里的小说。题目忘了，但彼时的震撼现在还记得。所有这一切，形成了鲁院的文学气场，这比灵感更重要。

周瑄璞：2010 年春天，在鲁院学习时，于一个夜晚写作短篇小说《隐藏的力量》，有了故事构思，却不知怎样开头，抬头看着窗外的黑夜。突然灵机一动，有了这样的句子："你好，欢迎使用 GPS 心灵定位系统，这里是北京朝阳区小街 24 号，由于千万分之一的偶然性，本系统锁定一个亮着灯光的窗口。"我想象茫茫夜空中，灵感之神能降临我所在的八里庄鲁院 420 房间，让我写出一个好的小说。

在那个春天，我认真修改了一遍我于 2009 年写出的长篇小说《多湾》，当时首轮投稿失败，但我认为这是一部好作品，我将一遍遍修改下去，等待出版时机。那时的听课，像海绵吸水一般，恨不得将老师所讲全部记下，或者在课堂上的某一句启发了我，回到宿舍就打开电脑上的《多湾》进行相应删改。现在看来，作品主要问题是冗长拖沓，作者总跳出来讲话。

在那之后的五年，我一直做的是删除工作，直至删去十万字，却丝毫不影响故事进展及人物形象。这让我吃惊地认识到：一个人竟然可以说这么多废话。

杨怡芬： 2010 年 3 月到 7 月，我在鲁院第十三届高研班学习，中篇小说《你怎么还不来找我》从构思到完成都在鲁院，还有一个中篇小说《儿孙满堂》在鲁院完成一半。这两个小说，我的女主人公都是孤独的，不同的是，前者是在对未来的向往中孤独，后者是在对往事的回望里的孤独。不管故事怎样，孤独的心境，是我自己的投射。因为，我已经习惯家庭生活很多年，对突然降临的单身生活，我很不适应，尤其不适应和孩子分开，内心孤独得无以名状。当时，宁肯兄在班级里做了个讲座，推荐了蓝棣之先生的《现代文学经典：症候式分析》（人民文学出版社，2006 年 7 月），我借了这本书来读，受益匪浅。其中有一段这样说："通常当我们说某个作品是'无病呻吟'之作时，我想一定表明它从根本上说是没有什么意义的。在这点上我们大家不会有什么分歧吧？既然无病，呻吟岂非成了装模作样或诳骗撒谎？反过来说，无病呻吟这话可以带给我们深刻的启示：有病呻吟是创作的基本前提。有病就会有症候，由此可见，症候分析不是儿戏，不是批评家的自娱，不是文学课堂上的游戏。"我那时想，我现在患的就是思念的病啊，那我就呻吟这个吧。所以，那两个小说里，随处可见"孤独"和"思念"。

写作过程中，灵感爆发之类的状况，太玄乎了，于我，写作就是老老实实的劳动，无非就是一边体验着人物的内心，一边艰难推进。当写作者的心境能投射到人物身上，体验就会更深刻些，倒是在整篇完成之后，在修改阶段，会有类似灵感爆发的情形，比如说，早上起来，突然就知道某处应该怎样增删，似乎，睡眠是解决写作问题的好办法。

东紫： 我的中篇《白猫》的素材是在 2008 年秋天上鲁九的时候得来的。它是我到目前为止，影响最广受读者好评最多的一部作品，被十多家选刊、选本选载。

鲁院第九届高研班，是理论批评班，我因为阴差阳错的机缘进入这个班学习。我们班共有五十二名学员，硕士研究生和博士研究生占了一半还多。面对着这些高学历的专业评论家，我每天都小心谨慎，生怕自己的作品被他们读到，自己无知的话语被他们听到。时间过半后，才跟其中的二三人成为朋友。四川的同学，在结业前，对我说"看在你很诚心地叫我老师的分上，我给你个素材"。他把自己养猫的经历告诉了我。我本能地意识到这是个不可多得的好素材，但如何利用好它，一时拿不定主意。我把它放在心里，时常琢磨，大约一年后的某天，我意识到应该把动物的情感和人类的情感以及人和动物间的情感纠缠在一起进行书写。小说写好后，一直不敢拿给他看，生怕他不满意说我糟蹋了他的猫。在他的一再追问下，才发给他。不承想，他是满意的，但他对结尾部分感觉我有些用力过猛。我又把这个小说发给另一同学，请他帮忙诊断，他们的意见相同，我才下决心砍掉了"我"去找寻儿子的那部分。有了大家读到的《白猫》。

吕铮：我的长篇小说《赎罪无门》是在鲁院学习期间撰写的。记得在鲁院学习时，刘庆邦老师的一堂课让我记忆犹新，他说"用一根针挖一口井"，作家要写自己熟悉的生活。于是我利用鲁院最后即将结业的一个月时间，在学习之余写下了这本书的初稿，在图书出版后，该书的最后一页写着"初稿写于鲁迅文学院学习中"。

高鹏程：鲁院给我的启示是全方位的。在鲁院读书期间，我正在写作"县城系列"的诗歌，计划中的架构起先是以县城内的各种建筑形态和设施组成的。听完李敬泽和施战军老师的几节课后，我意识到，我必须把重心放在"世道"后面的"人心"上，它在县城光鲜亮丽的建筑之后，却应该在诗歌呈现的前台。文学的要义永远应以"人"为核心，观察人、探测人、体恤人。由此，我也写下了《花圈店》《修锁匠》等等一系列探索人性幽暗地带的诗歌。

董夏青青：鲁院学习期间，我完成了《科恰里特山下》和《近况》两篇小说。开课之初，鲁院请几位资深文学编辑老师来到班里，通过抽签的方式将同学分成各组，当时我分到了《人民文学》杂志的徐坤老师小组。小组学习讨论时，徐老师说《人民文学》计划在 8 月办一期军事文学专号，建议我写一篇军事题材的小说，争取参加这期。接下来两个月，我开始构思和创作《科恰里特山下》。其间，我的鲁院同学周如钢和李蕾，为这篇小说提了很多建议和修改意见，在我心里没底时给我打气，鼓励我别计较写好写坏，先蒙头折腾出来。到了 6 月，经过几十遍修改，小说初稿完成。我第一时间交给徐坤老师请她过目，徐老师看后先给予肯定，继而提出几点修改意见，比如京京这条线索的设置、结尾段落的处理等。事实证明，落实徐坤老师的建议之后，整篇小说的情感更加内敛，文字质感也更为沉实。徐坤老师给出的指导意见，实际上包含了她的文艺美学观点，对我启发很大。

第二篇小说《近况》的灵感源于在鲁院里的散步聊天。读书期间正值北京盛夏，每天傍晚暑热稍退，大伙在食堂吃完饭会出来绕着池塘花园散步。那段时间，隔三岔五碰上李蔚超老师也在溜达消食，我们一起绕大圈边走边聊天，谈谈文学和部队生活。一天晚上，我给她讲战友刚打来电话，讲他看见另一个战友跳伞降落时落到了野外旱厕里，伞绸把正在如厕的科长给罩住了，又说起刚到鲁院学习不久，听闻一位战友牺牲的事。末了，李蔚超老师问，这些事你写过吗？我说，没写。为什么不写？她问。这些事有人愿意看吗？我反问。当然有，李蔚超老师说。就这样，她为我出谋划策，帮助我构思《近况》的故事。有近半个月，一下课我就往她办公室跑，跟她聊故事进展和文字调性。鲁院学习将近尾声时，李老师看完了小说的初稿调侃说，你还是能吃这碗饭的。

写《近况》那段时间，李蔚超老师在看《祖列依哈睁开了眼睛》这本小说，她在聊天时会跟我讲，要多向俄罗斯作家学习。她的文学视角给了我看待素材新的眼光，这是我通过写这篇小说得到的额外收获。

鬼金： 中篇小说《驶向拜占庭》，是在鲁院写的。至于灵感，很长时间也不记得了，或者是鲁院生活的孤独吧。一篇关于安乐死的小说。

胡性能： 四个月的鲁院学习，于我而言，不是某篇小说的灵感获得，而是方法论层面的提升。我进鲁院是 2010 年 9 月，往前推十年，2000 年前后，我的小说写作进入了一个瓶颈期。当时，我刚作为"联网四重奏"的入选作家，在完成几家杂志的小说稿约之后，我对自己的写作产生了深深的怀疑。2001 年，我曾把这种怀疑写成一篇创作谈《断裂、意外及发现》，发在云南省作协会刊《文学界》上。我意识到，所有的故事本质上都是线性的，但以小说形态存在的故事，它的呈现方式又不仅仅是线性，它面临着一个切割与重组的问题。同一个故事，切割与重组的方式不一样，它的意味以及内在的精神走向，也许会大相径庭。这一点，相信一个厨师理解得会更深刻。

我的困惑在于，我知道不能一味地以线性的方式讲故事，我也知道线性的故事需要断裂与重组，才会产生出新的意蕴，但如何断裂与重组，是我思考了很长时间都没有解决的问题。从那时起的十年时间，我的小说写作非但没有进步，相反大踏步往后退。

龙仁青： 在回答这个问题之前，我想说另外一件事情。早在 2008 年或者 2009 年，我就接到鲁院一位女老师给我打来的电话，问我愿不愿意来鲁院学习。当时，青海有人已经通过青海作协报了名，如果我去了这届鲁院班上去学习，要么是这位报名者自动让位给我，要么就是青海有两个学员，这些我都不得而知，我只记得我谢绝了这位老师的好意。为什么谢绝？我已经不记得了，我想可能就是诸如没时间去不了之类粗暴简单不耐烦的理由。那时候，我还不知道鲁院和我应该有什么关系，直到几年以后，我才意识到我的那次谢绝对我来说是一件憾事。2013年，我从之前的媒体调到青海省文联工作，当年，我便向单位提出，我要到鲁院学习。省作协作为省文联所属的一个协会，很快同意了我的要求。就在我准备着要去鲁院的时候，我又接到了鲁院老师的电话。这次是个男老师。他询问我可不可以不到这届班上来学习，再往后放一放。理由是我要去学习的鲁二十是一个与青年写作有关的班，班上学员的年龄要求不要超过四十五岁，而那时候，我的年龄已经超了。原本，这是一个很合理的要求，我也没有理由不答应，然而就在这时候，我为一些闲事给浙江作家钟求是打电话，从他那里得知，这个班上有浙江作家哲贵，于是我以往后很难有学习机会为由，要求就到这个班去学习。如此，我成了这个班上年龄最大的，也是唯一一个超龄的学员。我和哲贵早年就认识，他曾来过青海，我们一见如故，从此便开始了来往。

再说一件憾事。我到了鲁二十，才知道这个班的学习时间只有两个月，这令我有些失望。果然，学习很快就结束了，我想象当中的一个关于文学的学习，不应该是如此仓促的。好在班上"80后"的班主任和所有学员基本成了自己的好友，至今来往密切，这应该算是在鲁院学习的一个不小的收获。

在鲁院，也写了一些东西，翻译了一些东西，翻译的东西，是一部小说集，书名是《仁旦嘉措小说选》，大概十五万字的样子，从零开始翻译，在鲁院学习结束之前翻译完成，作家出版社出版，有书为证。哈哈！写的东西，记得是两个短篇，但只记得一个短篇的出处，题目叫《歌唱》，是发在次年的《青海湖》文学月刊上，那一期是一个青海本土作家小说专号，编辑特意打电话，于是就给了他。记得《小说选刊》的《佳作搜索》栏目还给这个短篇发了一个一二百字推介。这篇小说的灵感，确实是来自于北京，所以也可以说是来自于鲁院吧。

我到北京后，生活习惯驱使，经常去一些藏餐吧去吃饭，比如那个叫玛吉阿米的藏餐吧，还有一家叫巴扎童嘎的藏餐吧，我就经常去。我对这些地方很熟悉，从老板到服务生，还有那里的驻唱的歌手，我都认识。我每次去了，他们都对我很热情。我也带哲贵去过好几次，哲贵后来在一篇关于我的印象记里写了这个情景。在跟这些居住在北京的藏人打交道时，我发现了一个问题。那就是这些藏人在这样一个大城市里的微妙处境。一方面，他们作为少数民族，在以汉族为主要人群的城市里自然是弱势的，所以他们可能从语言、服饰等方面不断掩盖自己的民族身份，说标准的汉语，穿时尚的服饰，让自己在这些外在表现上与城市人无异。但另一方面，他们又不断彰显自己的文化，表现出与众不同来。几乎每个人都戴着属于自己民族的装饰品，对一些生活仪式和宗教习俗，更是强调有加，比如喝酒时用无名指蘸上酒水弹向空中的仪式等，一招一式都讲究得很认真，比起在自己的故乡，有过之而无不及。于是，我产生了写一写在城市里生活的少数族裔的想法。在这之前，我的小说讲述的，基本上是纯藏区发生的故事。

我的短篇《歌唱》就是在这样一种想法之下写出来的。《歌唱》写的是从藏地到城市，在一家藏式酒店驻唱的歌手的故事。许多情节，就是我在北京时，与北京的藏人经常来往，是那些藏族歌手讲给我听的。在这个短篇里，我写了发生在他们身上的这种矛盾、纠结和不知所往的迷茫。但好像没有人读出我小说里的这些味道。《青海湖》文学月刊在发表这个短篇时，有一个"编者按"，但显然，编辑是没有看出这一层意思，后来《小说选刊》的《佳作搜索》栏目也发了一二百字的推介，也显然没看出我的这点意思。我这么说，一点儿也没有怪编辑们的意思，我的意思是，我可能没写好，没写出我要表达的，写得有些晦涩，以致读了它的人并不明白所以然，这是我写作的失败。

石一枫：说实话没有，不过有的东西是在上鲁院期间开始构思的。比如《特别能战斗》这个小说，记得当时在鲁院的宿舍开了个头，上完鲁院之后就慢慢写出来了。

黄咏梅：在鲁院期间写的一个短篇小说《证据》，起意于李敬泽老师在课堂上给我们讲"作家的初心"，他认为："真诚之所以难，因为它真正支配着我们的生命，对它连我们自己都没有意识，连我们都没有给它一种语言，它是沉默的，它沉默不等于它不在，它就在这儿。"当时在课堂上听的时候，就想要写这么一个关于"隐匿"的证据，关于那些"不在之在"。小说写的那条与鱼群格格不入的、沉默、孤单的蓝鲨，某一天消失了，或者是越狱，或者是羽化，总之，那个沉默的"它"在哪里？我就像一个猎手，苦苦地去追寻着这些初心闪现的那些瞬间或者说那些证据。

计文君：我是 2010 年参加鲁院第十三届高研班的。在鲁院的期间，我完成了中篇《开片》和《剔红》的写作。我从来没有真切感受过"灵感"降临是何种感觉，对于我，写作是一个持续、理性的思考过程，然后通过情绪性想象来完成。鲁院提供的"一个人的房间"和不受打扰的那段时间，让我在上课、完成博士中期考核的同时，写了九万字的作品。

纪红建：笼统地说，2013 年 5 月到鲁院读书后，我对自己的报告文学写作进行了一次全面的回顾与考量。为什么？因为鲁院多元化的课堂教学方式给了我宽阔的视野，让我紧迫地意识到，文学不光只有文学本身，报告文学也不仅仅是对故事的叙述，必须让读者看到一种辽阔，一种精深。我所说的辽阔，便是视野，所说的精深，便是作品思想的力量。一部作品如果不充满思想的力量，是很难成为厚重之作的。之所以这么说，并不是说来鲁院读书之前，我就完全没有意识到这个问题。之前我也意识到了，但到鲁院读书之后，让我认识到这个问题的严重性，或者说紧迫性。我深刻意识到，优秀的报告文学作品应该从现象深入到本质，从对问题的剖析中引出启示或经验教训总结及建设性建议，充分彰显报告文学的现实价值和意义。

来鲁院读书时，我正在写一个叫《人民的记忆》的中篇报告文学，并且快要完稿了。但来鲁院读书后，我很快就对自己的写作有了新的定位，于是我对《人民的记忆》进行了几近颠覆性的修改。除了文学性，我更加注重思想性，批判性、反思性是报告文学重要的品质。《人民的记忆》写的是一位前国家领导人在湖南工作期间感人肺腑的故事，故事不是大场面，也不轰轰烈烈，但我始终坚持站在人民的角度来写，写出了主人公从善如流的品质。之所以这样写，我是想对被遮蔽或妖魔化的历史进行一次重新书写，从领袖与百姓的关系视角，还原一位在历史上曾发挥过重要作用的人物的真实面目。

钟求是：进鲁院后，发现课余的时间挺多，此时手头有一个写了一小半的中篇小说《你的影子无处不在》，我花十几天就写完了，很畅快。但此后便懒起来，觉得还是多看些书为好。看到有些同学每天都能敲出许多字，心里也没有不安。事实上，课堂听课和课外看书是我在那个时间段的主要内容，收获不小。另外，我还时不时地发发呆。有一个小房间，可以理直气壮地什么都不干，就是坐在床上似想非想地看着阳光，这种感觉也挺好的。

肖勤：小说《暖》的创作受益于鲁院学习期间。《暖》写了一个十二岁的留守女孩小等，父母外出偷生弟弟而将幼小的她留在家中，与病重的奶奶相依为命，小等不得不像一个成人一样种菜做饭，照顾疯癫的奶奶，还要陪伴发病的奶奶度过一个个惊悚的夜晚。巨大的恐惧逼使小等寻找温暖和依靠，而这依靠来自于山半腰唯一一户人家——年轻的庆生老师。因为害怕，小等任性而又坚决地表示"她就是要睡在庆生老师家里"，因为只有在庆生老师那里，她才可能拥有一个安全又温暖的夜晚。在创作过程中，面对女孩、年轻独身的男老师、伦理、常理这些非常敏感的社会话题，我还是比较纠结的，既怕写不透，又怕读者看不透，或者是写透了，又会让人觉得假伪善。整个小说中，有一个关键的"格"，弄不好，这篇小说就废了。面对一个孤独纯洁的幼小灵魂，一个善良温暖的师长情怀，要把握拿捏好这个"格"，非常难。因此，我的一稿写得比较"收"。当时，我们在鲁院刚刚通过导师仪式，可爱的鲁院在为我们指定导师时，居然采取的是最萌最有趣的抓阄方式，我的导师正好是著名评论家雷达老师。于是我将一稿发给了雷达老师，老师很快看完，然后给我回信说，是篇好稿子，体裁好，基层的感受非常真实，就是写得太收了，应该把庆生老师对小等的那份最纯洁最善良的痛惜写开来。作家创作时不要总是担心读者会怎样想会怎样看，读者也没那么笨。你只管写透亮流畅就行了，这才是最重要的。我看了雷达的回信后，顿时醒悟过来，在前面的创作中，我像一个尝试着行针的学医者，不是去思考探索针到达的深度和力度，却总是担心医死医残了怎么办，完全本末倒置了。后来，我花了一周的时间对稿子进行了两次修改，把所有的心思都放在了"针"身上，很幸福的是，当一切杂念担忧清除后，稿子出来得非常顺利。2009年11月，稿子投到《十月》后，很快便得到了用稿通知，并先后被《小说选刊》《新华文摘》等刊物选载，还被收录进了年度小说选本，获得了《小说选刊》茅台杯年度小说大奖。至今为止，《暖》给我的启迪依然在发挥作用，那就是——你若运剑，就该把心力聚集到剑尖；你若用笔，就该把心力聚集到笔尖。心无旁骛、透彻善良，是一个创作者该有的状态和情怀。

鱼禾：在鲁院学习的过程，给我的感觉就像到高原上待了一段。有一天你回来了，会觉得对平原有某种不适应，觉得平原空气浓稠而光线薄弱。人人都说你晒黑了，你对比了一下从前，觉得的确是晒黑了。但要说具体是哪天晒黑的，在哪个山头上晒黑的，哪个钟头的阳光晒出了脸颊上的高原红，实在一言难尽，或竟无从说起。

宋小词：我认真回顾了我2013年5月至7月的两个月鲁院学习生活，也思考了我在鲁院学习时和从鲁院结业后我的小说创作，好像这些小说跟鲁院的学习生活没有大面积的直接关系。但是有没有一些细微的理念观点渗透呢，我想这个应该是有的。我记得我在学习期间到鲁院的图书馆借过一本书，具体什么名字我记不清了，其中有一章谈到女人、婚姻之类的话题，很多言论都与我们传统的观点大相径庭。记得此书上有一个观点，妻子是女人的一个职业，还说一个女人一旦沦为妻子就无可救药，因为妻子是世界上最为堕落的妓女。哈哈，我当时看到这样的理论，简直是内心惊悚。虽然不认同，但我由此知道，这个世上有很多人，就会有很多不一样的眼睛，不一样的脑袋，不一样的思想，谁的观点是正确的，谁的又是错误的呢？

　　类似这样的反传统观点有很多，看完之后，它会让你反思自己之前所奠定的很多已经定了型的观点和理念，让你去琢磨这个广阔而可爱的世界，因为有这么多不一样的想法和思想而变得丰富多彩，也变得复杂而矛盾。也正是因为这，人，人与人，人与物，人与社会，人与世界，人与宇宙才会值得去探究，值得去观察，值得去书写。我以前的写作，道德感十分鲜明，我认为中国传统的四书五经上对圣人的要求才是正统，但后来我意识到这样的要求是狭窄的，是封闭的，我应该对人物多一些理解，多一些尊重，不要道德绑架，要设身处地为他们着想。比方我的中篇小说《开屏》，里面的女主角秦玉朵，婚前性行为，婚后出轨，这些搁在以前都是我眼中的污点，但是后来我觉得这些虽然与传统的对女人的要求相反，但她作为一个新时代下被欺压被盘剥尊严的女性，内心是善良的，是知道耻辱的，只是生活残酷，生存残酷，她不得不如此委曲求全地生活。

　　朱山坡：2012年春天我读鲁十七班。入学的第二天我便开始了长篇小说《懦夫传》的创作，到结业时，已经完成了大半的篇幅。其间，写了两三个短篇，其中有一篇《惊叫》，写的过程很特别，是在与鲁院的一个同学互动中完成的。她写诗，尝试写小说，请我写一篇新的小说，把写作过程中的感受、思考方式、处理技巧记录下来，每一个情节和每一个细节的灵感从哪儿来，为什么这样写，为什么不那样写，都告诉她。这样的经历对我也是一种促进，后来我写小说也是这样思考了。后来这个小说引起了反响，多个选本选了，被翻译到日本等国，还被影视公司看上了。而这个同学的小说创作也突飞猛进，后来在《收获》接连不断发表了多篇小说，迅速成名。写长篇的过程也得益于上课老师的启迪，比如对人物性格的塑造，如何努力在文学史上塑造一个经典的人物形象，听课时会引发我的思考。《懦夫传》就是雄心勃勃地塑造一个独一无二的"懦夫"形象。在听课的过程中，既受到了鼓励，也被一次又一次警醒，不断修正自己的观念和构思，使得创作沿着一条正确轨道走下去。

　　张楚：时间太久远了，已经忘记了哪部作品成形于鲁院。关于鲁院，更多的记忆是听课、跟同学交流、读书、玩杀人游戏。

　　朱文颖：还真不好说具体哪部作品的创作灵感来自于鲁院的学习，但或许也可以说，在鲁院高研班学习毕业以后，我的每部作品每个想法，多多少少都和鲁院有关。我写过一些关于鲁院生活的日记、笔记之类，内容有些散漫，并不连贯。但有一些连接课堂、阅读和朋友之间交流的知识点……这些文字过一段时间我就会往回翻阅，我想它们会令我终生受益。

　　马金莲：我参加的是2014年的第二十二届高研班。这之前我一直在老家生活，很少外出，更没有离开家乡在外停留四个月时间这样的经历。平时我是深陷在生活当中的，上班，照顾孩子，忙家务，所以自从结婚以后的这十几年里，我好像从来没有像鲁院学习那样放松过，不用操心工作，不用做饭洗衣服扫屋子，更不用陪伴孩子。鲁院的生活在我看来是悠闲的，惬意的。我等于从一种状态完全转换到了另外一个生活状态。这样松弛清闲的状态，让我全身放松的同时，内心却异常起来，满脑子都是一种对比，北京和固原的对比，大都市和小地方的对比，发达与落后的对比，开放与封闭的对比，前沿和内地的对比……

每天很早就起来了，拉开窗帘望着外面陷入冥想，417 房间的窗外其实没有繁华都市的滚滚车流和万丈红尘，是单位，小区，树木，花草，还有藏在花树深处的鸟鸣。我闭上眼想，感受，聆听，课堂上听来的见识，昨夜写作中的感悟，阅读中的共鸣，等等，这时候很奇怪，禁不住想老家，想西海固，想那个养育了我然后送我走出深山的小村庄，想那片土地上生活的人，他们的面容像黄土一样清晰，又像黄土一样模糊，像黄土一样质朴，又像黄土一样艰涩，他们是被生活反复打磨、熬煮的群体，我就是这群体中的一分子，如今我离开了他们，那么我离开的意义何在？我写作的意义何在？

这样的思索让我纠结，尤其坐到课堂上的时候，上面是老师在进行课程，而我一边听，一边思绪游离，禁不住又跑到老家去了，尤其小时候生活的一些场景和片段，不断地在眼前闪现。其中的某一位已故的亲人，面容尤其鲜活，他（她）身上发生的琐事，好像就在眼前徐徐展开。忽然想写，想把这样琐碎的乡村生活的图景记录下来。这时候已经不想这种记录的意义了，只是想表达，想述说，想挽留，想缅怀。课堂笔记的正面记录听课内容，开始从反面往下写，《1985 年的干粮》《1986 年的自行车》《1987 年的浆水和酸菜》《1990 年的亲戚》《1992 年的春乏》……一口气列了十个篇目，根本没考虑体裁是小说还是随笔，只觉得想要写出来，写作的冲动支配了整个人。

等结业离开前夕，翻看本子，竟然写出了好几篇。回到家就整理到电脑上，然后修改数次，最后确定是小说，然后就分别投给了几个刊物。其中发在《长江文艺》上的《1987 年的浆水和酸菜》被《小说选刊》《新华文摘》选载了，最后获得了第七届鲁迅文学奖的短篇小说奖。

有种情况比较奇异，当我离开鲁院回到西海固，回到原来的生活状态里，再想把剩余未写的篇目写完的时候，我觉得困难，回味往事的时候有一种索然的感觉，所以本来列举出的十个篇目，这几年过去了，也还是停滞在鲁院时候的进度，剩下的无限期拖延，出一本全部收录年份作品的集子的打算也就搁浅了。

现在回想，是鲁院的那种氛围，给了我灵感和表达的冲动，是完全和文学有关，和俗世无关，和家乡无关，和所有的尘世无关的纯文学的氛围，让我进入了一种最佳的表达状态。

杨遥：鲁院的学习是混沌的，复杂的，影响是各方面的，非常喜欢里面那浓浓的创作氛围。第一次读鲁院 2011 年，第二次是 2015 年，翻阅当时的课堂笔记，上面有许多构思的小说，有些还有人物图标和小说的提纲。有一次，同学王凯给我讲了部队上一位基层战士喜欢文学，后来调到北京当了编辑，生活怎样艰难，努力拼搏突发脑溢血去世的故事。当时特别伤感，觉得像很多人的命运，便以此为基础写了个短篇《一辈子》，发表出来之后，有位编辑好几次和我说写得像他的生活。还构思了一部长篇小说，主要内容分四部分，以"梦""演义""传""记"为四个小标题，用不同的形式讲述同一个故事，可能再加个引子，向中国古代四大名著《红楼梦》《三国演义》《水浒传》《西游记》致敬，可惜后来因为其他事情忙，搁下后没有完成。

王凯：一旦读过鲁院，鲁院就不可避免地和自己发生了联系，你无法证明这个过程和自己的作品之间具有明确的因果关系，但同样也不能证明两者之间没有关系。反正我觉得作为一种经历带来的感觉，它是始终存在的。

马小淘：好像也没有什么具体的灵感是来自学习。那个时候我想写一个中篇小说《春夕》，但是我实在不好意思说是听了格非老师的课才更想写的。就好像我总不能说听了比尔·盖茨的演讲，我决定从商，于是把家里剩的两斤花生米卖了。而且我当时甚至不是听了格非老师讲的内容产生了所谓的灵感，而是我看到格非老师一下想到了《褐色鸟群》，和我读《褐色鸟群》的感受。于是我就生出驴唇不对马嘴的自信，要写一个迷宫一样的小说。当然最后写的不是，只是写成了一个不了了之的故事。但是我总会找到各种理由原谅自己，虽然没有写成迷宫，还是可以假装我压根就没想写啊。

林森：我有一个写苏东坡晚年在海南的历史长篇小说，是在鲁院期间写的——也不是来自鲁院给予的灵感啥的，只是因为 2007 年要上鲁院，辞掉了工作，要赚点生活费，就把写这种地方历史文化人物的苦差接下来了。写完之后，审核通过，准备出版了，我在最后时候退出了，我感觉没把苏东坡写好，看着永远是个别扭，不如不出。我写了首叫《我特意去看了看那条河》的诗，写到了朝阳区八里庄那个小院子，写鲁院旁边那条"臭水沟"，写鲁院门口的麻辣烫和羽绒服店，甚至还提到了一句我当时写苏东坡的场景："把一个九百多年前的诗人，步步写死。"因为喜欢《我特意去看了看那条河》这个题目，就以此为题，再写了一个短篇小说。

王威廉：我的中篇小说《归息》的构思来源于鲁院学习期间，后来发表在 2016 年第 6 期的《十月》杂志头条。小说的起因来自于当时的一则新闻：《求是》杂志副主编朱铁志先生自杀。我与朋友们反复聊及此事，在鲁院的深夜一个人安静思考，为此感到悲凉，积蓄了巨大的创作能量。从鲁院结业后，9 月份完成了小说。

沈念：我有过两次在鲁院学习的经历，一次是 2010 年的第十三届中青年高研班，一次是 2015 年的第二十八届中青年深造班。两次学习都有不一样的感触。在鲁十三是春天来、夏天走，鲁二十八是秋天来、冬天走。两次学习，恰好经历北京的一年四季，一个循环，一种圆满。京城里车来车往，但从八里庄到芍药居，两个院落依然静若处子。我在鲁院的阅读、交流要远远大于写作，似乎有虚度之感，但回想起来，短暂的相聚之后，有的同学就再也没见过，甚至有的已经与世相隔，还是挺感慨人生的。

2010 年 5 月，在鲁院写了短篇小说《汉锦》，后来在当年《十月》的第 6 期刊发。这个作品在语言上进行了与过往叙述不同的改变，改变之因是与同学盛可以在交流时，对语言简洁有力的一个认识，几乎是把写了一大半的小说语言重新削减，从一种绵长软沓的状态中拔离出来，变得力量贲张。2015 年，我跟安徽少儿社签了一本长篇儿童小说《岛上离歌》，以"父爱"为主题，当时鲁院有九名同学一起参与。当时是同学赵剑云的鼓励，如果没有这次学习，我可能不会去写这样一本书，或者是参与到儿童文学创作中。当时在京拟了提纲，开始了前几章的写作，调动了我对洞庭湖湿地的经验，以一个山里少年的视角，写了我至今为止最长的一部作品。

汪玥含：我的短篇《沉重的睡眠》，包括之后创作的长篇《沉睡的爱》的书名和灵感，都是来源于鲁院。我在鲁院度过了很多个不眠之夜，而我的睡眠也是自小一贯地不好，睡眠之于我的人生来说，一定是沉重的，但在鲁院的不眠之夜我却兴奋地在阅读和写作，没有一丝焦虑。《沉重的睡眠》还是我向北大曾经的研究生一位诗人的致敬之作，他已经不在人世了。我是读了他的很多诗歌，想起了他英俊洒脱的容貌和独特而具文采的人生经验，想起中学时和大学时对男老师的默默爱恋，写出了这篇影响中学女生精神成长甚至一生的师生恋《沉重的睡眠》（后来在《儿童文学》杂志短篇擂台赛中得了奖），而《沉睡的爱》则是在这个短篇题目之上的再次发挥，用了我心目中更大的格局和曲折的故事来描述弱势群体和手足之情。

汤汤：第一个问题就把我难住了，迄今为止，还没有哪部作品的灵感来自于鲁院的学习呢，也许是间接灵感我浑然不知，嗯，说不准。

左昡：在鲁院学习的过程中，我正好在修改我的第一部长篇儿童小说《纸飞机》，老师们的专业小说课给我很多启迪和提醒，同学们组织的主题沙龙也大大开拓了我的思路，尤其是关于儿童文学中朝向本真的底色，以及如何把握儿童文学的文学性和儿童性的讨论和思考，让我用更加深入的眼光和更高的标准来检视自己的写作。鲁院学习之后，我推倒了近三分之一的成稿，放弃了全知视角与客观描述的第三人称叙事，改为将视角牢牢地放在主人公，八岁的小女孩兰兰身上，并选取了从兰兰出发的第一人称主观叙事。这对于这部作品来讲，是一个非常大的调整。

徐衍：具体地说，发在《收获》2018 年第 6 期上的小说《苹果刑》全文都是在鲁院改写完成的，因为第一稿的方向性和分寸感都有点问题，所以几乎整个推翻重写了，而这一切都是在鲁院 614 房间内完成的。回首鲁院时光，一方面是学习补给，比如隋建国、叶舒宪、西川、格非、毕飞宇、戴锦华等老师的授课都给我挺多震撼也好启发也好，至少让我觉得我还不至于钙化完全板结，我特别警惕自己"油盐不进"，变得麻木，铁板一块；另一方面是放空松弛，从工作中抽离出来的这几个月，让我想到了许多原本以为已经遗忘的细枝末节，其实个人史一直沉睡在潜意识里，按照神经学理论，鲁院的这段日子加大了我大脑深处不同神经元之间组成各种新颖连接方式的可能，使我阿尔法波爆发，许多新颖的神经连接得以进入主观意识，灵感来临。我把这些灵感，可能是一段开头一个细节也可能是某种思考，随手记在手机备忘录里，分门别类，假以时日，酝酿成形。

王莫之：在鲁院学习了四个月，有一些生活片段也许会移花接木到某个未来的小说里，目前只有一些构思。说到启发，其实对我触动最大的倒是苏牧老师的一堂电影课，关于美国电影 *Her*。

之前我对苏老师的印象就是他的那本《太阳少年》(上海人民出版社，2007 年版)，时间有点久远。现场拉片的效果简直摧枯拉朽，我甚至觉得他像一个小太阳，有很多细节是自己看片的时候没能想到的，有很多美学理念的讨论，他等于是借题发挥，比如怎么理解日本的"物哀"。那堂课，还有格非老师、毕飞宇老师的两堂课，迄今对我还有裨益。

周李立：还没有。所谓"爆发灵感"的那种时刻，其实也不少，但目前仅限于一念之间，没准儿很多年以后会落于文字，这种事，真不好说。

二、我还想追问，您的作品中哪个细节、哪种结构布局、哪种风格选择，是来自鲁院学习的思考？

葛水平：鲁院出门往右拐，街道西边有一个掌鞋人，姓李，老家是安徽的。出门散步常提着一双旧鞋去往他的鞋摊前要他钉鞋掌，于是就成了彼此说话的对象。小李说他是文学青年，可惜为了生计，文学对他只能是一个梦想了。来北京钉鞋，选择在鲁院大门外也是有心的，总觉得能够进鲁院学习那是今生高不可攀的事情，在门外能够钉鞋沾沾文气也是有福人啦。

某一日我领他进鲁院转了一圈，他很兴奋，小小的个子不停搓着手，眼圈有点湿但是没有泪掉下来。一路不说话，回到鞋摊前坐下后笑着说：人的命都是天注定的。

我常想，文学作品都在校门外等着呢。这个人物入了我最近的一部长篇。

红柯：就是《大漠人家》那句："北京太偏僻了。"我重新认识我生活过的西部边疆，理性可以强化深化感觉。

徐则臣：《耶路撒冷》中初平阳母亲的通灵，之前就构思过，但鲁院学习之后，处理得更自然圆润了。

徐剑：鲁院帮我逾越了，或者说助推我跨过了那一道中年作家恐慌的门槛。使我在文本结构的推陈出新，尤其是报告文学叙述方式创新上，受到了专家的赞赏。一个作家，写着写着，很容易进入一种虚无，会自诘：写作有什么意义？自己是不是在制造文字垃圾？十年二十年五十年一百年之后，自己的作品还有价值吗？会被文学史写上一笔吗，还会传世吗？

四个半月的学习，我在精神层面与太史公高度契合，由此坚定了我报告文学的书写自信，这种信心来自于国家叙事的定位，以及文学的黄金律和世界文学的坐标，那就是大时代与小人物的命运。写大写的人，人的生存、尊严、荣誉、牺牲、爱恨情死和多舛的命运，这种表达在《东方哈达》有完整的呈现。出书后，《中国作家》原副主编萧立军请我吃饭，说《东方哈达》"较好地解决了国家重大工程书写的问题，十年之内，不会有人超过这部书"。从鲁院结业之后，我的笔下不再只有事，更多的是人、人性，以及人的命运。我的文本每本结构都各不相同，走出鲁院十四年，或许被当年萧兄言中，我关于国家重大工程的书写，一直合同不断，稿酬优渥。

2018年，《大国重器》《经幡》相继出版，也是我送给自己六十岁的礼物。11月22日中国作家协会创研部联袂作家出版社、《中国作家》杂志社召开我的新作《大国重器》研讨会，专家朋友对我文本结构创新仍给予好评，并肯定我在报告文学的文学叙事上探索出了一条新路，使得细节精彩，生动好读，代入感很强。甲子之年，大半时间仍在行走途中，在京的时日并不多，偶与师友雅聚，常探讨"何谓一个好作家"之不是问题之问题。

何谓一个好作家？我觉得鲁院给我的启示，首要是敏感度，对人性的敏感。参加一次采风，采访一个重大工程、事件，面对一个场景，捕捉一个细节，聆听一个故事，经历一个事件，从中触摸到人性，甚至是人性深处最关键的东西。换句话说，就是对生活保持一种感觉，是有感的人生，而不是无感的过活。然后是语言，或平实或华丽，或直白或迂回，或铿锵或舒缓，有格调，有质感，有味道，像筋头巴脑一样，耐人寻味，越咀嚼越有滋味。最后是思想，作家拼到最后就是思想的比拼，是不是有哲学的高度，是不是有心理学的厚度，是不是有美学的宽度，是不是有历史的广度，是不是有自己最独特的维度，如果有，那好，恭喜你是一个好作家。

乔叶：认真想了想，没有。可能跟我个人对素材的取舍习惯有关。我不喜欢以文学生活为素材。

萧萍：与其说我作品的细节来自鲁院，不如说我宁愿相信鲁院本身就是充满细节的大书。院子里夏天的风和烈日，每天拔节的向日葵和小南瓜，分分钟食堂变舞厅的节奏，还有月光下精灵一样的猫……所有这些都是痕迹和烙印，弥漫且升腾在每个鲁院人的生活与作品中，不是立竿见影的，也不是一招一式，而是朝朝与暮暮。有一个值得一提的细节，我们那一届儿童文学班讨论过民族性写作问题，我的《流年一寸》的写作应该是对那个论题的实践尝试。另外，写作《沐阳上学记》的过程，我开始认识到那种直面现实的重要，开始去写中国儿童故事，还有要慢慢写作，写出生活背后的诗性和光芒的执念。这些都是鲁院学习给我的启发。

东君：很难说哪个细节来自鲁院学习的思考。但我也不能否认，我在学习期间对自己的写作有过或深或浅的自省。以前我总想在小说里放进更多的东西，但现在，我总想尽可能地把小说里面过多的东西往出拿。当然，我要拿掉的不仅仅是文字，而是文字里面所承载的，可能包含了流行的、经验同化的、媚俗的东西，它们会像漂浮水面的油花那样时不时地冒出来。这种思考的结果是，我试图写出这样一部风格化的小说：句式简单，语言干净，情节沉实，气息温暖。

弋舟：我有幸先后两次入学鲁院，当时可能难以觉察，但现在拉开时间段，我得承认，这两次求学结束，我的创作确实有了不小的变化。如果你一定要追问出具体的细节、结构、风格，那么我想坦率地说：这些细节、结构、风格已经散布在我其后所有的作品里。第一次离开鲁院后，我写出了"刘晓东系列"，写出了长篇《我们的跹蹰》；第二次离开鲁院，我写出了《丙申故事集》等短篇，还有一系列的读书随笔。还是以《丙申故事集》为例吧，这本集子的命名，都部分地来源于我在鲁院时的思考——如何"更中国"一些，乃至小说与故事的关系等等。于是你看到了，"丙申"就是一个中国概念，而我亦表明了自己所理解的"故事"之于小说意义的态度。这里面有着复杂的辩难，但我的倾向性却在渐渐清晰，就是说，我的写作在整体上，有了接近于"规划"的企图，而不再像之前那样散漫和随机。这其后，就有了《丁酉故事集》，如果还能严格要求自己，我想《戊戌故事集》也是可以去实践的了。

邵丽：在鲁院期间，通过和同学聊天，大量的交流阅读，其间多次与出版社编辑沟通，我将中篇小说《王跃进的生活质量问题》，扩展成为长篇小说。主人公王跃进是一个从农村通过高考走入城市的人物。表面上是一个人的成长故事，其背后的焦点却是在城市化进程中，人的身份的焦虑以及心灵的安放，是城乡之间发展的一种内在紧张，也是一代人的成功和失败所必然面对的过程。王跃进脚上的拐，是一个隐喻，是城乡之间无法跨越的鸿沟。还有，我在鲁院学习期间，下午没课的时候，经常去天坛散步、阅读、思考。在那里，我常常遇到一个黑衣女人。虽然并没有交流，但是我觉得她是一个有故事的女人。后来我就根据她的气质、做派，写了《故园里的现代女人》。

黄孝阳：鲁院教学大楼前有一个池塘。冬天结冰了。一个阒寂的周日午后，一个学员在朝着冰面上扔冰块，嘴里有小声的、快活的喊叫。一个人过中年的学员。我在楼房的暗影处（避风吸烟）凝视着他，凝视着状若童稚的他，真真切切地感受到他的欢喜，以及欢喜转眼逝去后的无聊。

这个场景及其隐喻走进了我的灵魂与小说。

这样的场景还有很多。

再比如说教学大楼内部结构的"圆形监狱"——这已溢出边境所指，但确实是一种新形式的力量：所有学员居住的房间，都朝向光。

王十月：当然，说到哪种风格的选择与鲁院学习过程中的思考有关，倒是可以一说。我来鲁院之前，是比较追求风格化的。在鲁院，同学们也多追求风格化和辨识度。我就想，当大家都在追求风格化时，我要反其道而行之。我要做一名反风格化的作家，正是在鲁院期间，我意识到，风格其实也是一种束缚。

李骏虎：在动笔写《前面就是麦季》之前，《人民文学》主编韩作荣老师来给高研班讲诗歌，一边讲诗歌美学一边朗诵名篇佳作，我听得如痴如醉，几欲像孙猴子听经一般不禁手舞足蹈、抓耳挠腮。韩老师以一位诗人的作品最末四句来作为结尾，余音绕梁。我把最后一句"前面就是夏天"记到了笔记本上，觉得这是个好题目，兴许将来用得上。写完上述那篇以秀娟为主人公的小说后，比较满意，想不出一个好的题目来配它。因为故事发生在麦收之前，按照我们"山药蛋派"的传统风格，题目应该是《麦收前的故事》，我觉得不够诗意，就翻起了课堂笔记本，看到"前面就是夏天"，眼前一亮：就是它！刘醒龙老师亲自到鲁院为其主编的《芳草》选开设"年度精锐"专栏的作家，没想到就选中了我，说我属于下一部写什么让别人猜不到的作家。我给醒龙老师传电子稿时，把小说题目又改成了《前面就是麦季》。这篇小说2008年在《芳草》头题发表后，《小说选刊》和《中篇小说选刊》都转载了，两年后获得鲁迅文学奖。次年韩作荣老师应潞安矿务局文联邀请到山西讲课，我去接他，回来的车上他夸我的《前面就是麦季》题目好，有诗意，一看这题目就把一半鲁奖到手了！我说这题目就是你在鲁院课堂上念出来我记下的，他说是吗，我不记得了！

雷平阳：散文集《我的云南血统》与鲁院有间隔，可在鲁院期间我也写了与鲁院和与同学有关的几首诗，收入了2006年出版的《雷平阳诗选》。它们分别是《春天来了》《从北京到天津》《草原》和《一分钟年华老去》等等。《春天来了》纯属无病呻吟；《一分钟年华老去》是因为《诗刊》编辑周所同老师到鲁院组稿，准备给我们班的诗人娜夜、乔叶、庞余亮、程维和我做个专辑，我找了一些旧作，又新写了这一首；《草原》写于内蒙古锡林郭勒，一个班的人去那儿进行社会实践；一个星期六，武歆约了我和班上的几位同学去天津，那是我第一次体认华北平原，回到鲁院就写了《从北京到天津》。

陶纯： 上鲁院之前，我沉迷于文字叙述，讲究语言的精致，对怎样讲好故事，缺乏自觉的意识，能力也欠缺。从鲁院走一遭，与红柯和麦家交流过之后，我突然意识到，他们的成功，一是与题材有关，二是讲好故事尤为重要，特别是长篇小说，作者不讲好一个故事，不拿故事吸引住读者，在这样一个娱乐化的时代，谁还有心思看你的作品？

东紫： 鲁院的学习对我的影响是全面的，因为之前的我是学医的，对于写作完全是在个人阅读或偶尔听到的讲座知识里摸索前行，对很多的写作常识都不甚明了，对文本的阅读和理解也难得要领。在鲁院的学习中，既有专业写作的理论也有各种文化和社会问题相关的课堂。细思之下，我觉得鲁院给我的最大改变是学会了"勾连"，将各种知识文化和社会现实进行勾连，让我的作品比过去有了更丰富的意蕴。

血红： 离开鲁院快三年，又写了大几百万字，所以，很难说作品的细节了。但是从我现在写的书里面的各色人物的建造，都有着那时候留下的印痕。对人物的建设更加用心，加入了更多的血肉进去。

刘亮程： 在鲁院听了什么课都忘了。但我们那一班学员，多少年后整体成长起来了，取得了不俗的成就，也算鲁院学习的结果吧。

鲁若迪基： 我当时写得不多，诗歌《愤怒的海》中的一些细节就来自鲁院不远处那条看起来很干净，其实是被污染了的河。有次我经过河旁，想伸手去摸一下河水，才发现有热气，赶紧缩回了手。那首诗里有我的一些思考。

周瑄璞：2010年李敬泽老师讲课时，说了大意如此的话：你们写长篇，要解决好时间问题，就非得从头到尾，从你爷爷奶奶写起吗？惊出我一身汗来，《多湾》正是这样从头道来，由我爷爷奶奶写起。难道我费了几年心力所写的这部"长篇巨著"，竟然是个落后于时代之作吗？下笔即失败？我曾经有一个痛苦的反思过程，也曾想过，是否也将作品中的讲述时间打乱，从故事中间讲起，或从结尾讲起，在二号主人公章西芳回乡的路上，一路回忆，讲述女一号季瓷，一步步带出祖辈故事，用一场长长的回乡之路，采用回顾、倒叙、旁支的手法，来讲故事。也就是说，将现有的一根绳子剪成几段（段越多越好，越凌乱越好），打乱了再拼接。每当我这样想的时候，突然心很痛，好像失去了最宝贵的东西。这样一部几十万字，倾注了我全部心血的作品，有我认定的生命辉煌与庄严，就像一条大河，顺着时间的河床一路走来，而我现在为了"叙述技巧"，为了可读性，要将其打乱吗？

我最终还是保持了原有的表达手法。我要做的是，打磨好语言，让读者从哪一页打开都能读下去。也就是一直修改语言，删去拖沓。事实上我做到了，这部小说的迷人之处首先在于语言。

我喜欢一句话，"繁华有尽，万物恒常"，当一个作家能真正触摸到那个"恒常"的脉搏，他就会从容自信。

敬泽老师当时列举的几本最近读的书中，提到《寡居的一年》，当年在网上没有找到，过后几年买到了，也认真读了，关于作者处理时间的方式，确实有可借鉴处，在我将要出版的长篇小说里，使用了一下这种方式。这部新作约二十万字，体量没有那么大，那就想把它雕琢打磨得玲珑一些，当年的《多湾》是一方笨重的石头，那就让它憨厚地保持自身风貌吧。写作就是这样，每一部作品，有其自身的气韵。与作者的年龄阅历有关。写作修改《多湾》时，四十岁上下，精力充沛，激情饱满，就由着那股力量挟裹奔涌而去。现在年近五旬，写作速度慢了下来，兼顾到更多方面。

杨怡芬：我是个感性的写作者。写作之前，无论是风格还是结构，都处在未知当中，细节，更是无从谈起。写作中，也是最多有个大方向（结构布局），"风格"这个东西，也不是你想要哪种就能选用哪种的，其余，是在一片混沌中摸索前行，即便是细节的前后呼应，也不是刻意而为，到时候了，似乎该出现的就会出现。完成之后，在修改增删过程中，才会有选择。我几乎是把自己改到要吐了，才把成品往外送——我不认为这是个好习惯。在这修改过程中，"思考"会更多一点。我在鲁院学习期间写成的那个中篇《你怎么还不来找我》（发在《十月》2010 年第 5 期），说的是一个残疾女孩想要为自己生个孩子的故事，这是在来鲁院之前就在构思的。如果没有鲁院那段学习经历，我可能会把它写成一个"社会问题"小说，探讨残疾人的生育权之类的，但是，在鲁院的学习氛围当中进行的写作，在人性的层面，这小说就走得更远了，探讨的是日常生活中的小恶（几乎是以善的面貌出现的）。所以，我觉得，能达到"思考"层面的，大概是这一写作中"虚"的层面，而实际操作中的细节，很难事先"思考"好。

话说回来，无论是"虚"的层面还是"实"的层面，如果想得太清晰了，我会失去写下去的兴趣。我试过列提纲写作，但最后，这写作过程竟变得索然无味。写作中的不确定性，如同人生的不确定性，是我享受写作的缘由之一。

陈鹏：我在鲁院基本确立了自己中篇小说的写作风格，一种也许可以命名为新新闻主义的笔法：简洁，直接，节奏很快。这与我新华社记者出身有关。我也越来越崇拜海明威，用他的方式或再进一步，用一种与当下更接近的方式写作，是我热衷的。而这一切的形成，就在鲁院。

次仁罗布：2004 年在鲁院学习时，有次阎连科老师来给我们讲课，当时老师站在讲堂上对我们说："要是你写不出来跟别人不一样的作品，那你就不要再写作品了。"这句话对我的触动很大，当时觉得自己这辈子再也写不出文学作品了。等到从鲁院结业，回到自己生活的地方，慢慢理解了阎连科老师的教诲，他是希望我们不要一成不变，而是在学习中探索新的小说叙述方式，尝试各种可能性。后来，我把这句话当成自己的座右铭，努力写出新意来，这些包括了技巧、内容、形式等等。

这堂课对我来说是从绝望，再到希望的一个过程。

任林举：坦诚地说，我的《贡米》的结构、叙述调子、语言风格都是在鲁院期间边听课，边思考，边找感觉，反复调适最后确定下来的。

董夏青青：2017年3月22日，李敬泽老师在鲁院讲了一堂题为《历史与现实主义诸问题》的课，课上的很多观点和表述给我极大启发。

李老师谈到尽管福山一早提出"历史的终结"，但对于中国来说，巨大的历史戏剧还没有落幕，在此历史背景下，如何反对历史的虚无主义？这涉及国家与民族根本认同的问题。反观作家，又应讲述怎样的"中国故事"？且如何讲述？他的话让我的内心多了一份自觉，我想应当且必须在之后的文学创作中，将新疆边防官兵的奉献、牺牲做更为全面的文字呈现。在这片土地，有红柳和狼群，也有人，有一代又一代的戍边军人接续做出巨大贡献。为了国境安定和提高边民生活水平，他们献出青春、健康甚至性命，这种讲求荣誉和尊严的生命经历不应当被遗忘和歪曲，甚至改写。文学对于建设一个民族国家有着特殊的意义，作家应当从历史和生活存在的全部具体性中去讲述故事。

李老师以范仲淹举例，认为范仲淹在《渔家傲·秋思》中，看到了荒疆与战场，看到了屯边大军，却没有看到西北边贸的繁盛。课上，李老师提示我们，作者要警觉自己看不到的，尽可能全面地看，超越个别的立场、碎片化的经验，而去努力探求更广阔、更具整体性的眼光，以此来揭示我们所处世界的复杂面相。

在新疆，叙利亚战事、土耳其政局、阿富汗恐袭、巴基斯坦等周边国家的社会发展，无不牵动着新疆军人的战备与生活，如果我不能了解一方水土的历史和人文，不了解整个世界的政治、军事、经济在某一时期的矛盾焦点，那么写作就脱离了实际，就飘着，飘着就没有力度。

虽然我的写作目前看来知识不够、经验不够，观念也不够，但这堂课后，我希望自己将来的写作能具备一定的整体性与深刻性，具备想象恶、卑下的能力，更具备想象善与崇高的素质。正因为历史没有终结，还应以小说给出对时代的回应。

高鹏程：前面说了，鲁院给我的启示是全方位的，不仅是来自有关文学的讲座，甚至不仅是来自于课堂。比如在鲁院学习期间，我在李敬泽老师的课堂上接触到了法国著名历史学家布罗代尔的"历时三段论"，对我理解诗歌单首作品的架构、组诗乃至诗集的组合关系都有很大启发。布罗代尔在《地中海》一书中提出了地理时间、社会时间、个体时间三个概念。后来他把这三种时间称为"长时段""中时段"和"短时段"，而把它们各自对应的历史事物分别称为"结构"（structures）、"局势"（conjunctures）和"事件"（evenements）。三者相互交错，构成布罗代尔的"总体史"的研究对象。布罗代尔用海洋来比喻三个时段的关系：历史的波浪挟着隆隆涛声和闪烁的浪花，在无边无际和深不可测的大海上奔腾，历史是阳光永远照射不到其底部的沉默之海。在巨大而沉默的大海之上，高踞着在历史上造成喧哗的人们。但恰恰像大海深处那样，沉默而无边无际的历史内部的背后，才是进步的本质，真正传统的本质。而短时段历史，那种就"当前历史时刻"所写的一切不过是海面，是只要一载入书籍簿册时就冻结和凝固的表面。

在鲁院学习期间，我还曾有幸参观过很多大大小小的博物馆。置身其中，仿佛走进了漫长的历史走廊。辗转迂回间，我忽然明白，我看到的，其实都是时间，那些形态各异的展品，其实都只是时间的各种幻象。最初的展品，其实是由自然做出的选择，散布在广袤的天地之间。后来有了有形的博物馆，有了人为的参与与拣选。但我想，最终，时间依旧是唯一的评判者。只有经历过时间淘洗后，其中真正具有价值的展品才被保留下来。基于这样的理由。我想我应该用自己的方式，用诗歌的方式把它们记录下来。诗歌不是学术研究，不是论文。不需要缜密、详实的考证、逻辑推理，也不需要确凿、科学、正确的结果。但是它需要有温度的感知，有个性的表达，需要独特的体验和收获。即便它们是偏颇、错误的。我必须去感知、抓住并呈现它们。而布罗代尔的这种历史观，让我在时间内部学会了处理单首诗歌、组诗和一部诗集的关系，也给了我写作的自信：真实的历史不是众多历史学家写下的那些宏大叙事，而是运行在其中的各种细微的东西，是它们构成了历史并且推动历史前进。而我们这些人，恰恰是这些历史细节的经历者和见证者，在这个意义上，我们的写作自有意义。

鬼金：鲁院的学习开阔了我的视野和观念。至于其他我说不好，更多是潜移默化的，没有具体的呈现。

胡性能：鲁院学习所获得的营养，更多的是在结业以后的写作实践中慢慢显现的。回来后，我把一篇尘封了将近十年的旧稿拿出来修改，就是后来发在《十月》"小说新干线"的《下野石手记》。那一段时间，我发现往昔经历，哪怕已经被有意遗忘，可它仍会对我们的未来产生持续的影响，就像是河流底部的暗礁，看不见，却悄悄改变着水流的速度和方向。我想起了常常做三种梦，梦里考试、梦里找厕所、梦里踢球。仔细分析，都是有原因的。第一次高考失利，曾经的内急，踢足球左腿十字韧带拉断，这些生活中的窘迫，竟然会在睡梦中，如此顽强地凸现出来。因此，我在修改《下野石手记》时，用了二十三个梦来表达，我只需要写好每个梦就行。

石一枫：还是说《特别能战斗》吧，刚写的时候用的是倒叙，在鲁院写了个主人公多年之后重逢的情节，后来这个部分也放在小说里了。

计文君：在鲁院完成的《剔红》中我描述过剔红这种工艺：拿刻刀在石头、木头这样的硬东西上刻，叫雕，在胎上的漆半干柔软的状态下动刀的，叫做剔。髹漆上百道，半干的时候"剔"出精密繁复的缠枝花叶。

那时候，我的人物之间有这样对话：

"端凝华艳的纹路，分明竟是惨烈的伤口。"

"——要成器，疼痛总在所难免……"

如今回看，依然觉得"巧"——巧是巧，却不够"妙"。

从"巧"到"妙"之间的难度，不是能以道理计的，而且"巧"路抵达不了"妙境"。八年过去了，"剔红"换成了"琢光"，从急切"问路"，变成了"忘路之远近"……但我依然很感谢当初急切"问路"的自己和容我"问路"的鲁院。

纪红建：到鲁院读书，虽然吸收了很多文学营养，但还是很难说具体在哪些方面有所促进，毕竟每个人的个体不同，有的方法，别人成功了，但不一定适合于我。但有一点不可否认，那就是鲁院的学习，为我打开了文学的另一扇窗。以前也打开过窗，但那些窗，可能是教会我行走，或走得更稳。但这扇窗不同，它教会了我飞翔。真实是报告文学的根基，文学性和思想性是它飞翔的翅膀。所以从鲁院上学开始，我最注重的便是加强文学和思想的修养。

从鲁院学习回来到今天的这五六年，我写的长篇报告文学《乡村国是》《见证：中国乡村红色群落传奇》(合著)、《马桑树儿搭灯台——湘西北红色传奇》等，以及《不朽残碑》《昭忠录》等中短篇，都在文学性和思想性上下了功夫。也因为此，这些作品相对于来鲁院学习之前的作品，在读者中的影响更好。特别是《乡村国是》，那种以中华民族精神脉络为主线，放在全球视野内考量的开阔视野，而又立足于"以人为本"的叙事建构，则是生成这部长篇内质厚度的关键。

钟求是： 在鲁院寝室里发呆的时候，自然会想些形而上的问题，譬如死。若干年前，一位同事在匈牙利车祸死亡，我想到了生命的无序，并专心开始了写作。此时一个人坐在床上，我想到了生命的确定，即人总是要死的，耀眼者和卑微者最终都将走向死亡。这个问题简单得让人不屑去想，但认真想过，是能悟出点儿什么的。在以后的写作中，我建立起几个写作维度，其中便有死亡的维度。对死亡的敬重态度，之后贯穿到我的许多作品中。

朱文颖： 知识点、视野、跨界以及质疑的能力……虽然时隔多年，我仍然相当怀念当年鲁院高研班的一些课程设置，随时都可能被激发、随时都可能被点燃。那是极为珍贵的四个月。

马小淘： 这个好像真没有。

宋小词： 我的中篇小说《开屏》《血盆经》都是在鲁院的学习期间创作的，但是要我说哪个细节、哪种结构布局和哪种风格选择是来自鲁院学习过程中的思考，要我说得很仔细，说得很具体，这个很难说得清。因为有时候一种影响一种改变是无声无息的，是润物细无声的。

刘建东： 在到鲁院学习之前，我一直坚持着先锋文学的写作方式，形式和内容上的创新，是我在写作中十分看重的，我十分警惕那些落入俗套的写作模式，人物的性格塑造、小说的结构、故事的走向，都会先考虑这些问题。但作家一思考，思想就会挣扎。而思想的反复交锋，会得出与之前不一样的结果。我开始考虑，飞翔的诗意之下的内容，在想象的包裹之中，到底社会在给我什么样的灵感，时代在给我什么样的冲击，也就是说，在那些看似美妙的包裹之中，那坚硬的内核应该是什么模样。所以，在《一座塔》中，以及在我毕业后写作工厂系列小说时，我开始更加注重生活的合理性，人物命运的时代气息。开始关注被忽视的那些真实的细节，把眼光从天空中拉回到地面，拉回到芸芸众生中的某个生动的瞬间。我开始更加注重形式与内容在写作之外的妥协与合作。开始关注历史的力量，对小说本身的推动；开始关注个人命运是如何被时代改变的。

朱山坡： 在鲁院，我更坚定了一个信念，就是要向着经典写。我创作的全部意义就是写出经典小说。这是雄心，是动力，是鞭策，也是抉择。因此，我每写一个作品，都将它放到经典作品的坐标系中去考量，这使我的创作不敢轻率、马虎。"朝着经典写，不成功，便成仁"，在鲁院举办我的作品研讨会上我就是这样说的。有点轻狂，但也不必为此羞愧。

杨遥： 2015年读鲁院的时候，修改中篇小说《流年》，怎样处理人物的困境一直想不好，受老师的影响，想把人从绝望中救出来。便想到我小时候有位同学的奶奶信佛，不认识佛经上的很多字，经常问我。又恰好读过屠格涅夫一篇作品，里面有个细节是出生地位完全不同的两个少年因为一部哲学开始成为朋友的故事。便写出了一个细节，凌云飞因为妻子聂小倩信佛，两人感情疏离，他遇到同样能把王菲的歌唱得很好的王小倩，王小倩失眠睡不好，凌云飞便把自己失眠时妻子推荐他读的《地藏经》送给了王小倩，王小倩有些地方读不懂，请教凌云飞，凌云飞有些地方也不懂，便回家请教聂小倩，《地藏经》成了王小倩、凌云飞、聂小倩三人之间交流的通道。聂小倩和凌云飞的关系逐渐缓和，恢复正常。后来小说发表在2016年《收获》第5期上。

李凤群： 到达鲁院之前，我刚刚完成《大江边》，离开鲁院之后，我完成了中篇小说《良霞》和长篇小说《颤抖》，我觉得这两部关于女性成长的小说的灵感都来源于鲁院，有心的读者已经发现我在去鲁院之前的作品和之后作品形成了两种完全不一样的风格。这种自觉性的变化就是起源于鲁院，但是，至于细节和结构，我一直没能想到。

林森： 会不会因为鲁院学习而产生某种风格方面的影响，不好说，但那种日常的碰撞，会促使自己明白，远离一些人、远离一些事，别那么热闹——从不去凑热闹，便也成了自己的写作心态了。

龙仁青：说一个细节吧，这个细节无涉你说的结构布局和风格选择。在《歌唱》这篇小说里，有一个细节是，到城市来做驻唱歌手的藏族女孩，与一位在同一家酒店打工的汉族女孩被安排住在一起。夏季的一天，一只蚊子落在藏族女孩的胳膊上，其实她早就看见了，但她觉得一只饥饿的蚊子，吃不了多少血，让它吃一点儿，也算是一种行善行为。这时，与她同住的汉族女孩发现藏族女孩的胳膊上落着一只蚊子，便急忙走过去，一巴掌拍死了蚊子。藏族女孩看着粘在自己胳膊上的蚊子尸体，大怒，质问汉族女孩为什么要当着她的面打死蚊子，要了它的命。汉族女孩认为她是在帮助藏族女孩，反而遭到了怒骂，于是把这件事告知了老板。老板的处理也偏向于汉族女孩。这个情节，来自于真实，是一位在北京唱歌的藏族女孩讲给我的。我认为，这个情节虽然很简单，但却包含着汉、藏民族由于文化背景的不同，对同一件事情完全不同的两种认知。如果是在我生活的城市西宁，这样的故事即便发生了，在沟通上可能不大存在问题，因为在这里文化之间互相交融，民族之间相互尊重，彼此理解，基本能做到求同存异。但在北京，经常会遇到一些毫无他者文化经验的人，彼此之间的来往就会复杂很多。我之所以能够捕捉到这其间隐藏的秘密，跟去北京学习有关，当然也跟鲁院有关。

王威廉：这个倒是一时不能分辨。在鲁院，我是努力敞开自己，让老师和同学们的思想进入我的场域，我不断与之对话。

徐衎：鲁院四个多月的学习需要一个消化的过程，笼统一点讲，首先鲁院学习让我变得勇敢一点。就是缩短了我迷惘犹豫的时长，在"文学创作是多元"这个范畴内抓紧行动起来，去尝去试，而不怕试错，这是很重要的一点。以前我总会觉得要不再等等，在舒适区多待一会儿，就这么待着也挺好的……所以道理其实每个创作者都懂，但有时候就是需要一个契机推一把，我对"开阔""多元"的追求不能说是从鲁院才开始，但鲁院让这个创作追求从自觉变得更加自觉且有执行力。

三、在我的理解中，阅读、写作都属于作家工作的基本内容。读什么作家，至少能显现一位作家的文学谱系和文学路径，我想知道，读过鲁院之后，你开始阅读哪位作家的作品？是什么原因让你阅读这些作家，与鲁院是否有关联？

葛水平：一直以来我在阅读西方文学方面有一种心理上的排斥，总觉得一个中国人更应该多了解中国的民间，而中国民间的语汇丰饶，故事诡异，文学在为生计、为社会，在走向大众，把心交给更多的读者的同时，中国民间对一个作家来说，一辈子阅读是不够用的。在鲁院学习打开了我对西方文学的认同感，我开始认真阅读狄更斯、卡夫卡、屠格列夫、欧·亨利等，辛辣的人生况味，中外同一。

宁肯：读鲁院正是我的创作转型之时，此前我刚刚完成了花了四年时间的长篇《天·藏》，加上此前的三部长篇，正好是一个长时的阶段创作的完成。在鲁院正好有一个思考期，以及与之相关的选择阅读期。事实上就在漫长地创作《天·藏》之中，由于现实的刺激，我已在考虑下一步该写什么。那时候我们的现实已开始变得比较惊人，王立军事件，地沟油，三聚氰胺，暴力拆迁，巨额贪腐，等等，一桩桩惊人的现实在很大程度上否定着文学，那时经常有一种说法叫做"现实比小说精彩"，这就是对文学特别对小说的否定。很受刺激，这是挑战，中国作家到底有没有能力应对这个挑战？能不能研究一下这种现实？这是我在读鲁院时思考得最多的问题。正好那一年，刚获诺贝尔文学奖的略萨来中国，在社科院作报告，我去了。略萨是拉美魔幻现实主义另一代表，以干预现实著称。我想由于魔幻现实主义作品的存在，你绝不能说拉美的现实比小说精彩，略萨来得正当其时。略萨似乎了解中国，有备而来，特别谈及了"文学与政治"的关系，实际上也可以翻译成"文学与现实"的关系，这对中国是一个老问题，从来没人说清楚，但这次略萨说清楚了。略萨旗帜鲜明地说：文学不是政治的工具，但政治是文学的工具。一句话点醒梦中人。这话说得太好了，一度我们的文学沦为政治的工具，后来人们避之唯恐不及，却从未想到应该反过来，政治为文学服务。这里的服务当然不是行政上的，而是谁是主体谁是客体，换句话说，文学是主体，政治是客体，客体要为主体的表现服务。那么这话也可以这么说：文学不为现实服务，现实要为文学服务。文学是本体，现实是手段。这是极为耐人寻味的。我开始重读略萨，读《酒吧长谈》《绿房子》等。我对《酒吧长谈》的评价是：形式上虽有些机械、生硬，习惯了会感到大妙。不完美，却也辟出新天地。在鲁院的思考以及后来相关的阅读，直接导致了我的第五部长篇《三个三重奏》的写作，着实将权力与腐败为文学服务了一把。

陶纯：我的阅读范围比较杂，不但读小说，也读散文诗歌。我喜欢的作家也很多，主要的有鲁迅、张爱玲、契诃夫、托尔斯泰、莫泊桑，莫言早期的小说我也很喜欢，金庸的武侠小说我几乎全读过。鲁迅、契诃夫等作家教我学会深刻，金庸教我讲故事。若论讲故事、塑造人物的能力，我认为，古今中外，很少有作家超过金庸。说起读金庸，与鲁院有关联，以前我从不读武侠小说，因为要学人家讲故事，才喜欢上金庸的。

翌平：来鲁院后我发现一种情况，业内有的很有名头的作者真差。但也有很认真对文学有情感的作家。在鲁院期间学校组织大家阅读了业内作家的代表作，这也让大家养成了读同行新作的习惯。我的一个深刻感受是，要想以此为业，以个人对儿童文学的理解和童年生活经验去写作远远不够，才思会很快枯竭。必须系统地阅读世界文学的经典作品，所以在以后的几年里，比较花心力阅读诺奖作家、英美作家、拉美作家、法语作家的一些作品，有意识地浏览当代作家的部分新作，阅读一些儿童文学引进的大奖书系。

邵丽：这个关系很大，去鲁院之前，读法国、俄罗斯等传统欧洲文学比较多些。去了鲁院之后，开始读美洲，包括亚洲的印度、日本作家的作品。尤其是拉丁美洲爆炸文学和意大利作家的作品，对我影响比较大。

雷平阳：到鲁院学习，听了些什么专题演讲，我是个没心没肺的人，到现在基本忘记了，一些电光石火的启示当时写满了听课笔记本，可那笔记本刚才找了一个小时也没找到。但必须强调一点，我一直觉得去鲁院，最大的收获还是同学之间的交流与暗中的较量。比如与邱华栋的交流，埃柯、赫拉巴尔等人的作品进入了我的阅读史。说到较量，当然是基于我的自卑。开始时，见班上有这么多声名显赫的人，显得有些胆怯，可后来才发现他们的确优秀，原因是他们的优秀基于勤奋，比我勤奋了几十倍。于是乎自己在暗中也开始勤奋起来了。

弋舟：鲁院学习阶段我的确阅读了大量日常阅读范围以外的书籍，这些阅读选择，有的来自于同学的推荐，有的与课程内容相关，是在课堂上听了授课老师的启发后去找来读的。总体上讲，这些阅读拓宽了我的视野，并且具有鲜明的"主体性"，也就是说，是"带着问题"进行的阅读。二十八届高研班毕业后，我开始大量阅读传统文化方面的书籍，《左传》《世说新语》等等，这和自己以前的阅读习惯有了很大的不同。我想，这届高研班开班的时间段以及院方有意识的课程安排，可能都强化了我的这个阅读方向——我们开始讲文化自信。同时，也与自己年龄的增长有些关系吧，一个中国作家，一个汉语的书写者，终究要回到自己血脉中的审美里。

刘建东：在上鲁院之前，我有关文学的阅读是有选择性的，读得更多的是马尔克斯、卡尔维诺、博尔赫斯等作家的作品。毕业后，我觉得自己的阅读更趋理性，我开始重新阅读大学期间读过的一些经典作家的经典作品，比如契诃夫的短篇小说，比如雨果的《悲惨世界》，比如荷马史诗。我在阅读雨果的小说时，感受到了一个作家在宏大的时代中的思想之痛，在荷马史诗中看到了个人命运在历史翻滚中的奋争与无奈，在契诃夫的小说中我仿佛又穿越了时间的迷雾，看到了与我们时代相通的那些小人物丰富的内心世界。毫无疑问，这样的阅读与鲁院有关，一个作家需要有一个节奏的变化，比如写作的缓与急，比如思考的轻与重。

周瑄璞：在之前，我的阅读多为一般意义上的经典作品，18世纪、19世纪欧美大作家，如歌德、雨果、巴尔扎克、托尔斯泰、陀氏、茨威格、霍桑等，他们作品中那种现实生活的广度和心灵世界的深度，所反映出的人类应该面对的、追求的正大、辉煌、细腻、永恒的主题，常常打动我，与我个人内心追求和对这个世界的愿望比较契合。2010年鲁院学习期间，同学们也大力推荐麦克尤恩、卡佛等作家，那几年他们也特别火，成为作家的开口必谈。我也试着阅读，不是很喜欢。他们创作手法和思想对我也没有起到什么作用。我还是热爱那些永恒的经典，殿堂级作品。

2018年春天现实主义题材培训班上，王蒙老师主讲《红楼梦》。我回来之后，又重读一遍，有新的收获。这是一部值得一读再读的作品。

骁骑校：我读弗雷德里克·福赛斯、保罗·厄尔德曼、克雷格·托马斯、伊恩·弗莱明，和汤姆·克兰西，与前面那些光芒四射的前MI6特工、银行家、皇家空军飞行员、国际记者相比，汤姆·克兰西更接近中国的网文作家，他只是一个普通人，笔下的政治军事谍报秘闻都是来自于公开报道，因为在我的小说里，不乏类似故事情节，这个类型的世界顶级大师的作品能指引我前进的方向。我觉得鲁院带给我的，是国际性的视野和格局，坐在鲁院课堂中，我已经是这个类型文作者中的佼佼者，我应该去更广阔的天地了。

黄孝阳：如果说与鲁院有关联的阅读，那就是我读了更多文学之外的作品。我要到文学外面，借助于其他学科所提供的路径来看看文学。

不识庐山真面目，只缘身在此山中吧。

事实上，来到文学的传统疆域之外的审视，也会再次拓展其边界。

当然，我也读文学作品，不是读某一个作家，而是读某一个时代的。比如我把中国"50后""60后"的作家的代表作基本读了一遍。至少，我要知道他们都写了什么。必须说，这批作家基本上是由鲁院所代表的那个审美体系所拣选出来的。

鲁敏：老鲁院有图书馆。但想读的小说好像都给大家借得差不多了。记得我当时只好借了一本艺术编年史的杂书，倒也看得津津有味，获益良多。

同学之间或上课老师都会带来新的作家或作品，比较多，也比较杂，很难一口报出。当时我们班上有一批很有才华也很个性的"80后"，他们彼此之间的阅读趣味、他们跟"60后""70后"的趣味，都是有差异的，这很有营养。

李骏虎：我是从2007年鲁七开始系统阅读西方经典作家的，课堂上讲过和课下交流提到的基本都涉猎了，集中阅读的是哈代和福克纳。哈代的《德伯家的苔丝》是抓住就读进去的，正文前描写顿荒原景象的引子尤其艺术力量巨大，我每读几百字就达到承受极限，要合上书第二天再看几百字，几千字的引子我读了很长时间。这部书影响了我的长篇小说《母系氏家》的创作，读完后我重写了《母系氏家》。鲁七结业回来，我又读完了哈代的其他作品。福克纳的文集我在上世纪90年代就买了，当时读不进去，鲁七时几乎人人都在讲福克纳，好像不读福克纳就不配当作家。周末回到太原，我从书柜角落里抽出一本福克纳的《去吧，摩西》，第一段没读完就被强大的旋流挟裹进去，第一次体会到了纯文学作品的艺术张力可以这样巨大，这是与托尔斯泰、雨果的历史性、社会性不同的另一种文学高度。结业回来，我又阅读了福克纳的读书随笔，受益匪浅。鲁七时我还阅读了菲茨杰拉德的美国南方文学系列，对文学的地域性色彩有了人文高度的认识。中国作家里我系统阅读了沈从文的小说。

萧萍：在读鲁院之前，我一直比较多地关注国外的作家作品，那时候读得最多的是博尔赫斯、卡尔维诺还有哈罗德品特。而"后鲁院时代"，我开始阅读、沉潜中国古典时期作品，我读《山海经》，读《鬼谷子》，读《世说新语》。也重读心爱的《诗经》和《红楼梦》。我的长篇童话《流年一寸》的写作缘起，正是来自《山海经》中的马头娘传说。

红柯：开始关注高研班一期同学们的创作了。

乔叶：我那时候刚刚开始写中短篇小说，小说阅读是一片空白。所以可以很有界限感地说，我就是在鲁院学习之时才开始大量读小说的。课堂上老师推荐书，课下同学们也互相开书单，我开不了书单，只是一个大长见识的受惠者。国外的卡尔维诺、纳博科夫、博尔赫斯、卡夫卡，国内的莫言、余华、毕飞宇、迟子建，都是那个时候才开始读的。在小说阅读的意义上，我是个开蒙很晚的人。很惭愧。

李浩：在 2008 年的鲁院学习之后，我开始阅读萨尔曼·鲁西迪、曼德尔·施塔姆、本雅明、萨义德等等；我也开始阅读陈集益、王十月、和晓梅、鬼金、东君、沈念、马笑泉等同学的作品，我承认我从他们那里受益良多，他们远比我以为的写得好。

次仁罗布：到了鲁院之后，我阅读了肖洛霍夫的《静静的顿河》，之后是海明威与福克纳的作品。肖洛霍夫的作品有股史诗的气韵，细节的描写更是让我惊叹作家的观察力和文字的表达能力，每个场景就犹如一幅画，深深折服了我。他让我看到了历史的波澜壮阔，更让我对文学心怀敬意。

海明威的简洁，福克纳的乡土，让我找到了自己的那枚邮票般大小的沃土，它是我文学的矿藏，也是我穷尽一生也写不完的精神之家。

我关注这些作家，得益于来鲁院给我们上课的老师。正是他们的一再推荐，才使我与他们接触，发现他们的伟大。

陈鹏： 更多地阅读海明威，更深入地读他。此外，陀思妥耶夫斯基也是我毕业后读得更多的作家。我热爱他们。还有伟大的塞万提斯、但丁、荷马，以及不那么伟大但足够大的托斯曼。对这几位的深入阅读必然与鲁院的学习有关——我们都希望更扎实更深入地进入我们热爱的作家的最深处。他们之间可能风格恰恰是相异的，甚至相悖。但这不就是我们需要的吗？

徐则臣： 读过鲁院，我开始阅读的更多的是音乐、历史和文化人类学方面的书籍，希望在阅读上变得更广更杂。

东君： 2008 年，我从老鲁院回来之后，开始关注一些同行的写作（之前我几乎不怎么读同年代作家的作品）。2015 年秋，我再次来到新鲁院，就读于"回炉（鲁）班"，认识了更多的写作者，由此及彼，我开始关注一个更为庞大的写作群体。回来之后，我把他们送我的书堆叠在书房的茶几上，打算花上几个月的时间一本一本地读过来，但事实是，一年半时间过去了，我只读了四分之一。凡我读过的，我都会在书上写上几句。还有一些"80 后"或"90 后"作家，我也曾或多或少地关注过。有一部分作家我读了之后若有感受，就写点俗称评论的文章。

沈念： 阅读带来的教益，首先是开放自己。2010 年，南京大学出版社出版麦克·尤恩的短篇小说集《最初的爱情，最后的仪式》。当时，同学顾飞推荐，我找来了读，非常震撼。这是麦克·尤恩的处女作，也是他向大师致敬的作品。他毫不隐讳自己在二十出头刚开始写作的时候，对很多经典作家有过模仿，八个短篇成名作，就是模仿纳博科夫、亨利·米勒、卡夫卡、托马斯·曼、戈尔丁等作家而创作的。但事实上他在模仿的过程中又逾越了对方，发出了自己的声音。说麦克·尤恩的事，只是想说明，很多写作者都是从阅读中受到启示而开始自己的创作的。

与同学聊天最大的一个收获就是相互交流之后，开始去读过去被个人喜欢所遮蔽的作家。比如拉什迪、阿特伍德、莉迪亚·戴维斯等等，都是鲁院学习之后的阅读新地标，或者是从同学的推荐里，让我下定决心去了解并阅读这位作家。

张建祺：阅读趣味上，我在鲁院进修前后没有明显区别，喜欢读的还是那老几位，除卡佛之外是威尔斯·陶尔和理查德·福特，审美基本保持一致。

血红：在鲁院学习之后，最近两年来，购买的参考书籍有《苏东坡全集》这样的集子，也有《秦汉名物丛考》这样的资料。这两年写的书侧重神话、玄幻类，所以古人著作和古代的资料图书，对我的帮助会更大一些。

鲁若迪基：我没有刻意去读谁的作品，中外作品都在读。不过，读了鲁院之后，只要看到哪本刊物上有鲁院同学的作品，我都会认真拜读。我隐隐觉得大师就藏在他们中间。

东紫：在鲁院的课堂上，新了解到世界上很多的优秀作家，现在无法清晰想起。记忆比较深刻的是同学推荐的《米格尔大街》，因为同学当时说他当年读奈保尔真有三个月不知肉味的感觉。这句被孔子用过的话，让我印象深刻，也确信了奈保尔写作的水平。

胡学文：在大量阅读文学作品时，自然是选择名著。被认为名著，自然是广泛流传并被后世认可的，如托尔斯泰、福克纳等，这不会错。文学是丰富的，有很多作品尚未进入名著行列，但其在叙述、语言、结构上的创造毫不逊色。在鲁院期间买了很多好书。比如《沉默之子》，是杨剑敏推荐的，《小说稗类》是庞余亮推荐的。之所以说买而不是读，是因为在短短的几个月，根本读不过来。谁要说最近读了一本不错的书，周围的人眼睛定然闪亮。邱华栋在我们那个班上阅读量最广，至少我这么认为。有一次他带我们七八个人到三联书店选书。每个人都在二十多本。如果不读鲁院，我可能没有机会读这些书，或者说，要晚许多年才能读到的。更重要的，还不是同学们推荐的书，而是荐书方式。虽然离开了鲁院，但荐书方式没有离开。"70后"作家中，徐则臣、李浩、李亚读书都特别多，他们一旦推荐，那肯定不会错的。《撒旦探戈》是张楚推荐的，吃饭时他说这本书不错，我马上买回来。这个习惯是鲁院给的，所以，我要感谢鲁院。

肖勤：陈忠实、李佩甫、毕飞宇、刘震云、郭文斌、茨威格、毛姆等等。在读鲁院以前，我作为一个并非学院出身的创作者，并不具备大量阅读和学习的基础，理论功底相当差，无论是世界名著，还是当下的文学翘楚，都缺乏系统的阅读与理解。只能是现学现用，每天老师的课程讲到哪里，提到哪一个作品、哪一个作家，我便一下课就到处去找这些作品，比如施战军副院长在授课中讲到少数民族创作时，提到了金仁顺的《桔梗谣》、次仁罗布的《杀手》，我便去找他们的作品。而李敬泽讲到了迟子建老师，我也去读。几乎就是在这样的恶补中完成了对当下文学方阵的了解和各自创作风格的学习。同时，也完成了对世界名著的进一步学习。从以往的看情节、记内容，变成了有的放矢地获取自己所缺乏的营养，学习的目的性增强了。上鲁院以后，我把莫言、陈忠实、贾平凹、李佩甫、刘震云、余华、刘醒龙的作品基本上都又重读了一遍，因为我一直从事基层工作，创作风格与对象也多以乡土题材为主，他们的文章各有不同的地域特色和语言特征，但乡土气息非常浓郁，对乡土的细节描写非常贴切，对生活的捕捉也非常细腻，他们都能从泥土深处挖出让人着迷的奇妙的微量元素来，他们的作品里有历史，有站立的人与事——这是我的创作和作品里需要贴补的功夫。还有李敬泽老师的《青鸟的故事》，印象也非常深。这些年，在阅读和创作中，我最大的感悟是：一个作家要不断创作出优秀的作品，要从青苔中浸出一滴滴清澈的水来，必须在青苔底下储存一片巨大的湿地，它水源充足、四季不休。

高鹏程：在读鲁院之前，我的阅读大多不成体系，量少且收效甚微。读鲁院后，这种现象稍微有所改观。但是很惭愧，限于时间等原因，我的阅读依旧缺乏系统。读书期间受教于授业老师们的启发，我对特朗斯特罗默的诗作了系统的阅读，也写下了长达万余字的读诗体会《诗歌电焊师》。在我看来，特朗斯特罗默最大的能力，以及他的诗歌最大的特点，就是善用隐喻。他善于发现事物表象下隐含的寓意，并且利用日常生活中平常物象的焊接组合，呈现出不同事物之间隐秘的联系，从而凸显"存在"的真相。在我的理解内，现代诗歌不只是叙事或者抒情，而是经验和体悟的结合。经验来自生活经历和阅读积累，生活经验是第一位的，它往往确定我们的写作题材和倾向，而阅读经验更多会上升为技艺和风格。体验来自于生活现场的感受以及对诗意的敏锐捕捉。一首好的诗歌，是漫长时间里的经验积累和诗意现场瞬间体悟的合体。

鬼金：去鲁院之前喜欢读什么，还读什么啊！如果说一个作家的阅读跟着教学来走的话，那是不成熟的。

侯健飞：阅读和写作，是每一位作家的生活常态，而我略有不同，因为我是一个图书编辑，编辑工作就是阅读大量来稿。说实话，极少有阅读愉快的经历，但作为职业编辑，再差的长篇也得读一遍才能评判。如果特别差也罢了，遇上一个半个美丽的新娘，却穿了件不太得体的新衣，我会本能地开始裁剪缝补——为人作嫁衣的前提，是把自己体内的文学养分无偿贡献出来。当自己有了创作冲动后，才发现，自己想写的题材和故事，别人都写过了，而且写得极不成功，于是就问自己：别人种过的地，没长出好庄稼，自己种就能长出好秧苗吗？人最怕的是自问，这一问，立即泄气了。眼高手低成了大多数编辑人的职业病。在鲁院，听了几位前辈的讲座，而他们恰恰也是编辑出身，却并没有影响到自己的创作成就，这让我意识到，过去的阅读层次过低，不成体系，加上存在"编辑应该是杂家"的偏见，在经典阅读上是缺课的。

我青年时期是写小说为主，因为不得法，小说产量少，质量也不高。在现代文学作家里，鲁迅和沈从文是下工夫读过的，后来又读梅娘，可惜我并没有认真理解梅娘先生的提醒。梅娘说我的个人气质是属于上世纪三四十年代的。如果我早几年读张恨水、废名、周作人和老舍，结果可能是另一个样子。可能我觉得中国现代文学老迈了，所以我青年时期以刘索拉、卢新华、马原、格非和苏童为标准。在中西混搭的先锋阅读中，以我的资质，不可能成为实践者，于是我改写纪实文学。所幸的是，我的书单里还有汪曾祺、史铁生和铁凝。上鲁院的前一年，我的《回鹿山》在人民文学出版社出版。责任编辑脚印老师说：这是她编辑生涯中，关于父子关系最打动她的一本书。但坦白讲，直到即将付梓，我也不能准确定位这个作品到底是散文还是传记，或者说，这是一本集散文、传记与回忆录三种属性于一体的作品。贺绍俊先生在评论这个作品时，使用了非虚构这个定语。在鲁院讲座课间，贺先生建议我系统研究汪曾祺。这立即让我明白，这真是一次最高明的指导。事实上，我常常把汪曾祺先生的小说当散文读，把他的散文当小说读，却丝毫没有影响到我的受益指数。

上鲁院前，我从来没有想过，编辑生涯也是我非虚构创作的一部分。某个晚上我偶然读到张恨水。他说自己是一个很微末的人，五十岁一过，很多朋友劝他写一个自传，他在心里不以为然。张恨水说他与文字打了半辈子交道，看了不少名人自传，"有太多的谎言"，"更多的是一篇广告"。但是静下心来一想，自己写了那么多市场小说，却没对自己的作品做一次"总检讨"，怎样检讨呢？必须把"我"放进去。张恨水说，这一放才发现，自己半生写作、生活和爱恨情仇竟是创作本身的一部分，丝毫不可分割。张恨水让我更坚定自己将走非虚构之路。

胡性能：在读鲁院之前，我最喜欢的作家是日本的川端康成。读大学的时候，《川端康成小说选》是我的枕边书。此后，我几乎读了他翻译成中文的所有作品。阅读的口味单一得令人发指。鲁院结束之后，阅读的作家较为广泛了一些，但让我记忆深刻的有罗恩·拉什的悲悯、保罗·奥斯特的叙事、安德鲁·米勒的节奏、安妮·普鲁的克制中的粗豪。当然，还有基诺加的诡异、弗兰纳里·奥康纳的深掘以及裘帕·拉希莉的舒缓都是我喜欢的。

石一枫：好像上鲁院之前和上鲁院之后读书的习惯区别不大。我这人看书比较随意，基本就是为了打发时间，爱看谁的就看谁的，时髦的东西也看，人家觉得老旧的东西也看。不过也受同学影响，记得那时候看见哲贵屋里放了本契诃夫，后来我也找出来重看了一下。当然我不是特别赞成一个作家通过教育和交流轻易地改变自己的创作思路，或者说仅仅因为受到文学界风向的影响就改弦更张，那种改变不管是之前之后，也许都是缺乏自信和真诚的。条条大路通罗马，文学风格和文学观念也没什么高下之分，如果一个作家通过系统学习，能够深化和完善自己的写作追求，而不是今天朝东明天朝西，那么这种学习应该算是有意义的，这种作家也是心态比较成熟的。

杨遥：读书比较杂，以前读现代派、先锋派，新翻译过来的作家作品比较多，离开鲁院之后，阅读俄罗斯作家作品，以及传统经典作家的作品多一些，比如托尔斯泰、陀思妥耶夫斯基、屠格涅夫、契诃夫、巴别尔、狄更斯等。阅读俄罗斯作家作品主要是受了施战军老师的影响，2011年读鲁院时他是分管教学的副院长，经常吃住在学校，吃完饭还和学员们一起打乒乓球、唱歌，交流非常多。不知道他哪次提到应该多读读俄罗斯文学，便把以前买的那些书拿出来，有的没读过，有的重读，一读感觉和英美文学是另外一个谱系，于是读了一本又一本，《战争与和平》《安娜·卡列尼娜》

《罪与罚》《地下室手记》《契诃夫短篇小说集》等，读完之后，确实感觉他们是文学上的高峰。狄更斯以前读过一些，重读是受了李敬泽老师的影响，有几篇对我影响特别大，比如《理查·双狄克的故事》，读完让我对战争的理解又打开了一扇窗户，就如以前读卡尔维诺的《我们的祖先》三部曲一样。

黄咏梅：我是 2014 年 3 月上的鲁院，2013 年 10 月艾丽丝·门罗获得了诺贝尔文学奖，虽然她获奖的那段时间，我已经读过她那本著名的短篇小说集《逃离》，但是并没有很集中地进行研读。鲁院课堂上，陆建德老师集中向我们细读了艾丽丝·门罗，强调门罗小说的精细以及善于处理微妙的自我与他者的关系，这些方面对于中国当代小说写作的一个启示——"希望中国当代作家不要把读者的口味弄得很重"。陆老师的课对于我们这一代喜欢写日常生活和处理人性幽微问题的作家来说，是很有启发的，所以，回来之后，我大量地研读了门罗的小说，并在里边汲取对写作有帮助的养分。

计文君：高中毕业之后，作家作品的阅读在我整个的阅读比重中开始下降，会因为各种机缘随时关注一些作家作品，但没有对某个人持续地关注。非文学性阅读始终占据八成以上的比例，对于小说创作者来说，我觉得这是对现实世界保持基本认知能力的前提。

李凤群：这是一个好问题。在来鲁院之前，我基本上都是读文学类的书比较多，基于一种潜移默化的影响，包括当时请了许多专家，比如王渝生教授，他讲的是《科学的昨天、今天和明天》，他的课传导出一种乐观主义精神，这种精神在此后的很长时间感染着我，使我对自然科学产生了浓厚的兴趣。

朱文颖：我想说的是，读过鲁院之后，我的阅读变得更为庞杂了。有一段时间，我甚至放弃了阅读小说，而转为一些较为生僻的人类学理论、西方哲学、心理学理论……对于我的写作来说，这些年比较重要的是我悟出了一些看似与写作风格没有直接联系的道理。比如说："对生活认知到什么层次，表达也必然在这个层次之内。作家不可能表达自己看不到的东西。"或许与早年的写作不同，现在我会关注一些更本质的东西，回到"这篇小说是关于什么？要说什么？"的基本概念上。这就意味着我希望从形式上做减法，从一种外在的小说美学转换成一种更为内在的小说美学。小说，作为与结构主义特质最为亲密的艺术形式，一定存在着更多的隐秘通道。在我现在这个年龄，阅历、思想、见识以及视野会比文本本身更为重要。而这些思想、见识以及视野，多多少少与鲁院有着直接或者间接的联系。

王十月：我在鲁院期间没有写什么作品，却比较集中阅读了一些。在来鲁院之前，我阅读文学类作品是比较少的，来鲁院后，有了一段集中的时间，读得多一些。受同学李浩的影响，读了博尔赫斯和卡尔维诺、昆德拉，说实话，谈不上喜欢，也没觉得这些作家有那么好，后来就转回头读托尔斯泰了。这一点与鲁院的交流有关，同学们普遍将博尔赫斯、卡尔维诺这类作家看得比较高，我读过后，坚定了自己的看法，还是托翁更合我心。鲁院期间，有一次交流，残雪，还有几个作家我忘记名字了，当时我问了残雪一个问题，怎么看托尔斯泰和博尔赫斯、卡尔维诺、昆德拉，她回答说，和托尔斯泰相比，这些作家都是小作家。在鲁院学习、交流的过程，实际上，不是纠正自我、改变自我的过程，而是更加坚定自我的过程。

纪红建：我觉得，作为作家，必须博览群书，特别是作为报告文学作家，更提倡读万卷书，行万里路。只有这样，自己才能渐渐成为一名宽阔的写作者。读过鲁院后，我开始加强了两方面作品的阅读，一是外国经典小说，比如迈克尔·道布斯的《纸牌屋》，二是具有强烈思辨色彩的作品，比如费孝通的《乡土中国》。前者，学习其叙述故事的能力、人物对话的语言技巧等；后者，学习其思想的表达，对中国社会深层次的探讨与剖析。坦率地说，我的这种阅读是有针对性的阅读，也就是说，在鲁院读书后，我发现了这些方面的不足，便有针对性地进行加强。

钟求是：我们鲁院三期的同学，这时的阅读图谱基本成形了，一般已有自己喜欢的作家和作品。若说与鲁院很有关联的阅读，便是一位老师介绍过捷克的赫拉巴尔之后，好几个同学开始找他的小说。我当时也看了赫拉巴尔的《过于喧嚣的孤独》《我曾伺候过英国国王》，颇有收益，尤其那个废纸回收站里的孤独老人汉嘉，给我留下了深刻印象。当然在鲁院期间，我也看了一些同学的作品，譬如刘亮程的散文，邱华栋、程青等的小说。

朱山坡：在鲁院上课时，李洱作了一个卡佛的专题讲座。我重新阅读卡佛，感受与之前的阅读感受不太一样。后来，卡佛成了我比较常读的一个作家。

宋小词：对，这个观点我是赞同的。鲁院之后我的外国文学的阅读量加大了，我几乎有一整年的时间，疯狂购买了许多国外的文学书籍，卡佛的、博尔赫斯的、麦尔维尔的、海明威的、马尔克斯的，等等，也购买了一些国外的关于文学理论的书籍。应该说以前我的文学创作是一种很封闭的状态，封闭的思想，封闭的生活，封闭的阅读，封闭的写作，像是消耗自身的一种能量，但是鲁院像是打开我的某个关窍，在我的思想上做了一番改革开放，让我的视野更开阔了，因为我的同学们一言不合就跟我谈博尔赫斯、雷蒙德·卡佛，我以为文学是生活，但他们却有更多的道理，我无法跟他们分辩，因为我没有内容，我的那些内容也谈不上台面，这使我愧疚，使我卑微，使我渺小。

龙仁青：人们在阅读的选择上，会经常听到这样一句话，这句话也经常挂在一些指导人们阅读的教师或者周围写作的作家嘴上，那就是一定要阅读经典或名著。这种阅读观念，使得人们更多地去阅读那些被共同认定的经典名著上，比如说世界名著、四大名著之类——在一些学校开列的阅读书单上，经常看到那些耳熟能详的书名和作家的名字被罗列在一起。也就是说，这种阅读观念设定了一种阅读取向，那就是，所涉猎的阅读，基本都是一些已故作家的作品，而很少去阅读在不同的城市、不同的地方，与自己一起写作的作家的作品。这样的阅读，听起来好像也没有什么问题，但实际上是一个非常危险的阅读取向，这样的阅读，很可能让一个人对书的涉猎脱离了现实，抑或说，选择了这种阅读取向的人们，不能从阅读的层面与现实结合，去理解现实，也就弱化了他们对现实的认知与思考，至少，缺少了直面现实的一个渠道。在我的周围就有很多这样的人，他们会偏执地做出判断，认为以往的作品是优秀的，而当下文学是不值得一读的。我认识的一个文学评论家，也持这种观点，当他表达出这个意思时，让我吃了一惊，我认为一个不关注现实的评论家，就不用再写什么了。这种阅读取向的形成，往往会发生在那些与当下现实中的作家，没有多少关联的人们身上，与作家有一定交集的，则会出于好奇或别的原因，接触到对当下文学的阅读。北京，或者说在鲁院，一些文学作品的作者，特别是一些我们自己仰慕的名家，会从书本上的一个名字，忽然走到自己的现实中来，甚至开始交往，成为朋友。对一个写作者来说，这种机会，要比自己生活着的城市要多得多。这种机会，会促使我们更多地去读当下的文学、自己认识的作家的作品。对我来说，在经历了鲁院的学习之后，较之以前，我开始大量阅读各种文学杂志，比如《世界文学》《人民文学》《译林》《小说选刊》等等。因为那些当下与自己一起写作的作家，就在这些杂志上。从这一点去看，北京是一个在文学意义上，让人更加抵达现实的地方。所以，我对北京的印象就是，它就像是一本杂志，按期出版发行，旧的去了，新的就来。而我，也包括和我一样在各地写作的作家的所在地，则像是一部经典或名著。哈哈！这比喻显然不恰当，但琢磨琢磨也貌似有些道理。这种对北京的印象，就来自于鲁院。

张楚：听陈晓明老师的课时，他专门讲到门罗的小说。那时候门罗还没有获诺奖。我想起自己买过那本《逃离》，但是还没有看。

后来特意找来研读，发现门罗真是个记忆高超的小说家。通过阅读她的小说，我体会到中国短篇小说与欧美短篇小说某些微妙的区别。另外就是契诃夫，当时同学们谈论很多。我以前并不喜欢他，后来细读，发觉他真是一位伟大的作家。

王凯：2011年上鲁十五之前很多年，我都没怎么读过文学作品，脑海里有的那点关于文学著作的印象，差不多都是二十岁之前读过的那点可怜的底子。一方面是因为部队机关的工作极为繁忙，很少有时间静心读书，另一方面也不愿动脑子（读书总是要动脑子的），常常会在书和电影中偷懒地选择了后者。每年都会订若干种文学期刊，但年底时基本都没翻过。直到上了鲁院，在同学们的宿舍书桌上看到形形色色闻所未闻的小说，特别是和同学们聊天时听他们讲某个作家或某部作品，才感觉自己一无所知。大概从那时起，我才真正开始了继中学和军校时代之后的第二轮文学阅读。从这点上说，不能不感谢鲁院。

马金莲：阅读方面，说实话还真没有专一地盯着某一个或者数个作家去进行，鲁院的课堂和研讨中，也接收到老师和同学们的推荐，我还做了记录，知道他们所说的书肯定不会错，值得一读，但是离开后，被一种巨大的生活的场，牵引、左右，甚至是吞噬，时间零碎到难有哪怕是几个小时的安静让我能够坐下来读书和写作，感觉总是在奔跑着生活，奔跑着应付很多的事情，所以那些好书都还没来得及去买。不过鲁院对于我的写作是一个分水岭，阅读也是，现在我的阅读很驳杂，比较宽泛，文学类的读，但是不限于文学类，社会学、心理学、医学、法律、哲学等等，都看，主要精力还放在了名著的阅读上，古今中外的都读，见缝插针地挤出时间读。

任林举：鲁院之后，我更加注意阅读中国现代和古代的作家的作品，现代的咀嚼鲁迅，古代的，精读唐宋八大家。我觉得自己的精神和文学血脉离他们更近。

王威廉：对我个人来说，在鲁院不是这些细节上的影响，或者说，不是知识上的影响。这个时代，人人都在开书单，良莠不齐，以至于到了疲惫的状态。鲁院对我的个人意义更多是人与人的交往，是那种人本身的魅力。许多久闻大名的老师，还有同学，在这个特定场所交往所产生的化合物，是我难忘的。当然，还有一种情况，就是朋友之间的影响，比如当时有人买了一大套昆德拉读得津津有味，害得我重读了《笑忘录》。

马小淘：我去鲁院之前没怎么看过中国现当代作家的作品，一直是看外国文学长大的。所以非常惭愧，我其实几乎没读过所有同学的作品。也是出于好奇，也是年轻时候特别有礼貌，别人送我的书我都会怀着不要辜负别人的心看一看，所以在鲁院期间，甚至从鲁院结业的大半年之内，我一直在看同学给的书。当然太和鲁院有关了，主要是出于同学之间的友善，还有那个时候我读研究生二年级，课也不多，比较有时间。

杨怡芬：读过鲁院之后，我开始阅读若泽·萨拉马戈——葡萄牙作家，1998 年度诺贝尔文学奖得主。我读的是《失明症漫记》，一本让我倍感震撼的书，在吊诡、不正经的叙述中，说的都是非常严肃的事情，这是我无论怎么努力也到达不了的境界——人贵有自知之明，但是"如果你能看，就要看见，如果你能看见，就要仔细观察"。这种人生态度，我用来要求自己。我向他学到的是人物对话与内心独白的无缝对接，这个，我用在《儿孙满堂》里了，我也想做到"无缝"的，但这只是我想做到而已。我读到一个作家后，就想尽可能读到他的全貌，所以，接下去，就读他的《修道院纪事》，在往后几年，又读了《复明症漫记》和《双生》（2014年）。我儿子特别喜欢《双生》，他似乎读了两遍，说实话，我不明白他缘何如此喜欢，萨拉马戈的书里面，我最推崇的还是《失明症漫记》。说到和鲁院的关联，萨拉马戈，是同学曹军庆推荐我读的，他推荐的就是《失明症漫记》。在鲁院，作家之间互相交流自己推崇的作家，经常会有收获。虽说现在是网络时代，好像什么都可以

"看到"，其实，你能看见的就是"你能看到"的那些东西。

鱼禾： 其实有不止一次课程或讨论、交流涉及作家作品。印象最深的，一是敬泽老师在讲课中谈到写作的"内在性"时，以远藤周作的《沉默》为例。此前一直不太喜欢日本小说，对远藤周作更无涉及。看了《沉默》，又看了《深河》，内心惊惶，受益不止于写作。再是邱华栋老师讲课时专门谈到阅读，并开了一份长长的书单。依此搜罗，又枝枝蔓蔓发现许多此前未曾注意的作品。这个书单，差不多改变了我的阅读方式——我开始一批一批地看书，比如在某个时段会把注意力更多地集中到东欧或南美，新的阅读扇面渐次打开；由于同地域一流作品之间那种不言自明的互文性，我的阅读速度也越来越快。

汪玥含： 我在北大读本科的时候，还不知道什么是儿童文学，曹文轩老师给我们讲课《20世纪小说研究》的时候，他似乎也没有提到过儿童文学，只有当我到《儿童文学》杂志工作了之后才知道"儿童文学"，所以1994年开始的创作也跟儿童文学无关。我在1996年之后的岁月里开始阅读越来越多的儿童文学作家的作品。在鲁院我们专门研讨过米切尔·恩德的《永远也讲不完的故事》，我同时发现，新蕾出版社出版的国际大奖小说系列一直在我手边，却只读了很少，所以，读完鲁院，我就把这套大奖小说拿过来读了很多本，《罗伯特的三次报复行动》《夏日历险》《农场疑案》《狗来了》《马提与祖父》《电话里的童话》，还有另外的凯斯特纳的《飞翔的教室》，而且又重读了艾特玛托夫的《白轮船》，这些都是国际儿童文学作家的作品，让我更进一步看到了国际儿童文学的风貌，让我对自己的写作有了更深的思考。这样的阅读和鲁院的学习有着直接的关系。

西元： 可以毫不夸张地说，鲁迅文学院的课程是全国所有大学中非常顶级的课程。在两到四个月的时间里，可以把全国各个领域之内的顶尖学者都请过来给大家上课，而且每周都有两到三节，这在其他大学基本上是做不到的。所以，我对鲁迅文学院豪华的课程安排深感震惊，觉得仅此一项就很值得骄傲了。有些人认为我的小说里有点先锋派的味道，比如《死亡重奏》《炸药婴儿》这样的小说，从标题上看很难想象是写朝鲜战争和抗日战争的。但其实我本人最喜欢的是托尔斯泰、陀思妥耶夫斯基那一类的作家，他们广阔、博大，又不可思议地深刻与先锋。由于他们的存在，我一直对俄罗斯文学很亲切。我觉得一个作家必须有丰厚的人文社会科学素养，必须冒着损坏文学感觉的风险去多读这方面的书籍，了解这方面的知识。这样，他才有可能成为一个一流作家。而当下，很多作家似乎很怕冒这个险，生怕丢失了属于他的那一点文学特色，生怕这点特质被淹没了。他们甚至退了回来，守着属于自己的一点点成就沾沾自喜，这就更加不可救药了。一个一流作家的内心一定是强大到足以驾驭无限丰富的人文社会科学知识的，如果他不能，或者他胆怯了，那等待他的恐怕就是时光的淘汰了。所以，我觉得鲁迅文学院课程设计的方针非常正确。尽管在三四个月的时间里未必能把所有内容都理解，甚至是意识到其中的重要性，但随着时间的推移，这些东西会像一坛老酒那样，越来越显示出它们的重要性。也正因为如此，我觉得这样的课程是针对培养一流作家而设计的，不仅仅着眼"术"的层面，更关心"道"的层面，非常有眼光。

董夏青青：鲁院有一个教学环节：先由老师推荐书目、确定论题，再各小组集中探讨并推荐一位同学发言。郭艳老师提出的"《史记》与史传传统"，让我第一次开始认真阅读司马迁的《史记》。郭艳老师在讨论课上谈到，当代很多文学作品在写欲望、身体、权力，诚然，资本进入中国必是带着贪婪的本性，但文学应该呈现一种立场，即如何对抗这些，作者应当怎样帮助一个时代的人去度过？《史记》很擅长提炼人物的高贵性，而现在文学作品中的许多人物形象，作者在写作之初就轻松放弃了人物的高贵感，一种有血有肉的高贵。

　　郭艳老师认为，文学创作不应片面地深入人性的幽暗区域。在这个人类文明转型的大时代，作者光迷茫是不够的，还要提供弥合与建构，提供对于正在发生的历史的洞见。《史记》并不是全然匍匐于现实尘埃的记录，其中也有对于当时社会来说离经叛道的表述，更有司马迁"究天人之际，通古今之变，成一家之言"的新的历史观的建构，有其批判、实录、殉道、怀疑的精神内涵。

　　下课后，我找来《史记》研读，并看了郭艳老师课上提及的科幻小说《三体》。《三体》给我的震撼与冲击也是巨大的，到此时我仍然认为，刘慈欣塑造的章北海是给我印象最深刻的，虚构作品中的军人形象。

　　林森：之前没听过佩尔南多·佩索阿，有一次讨论，听同一小组的瓦当大谈佩索阿把自己分身为几个人、他的写作多么神奇什么的，便赶紧找来看，发现还是韩少功老师翻译的。近水楼台，韩少功老师就在海南，他翻译的东西竟然没有读过，心慌。可能这种日常的交流，带来的刺激不一定是让我们去读具体的某个人，而是那种阅读的焦虑感，逼迫我们去寻找适合自己的作品。

　　徐衎：好的作家一定是更好的专业读者，这已经成为一个共识了，当然放之其他艺术领域也都成立，好的音乐家首先一定是个好的听众，文学创作或音乐创作的过程是主观的，但抱着学习的态度去欣赏，文学或音乐的鉴赏过程往往是客观的，在这个主观又客观的过程中慢慢摸索找到属于自己的美学。实不相瞒，鲁院回去以后我就开始读尤瓦尔·赫拉利的《人类简史》了，尽管它也有许多争议，但是叶舒宪老师课上提到的那个大小传统，人类文明的四个层次、原型书写什么的对于我这种"格局相对较小"的作者而言实在是一个很有诱惑力的弥补机会，所以我先看了这个，其实也是老早就准备要看的书，但是一直拖延，也就拖延了很多年……所以你看，鲁院学习真的是一个"推一把"的契机，帮我克服"读书如抽丝"拖延症。

汤汤：读过鲁院以后，我的读书还是杂乱随缘的，并没有特别要去阅读哪位作家的作品，遇到什么读什么，喜欢的就一路读下去，不喜欢的外界评价再高也还是读不下去。

左昡：在鲁院之后，我首先在上过刘庆邦老师的课之后，阅读了刘庆邦老师的作品，与刘老师的授课内容相印证，受益匪浅。另一方面，鲁院的一大收获是让我近距离地与更多同龄或近龄的儿童文学作家相识，在鲁院期间及之后，我集中阅读了多位鲁院同学，青年儿童文学作家的作品，如周静的《一千朵跳跃的花蕾》、徐玲的《如画》、张忠诚的《暖镇》、庞婕蕾的《最好的知己》、沈习武的《春妮》、小河丁丁的《水獭男孩》、唐池子的《绿耳朵嘉木西》、谢鑫的《课外侦探组》、麦子的《大熊的女儿》，等等，这让我对青年儿童文学作家的创作现状有了更多的了解，见贤思齐，愈加鞭策自己。

王莫之：突然想读路遥和柳青，尤其是路遥，他影响了班上的好几位同学，改变人生命运的那种影响。鲁院之行让我对建国以后的大陆文学更为重视，之前阅读翻译文学比较多，偏科严重，对同龄人的写作也缺乏关注，其实应该多读一些，对自己的写作要求更高一些。

四、高研班安排的课程涉及面比较广泛，文学、艺术、人文社科、政治经济都有，这也是鲁院教学的特色之一。然而，我相信文学的启发是全面而互相交叠的，我仍然想问，哪堂课让你印象最深刻？为什么？

胡性能：印象最深的还是文学课。毕飞宇的讲座解决了我长久困惑的一个问题。重新回忆鲁院的那四个月，有一些课程就像是日常汲取的营养，没有明显的帮助，却隐秘地维持着一个写作者生存必须的能量。让我触动最大也获益最大的，是毕飞宇的讲授。他拿出一支碳素笔，问我们这是什么，学员们异口同声回答，笔，理直气壮。当他拿出第二支笔问我们这是什么时，我们的回答开始犹豫，变得参差不齐，怀疑有什么猫腻。等他拿出第三支笔问我们是什么的时候，没有人再轻易回答是笔，大家觉得这样简单的问题后面，一定会有陷阱。沉默片刻，是毕飞宇自己告诉我们的："还是一支笔！"接下来，他把三支笔组成一个三角形，问我们是什么的时候，我们的回答几乎一致："三角形。"

"为什么没有人说是三支笔呢？"毕飞宇问。

"这是一个心理学的小测验，"毕飞宇将笔收回说，"可中短篇小说写作的秘密，也许就藏在这个小测验里。"

"小说的写作，其实就是写好几个点，每支笔都代表一个点，这些点组合起来，会呈现出全新的意义！"他接着说。

那一瞬间，我想起了十年前写过的那篇创作谈，我一直想不透的东西，被一个心理学的小测验给解决了。那一节课后，我知道如何处理小说节奏的问题，也明白了什么地方要留白，什么地方要用力。我想，要是十年前听到这样的讲授，我也许不会浪费那么多的时光。

此外，刘庆邦老师讲的《小说的虚与实》，以及戴锦华老师关于电影的讲座，也让我受益匪浅。

红柯：陈晓明、曹文轩、胡平讲述的内容记忆犹新。我给陕西师大开设了两门课"文学与人生""文学与体验"，一是拉近文学与人生的距离，二是对文学的理解。大学文学教育离文学比较遥远，编辑批评家直接与当代作家交流，会有敏锐的发现，从这个意义上讲，古典文学没有任何意义，刘文典因为戏说沈从文而名垂青史，没有刘文典西南联大躲日本飞机那一幕，谁知道他是个什么鸟？一百个刘文典对《庄子》有个屁用，庄子要活在当下老刘照样那个德行。

王松： 我是鲁院首届高研班的学员。在我的记忆中，在鲁院学习的这一个学期，几乎没学过文学创作的基本理论和方法。也许当时学了，没记住。总之，没有这样的印象。倒是其他方面的课程，比如音乐、舞蹈、喜剧等等，还有一些轻松的可以畅所欲言的座谈，印象很深。

刘亮程： 讲外交和国际形势的那堂课，好像记忆深。

乔叶： 最深刻的是李敬泽先生的《小说的可能性》。那是我听到的第一次真正意义上的文学课。他声音不高，却有一种独特的气场。班里很多人都和他是朋友，在上课前他还和他们言笑晏晏，可是在讲台上一坐，他开始讲的时候，班里鸦雀无声。老实说一节课下来，他讲的我没太听懂，可是莫名其妙地受到了震撼。他既迂回又直接，既温和又尖锐，对人和事充满了深刻的理解。这大概就是我当时感受到的。他还是我所在的小说组导师，后来给我们上小组课，他让我们谈的还是小说的可能性，让我们进行深度探讨，每个人都发言。小组里七个人，我的发言应该是最差的。后来我和师兄庞余亮负责整理录音，来回听了好几遍，受益匪浅。应该说，我的小说创作意识就是从那时候开始成长的。

东君： 2015 年的回炉（鲁）班请的老师，跟 2008 年那一届有部分重合，相比之下，同样的老师在七年前讲的课比后来更能放得开。不过，私下聊天的时候，那些老师还是能放开禁忌，谈些个人观点。相对于文学课，一些与文学相关性不是太强的课倒是让人记忆较深，比如戴锦华老师谈生物工程学、生化人、人机合成人以及一些宗教话题，很能让人脑洞大开。

李浩： 我也极为喜欢戴锦华的讲述语调和缜密的思维，她从文学之外看文学的见解和拓展也是我所佩服的，尽管，有些观点并不能说服我。我印象深的课还有戏剧的，王晓鹰，他讲《萨勒姆的女巫》，而之前我看过他导的《哥本哈根》，那堂课给我的启发很大，也坚定了我书写"智慧之书"的理念。

葛水平：宗教。一切都让人感叹不已，思量不已；感叹自己才刚开始懂得生命。宗教给我的情绪能够让我深入思考，对文学创作可谓是有力的补给。这世界上的确有着我们所无法感知的空间，也许因此文学总是充满幻想，才能神秘地在人们心中无尽地盘桓。

次仁罗布：鲁院的课目设置让我很是吃惊。最初来鲁院时认为全是文学课，可是拿到课程表竟然不相信会这样安排。但是几节课下来，很喜欢这样的安排。它不仅拓宽了我的知识面，更让我感到自己的孤陋寡闻。其中印象最深的是，关于我国军队的那堂课。从美国轰炸我驻南联盟大使馆讲到朝鲜，再到巴基斯坦。除了知道很多细枝末节外，也对当时的整个一个国际局势有了较清晰的认识。加之，讲课老师很幽默、风趣，只感叹时间太匆忙。

这样的内容让我们了解很多事情的细枝末节的同时，增强了对国家的认同感和民族自豪感。

徐坤：印象最深的课，恰恰不是文学课，而是跨学科的课。因为我就是中文系毕业的，所有的文学课都听完了，而那些讲舞蹈、电影、流行音乐的课听起来既形象又新鲜。还有科学家秦大河来讲的课，农业问题专家的课，都很开阔视野。

血红：确切要说的话，是那堂欧建平老师的舞蹈鉴赏课吧。很强烈的美感的冲击，让我直面了文字之外的另外一种力量，另外一种美。就好像在眼前本来只有白纸黑字，它们组成了一堵墙，隔绝了我对外界的认知。突然这堵墙被撕开了，看到了极其有力的、有冲击的美丽。所以突然发现，世间的美丽可以有这么多，而且这些美丽都是能够进入书中的。

萧萍：金波老师的儿童诗课堂让我们印象深刻，他朗诵一只猫和他的相遇，钻石般的语言和温暖人心的魅力。下课后我们敲着碗，在食堂列队，唱起他的儿童歌曲作品《海鸥海鸥》。儿童文学让人永远相信世界的真与善，永远美好和激情澎湃。还有胡平院长的小说课，他告诉我们文学不仅仅是描摹生活，更是穿越生活，并照亮生活。

朱文颖：在我的回忆里，有那么多让我印象深刻和难忘的课程。单单要说哪堂课，那是不公平也不完整的。我最喜欢的鲁院高研班课程设置，恰恰在于它的这种全面而交叠的部分。让我印象最深刻的正在于这种结构，它不断在提醒你、督促你，世界是如此之大，文学、艺术是如此浩渺……有时它甚至还会击打你，就像小说家在小说和戏剧里击打他们故事里的人物。如果一定要给一个明确的答案，这种击打感也是我印象最为深刻的，有时，它确实会唤醒你内心的很多声音。

张建祺：白烨老师在鲁院给我们讲过一堂课，我至今还清楚记得老师在课上表达过一个观点——青年作家应该专注于严肃文学创作，不应该受金钱的诱惑去写电视剧。我不幸被老师言中了，成为了后者。

我的创作转型与个人早年经历有关。我 1980 年出生，十六岁时在报纸上连续发表了两篇"豆腐块"文章，同年辍学，立志当职业作家。后来的漫长岁月证明，我当初这个决定"对"极了，自从十六岁那两篇文章总共换来三十元稿费之后，下一次再见到稿费时我已经二十一岁了，这五年之中投递稿件无数，纷纷石沉大海，这期间我家信箱也收到过两次回复，都是因为邮资不足被邮局退回来的。当时网络还不发达，我的这些稿件都是以信件的方式邮寄，为了修改和打印方便，我在十九岁那年买了电脑和打印机，当年的三十元稿费正好够买两包打印纸，如果写作是一笔买卖，那我显然亏大了。为了维持电脑和打印机继续运转，我不得不做一些桑拿浴箱厂质检员、眼镜店营业员之类的工作。二十一岁我迎来了转机，在当地某家文学期刊发表了第一篇短篇小说，后来这篇作品还在省里获了个奖，于是我有幸在二十三岁这年被这家期刊聘为编辑，月薪三百。不是杂志社小气，他们是依靠政府拨款的非营利性事业单位，员工多数有编制，聘用人员只有三个——传达室大爷、保洁员阿姨、我。

我一直在那家杂志社工作到二十六岁，月工资也涨到了四百元，按理说鲁迅先生1916年的月薪不过三百银元，账面上我还比他多一百，但是对于2006年的人来说，上班下班领这种工资，还不如自废双腿吃低保。跳槽后我应聘了一家体育杂志，周一到周五坐班写稿，上下班打卡，写满一个版面五十元，我在这儿最低一个月赚了三百块，最高的一个月九百六。下一份工作是家省级文学期刊，试用期半年，月薪六百，这可是在那可爱的2010年，北京奥运都开完两年了，这工资是让我用来买福娃套装的吗？辞职。

2013年我来到了鲁院，参加第二十届青年作家高研班，培训为期两个月。在校期间我基本独来独往，能在寝室待着就别出去，尽量不参与同学间的吃请，因为我从老家来一共就带了两千块钱。这届同学中有位哥哥让我印象深刻，谈吐幽默人缘好，经济条件也很优越，是个花钱很大方的性情中人，他的职业就是编剧，这一度让我十分羡慕。一转眼结业四年了，我也已经踏上了职业编剧的道路，拙作在卫视黄金档播了好几轮，又和不错的影视公司签了约，手头有干不完的"活儿"，但闲下来的时候难免回忆过去。八年前，我有一邻居花四万块买了辆力帆320轿车，火红火红的，傍晚打完蜡停在阳光下，乍一看还以为是宝马mini。当时我就琢磨，等有闲钱了买一辆这车也不错，但是又迅速打消念头，心想我一个穷写小说的，买这么个烧油的机器干吗？八年后画风突变，我考虑的车型已经够买二十台以上的力帆320了，而这八年的中间节点恰好是我就读鲁院那一年。

范稳：我现在还印象较为深刻的是一堂中央音乐学院的一位老师（可惜名字记不得了）来讲的舞蹈艺术课和陈丹青的课。前者开阔了我的视野，明白了一些舞蹈艺术对人的塑造和文学对人的表现相通之处；陈丹青没有多讲美术方面的问题，更多地在阐释一个艺术家的社会人生观。

鲁若迪基：我们的课无论是校园里的课还是社会实践，都是精心设置的，都给我留下了深刻的印象。看看当时给我们授课的老师的名字吧！铁凝、丹增、吉狄马加、陈建功、高洪波、何建明、李敬泽、张胜友、雷抒雁、韩作荣、雷达、何西来、白描、吴义勤、施战军、胡平、彭学明、杨义、刘庆邦、白烨、欧阳自远、叶舒宪、陈晓明、乔良、牛宏宝……这样一群让我们仰望的人授课，哪会不精彩？但是，一想起来就让我流泪的还是雷抒雁先生和韩作荣先生的课，因为想再听已是隔世的事了！

徐则臣：叶舒宪的文化人类学课，提供了一种文学跟中国历史和传统文化交融的新的视角，于我个人而言，扩大了对文学纵深的理解，开始尝试寻找把老祖宗的遗产进行文学的现代性转化的可能性。这是一个漫长和宏大的课题，对中国当代文学承续和激活传统文化和叙事资源有极为重大的意义。很多作家和学者都在为此努力。

杨怡芬：戴锦华老师讲的《无影之影：吸血鬼流行文化的分析》那节课，让我怀想至今。从那天后，我被戴老师圈粉，我的手机里存着戴老师的照片，这是小粉丝做派哈。戴老师是那种"看见"了很多的人。之所以印象深刻，一半是因为戴老师的研究打破了我对吸血鬼的"想象"，听课过程中，时时有感慨："原来是这样啊。"一半是因为戴老师讲课极有气场，很有个人魅力。

鲁院给我们请来的老师，都是文学艺术人文社科甚至政治经济各类研究中"看见"了很多的人，因为深入，所以能浅出，听他们的课，真是非常享受。后来鲁院的"回炉班"，我很想来的，再来听课，但身不由己，没法来，深以为憾。

骁骑校：我想是舞蹈评论家欧建平先生的课，那堂课拖延得特别厉害，中午到了饭点还在看舞蹈录像，我偷偷去食堂吃了饭又回来还在放，老师讲了一个舞蹈家，名字我忘记了，那个人最初只是湖南一个县里的地方戏演员，很小的时候就进戏班学戏，后来机缘巧合有了学习舞蹈的机会，最终登上了百老汇的舞台，成为现代舞这门艺术中顶尖的舞者，这是很震撼人心的励志故事。正巧我当时在写后来获得紫金山奖的《匹夫的逆袭》，这个故事能传达给我力量和执念，能引起我的共鸣，所以难忘。

沈念：从听过的鲁院的课程来说，我与同学们一样，更多的是喜欢文学之外的课。记得有一堂是中国社科院研究院研究员、博导叶舒宪先生讲授《人类学与20世纪思想史转型》。关键词是"边缘－中心""当中心改变了边缘，边缘也反过来改变了中心""人类学的三大发现：人；文化；现代性原罪"。叶老师从文化人类学的视角、以现代性原罪的发现解析电影《阿凡达》《达·芬奇密码》。虽然他只是概括性讲述，但是让我对文化人类学顿生探究欲望。曾经让人眼花缭乱的理论术语，变得有意思了。这堂课对于没系统研读过理论的我来说，实在太难，太艰涩，但至少打开了一扇窗。还有中国人民大学博导何光沪讲了一堂《佛、儒、道与基督教的仁爱观》。他对爱、情感、伦理之间的关系进行了条分缕析的阐释，如儒家是兼爱，道家是慈爱，佛家是慈悲，基督教是普世。我印象最深刻的一句话是："最低的道德是法律，最高的道德是宗教。"

黄孝阳：戴锦华老师的课。不是她那些招式凌厉的电影理论，而是她对"大脑上传，人之不死"等的想象，这些想象的源头不在她处，但她兼容并蓄的态度让我喜欢。而且我以为她把握住了一个核心关键词，即科技增长对人，以及由人所衍生的各种知识体系的，重新定义。

还有中央农村工作小组陈锡文先生的课。他在桌上搁了一个水杯，双手束袖，就这样坐着讲了三四个小时。讲的全是干货，是"数据洪流"。我很佩服。

还有更多老师。

发自肺腑的感激。

陶纯：当时的感觉，大多数的课程安排得都不错，丰富而新颖，但由于时间久了，已经记不起哪堂课更好更深刻。人到了一定年纪，似乎听什么已经不重要，重要的是跟谁一块听谁讲课。

邵丽：印象中当时外交部长李肇星的课上得极好。胡平等老师让我们对小说有了茅塞顿开的认识。

弋舟：印象深刻的有戴锦华、刘小东老师的课，诸如此类。正是这类"非文学"的课程，可能对我的教益更大一些，它们构成了一幅整全的世界观，至少，构成了比较宽阔的视域。我觉得这对于一群终日"过度"谈论文学的作家而言，是格外重要的。更为重要的是，院方请来的这些老师，在各自的领域都有卓越的建树，这令我们能够迅速达成某种"全局性"的心情，喏，我们是在和这个国家最顶级的一些先生面对面。这种心情的培植，不知道其他人是如何体会的，在我，自认为是一种格局的养成。

李骏虎：鲁七时，我印象最深的有两堂课，一堂讲建筑，一堂讲戏剧，对我启发很大。艺术门类之间的领悟是触类旁通的，那位讲建筑的老师用PPT让我们观看了永不完工的建筑——迪拜大教堂。迪拜大教堂极尽建筑艺术之美，将宗教文化和设计艺术镶嵌、绘制到教堂内外、细枝末节，精益求精。那张永远有塔吊和脚手架作为背景的教堂图片，让我想到了曹雪芹写《红楼梦》批阅十载，增删五次，小说尤其是长篇小说的探索是没有止境的，作品没有最好，只有更好。戏剧课上，那位老师让大家把教室窗帘都拉上，灯都关了，在黑暗中闭上双眼，用灵魂去聆听他播放的昆曲《牡丹亭·游园》。当杜丽娘那一声婉转轻叹叫板响起，真是叫人魂飞魄散，我承认"原来姹紫嫣红开遍"这个唱段，让我重新认识到汤显祖的伟大和戏曲文学浓缩人生的强大艺术力量。

翌平：军事、外交、艺术。实际上鲁院的学期有限，不可能很深入地开设某门课，但会给人开脑洞，给人去学习的某种思路。

东紫：给我印象最深刻的一堂课，应该是孙立平教授的《从贫富差距到社会结构》。在上这堂课之前，我对社会上的很多问题，尤其是贫富悬殊造成的问题，只是从个体感受方面进行观察和体验，缺乏从国家整体的角度进行思考和分析。孙教授的讲课，不仅从国家层面对其进行讲解，还从全球发展的角度做了分析，让我对很多社会问题有了重新的认识。

高鹏程： 李敬泽和施战军老师的课。一个写作者，最重要的是弄清楚文学的本质要义。两位老师的课，帮助我厘清了自身文学观念上的模糊地带。让我的写作自始至终围绕着"人"来进行，用尽可能准确的语言来呈现生灵的诗意。

陈鹏： 好像，最深刻的一堂课来自毕飞宇，他晚上抵达，与我们近距离交流。当时他推崇莫言，我问了一个问题，莫言，在西方人眼中是否确乎"伟大"（GREAT）？他说当然是。话音刚落，我们毕业那年，2012 年年底，莫言就拿了诺奖。太巧了！好像当晚的对话与提问就是一次莫言获奖预演，而毕飞宇本人差不多扮演了诺奖评委会的发言人，冥冥中似乎注定此问、此答，导致莫言获奖。这种巧合让我牢牢记住了那堂课。我记得莫言获奖的当晚，我在昆明与几位诗人朋友吃饭喝酒，当时激动得啊，就像自己获奖了一样，大伙举杯同庆，感慨莫言终于为中国文学长了脸……

鬼金： 记忆深刻的是一个讲电影还有一个讲摄影的，好像还有音乐吧。记忆深刻的是张柠老师说，莫言的写作是披头散发的写作。好像是这么说的。我喜欢这种说法。

周瑄璞： 现在回望首次鲁院学习，是八年前的 2010 年，能想起的是朱苏力教授的课，他说："要相信本能，相信骨子里流动的东西而不是少数知识分子编出来的东西。"我此刻找出当年笔记，查到这句话。记录下来，再次提醒自己，作家写作，也应该遵循这句话，坚持写出人性的真实。

2015 年深造班，印象深刻的是画家刘晓东。他提供了一个真诚而艺术化的对话空间。

2018年春天，现实主义题材培训班，少将孟祥青讲国家安全与国防战略研究，引用周恩来的话："战场上得不到的东西，休想从谈判桌上得到。"此话道出人生真谛。比如一个作家，通过你的作品达不到的境界，也别想通过别的途径得到。

汤汤：为了回答这个问题，我找出五年前的鲁院听课笔记，记了好满一本呢，感觉得到当时听课有多认真和喜欢呀。是啊，每一堂课对我来说都是新鲜有趣的，无论是文学艺术，还是政治经济，都让我看见了我不知道的世界。时隔多年，虽然它们在记忆里已经模糊了，但那种学习的快乐永远新鲜如朝露，停留在心尖上。不看笔记本就能记起来的一堂课是科学家欧阳自远老师上的《空间探测与月球登陆》，听完课的时候，我想，人类是多么有意思的动物啊，对未知对遥远不停歇的探索，真的好浪漫！

侯健飞：鲁院的课程设置是费了心思的，也是与时俱进的，考虑得很全面。鲁十九学期比较短，给我印象最深的是院领导、老师与学生兄弟般的感情，每一位作家都感同身受。有很多可以记述的片段，我只说两件事。

一是在校期间的2013年4月，鲁院迎来了南非第三位诺贝尔文学奖得主J.M.库切。一天的文学论坛和座谈交流，让我亲眼目睹了一位世界文学大家的风采。库切的作品中译本不少，但除了自传体小说《青春》和获奖作品《耻》以外，其他并没有读过。曾有文章说，"库切的作品原本是透过双重性的诠释建立它的视界，是由内向外的默默张望，一种细腻而不乏审慎的勘测，而它最终达成的效果却是那个观看的对象似乎更具说服力，造成外部世界对于内心的窥视。"这样的评论太过抽象深奥，不足以引起我的兴趣，因为早有盛传：库切行为怪异，对人冷漠。"与库切一起沉默"，是当时很多青年作家效仿的行为。当七十三岁的库切真正从论坛主席台后面走出来时，很多人立即为这个修长挺拔、精神矍铄的帅老头所倾倒。他发表了很个性化的演讲，还在学生宿舍品尝了中国清茶。很多同学还得到了他的签名译著。面对真实的库切，我并没有感到他是一个冷酷无情的人。是啊，世界上真的有冷酷无情的作家吗？

二是在鲁院学习中，有一次是分组外出见习。叶梅老师带着十来位少数民族作家到门头沟某地。那是一个阳光异常明亮的下午，我即兴向叶梅老师和同学们讲了我将要创作《回鹿山》续篇《红鬃马》。因为天时地利人和，当时我叙述的情节和细节其实是临时起意，我以为说完就完了。回程的路上，叶梅老师郑重地鼓励我尽早把作品写出来。两天后，同学杨仕芳找到我，对我的构想大加赞赏，可惜我竟记不起当时都说了什么情节。毕业两个多月后，杨仕芳从广西发来默记下来的《红鬃马》创作大纲。仕芳说，一些线索和情节他也记不大准了，于是他多次与身处宁夏的同学土豆联系，两人共同回忆修改后，给我发过来，希望早日看到这个作品。如果有人问我，短短的鲁院生活，你收获了什么？那么我现在就说，作为文学人生，有这样一个下午，有这样一位老师，有这样两位同学，难道还不满足吗？

离开鲁院已经五年，全补世界文学经典阅读课已不可能，但通过老师的点拨，我对于汪曾祺先生及其作品的确有了全新的认识。汪先生的创作实践让我明白，即使伟大的作家，其影响也是有限的，我们都不要高估文学的力量，没有一个作家是救世主，每个时代的作家更有其局限性，作家有时是病人，有时是医生，如果不是医术高明的医生，作家起码要成为社会的眼睛和良心，同情人民疾苦，关注社会生活，关心人类命运，这是一个作家慢慢培养的朴素情怀，也是鲁迅先生毕生的精神追求，更是鲁迅文学院得以生存发展的延绵血脉。

坚持自己遵从自己的意愿，找到属于自己的读者，并真诚地尊重小众读者，坚持不为大众写作的自省态度，争取有机会能够再上鲁院。

马小淘：印象最深的是当时宗教事务局的局长叶小文的课，还有一个军事专家讲了很多军事趣闻，我想不起他的名字了，但是印象很深刻。除了两位老师讲的都是我不熟悉的领域，提供了很大的信息量，新事物带来的刺激让人记忆犹新。同时很重要的是他们的语言表达能力，同样的话，不同的人讲，表达效果的差异其实是很大的。他们讲得生动，对各自领域的熟稔加上富于魅力的表达，给我留下很深刻的印象。

胡学文：印象最深的是李敬泽讲的那堂课。别的课当然也不错，在这儿就不说了。我记得李敬泽那堂课，除了他讲的文学观点，还有一个小插曲。那天，河北作协开会，我当时是张家口作协主席，理应参会。通知人说必须参加，我就于前一日下午报到了。我还没听过李敬泽讲课，这么一个机会当然不想错失。我一路琢磨着两全其美的办法，可到了石家庄也没想出来。次日吃过早饭，走进作协会议室，犹豫的我终于决定。我向领导请了假，打车到火车站，那时还没有高铁，我让售票员选最早最快的。会议内容我能补学，讲课错过就彻底错过了。李敬泽的课本来安排在上午，那天他临时有事，调到了下午。我中午一点半返回鲁院，在门口吃了份快餐，两点半准时坐在座位上。

雷平阳：印象中，有一个物理学家的讲座很精彩，从物理学到宗教学再到文学，而且他的古诗写得也很动人。再就是讲述国家宗教政策的那位老师的讲座，他让我思考了很多宗教与日常危机之间的关系，对我之后书写云南题材启发良多。

石一枫：文学以外的课程吧，以前没怎么接触过的。我上学学的是中文系，毕业以后在文学期刊工作，文学内部的那点儿东西应该算比较熟的，起码常听身边人聊，倒是专业领域之外的课程感觉新鲜，比如有堂课是乔良老师讲国际局势，还有戴锦华老师讲电影也爱听。

宁肯：谈不上哪堂课印象最深，印象比较深的是陈晓明的一次课，讲到《朗读者》，那是我第一次听到这本书，"二战"题材，但表现的却不是"二战",而是人的尊严,以及尊严的吊诡,也就是说用"二战"做了一道菜,做出的却不是"二战",而是人性,或者说人的可能性。让人不禁发问:中国人怎么就写不出这样的小说?我们的思维方式为什么总是缺点什么?这是个老问题,每每受刺激,印象比较深。还有雷达、白烨、孟繁华、孙郁、张清华、张柠的课都让人重新思考什么。这是文学圈内的课,圈儿的课也都各有特点,像何光沪先生的课,气场很大,身体与思想的同一性是我仅见,何先生修长,发白,仙风道骨内里却盛装着一个启蒙的灵魂,可称得上中西合璧,人类之良知。还有牛宏宝先生的课,他那种程式化的又是内心的讲述,清晰地划定了人之尊严的坐标与普系:从笛卡儿到斯宾诺莎、康德、尼采、海德格尔,"人"的来历与定型异常清晰,显然,这个"人"的思想谱系与中国迥异,似乎中国从来就是另外一回事。还有王瑞芸老师的课,那是我见到的最有魅力的女先生,那种女性化的柔性与文明,既有何光沪老先生的风采,又前卫感性,可谓文明之精华。而王晓鹰的课,带着正宗的戏剧人的激情,其对灵魂追究的透彻与深度,如此完美地集于一身,让人看到:在精神异常浑浊的当下,人还有何种精神的可能,还可以如此纯粹,透明。

黄咏梅:印象深刻的有很多,比如施战军老师讲写作中的"常与变"的问题;戴锦华老师讲欧洲经典的光影转世,对经典文学的改编是一代代人结合当下的重新阐释,赋予经典新的生命;陈晓明老师讲短篇小说的细节问题很具有实操性;孟繁华老师谈如何建构中国新的城市文学;张清华老师谈叙事文学里的时间和美学的问题;郭艳老师从代际出发谈当下文学的发展;叶舒宪老师谈文学人类学对中国文化的新认识;宋瑾老师谈后现代主义与音乐……还有很多,数不过来了,好在每节课我都认真做了笔记,这些课都能打开我读和写的视野。

计文君:很难回忆起具体哪堂课对我影响很深,但诚实地讲,鲁院课程设置涉及面广泛，是非常值得肯定的，重看了当时的课堂笔记，发现收获颇多。

纪红建：我的工作单位是湖南省作协下属的毛泽东文学院，与鲁院从事的工作差不多，但从鲁院学习后，我有着更加深刻的感受：鲁院课程涉及面比较广泛，文学、艺术、人文社科、政治军事经济都有，对作家的培养，有着更加长远的打算，遵循文学创作规律；客观地说，我们毛院对作家的培养，就显得更加急功近利，基本上没有从作家写作的视野上来考虑，授课老师大都是请的有发表平台的主编，有话语权的评论家，目的很直接，也有些功利，就是让学员有发表的机会，得到评论家的关注，尽快推出作品和人才。当然，毛院的这种做法，也有其客观理由。

但从一个作家的角度考虑，我更喜欢鲁院的课程安排、教学模式，从长远来看，我需要更加宽阔的写作思维和视野。具体地说，乔良教授讲授的《中日钓鱼岛之争与中美大战略博弈》给我留下了更为深刻的印象。因为这堂课让我看到了文学背后更加深层次的社会问题，也让我认识到，自己的创作现实责任感和历史使命感。

钟求是：印象最深的应该是李敬泽的课，这一方面是出于对他文学观点的信任，另一方面是因为他讲得有气场。他那堂课的题目叫《底线与极限》。我那会儿刚好想着死亡之类的虚幻问题，而他课堂上也讲到死亡。他认为：现在的中国是失去命运感的社会，中国的小说也是没有命运感的小说。在小说中，普遍缺失了死亡的因素，谁也没去想死亡的底线在等着我们。我很少记笔记，但当时记下了这句话，并且在以后自己讲课时，常常引用这句话。印象深的还有曹文轩，他讲的内容已经淡忘，但我仍记得他匆匆赶来，说自己感冒未愈，然后坚持着讲完了课。还有一堂课是司马南，他的身体动作和问题提问都挺夸张，很有气势的样子，但同学们的眼光都有些不以为然。他不是搞文学的，在作家们面前把握不了度。

肖勤：一是王晓鹰老师的课，讲话剧创作，最后王晓鹰老师还送了鲁院学员一堂"现场课"——观看话剧《哥本哈根》。用话剧艺术诠释了关于科学、荣誉、人民、和平与大爱。还有就是欧阳自远先生的课，讲登月计划。当看到上课预通知的时候，我们的内心是不安的，中国的嫦娥之父，他要讲述的是高深莫测的科学，我们一群书生，个个都是理科盲，怎么才能保证在不打瞌睡的情况下"安全"地听完大师的授课，同时也让我们伟大的科学家、嫦娥爸爸欧阳老师有尊严地享受到我们对他的敬仰。结果那堂课出乎我们的意料，欧阳自远老师居然能把深奥的登月技术用无比亲切无比易懂的方式教授给我们，让我们又感动又愧然。这是一位德高望重的科学家的情怀与担当，因为他说，我必须要讲得大家听得懂，因为我们需要更多的人关注科学、热爱科学，继承和发扬中国的科学事业。当时我想起了白居易，他创作的诗，也是要给老人孩子读的，老人孩子不懂的地方，他便斟酌更改。用今天的创作要求来说，是要我们学会接地气，要创作出老百姓喜闻乐见的好作品。

宋小词：这个实在惭愧，竟然不记得了。只隐约记得白描院长讲过玉，有位老师讲过高科技。呵呵。

刘建东：施战军。他们的课会让我打开自己，想想自己闷着头去写作之外的文学世界的本质。

朱山坡：高研班的课程虽然涉及面比较广泛，但最重要的还是文学课。文学课，尤其是作品分析，能激发灵感，能坚定信念或引起反省，对创作帮助蛮大的。至于其他课程，也就是增长些知识罢了，当然，也很有趣。

张楚：我印象深刻的课程有李敬泽、施战军、陈晓明、单之蔷、苏牧、欧阳自远等老师的课程。李敬泽老师讲到小说中风物描写的问题，认为当代小说只注重人与人之间的关系，而忽略了同样重要的人与物的关系。施战军老师讲的乡土文学和乡村文学，让我对师陀的创作产生了兴趣，并延伸到对萧红的阅读，从而对现代文学有了某种程度上的思考和回顾。陈晓明老师谈到中国文学处于

"晚郁"时期，会涌现更好的当代文学作品，让人有了些自信。而当时《中国国家地理》杂志主编单之蔷谈到"构建"的概念，印象深刻。苏牧老师在课堂上片段解构电影《双生花》，当我对电影和文学的某些共性有了更形而上的思考。欧阳自远老先生让我对科学和科学家有了更生动立体的理解，当然，我不太赞同外星生物同样都是水碳化合物的论断。至今还记得的是一位老师讲现代舞蹈，我才知道芭蕾舞最初是杂耍艺人在表演，可能当时的地位类似于今天的广场舞。看来艺术的发展都有一个从粗俗到高雅的过程。另外还有白描老师讲的玉石文化，让我对中国"玉"有了全新的认知。

马金莲：说实话，感觉拓展视野和思维的恰恰不是文学类课程，而是文学之外的，比如天文学、心理学、美学，等等。当然，一些文学评论界的老前辈的课确实很扎实，也很能给我们文学写作上的启发，比如白烨、孟繁华、施战军等老师的课。但是也觉得有缺憾，其实我最想听的是张承志老师的课，他是一边行走一边思考一边书写的作家，他的特立独行是有目共睹的，希望有这样的作家能来授课，带给我们与众不同的新鲜的有深度的内容和启迪。

王十月：我记忆力不好，常常课上听，课下就忘了。这么多年过去了，文学课普遍没什么印象，除文学课外，其他的课，我都喜欢。印象最深的是殷罡讲中东问题，他对中东问题研究得很透，而且有独到见解。他常参加凤凰卫视"一虎一席谈"，我对他的观点比较信服，他总有其他嘉宾所少有的见识。你看，喜欢殷罡的是见识，我不喜欢在课堂上搬知识的课，知识是死的，互联网这么发达，你讲的知识我也能查到，就没意思了。还有戴锦华的课，印象也比较深。

杨遥：2011 年 3 月 18 日，听了《中国国家地理》执行主编单之蔷老师的《一本杂志的梦想——建构中国的新形象》印象最深。原因有两个：一是文人大多耽于思考，行动能力强的人很少，单之蔷老师却行动能力特别强，大概是中国登过冰山最多的人，而且把一本濒临倒闭没有发行量的杂志办成全国发行量最大的杂志之一，在业内赢得了非常好的口碑。二是他有些思想颠覆了传统审美观，他提出"眼睛是有思想的""有什么样的媒介就创造什么样的世界""带刀的人用刀来解决问题，是刀的思维"等都让我耳目一新。当时我听完这堂课，马上想去《中国国家地理》追随单老师。

任林举：鲁五时印象最深的是国家气象局专家讲的那堂全球气象课，他从人与自然的关系以及地球与宇宙关系两个向度论证了人类在自然中的局限和虚妄，让我们更加尊重、敬畏自然。鲁二十八时，印象最深的是毕飞宇解读鲁迅的《故乡》，他提醒我们，对本土作家、对中国的国粹要给予更多的敬重和精读，因为那是我们精神的血脉和根系所在，也是我们的文学基因所在。

鱼禾：当时因为先父病重，有将近一半时间在医院陪护，缺了很多课。所以只能说说我听过的课。印象深的不止一堂课。

之一，周熙明、单之蔷、欧建平和施战军老师的四堂课。

周熙明教授的课题是关于当下的文化发展。谈及对待历史传统的态度，他说，在诉诸理性的同时，也要服从命运。即对于历史，我们无可取其精华去其糟粕，而必须体认。单之蔷老师的课题是真实与命名。他认为世界的真实是有条件的，换个视点，真实也就随之改变；因而景观不是发现的，而是我们建构起来的。欧建平老师的课题是现代舞与现代性，他认为至关重要的现代性即"不承认唯一"；施战军老师的课谈到"警惕绝判和断言"，与周熙明所言"没有唯一的对"、单之蔷老师所讲"有条件的真实"，不约而同，遥相呼应。

这让我一再想到写作的前提。这种认知态度，理性以及对理性本身的反观，也许是写作的重要前提之一。

之二，李建军老师的课，关于小说伦理。他认为故事具有道德上的重要性，如何获得积极的伦理效果，是成熟的小说家应当关心的问题；小说是作者人格的映像，去作者化倾向几乎等于剥夺主体的创造性；对小说客观性的过度强调必然导致技巧与目的分离，导致技巧至上。如今看来，他发现了当下小说创作观念中的某种过度，并且预见了这种过度将会导致的问题。

李凤群：如果非要挑一堂课，我得说，是戴锦华老师的课。我很少会在课后围着老师，但那次，我从戴老师身上感受到作为女学者的独特的魅力，她的自信和智慧使我着迷。

王威廉：印象深的课程还是很多的。李敬泽老师讲到"我"和"我们"的关系让我印象深刻，由这两个词推导出来的话题之丰富超乎想象。王晓鹰讲戏剧《理查三世》中国化的创作历程，也让人感慨颇深。还有涉及伊斯兰国与世界局势的课。原因是深刻、有趣、真诚，在其他地方又难以听到。

林森：高研班接近结束的时候，有一场格非老师的课，印象很深刻。格非老师写得好、懂理论，在大学里训练出来的口才又无懈可击，听得人眼睛都忘了眨；隔十年，我2017年年底在北师大再次听到格非老师的课，他谈到了自己的一些"悲观"，可他更迷人了——十年加上悲观，让他更有魅力。当年在鲁院一上课，便有返回大学课堂的感觉，特别困，即使坐第二排也忍不住要睡，后来鲁院给海南省作协反馈的评语还提到我特别爱在课堂睡觉，可格非老师那堂课，我应该没睡过。

徐衎：毕飞宇、格非这样的小说大家来上课自然是我这种小说写作者的福音，包括刘慈欣。我从鲁院回来以后写了个科幻小说，当然这个所谓的科幻小说完全是杂志约稿，架不住编辑的怂恿鼓励，我也就硬着头皮一咬牙，姑且一试吧……刘老师在课上讲的帮我解决了一些跨界入门的障碍，让我可以比较快地进入其他部分的构造。严格说来，鲁院第一节让我血脉贲张全情投入的课是西川老师带来的，恰恰是诗歌的分享让我从别的角度进入小说，我个人阅读诗歌比较少，因为视觉上的接受远远不及听觉上来得有感觉有效率，所以我挺喜欢听别人诗朗诵的，能让我松松散散地遐想很多，课后我还找了一下那些课上罗列的诗歌，很奇怪，诗还是那些诗，但就是没有经过西川老师朗诵来得有感觉，我不禁要问，做啥诗人朗诵诗歌这么有魅力？包括西川老师介绍世界各地当下的诗歌现场，这个也蛮有意思的；还有后面隋建国老师分享的个人成长史、雕塑的细节等等，可能是隔行如隔山，但又不至于隔得如天堑天险般，说到底都是艺术创造，反而给我更大的刺激，也算弥补一下我一直蠢蠢欲动的艺术院校的情结吧……

龙仁青：印象深刻的一堂课，不是因为讲得好，而是因为他所讲的内容，以及对这种内容的认知、判断等都与我的认知、判断有很大的不同。记得在课堂上，我有些冲动，想站起来与之对质，但出于种种考虑，我最终没有这么做。当然，鲁院的课堂，不单单只会对一两堂课印象深刻。另外让我印象深刻的，是孟繁华、贺绍俊先生来参加我和其他几位同学的研讨会。之前，我们就准备了我们的一些作品，发给他们阅读，果然，他们每一个人都很认真地看了我们的东西，他们每个人都像是一个拆装玩具的游戏大师一样，随心所欲、游刃有余地拆卸、组装了我们的作品，尤其也看到了作品内里的光亮和锈痕。每一道工序、步骤都头头是道，令人感叹。

汪玥含：我翻了一下鲁院时的笔记本，发现有节课我记录了一段话："儿童的幼稚并没有改变，但情感和动机系统发展快（油门），有大量的自己主张孕育着很大很大的矛盾，儿童自主性开始增强。另一方面，身心成长的规律身体上仍然是不成熟的，和过去不一样，过去是不懂事，不了解，而现在是不能控制自己，是控制系统发展慢和滞后（刹车）。"这些话我把它们简洁化之后用在了我在鲁院结业典礼上的发言稿中，当时铁凝主席给我发证书的时候，说："你讲得好！"我很激动。我不记得这是哪一节课了，老师的名字我也没记住，只记得这个老师高大的形象，和在教室里走来走去讲课时的情景，他一直和同学们互动。但这几句话让我想到了很多经典的青春期国际电影，同时也对照了自己的青春期写作，很受鼓舞，还鞭策自己继续写下去。

左昡：我印象比较深刻的是刘庆邦老师和曹文轩老师的小说课，还有中央音乐学院老师的音乐欣赏课。音乐老师毕明辉有句大白话令我一直铭记，他很谦虚地说"行走江湖，要的就是互不嫌弃"，这让我印象深刻。音乐也好，芭蕾也好，文学也好，各种艺术之间都应该互相欣赏，多加交流与思考，这种态度是我需要终生学习的。

王莫之：前面提过的三堂课都非常棒。最深刻的是苏牧老师的课。最有趣的是张卫东老师的课，教我们唱昆曲。比较乏味的是部分评论家的课，我记得有一堂课就讲了两个小说，把情节和立意将一遍。

周李立：中央美院隋建国老师讲雕塑的那堂课。我好像在那堂课上突然明白了很多东西。我还想，假设四个月时间只上这一堂课，那也值得。

按课程名称，他应当讲讲中国当代雕塑艺术的发展史——我毫不怀疑他能把当代雕塑艺术史倒背如流，但这位自称"文学爱好者"的艺术家并没有置身事外背历史。也许因为他本就不是艺术史研究者，也许还因为鲁院名称中的"文学"二字让他走上讲台后忽然产生了不一样的感觉，意识到这不是美院专业教育的讲台？总之，他自称是来讲讲"乐于分享的东西"的。他"乐于分享"的是自己的创作心路，有点像作家写创作谈，一边分析自己，一边不知有意无意对这种分析表现得并不确定、透露着犹疑："我为什么要这么写／做，我当时是怎么想的，我为什么要那么想，我的想法跟我的作品有多大程度的契合？或者作品最终呈现出何种意想不到的面貌？"……诚然文学的启发是全面而交叠的，但我特别想声明，我的收获与其说是了解到一些当代雕塑艺术的皮毛（其实隋建国老师这堂课并没让我对此有更多了解），不如说是让我从他对自己三十多年创作的这次集中回顾中，领悟到比历史中的基本事实更重要的东西——创作者"怎么想"比"怎么做"有时候更有趣，也接近本质。你能说他没讲雕塑艺术史么？真不能。他太明白他自己在这门艺术领域摸爬滚打的过程，就是一份最好的历史样本。这份样本中，观念得以浓缩、理念几经转折。对一群很可能从未接触过雕塑艺术的外行的听众来说，他的授课方式仿佛是小说的方式，有人物有故事，但人物与故事深处，是一颗被包裹起来的坚硬内核，敏锐的读者或听众自会触碰到。

也许还有另一面，这一面是对我个人而言的。隋建国老师出生于1960年代。那个上午他剖析自己的作品，不太熟练地将自己的艺术生涯划分为几个阶段，为此他还不得不补充说明一些自己的成长背景，描述自己在几个重要历史节点的内心体验——那是几个促使他创作观念发生转折的时间点，其实也是于我们的国家和民族而言都无法忽略的关键性的历史时刻，正是我们常说的所谓"大历史背景中的个体命运"。他可能自己都没有意识到，他的讲述无意中成为这一代知识分子精神史与心灵史做高度浓缩的样本。而写小说的人是喜欢这种"高度浓缩的样本"的。而我一直想为我父母这一代知识分子的精神历史写下一些什么，单从这个角度来说，这堂课也让我觉得很难忘。

五、在鲁院，你思考哪方面的文学问题最多？ 你又会从哪个方面重新看待自己过去的创作？

徐剑：2004年3月，接到去鲁迅文学院学习的通知时，我当时年届不惑，小有名气，长篇报告文学《大国长剑》"一剑挑三奖"，将首届鲁奖、中宣部"五个一工程"奖和中国人民解放军文艺奖收入囊中，正踌躇满志。1998年长江抗洪的报告文学《水患中国》又获得中国图书奖，长篇报告文学《麦克马洪线》刚刚完稿，担任编剧的电视剧《导弹旅长》刚刚播完，风头正盛。一些文友笑言，还去学什么嘛，讲课都够资格了。俱将我当作笑谈。

上苍注定般地踏上文学之路，却未受过任何专门的文学训练，这是我完成近百万字的书写后，第一次参加中国作家协会中青年作家高研班培训。加之对鲁迅文学院这座殿堂高山仰止般的神往，从收到通知的那一刻，便开始期待。

然，鲁院迎接我的是当头一记棒喝。

培训班开班第一天的开班仪式上，我作为学员代表发言，用一口云南"马普"表达着我的心情。我以为自己说得很明白，多年之后，几位曾经鲁三的同学酒后吐真言，其实我说了什么，他们几乎没有听懂。

记得我当时坐在第一排。左边是华栋，右边是诗界大姐大唐亚平，本来以为已经淡忘的时光，随着手指敲击键盘，一个个名字，一张张风华正茂的脸庞，就在这一刻，浮现于前。

鲁院的学习，于我而言，几乎是一场摧毁性的重构。四个半月的时间里，我就浸泡在一种不可名状的文学气场中，同学多是各省来的精英，才高八斗，牛气冲天，彼此之间把酒言欢，但都给对方造成压力。现在回想起来，经历过那种气场的作家不外乎两个结局，一种迷失其中再也找不到自己，另一种浴火后涅槃重生。所幸，我属于后者。

弋舟：怎么写得更像一个中国作家——之所以反思这个问题，正是在于，反观自己过去的作品，可能会觉得有着"中国性"的亏欠，而鲁院，恰是一个能够唤起你"中国性"的地方，它在很多方面都有意无意地提醒你，什么是中国文学，什么是中国作家，什么是中国当下的文学制度。当然，它也会反复提醒你，什么是中国文学存在的问题。

杨遥：思考最多的问题是作品如何能成为经典，自己的作品与《战争与和平》《尤利西斯》、契诃夫的《农民》《在峡谷中》等相比，差距很大，想把自己过去创作的作品都烧了。但读经典有时感觉自己想的与某位伟大作家想的不期而遇，有种惊喜，感觉自己作品的平衡感还做不到完美，有些作品局促，展不开。"写什么"和"怎么写"还是两个大问题，要认真构思主题，尽可能完美地呈现它，不能出现硬伤。

邵丽：可能是因为工作的关系，文学与社会的关系，或者说文学如何影响或者干涉社会的问题，是我思考比较多的问题。而且我的这种思考，也反映在作品里，比如我的挂职系列作品，像《村北的王庭柱》，还有《第四十圈》，都是自己思考的结果。

陶纯：风格的问题！风格决定作家的走向和未来。上鲁院之前，我的作品风格偏"柔"偏"淡"，显得分量不足。后来我就图变，写了《一座营盘》之后，又写了中篇《天佑》《秋莲》等，2017年又出版长篇《浪漫沧桑》，感觉风格已有较大转变，可读性明显增强。

肖勤：写什么、怎么写，是我思考得最多的问题。在进鲁院之前，创作是一种随性而至的状态，创作的方向与内容较杂芜，正如习总书记在文艺座谈会上的讲话中所指出的问题——多是杯水风波、个人悲欢。进鲁院后，每一位老师的授课都很"正"，我和我的同学们第一次意识到创作不是私人的事，创作也不能一味地追求市场利益。创作必须带着光、温度和热量，要能感染人、激励人。就算是揭露黑暗，也必须要留一盏灯，这是文学的意义。这些年，我一直在以这样的标准衡量和打量自己的作品，也以此为职责，带动我身边的文学爱好者们，一定要写有温度的好作品。当下很多文学青年有一种误区，只要是写好的，就是吹牛拍马，只有往狠里写，往黑里写，往死里写，写得这个世界无药可救，才是文学的伟大意义，他们才显得很酷。我在交流中告诉他们，我们是有孩子的，孩子还有孩子。没有一个父母在教育孩子时会一开始就告诉他，这个世界是坏的，黑暗的，没有活法的，你最好是早点死了，以免活得苦累。同样的道理，你的创作就是写给孩子的一封封信，你创作的世界是个什么样子，你送给孩子的感受就是什么。你可以告诉孩子这个世界有坏、有恶、有丑，但你的目的绝不是让孩子变得更坏更恶更丑，你的目的是让他学会分辨、抵制、坚守。文学也应该如此——这些价值观和创作观，是得益于鲁院学习的结果。

这些年我的作品始终坚持一个原则，那就是敢给我的孩子看。我不怕她看了以后怀疑人生，怀疑世界，因为我的创作中，再残忍的人生，也会有一道微光。

马小淘：好像在鲁院我才有点明白了，中国有多么庞大的严肃文学作家队伍。因为我们这一拨写作者可能和前辈作家有一些不同，在鲁七，绝大多数"80后"作家都是新概念作文大赛出来的。我们从比赛得奖开始，就收到很多出版邀约，几乎没有经历期刊就直接面向了出版市场，很多人二十岁就写了不止一部长篇。读鲁院时我二十几岁，也已经出了长篇小说。那个时候我对中国文学的认识，是非常模糊的，而且由于走上写作道路的顺利，有一种也不能算是自信，就是什么都没想过的那种非常幼稚和完整的状态。用现在比较流行的说法是，从来没有受过伤害的年轻人。忽然来到一个大部分同学都比我大很多，大家每天在非常严肃或者非常不严肃地谈论文学，谈论期刊，谈论发表。那种感觉就是，好像找到了组织，却发现组织里的人和我又都不一样。说是同道中人，却似乎没有共同的经历。那个时候我只是比较喜欢写作，甚至没有很坚定地一定要做一个作家，还想着毕业也许要去电视台工作。好像某个瞬间，我忽然觉得可能我过去的创作想得太少了，更多的是一个年轻人的兴之所至，有点率性鲁莽。在鲁院，看到其他作家的焦虑或者故作轻松，我好像也受到了一些点染，也被大势所趋地推着思索了。

红柯：来鲁院学习的都是成熟的作家，都思考从深处发展提升自己的问题。对我而言，人生第一次有了空余时间，不用上班，管吃管住，一边学习一边交流；一边写作一边梳理过去的经验，不再浪费资源，每一块料都要仔细打磨不轻易出手。文学要有思想，但必须在思想之上，作家要有怜悯慈悲这样的宗教情怀，但要在宗教之上，文学是超越哲学和宗教的。

次仁罗布：经过在鲁院的两次学习，每次都会有不同的收获和提高，是使自己发现问题、缩短差距的一个过程。在鲁院让我感到自己最大的不足就是对文学作品的阅读量不够和对其他学科知识的积累不足。

回望自己以前写的文学作品，很明显的问题是语言和故事主题的概念化，在后来的创作中，努力改变这些缺陷，向国内优秀作家的经典作品学习，将他们的这些长处学习吸收，并用在自己的创作中，让自己的作品质量稳步提高上去。

乔叶：怎么写出好小说。

翌平：儿童文学不是幼儿文学，儿童文学是该分级的：低幼文学、儿童文学、少年文学、青年文学。中国的儿童文学不应该是刻意提纯的，儿童现实生活的真实状态不应视而不见。儿童性与成长性的相互作用，儿童文学既是儿童的也是文学的。从鲁院学习后决定放弃以前的创作方式，把重心转移到文学式的儿童文学写作上来。

鲁若迪基：我思考得多的是民族性、地域性、现代性、世界性这样一些问题。可是，思考归思考，我在写作时又常常忘了它们。

东君：初到新鲁院，我绕着院子走了一圈，发现花园雕塑中，有鲁迅、郭沫若、穿着军大衣的丁玲和牵着一头毛驴的赵树理等，我很纳闷，这里面为什么就没有穿旗袍的张爱玲和穿长衫的沈从文？走进大厅，墙壁上都是古今中外的名作家，有些中国现当代作家，现在看来的确是乏善可陈，但他们居然堂而皇之地出现在我们头顶，让我同样感到纳闷。有一次讨论会上，我跟鲁院老师谈到了这个事儿。后来过了半年，我再度来到鲁院开会，发现壁上的作家肖像有了更新，新添的几位中，我记得有胡适、张爱玲、师陀等。

在我看来，这也是一件值得关注的事。

沈念：经验是会匮乏和同质化的，如何避免，如何获取一手经验，又能将二手经验个性化，是我在 2015 年鲁院学习期间思考较多的。当我思考一个聚焦俗世细微日常的小说素材时，想着的是怎样从日常生活的细枝末节中，提取那些独特的存在，去触及并试图解答人活在这世上的精神难题。当然，有的精神难题是人的自然属性，是与生俱来、亘古存在的，好的写作者就应该像"庖丁解牛"一样，能解开、剥出这些精神难题中的特有的精神内核，从而引起人的精神共鸣。我们经常会忽略的日常生活中的细枝末节，那里其实有写作者需要的所有源泉，因为生活远比写作远比作品中呈现的更广袤更生动。伟大的灵魂叙事都是建立在碎片化的尘世之上的。

吕铮：思考的是为什么写。上鲁院前是因为成就感。在忙碌生活中给予自己的馈赠。但到鲁院之后，真的仔细面对孤灯自己想了许多时间，为什么写，写什么。从那时开始到现在，转变成了为了梦想而写，为了自己追求的生活去写。写作是一辈子的事情，不能着急，不能急功近利，不能与金钱挂钩。反观过去，我觉得写作中的日积月累非常重要。给自己两句话，一个是辩证地看问题"峰回路转"，一个是努力前行"厚积薄发"。

张建祺：主要思考的是未来怎么写、写什么，甚至写不写。影响着这一切的还是生存问题，到鲁院后，这些问题对我个人来说更显得尤为尖锐，我在同届学员中身份比较特殊，同学们来自全国各地、各行各业，绝大多数有着非常稳定的工作，例如军队、公安、医疗、媒体、石油、电力、各种机关单位，总之是当下中国年轻人削尖了脑袋想要考进去的一些地方，俗称"铁饭碗"。对比之下我的差距就太大了，我一个三十三岁的无业游民，只有在参加文学活动的时候才会被贴上一个作家标签，散会之后秒变社会闲散人员。我的学历极低，初中二年级，仅高于胎教，虽然有文字编辑工作经验，还拿过省新闻出版局颁发的优秀文章编辑一等奖，文学创作上也有些小成果，但在排着队等工作的文科硕士、学士面前，我的这些所谓优势在就业上几乎无用。

当时写作本身也让我十分茫然，在我少年时代耳熟能详的著名作家中，没受过高等教育的工人、农民出身不在少数，所以我也一直在走前辈的老路，想凭借投稿、发表、转载、获奖这种模式逐渐步入职业作家行列。但是随着社会转型，各级作协提供的专业作家编制不断缩减，传统文学创作日趋市场化，你会时常看到一位陌生作家一夜成名，之前没有在任何文学期刊上发表过作品，只凭借一部不算长的长篇小说就能高调跻身文坛，在出版机构的包装和宣传之下，一出道就自带"著名作家"光环。我并不否定这种现象，商业化运作提供了一条捷径，有才华的作家不用再长年累月地去做量的累积，等待着引发质变。但鲁院的多数同学仍然和我一样在传统模式下摸索着，期待着在《人民文学》之类的名刊上发表头题，几本有分量的文集出版后成为同时代作家领军人物，夺得诺奖后在挪威一栋悬崖上的古堡安度晚年，永受世界各国文学青年敬仰。但是在这个过程中无疑需要稳定的生活来源做支撑，我就是在这样的转折点上选择了写电视剧。

徐则臣：科幻文学，我一直想写一部科幻小说，我以为它会是所谓的纯文学的一个非常重要的生长点。重新梳理了拉美魔幻现实主义和上世纪 80 年代寻根文学的来龙去脉，并对两者进行了一些比较。第三个，继续思考如何在写作中有效地进行中国传统文化和叙事资源的现代性转化的问题。

鱼禾：两个问题：个体经验的文学处置；散文的文学性和现代性。

鲁院课程及日常讨论，大多是关于小说。诗歌也能自成一统。即便到了这样一所专业学院，散文仿佛依然是无可写也无可说。倒是从非文学课程和日常交流中渐渐意识到自己的问题。之前的写作过度囿于所谓"真实"，风格凝滞局促，速度和宽度都不够。个体经验固然是重要的，但如果不对个体经验进行有效提炼和处置，个体经验即便进入文本，也依然是生活的而非审美的。

李浩：大家都在想什么，如何做，我能不能做得更有新意和独特些；我的写作是有效的么，如何确立它的有效，而不是人云亦云的步后尘者？我这样的笨人，能完成自己想要的文学么？

血红：这个问题太深了。其实没想到这么深，毕竟自己对于传统文学的理解极其有限。在那两个月里，我仅仅对我十几年的写作过程做了一个系统化的梳理。然后给自己确立了一些目标，做了一些规划，准备从碎片式的想到哪里写到哪里，做一个体系化的写作架构出来。我大致明确了自己以后要写什么，除此之外没思考更多更深入的东西。

萧萍：创新与不拘一格，慢写作与超越自我。

阿舍：除了上面谈到的欧建平老师的《现代舞百年思潮》，还有苏牧老师的影片分析课，以及叶舒宪老师的关于神话与人类学的课。不同学科的课程能够为我们补充新的知识或填补知识的盲点，更重要的是，借助其他学科的认知世界和探索自然的方法与途径，开拓自身的思维空间。

陈鹏：风格。我认为风格是决定一个作家的全部。是作家唯一可以拿出来的东西，是他最终的贡献之物。思想之类，只是文本而且是极具风格的文本提供的，哪个大作家会在写作之初就使劲儿思考什么思想呢？他思考的，应该是人物。思想必然是文本呈现之后的事情了。这一点，风格，真让人殚精竭虑。作家应该在风格的基础上呈现自己的世界观，只有这样才可承载所谓思想。思想无非是作家看待世界的方式和思考的结果，但在读者眼里，也许并非如此……嗯，现在回过头来看，我经常发现自己作品存在的诸多问题，非常惭愧！讨厌自己居然要发表它们。其首要问题仍然是：风格的缺失。也就是说，还坚持得不够，探索得不够。很遗憾。

葛水平：文学创作没有一个统一标准，由阅读和交流而懂得，单纯与有些经历时，阅读的感受会完全不同。从前的写作很多时候是站在自己的情感立场上，后来就觉得，应该放大自己的眼界和胸怀。

东紫：2008 年读鲁九时，因为个人的写作经验尚浅，知识储备不足，有点像海绵，见水就吸。没有太独立的思考。2015 年秋，我荣幸地获得再次进入鲁院学习的机会，这次学习时间是四个月，比上次长了一倍的时间，加上经历了七年的写作历练，个人逐渐有了属于自己的风格，但也难免有了窠臼。在这次的学习中，我思考最多的就是如何打破自己的瓶颈。

朱文颖：人与世界。北京比苏州大，北京是中国的文化中心。北京人来人往……然而我最喜欢鲁院那个小房间，一扇窗，一张床，一台电脑。关上门，它让你安静下来，回到原点。开门出去，你可以遇到各种思潮、各种流派、各种主义。鲁院在喧哗、骚动与宁静之间提供了一个完美的平衡点。

"思而不行的人酿成疫病。"这是危险的。然而过于的喧哗也是危险的。理解了鲁院的那扇门，你就会更清楚地看待自己以及自己过去的创作。

高鹏程：在鲁院，接触到的人物都是各个领域的翘楚。包括一些作家，也都是一些大作家，多数人已经写出了经典之作。面对他们，我想得最多的，是我这样的普通写作者，还有没有写作的必要？我想，任何一部文学作品都会有不同的评价，伟大的标准各有不同，但我想总离不开这几点：对社会现象的真实反映，对人类生存际遇的准确揭示，对人性各种层面的深刻剖析。很多人觉得，能够达到这些标准要求的，都是大作家。那小作家、普通的文学爱好者的作品是不是就没有意义了呢，我觉得不是。大作家写大作品，小作家写小作品，这种小，可能只是题材的小、视角的小、尺幅的小，但我相信这些小里面照样存在着大。恒星有恒星的光芒，蚂蚁也有蚂蚁的悲喜。恒星的孤单替代不了蚂蚁的悲伤。文学可以仰观宇宙之大，但更需要俯察品类之盛。每一个普通人都是不同的，有属于自己的生存境遇和秘密的心灵花园。我们可能完成不了宏大叙事，但作为普通作者，至少应该写出自己和自己同一类人的生存状态，内心悲喜，用文学的微光烛照我们普通人的梦想。我想作为普通作者坚持写作的意义也许就在这里吧。

鬼金：我是来自工厂的，那段时间主要是逃避上班。

胡学文：思考最多的是文学的意义和形式，我也是从这两方面重新审视自己以往的写作。

王十月：思考最多的，还是中国的社会问题，或者说，文学和社会的关系吧。我在鲁院，差不多属于少数顽固派，鲁院经常会有讨论，如果我觉得有的论题太虚，总是就仅文学而文学的话，我就应付地在后排听一听。我更喜欢的是同学们散步时闲聊，那时聊的问题会更深刻，更切中中国现实。于晓威、黄孝阳，这些同学，他们对中国问题的思考，总是能给我启发。

侯健飞：在鲁院我思考和探询最多的是文学雅与俗的问题，其实也是所谓纯文学为什么不能赢得市场问题。这个问题在中国被诘问了几十年，发表和出版的相关学术论著汗牛充栋，却没有最权威和确定的答案，这并不是上一回鲁院就能解决的问题。以我浅薄之见，这个责任，作家和读者各占二分之一，即绝大多数纯文学缺少思想和灵魂；而没有灵魂和思想的读者不可能喜欢纯文学。很多作家把灵魂和思想归结为政治体制扼杀和出版审查限制，这其实是他们为自己现实名利追求最好的挡箭牌。十五年前我编辑出版了长篇小说《中国近卫军》，作者方南江是一位少将，以这样一个身份的作家，以这样军字牌出版单位，完全可以猜测这是一部什么样的作品。事情并非如此，这是一部全面反映武警部队现实的好小说。军地矛盾、官兵矛盾、家庭矛盾十分尖锐，更重要的是，小说直接写到经济大潮下的军地腐败问题。与此书同时期出版的另一部长篇小说《惊蛰》，背景是我空军第一次引进苏-27战机，围绕新型战机如何训练，新时期军人的备战思想和新装备关系怎样，是保飞行还是保安全？摔了飞机牺牲了人要不要如实写进小说？如此等等不可回避的矛盾真是惊心动魄！军旅作家王玉彬、王苏红本着对军队的满腔热忱和高度负责的精神，大胆喊出：飞行训练再这样弄虚作假，就会亡党亡国！作为两部小说的责任编辑，我以《松开枪口上沉重的锁链》为题，在媒体阐明我的编辑观：出版审查有法可依，有灵魂有血性的作家，首先要解放自己的思想，不能再为自己不深入生活、不贴近现实写作寻找任何借口

当然，由于多种原因，《中国近卫军》和《惊蛰》并没有在社会上"引起巨大反响"，但这对方南江、王玉彬、王苏红这样的作家重要吗？当然不重要。他们并不是为金钱和名望写作的人，也没有担心有什么政治风险，他们深深懂得：只要有爱，没有什么牢笼能关住一个优秀作家自由的思想，一生留下一两部经得起历史检验、对得起自己良心的作品足矣。

另外，纯文学真的没有市场吗？有一个例子给了我有力的回答：不是。我社以昆仑副牌出版的《花田半亩》，是一个叫田维的北京女孩儿的日记。她是个自幼热爱文学的孩子，十五岁得病，到二十一岁不幸辞世，六年时间整整写了一百万字。其中有一篇日记谈到自己的梦想：希望自己告别这个世界前，能写一本书摆上王府井书店。就为这句话，她大学同窗和父母精选出五十万字出版，首次只印了一千册。试想，一个没有多少人生经历的普通女孩儿，除了六年里时刻与死神抗争这一特殊体会，还会给读者什么？其实，所有优秀文学都不会包治百病，企图通过一本书一个故事洞悉人生的人是不懂文学的。我读此书后，用了六个字就可概括：感恩、幸福、希望。2009年我力主把此书投放市场，到今天卖掉六十万册。许多同行和媒体问我为什么，都是什么人买走了这本书？我说天知道。但有一个常识，中国读者的基数非常大，即使纯文学读者数量最小，六七十万册的销量也只是九牛一毛。比较《惊蛰》《中国近

卫军》与《花田半亩》市场反应的优劣，一个关键因素是图书作为特殊商品的营销宣传。市场经济驱使下，大量图书批量生产，其中泥沙俱下，鱼龙混杂，再好的书，没有成功的宣传方案和营销策略，一定会与读者擦肩而过。

正是《花田半亩》给了我信心，我把写了十年不敢拿出来给人看的《回鹿山》交给了人民文学出版社。这本极其私人化的薄薄册子竟也得到一部分读者的认可，特别是得到亲友的理解和尊重。这使我坚定了自己未来创作的方向：我不会为大众写作，遵循自己灵魂的声音，写出首先感动自己的文章，你的读者就一定在这里，在那里，他们虽然属于小众，但在中国庞大的读者群中，小众的数量足可惊人，关键是，你的作品影响了他们，大家荣辱与共，并能拥抱在一起，相互取暖并享受一般大众理解不了的精神生活。

杨怡芬：那段在鲁院的时间，我思考最多的是，我的写作对我的人生真的很要紧吗？因为太想孩子了，对自己不在他身边，很觉得愧疚。对写作，我没有非常强烈的声名方面的渴望，一直是"生活第一"，写作呢，不知道被放在第几。对"作家"身份，来鲁院之前，我毫无自觉，到鲁院之后，我有所自觉。这种微妙的改变，让我对自己在鲁院之前的写作有了回望，和最初的自己相比，丧失了什么，进步的有哪一些，那些被我丢弃的，是不是反倒是我珍贵的东西？我反复打量自己。如果没有鲁院这段相对清闲的日子，每天在忙得团团转的状态下，是不可能这么奢侈地在打量自己上花太多时间的。给作家一个"停顿"的时间，也许，这也是鲁院生活的一个意义。

胡性能：不是单独思考某一方面。关于小说写作诸多方面都会思考。四个月的时间，能够让自己冷静地回溯以往的创作，觉得需要补的东西太多。

石一枫：还是思考什么样的小说有意思。我上鲁院那年正好处在创作变化的阶段，以前写点儿个人生活也就够了，那段时间开始尝试写社会问题和时代变化，从宏观的角度看待自己的写作肯定是有好处的，而在鲁院的学习生活恰好给了自己这个机会。

黄咏梅：上鲁院的时候，我的写作面临一个瓶颈期，一直在寻求突破，如果说过去我花主要的精力放在"写什么"这个问题上，那么在鲁院，我思考更多的是"怎么写"。

纪红建：前面说过，在鲁院读书时，我思考最多的就是作品的思辨性。我过去的创作，也有些作品比较生动感人，比如发在《中国作家·纪实》2006 年第 8 期头题的长篇报告文学《哑巴红军传奇》，就写得比较生动，也产生了一定反响，但如果加入思辨，作品将会更加深刻与精彩。

钟求是：在鲁院期间，《北京文学》主编章德宁找几个鲁院同学聊文学，我当时讲了一个观点：在某个程度上说，当代中国文学其实是几个评论家和编辑的文学，当代文学史是由几个取得话语权的评论家和编辑来确定的，于是写作者们忙着向这些评论家和编辑的口味靠拢，自觉或不自觉地被引进了一个圈子里。同时评论家和编辑们被人情因素和市场因素所左右，经常向外界发出不是心里话的文学看法。这里说的是文学环境问题，更是文学同质化问题。后来我自己也做了编辑，仍然觉得同质化是当下中国小说的大问题。我的创作在那时起有了警惕，告诉自己要往新的方向走，努力不重复自己和别人。

李凤群：我记得有一次，我给宗仁发老师打电话，我告诉他，我竟然一点儿都不会写小说了，他说，这说明你在鲁院受到了刺激，这种刺激现在带给你痛苦，很快就变成营养。事实证明，他讲对了。

宋小词：我在思考创作与技巧，我想弄清楚作为文学的技巧到底是什么，它又藏在文本中哪些地方。可怜这些问题应该都是基本问题，我想我的同学们都应该很清楚了，而我写了多年，仍然像是脑袋蒙了塑料纸一般，从未系统而全面仔细地去总结和思考写作背后的一些技巧。

鲁院学习期间和学习之后，我开始琐碎而细致地思考这些问题。小说的开篇布局，叙述的节奏，哪些是该写的，哪些是写了没有用的，哪些该下重笔，哪些该一笔带过，哪些地方应该紧，哪些地方应该松，哪些地方该以景物来烘托气氛，哪些地方该有详细的心理抒写，这些想来都是有一定讲究和方法的，而不是随心所欲的。我之前的小说创作凭借的似乎是一种本能的反应，而后来是一种主动的呈现，我下笔创作一篇小说的时候，我的心中有了一条基本清晰明朗的轴，知道了里面的一些内在逻辑。自我的感觉就是，后来的小说写作比之前的还是有很大的进步，之前的小说很单纯很单薄，后来的小说就更跟以前的完全不一样了。

刘建东：怀疑自己，并且不断地质问自己：我的小说是不是令自己满意？否定一些，坚持一些，然后再丰富一些。

朱山坡：我常常想的问题是，如何写出一部独特的作品。这种独特，是指故事和风格。我要寻找什么样的故事，要用什么样的腔调和语言，小说有没有寓言性，与时代能否发生关系，甚至篇幅的长短，这些都是我考虑的问题。我还好奇的是，世界上同时代的作家现在在忙什么？写什么，怎么写？不只在鲁院，我经常反省自己的写作是否有意义，是不是有效的写作。我对自己的否定远大于肯定。

张楚：我一直在想，如何突破自己以前的风格——如果以前自己真的有风格的话。我觉得以前的创作都是围绕小镇和县城展开，曾考虑过是否扩展题材。

周瑄璞：我发现，凡写得好的作家，都是过了阅读关的。自己过去作品之所以达不到一个高度，还是因为读书太少，不够精深。应该继续多读书。

马金莲：一直在思考。这样的思考伴随着听课和讨论交流。尤其和老师同学们交流的过程里，很多不同的思维在心里碰撞、冲击，感觉自己以前一直埋头进行的写作，是有欠缺的。在对比当中，我更好地更清醒地看到了自己的不足，和急需向别人学习的地方。我以前的写作都是经验性的，写自己熟悉的生活多一些，甚至很多作品都直接取材于自己的经历和亲朋好友，还有村庄里的父老乡亲们经历过的事情。这样的写作，有独特性，接地气，真实感人，但是写得多了，难免重复，也不能有效地突破自我和得到提高。我知道自己需要重新定位自己的写作，在乡村写作的基础上，试着打开、突破，取材的范围和眼界、表达的技术和技巧、切入的视角，还有胸怀，等等，都需要更开阔。

任林举：我想得最多的是，文学为什么而存在，作家应该为什么而写的问题。

王威廉：我觉得思考最多的是文学与时代的关系，也会从这个方面去总结自己过去的创作。我对文学的时代的关系体察得愈加复杂，这不是现代主义与现实主义所能涵盖的，而是在艺术的内部，作家如何建构起自己的主体性。

王凯：其实想的还是写什么和怎么写这样的问题，当然也会想为什么写和写给谁看。鲁院提供了一个检视和反思的场所，让人想得更多，虽然并不一定能有答案。

汪玥含：在鲁院，我思考的中国儿童文学国际化的问题最多，也许我在建空中楼阁，也许我在想根本鞭长莫及的事。但也许和我做出版人的身份有关，也许和我这几年和美国儿童文学的接触开始多起来有关，我们总是在买进国外版权的儿童文学，却很少输出中国儿童文学给国外，我说的是大部分儿童文学作家，最多的是输出给东南亚。我想从格局上开始重新看待自己过去的创作，也想创作一些有世界价值观的儿童文学作品，这也是我后来一直阅读国际儿童文学作品的原因。

林森：2007 年，我去鲁院时，写得还不是很多，还没到要总结过去的阶段。鲁院大块的时间，确实会让人想一些事情，那是一些文学中很基础的问题——比如说，我们要当一个什么样的写作者？——这些问题很基础，可真正的写作者绕不过，越早面对越好。所以说，上鲁院也要趁早，能让那些具有某些反省意识的人少走弯路，尽快找到自己。

龙仁青：这个问题，我在回答上面的问题时，已经有所涉及，好像也没有更多的话要说。2016 年，花城出版社出版"龙仁青藏地文典"三卷本，鲁院为我和万玛才旦一起举办作品研讨会，我在会上就表示，这是我的一种结束，抑或是一种新的开始。但这几年，我的主要精力放在了汉藏 / 藏汉翻译上，原创作品越来越少了。从鲁院结业至今，我翻译的文字，粗粗算，也在三百万以上。原创作品之所以少下来，是因为我开始质疑之前写作的意义，有了一些令人迷茫的想法，我心里也很焦虑。今年，我打算再写一些东西，期望它们能够表达我沉寂几年后的一些想法，与我之前的作品有所不同。还是拿作品说话吧，也不敢妄言。

徐衎：可以跳出僵化的思维，尽管创新是创作的题中之义，是本分，但我特别害怕自己落入某种不自知的俗套、思维的惯性，不论是阅读还是写作还是交流，我都特别警惕自己变得僵化板结，所以鲁院的学习交流，哪怕只是看看这一个个活生生的前辈、同行，都是一个特别有益的经验。

周李立：我常在想，在当下的文学环境中，身为写作者应当如何自处？也许有人看来，这根本不是个问题。我觉得那些认为这不是个问题的人，才恰恰应该好好面对这个问题。

当下的文学生态是过于喧嚣的，坦率说大环境其实并不那么好。作家之间、作家与评论家之间、作家与编辑之间、评论家与编辑之间……距离很紧凑，像一篇行距字距都很密集的文章，文字彼此勾连，缺少空间感，没有空间感的后果是让人呼吸困难，我们的文学也呼吸困难，氧气量有限，大家只好彼此吞吐，完成毫无意义的体内循环，并没有多少新的空气可以乘虚而入，也没有太多新的能量可以辐射外围。也许我们的文学体制和生产机制决定了这种热闹是必然的，一锅沸水才能显得文学事业在蓬勃发展。如此说来，能在沸水中淡定自处、专注文学本身的人，就很难得了。不仅难得，还相当珍贵。

鲁院很像是当下文学大环境的一个微缩模型，单从地域上来说，每个省都有学员作为代表，简直就是标准的微缩模型嘛，还是摆在沙盘内、供人参观指认的那种。鲁院的热闹也更集中、更浓缩，文学空气十分浓稠，但这种浓稠又往往只是形式上的。座谈、上课或讨论，这些活动都充满着十分必要的程式感，制造出表面看起来很庄重很严肃很热烈的感觉。活动结束，下课铃响，回到宿舍的电脑前，一桌一床的小房间内的简陋陈设，让文学的孤独感得以加倍强化。夜深人静，如果在鲁院宿舍阅读，那种感受就是仿佛要青灯黄卷到天荒地老。但你只要起身，推开房门，立刻就能置身最喧沸的饭局酒局，大话、酒话、场面话、客套话，扑头盖脸就滚滚而来。这种冷热交替的体验有时让我觉得很荒诞。

无论喧闹热闹，还是孤独冷清，都是我们无法改变的环境之一种，但不是所有写作者都经得起热闹，也不是所有写作者都经得起孤独，很多写作者其实就是在这种乍冷乍热中摇摆不定、内心失陷，终致无法自处的。这很可惜。

左昡：我思考得比较多的是：我们中国儿童文学作家，尤其是我这一代青年儿童文学，能为儿童文学的发展做出什么样的贡献？中国儿童文学屹立于世界儿童文学之林的独特质地是什么，在哪里，怎么实现？中国故事，朝向本真，我到底应当怎样去记录与书写？优秀儿童文学的标准和界限在哪里？通过儿童文学，我到底想对这个世界说什么？怎样能够运用自己有限的生命体验，去书写无边无际、丰富多彩的童年世界？童话和小说之间，该怎样融合与逾越？等等。这些思考一直延续至今，让我对我自己过去的创作有更加清醒的认识，我的创作态度，投入的生命密度，这些方面，都需要反思与进步，必须要有坐冷板凳的耐心和终生为儿童写作的恒心，才能对得起儿童文学这份高贵的事业。

汤汤：思考得最多的是，童话在大家的眼里，原来几乎不是文学呀，只是儿童读物，是不能和"纯文学"相提并论的呀。这对我有一些刺激，但不是很大。记得舒比格有一个小童话这样写，洋葱萝卜和番茄不相信世界上有南瓜这种东西，南瓜不说话默默生长。

六、在鲁院，有讲座、研讨课、实践课等形式，有诸位谈到的作家之间的交流，也方便体会北京自身的文化魅力，我想知道，全部的鲁院经历，让您改变了哪个问题的理解？文学，或文学以外的都包括。

雷平阳：鲁院是个试金石，酒席上，别人的阅读史、思想史往那儿一放，如果你配不上他，可能下次喝酒就不叫你了。这样的交流让我坚信，知识、思想力和创造力的获取，对写作者而言远比采风听一个个惊心动魄的故事更重要。

王松：我们首届高研班结业时，学校让每个人在通讯录属于自己的那一页，写一句话，当然不仅是祝福的话，也应该是感受最深的一句话。我当时写的是："写小说、听音乐、听相声。"如果让我说，在鲁院学习的这一个学期，最大收获是什么，好像无法用几句话能说清楚。总之，可以这样说，我知道了写小说别"拿"得太近。退一步，让出些空间，其实这空间还可以容下很多东西。写小说是一个很有烟火气的事。有烟火气，也就应该是一个字："真"；两个字："自然"。不能端起一种架势，拿捏起一种腔调，就如同明明是一个河北梆子的"花脸"，却偏要去唱越剧的"青衣"。而且，我知道了不能去"做洋铁炉子且用铁皮打烟囱"，也知道了怎样努力，才能不做不打。至于具体做什么，还要靠自己继续去悟。

徐剑：鲁三当时最吸引我的是课程，设置非常讲究，视界阔远，是一种大文化的格局，文学的分量仅占十分之二，课程之丰富，视野之宽阔，超乎所有学员的预期，几乎囊括了所有的人文与自然学科：有政治、经济、军事、文化、美学、舞蹈、音乐、电影、小品、民间文艺、曲艺，甚至请来了评书表演艺术家刘兰芳，讲述评书艺术。

但是，印象最深的一节课，是红学家周汝昌老先生的。当时，老人家已经九十岁高龄了，精气神十足，声音洪亮有力，端坐在讲桌前，侃侃而谈。周先生给我们讲《红楼梦》的伏线，一点点地解析曹雪芹如何做到草蛇灰线、伏行千里。随着周先生的讲解，曹公笔下的红楼众生一个一个粉墨登场，一个故事牵出来另一个故事，如同铁索桥上的铁环，一个套一个，环环相扣，彼此之间紧密勾连，缺一不可。周先生讲书中"风筝"的意象，他说：在庚辰本的《红楼梦》中，"风筝"一词共出现了十七次，第五回一次，第二十二回两次，第七十回十四次。风筝就是命运，既承上呼应了贾宝玉神游太虚幻境翻画册看判词，同时又启下推动着小说的情节。《红楼梦》我从高中就开始读，且读过多遍，然，都不及周先生的那次导读来得有效。以前读，相当于囫囵吞枣，此后的阅读，是打碎了，融化了，消解进自己的五脏六腑，入脑入心。记得那天华栋向周老提问，说《红楼梦》应该一生读三回，二十岁读，四十岁重读，六十岁再读，少年、中年、壮年，必然读出不一样的境界，获得周老的激赏。

彼时的鲁院培训班，学员是可以自己选导师的。在那里，我遇到我的导师雷达先生。那时的文学青年到北京有两件事，一是去爬长城，二是去拜会青年文学的帮主李敬泽。李敬泽是当时最受学生追慕的导师，选他的人太多了，我就没有凑热闹。我带着刚刚写完的《麦克马洪线》投在了雷达老师的门下，这份师生情谊一直持续到 2018 年 3 月份。草长莺飞的时节，老师却永远地离开了。当时我正在部队，没有来得及回京参加葬礼，送老师一程。直到现在，也没有写只语片言的追忆文章，不是不想，而是不敢碰触。窃以为最深的那一类情感，恰恰是不必言说的，放在心底最珍视的角落里，静静地搁着，也未尝不可。

鲁敏： 让我对不同类型的写作者有更深入的理解与尊重。写作者的路径、写作观、自我定位、写作诉求，带着迷人的多样化，但这种迷人，需要在理解与尊重之后才会生成或分泌出。"持不同写作观"，在冷不丁的状况下，会视而不见或各有偏见或扬此抑彼，其实，这是一个微妙的互补的共生圈，有 IP 核心才会有反高潮叙事。有中产视角才会有低层机位，有结结实实的现实主义才会纵容天花乱坠的荒诞派。有甜丝丝的暖色调才会反托出冷硬风的骨气。有自我经典化的写作也有偏偏反其道而行的失败者写作等等。我觉得都有各自的价值与贡献。

邵丽： 当然首先改变的是对文学的观念。去鲁院之前，只是觉得文学挺神圣，挺有意思。后来通过鲁院学习进入专业作家队伍之后，才觉得文学不但是一项职业，也是一项事业。

葛水平： 文学以外的，周日常会去潘家园和 798、宋庄等地方。常思考一个问题：地域决定命运。好东西在民间，民间的好东西反而不值钱。

阿舍： 每位作家都有自己的写作敏感点，擅长什么，或者不擅长什么，关注什么，或者容易忽略什么，这与作家本人的成长、性格和生活环境有关，也与作家的自身格局有关。鲁十五期间，我更多思考的是"怎么写"的问题，到了鲁二十八，"写什么"成了我考虑更多的问题。是的，世界之大，你可以无所不写，然而你可以写好的，或者可以从中发出真正属于你自身的声音的，却只有与你发生"生命碰撞"的那部分。这是一种美好的局限，一个作家不是什么都能写，即使百科全书式的作家也不是什么都能写，他只能写好与他最有"感情"的世界的那一部分。所以，不同时期的文学关注点的不同，也意味着对自身过往的写作的一次重新校正和校准。

骁骑校：我记得第一次在鲁院培训的时候，一位同学用高中时期学到的政治课本知识和老师争辩一些历史问题，老师的回答我就不写了，但他的话让我醍醐灌顶，颠覆了前三十年的认知，从那时候起，我才明白独立思考的重要性，和一个知识分子对于国家民族应承担的责任。

翌平：研讨会很好，特别是不同背景的学者的研讨会，会给人很多启发。实践课也很好，饱览各地风景，了解当地人情、民俗。

黄孝阳：我觉得啊，如果说这世上有真理的话，那么有，且仅有一条真理：那就是对真理本身的热情。真理并不存在。准确说是它更接近于那个宇宙大爆炸里的那个奇点（一切已知物理定律均在奇点失效）。我们可以尝试去理解它。不存在的东西会因为这种接近呈现出诸般面貌。

要想理解，唯一的路就是去做那些真正具有创造性的事。创造是有边界的。我们没必要去虚无中创造一门只有自己才能心领神会的语言。但我们可以运用现有的语言素材来创造一种新的结构，阐释一种新的思想，描绘一种前未所有的事件，勾勒一个文学史上从未出现过的人物形象。

这是当代小说要干的事。只要我们能把根深深地扎入我们正立足的这个时代，并对历史有充分的阅读，对未来有足够的想象，我们就能做成这件事。小说是一个时代的精气神，也是一个人的乌托邦。把这个至大与极小打通，我想我们就能看见那条浩荡的人类精神河流。

什么是时代？它是不是那些正在发生的诸事件的总和？

是的，但不仅于此。

那些只是潮汐，是潮汐带来的丰富渔产与枯枝败叶。更重要的是，这构成潮汐的海水、大陆架、月球的引力等等。要看见这些。

突然想到一个比喻。我原来说过一句话，说——把我们生之前视为一个黑洞，我们死之后同样视为一个黑洞，而把我们在人世的这一遭，视为连接起两个黑洞的虫洞。换一个维度来看这个生死的问题，就会发现很多有意思的人与事。

对于我来说，鲁院也可能是一个小小的虫洞。

徐则臣：就是上面说的，让我对科幻文学、拉美魔幻现实主义和上世纪 80 年代的寻根文学有了新的理解。

乔叶：文学的价值最重要的是丰富，而不是正确。上鲁院之前，我的认识差不多刚好相反。

血红：我个人而言，鲁院的学习对我最大的改变是——弄明白了为什么写、要写什么、如何写好这三个问题。也就是说，写作的源动力、写作的内容、写作的方法，让我明白了心中的一点小小的追求，一点小小的目标。不再是盲目地为了写而写，而是想要写出一些能够让书友长久记住的东西。对自己的作品，也有了更高的要求。

朱文颖：学无止境。天外有天……然而归根到底，还是要回到"我是谁？我究竟是谁？"这个问题上来。

鲁院是一面照出世界和自我的镜子。

马金莲：感受到了北京这座城市强大的包容能力。我一个人出去过几次，都是先查阅和规划好路线，然后乘地铁去，曹雪芹纪念馆，后海，牛街，南锣鼓巷，鲁迅纪念馆，故宫，国家美术馆，国家博物馆……去了不少地方。感觉穿行在大街小巷之间，游走在无数的陌生人中间，心里很安静，又很感慨，感觉自己就是一尾小小的鱼，在人流的海洋里徜徉，呼吸着北京的雾霾，也啜饮着这座城市的文化气息，品尝着市井之间的烟火味道，更感受着大都市现代化带给我这个边远地区小人物的震撼。确实被一种强大的陌生和包容所包裹，在帝都，感觉一个人是很微小的，像一颗尘埃，无声无息地漂浮在泱泱人海里，又感觉是这样自如，连呼吸都是舒畅的，有一种小地方难以拥有的自如感。这样的对比之下，我越发地想念我的家乡西海固，因为和这样宏大的陌生相比，我感觉就算在老家那种环境里被千丝万缕的丝线绊在其中，但是不觉得疼痛和窒息，而是温暖。北京的文化气息让人留恋，有古老丰厚的积淀，有现代前沿的探索，各种碰撞，各种启发，各种交融，那样的氛围和便利，都是我们小地方难以望其项背的。

鲁若迪基：鲁院的学习，让我对文学又有了某种冲动和梦想。

红柯：来鲁院最大的诱惑是北京，好好看看北京。我大学在宝鸡，毕业后西上天山，1997年三十五岁才走出潼关。鲁院的日子，就全北京跑，站在天安门遥望大西北。2006年我写了短篇小说《大漠人家》，里边有个细节："阿尔泰布尔津有个老头去北京看望上大学的女儿，回来告诉亲朋好友，北京好是好就是太偏僻了。"

李浩：在鲁院的学习，让我有进一步的打开，拓展我的视野和想象，这，对我来说是最重要的。我觉得在文学之外的那些课给我的启示也非常大。在2008年，我对外的接触相对较少，但固执和偏见却非常之重，我记得我和小痣、和晓梅、强雯、王十月、玄武等人谈小说，基本上只有一条路径，而我又是强硬而固执的，多年之后我才发现自己其实有许多是错的，至少是片面的，可当时觉得自己掌握着"唯一真理"。谈及这些让我羞愧。我现在的理解已有变化，它，部分是来自鲁院的"改变"。

东君：鲁院学习，对我来说，最重要的一点是让我明确了对写作价值与观念的认知。一个人只要观念是新的，文字里面自然就有了历久弥新的力量。观念若是陈旧的，无论文体如何趋新，都只是新瓶旧醅而已。

肖勤：鲁院的经历，是我们一生难忘的回忆，特别是对于非专职作家的我们来说，更是弥足珍贵。但是我始终告诉自己，鲁院只是我们人生的一段而已，所有将鲁院视为一切的想法都是不符合现实的，我们从他乡走进鲁院，终究会从鲁院回到他乡——我的意思是，鲁院可以给你营养，可以给你梦想，但你必须立足你生活的土地，而且你必须不停地勤劳地走下去。任何一名作家都不能架着鲁院的光环过一辈子，我们必须靠不断的创作来继续前行。

鲁院经历让我懂得珍惜，因为珍惜，所以尽管离开了这么多年，也没有能够回到专职搞创作的工作岗位中去，但无论再忙再累，我都坚守创作，并且努力把自己的工作做到最好，一是为了不辜负"鲁院学员"这四个字，二是为了梦想，这世上，梦想也不可辜负。

阿舍：我将鲁院视为一个平等友好的交流平台，前来授课的老师带来了他们各自的研究成果，前来学习的同学带来了他们各自的创作体验，置身其中，我常常会感受到世界之大、知识之远、艺术之高与行路之长，那么，在这样一个开阔而充满变数的立体式交流平台上，找到自己的位置，和辨清自身的方向，就成了一个较为紧迫的问题。尽管寻找与发现从来不是一劳永逸的，但是鲁院这个平台，确实形成了一股鞭策的力量。

胡学文：以前我觉得形式不那么重要，后来逐渐感觉到形式某些时候即是内容和意义。

萧萍：如果说有改变的话，那是对自我的生命认知。更坚定深潜内心，相信来日方长，不抗拒流逝和短暂，因为，"时间足够你爱"。

现在看来，鲁院的学习不是一节课一本书，它又充满了每本书每节课。那里有一种刚刚好的气场，一种彼此可以抵达并惺惺相惜的云层，那种电光火石你是看不见的，你怎么可能看得见啊——可是，却分明无所不在——那些院子里晾衣绳上微微颤动的惊喜。所以在鲁院，你随时都是亢奋的，那些内心里的觉醒力在推动你汲取和生长，也享受那奇妙的、至朴至真的日日狂欢。

陈鹏：也许是，对职业和未来的重新定位。鲁院的经历太重要了。它让我忽然意识到文学到底对我意味着什么，我当时都三十七岁了，不能再浪费时间了。于是，回昆明仅一年，我就从新华社跳槽前往绝对低谷中的《大家》任主编。绝对义无反顾。如果没有鲁院经历，我哪敢跳啊？新华社多好啊。哈哈。

次仁罗布：鲁院的课程形式的确是丰富多彩，无论专家讲座，或是研讨、实践，对于来自边远地区的民族作者我来讲，都是弥足珍贵的。这些课程让我拓展视野的同时，也学到了对文学作品的欣赏和写作技巧的提高。但真正给我带来文学革命的是，让我懂得了自己的创作是为我们这个民族的，书写他们的情感、表达他们的心愿。

高鹏程：鲁院不是一座有形的建筑，不是建筑的组合体。鲁院是一种氛围、一个气场。

鬼金：我是个很宅的人，鲁院的几个月几乎没出去逛过几次。对北京也无感。

胡性能：还是视野的拓展。四个月集中学习，能够听到一些高水平的讲座，也能够在与同学的交流中，确立自己的写作坐标。

石一枫：如果说有改变，还是对文学的看法吧，从个人写作转向社会写作。当然这个动机一直就有，在鲁院的学习让我觉得这种变化对于自己的创作而言还是有意义的。

黄咏梅：在鲁院，我们有玩得比较好的几个同学，经常在一起吃饭散步聊天。他们对我的影响并不是文学上的，而是对文学的热爱。他们虽然目前写得并不牛，或许将来也不会很牛，但是他们对文学如同对自己的信仰。说得俗气一点，他们并没有通过文学获得什么名利地位，但是这一点不影响他们对文学一厢情愿的执着。这些让我很感动。文学这个东西诞生以来，并不是为那一小撮经典、名家而存在的，更不是为了载入文学史而存在的，文学滋润人心，热爱它的人自然均受惠于它。写作的人，无论写到哪种程度，哪种水平，都能获取到文学给予的不可言说的幸福和满足。

任林举：《红楼梦》里有一副对联：世事洞明皆学问，人情练达即文章。贾宝玉一听就头疼，我想这句话曹雪芹可能也一听就烦。但这句话却道出了文章的某种本质。这里边最关键的是懂事、明道和穷极物理。对好文章的判断，标准之一就是对人、物、事情深刻、独到的理解。当然，小说例外。鲁院学习之后，我感觉从个体出发的见解或文学主张，永远都不能避免单一角度的局限性。

计文君：在鲁院期间，学院会安排分成小组，进行讨论。在这样的小组讨论中，大家产生碰撞。我记得那时，"底层写作"是颇为受关注的。小组讨论时，有一位同学讲述了一个典型的底层故事：作为视点人物的"我"饱含同情地讲述了主人公的艰难人生，结尾时回到自己的中产生活场景，看着酒杯中摇曳的红酒，完成自我批判。

讲述的同学是质疑这种叙事逻辑的。我也同意他的质疑——这种"榨出皮袍下的小"的逻辑，在今天还成立吗？姑且就算它成立，又有什么价值呢？

这个质疑正撞上我当时写作中的问题：我感到在叙事中意义生成的巨大困难。

那时，我的认知是这样的：当以经济发展和制度建设为两轮的人类合理化进程开启之后，穷人，是市场的穷人，他的贫穷和苦难只是这一进程发展不够充分造成的，赋予其道德和文化上的价值，难免沦为虚假和矫情；赋予其文学和美学上的价值，则是病态。就中国文学的"小传统"来论，继续按照现代文学、新时期文学留下的路径来为今天的现实生成意义，充其量也就是在用 21 世纪的"血泪批判"，再度论证了"不充分"而已，是写作者的懒惰和迟钝。就整个人类叙事的大传统来论，那时的我认为，"现代之后，意义溃散，触手都是碎片化的现实，不证自明的再现性小说叙事，也许是在用真实的材料建构虚假。海量信息使得我们陷入'经验的贫乏'，小说的叙事越发需要虚构、幻想甚至梦的力量，才能抵达恍如寓言的存在真实。现实世界和'太虚幻境'之间，是小说的疆域"……知道这些，但我不认为自己能从《李娃传》到《红楼梦》、从卡夫卡到昆德拉的十面埋伏中逃出生天。属于我的"路",是什么?

那场讨论自然不会有结果,但在交流碰撞中,我的沮丧困惑却得到了释放和安慰——问题原来不是我一个人的。

从那场讨论到现在,八年过去了,叙事中意义生成的困难丝毫没有减弱,但我不再把它当成问题,因为那就是写作难度本身。而当初那么急切"问路",妄图在人类庞大的虚构体系中"另辟蹊径",才是问题。

今天,我这样看:"我们的当下和现实,包括我们用来标识自己的那个'我',来自一个更为巨大的虚构体系。在这个意义上,人类世界的本质,是虚构的。经验书写的逼真,对我而言是,是技艺上的基本要求,是小说写作者的本分,是叙事的起点。探索个体的虚构与那个庞大人类虚构体系之间的关系,才是小说需要完成的核心任务。"

纪红建:鲁院对作家的改变,完全在于作家个人,在于作家到底怀着什么目的来学习。仅对于我个人而言,不论是讲座、研讨、实践等,我更多地会从中捕捉当下文坛,特别是报告文学写作前沿思想和最新写法,碰撞出思想,从而有效探讨报告文学现实而卓有成效的独特写法。毫不掩饰地说,对于一个报告文学写作者,除了基本功外,谁又不想自己的创作深刻而独到呢?

钟求是:我大学学的是经济学,后来长时间搞的是涉外工作,专心进行小说创作比较晚,在这个时候来鲁院待一学期是很管用的。鲁院不光提供教室授课和作品研讨,还聚拢了文学气息,一种平时难以集合的中国式文学气息。在这种气息中呼吸几个月,能让人内心受到疏通,增加生理般的文学营养。所以在鲁院的经历,不仅仅开阔了视野,更重要的是收获了一种感觉。我觉得自己在鲁院待过,就知道后半生不会再跟文学分开了。

刘建东:对于先锋文学的理解,也许会更客观一些,不再那么固执与偏见。

雷平阳：思考最多的还是"现实生活"如何才能成为"诗歌现实"、作家的精神出处和高度这两个问题。反观自己以前的写作，没缺"生活"与"地气"，缺少的是抱一捆稻草去天空的观念、勇气、行动。

周瑄璞：鲁院除了学习之外，还是为了让一个人看到自己的不足，用于反思和鞭策自己。

宋小词：之前的几个问题里都有所涉及。我在鲁院喜欢交朋友，甘肃诗人包苞、广西的胡红一、内蒙古的诗人广子、海南的颜小烟、常德的邵英、厦门的王永盛等等，我们走得比较近。胡红一是个很幽默的人，说话很是风趣，看人看物的视角很丰富繁杂，跟他在一起更多是学习一种生活的态度和智慧。一些棘手的复杂的事情，他总是有一套很轻松的应对方法，这是我很欣赏的。而广子呢，博览群书，他说他每天都保持一两万字的阅读量，我当时很震惊，这样的严苛要求和这样的自律精神，是值得我学习的，大量阅读就会给人带来一些思考，经过思考后下笔的文字就会立得住。自己都是茫然的，那么文字也必是不知所云。他看似放浪不羁，但对诗歌对文学的严谨态度令人起敬。他们每个人身上的优点都是值得我学习的，孔子说的"三人行必有我师焉"，真的没错。

朱山坡：我更喜欢听作家同行的讲座或讨论。他们的创作经历和思考方式能引起我的共鸣。在鲁院生活了四个月后，我对城市有了更多的了解。我敢肯定，今后写城市题材的小说不会像过去那样惶恐。

张楚：我记得白描院长有一次开会说，人的才华如果差不多，到最后拼的不是语言也不是技术，而是胸怀（大意如此）。回想一下，还真是这个道理，托尔斯泰、陀思妥耶夫斯基、契诃夫、福楼拜、福克纳、卡夫卡他们之所以超越了时代，可能正是因为他们思想的前瞻性、哲学性。另外有些人很有才华，但是人品有问题，会让人心生蔑视。

王十月：我来鲁院时，已是中年，中年人已经形成了自己顽固的审美和世界观，想要改变，真的是很难。所以，我想，所有的改变，都是生命中的必然，不会是一段时间学习的结果。

但仔细一想，鲁院给我的改变，看似没有，但回头一望，却是潜移默化的。

杨遥：鲁院综合教学效果非常好，两次鲁院经历，使我改变的有方方面面。文学方面，犹如当头一棒。作家作为知识分子，浑身披挂的是陈旧的东西，不足以应对现世复杂性，面对今天这个时代，根本没有做好准备，文学的空间远远没有打开。当前作品确实缺少把人从绝望中救出来的想象力，正面、强有力的正面形象都不成功，精神畸形、残疾人和不幸的、滑稽的、逆反的异样形象比较成功，是有问题的，是另一种"样板戏"。时代大潮中的人们需要抚慰，怎样去抚慰，找不到核心，中国文学正在失去它的力量。要提出真正的问题，告诉人们我们是谁，我们怎么了，我们怎样难受。文学要有科学的精神，不要受制于现成的观念。其他方面，了解到中国从清末就有了"法治国"的梦想，民国实施法治建设，不是新中国才开始建设法治国家。中国现在到了欣赏"冰山大川"的审美时代，与大国崛起气象一致，不能总欣赏盆景似的山水。国内关于科学认识有误区，把科学等同于科技、技术、应用，把科学着眼于力量、武力，哲学、科学在西方是另一回事，追求知识的确定性就是科学，整理具有内在性。中国农村改革遭遇到什么问题，为什么国内粮价越来越低，国家怎样进行扶贫等等，学到的知识很多。北京的文化氛围非常喜欢，除了交通拥挤、雾霾严重等，优势还是很明显的。

弋舟：我更加理解了人的复杂，作家的复杂，理解了一个社会、一个群体，总是难免要在容忍与接纳之中前行。理解了这些，我觉得也有益于我理解文学本身。不言而喻，北京特殊的地位，身在其中，如果你足够敏感，我相信你都会体悟出某种浩大的时代之情。

王威廉： 我觉得对于北京这座城市熟悉了很多。以往都是来了匆匆住几天就走，从未一次性住一周以上的时间。鲁院期间就有着巨大的时间优势，可以拜师访友，包括许多网上认识的朋友，在北京重逢，也是极大的乐事。北京的文化活动之频密，令人印象深刻。这也是对文学生态的一种观察吧。

马小淘： 说起来好像太幼稚了，因为上鲁院时我还在读书。所以上鲁院其实是我人生中第一次以平等的姿态和大规模所谓成年人交往，那之前我妈妈还跟我说了很多类似要有礼貌、不能太放肆之类的劝诫，以至于我刚开学的两个月非常拘谨。别人跟我说话我都以极简短的句子回答，试图迅速结束谈话，结束尴尬。后来两个月，也忘记了是什么契机，迅速和大家熟络起来，发现他们和我大学里的同学也挺像的，没有一开始想的那么吓人。所以，我感觉鲁院很大程度帮我认识世界，加速了我对人的理解。

杨怡芬： 我是个相对固执的人，而且，当时已届不惑之年，四个月的时间，无论文学内外，对我来说，很难有根本性的称得上"改变"的东西。

王凯： 鲁院让我知道了原来生活中有那么多作家和好作家，也让我认识到了虽然你可以认识很多作家，但写作本身还是得靠自己。

吕铮： 鲁院结业之时，海南作家符力告诉我，北京的平台很大。当时我不觉得，但在日后的发展中深深体会到这句话的意义。鲁院经历的最大意义，是"人到高处人为峰"，我并不是说自己多高，而是想说，你跨上了一个平台，就消除了自己一部分的自卑和惶恐，你上了鲁院，就揭开了对作家的神秘。所以上鲁院最大的收益，就是给予自己自信，让自己知道什么才是更广阔的世界和更明确的方向。

汤汤： 全部的鲁院经历，让我更痴迷写作了吧。

林森： 鲁院这个场域，可以近距离接近一些杂志上书本上才能见到的前辈、同代作家，这种近距离会消除掉某种神秘感、带来一种平常心，会让我不断对眼前的人和他们的作品进行判断：哦，挺好、不错、也就这样、不过如此甚至太糟糕了……我能做得比他好。这无形中能把一个写作者的心态调到最正常的状态。

鱼禾：写作的专业性。原来没有想过，所以感觉比较强烈。进入写作很晚，觉得写作无非是一件人生的锦上添花之事，凭天赋、生活修炼和兴致就可以了。鲁院生活向人提出更多的问题，也校正一些显而易见的误解。我意识到写作作为专业之一，它所要求的全部专业技能你必须认真掌握，尽管这种技能也许不是非要经过专业训练也可以悟得，而且技能本身并非规则，但是如果不具备，或不足够，写作是难以成就的。

西元：鲁迅文学院的教学体系确实是比较灵活的，比如对学员作品的研讨，号称是不打麻药的批评。当然，不打麻药的批评现在实在是不多见了，而真正能够触及灵魂的文学批评就更少了。但从这一点就可以看出，鲁迅文学院的培养方式是有追求有目标有针对性的。我是个不大愿意被改变的人，对一些比较复杂的环境，比如陌生人比较多的环境，有着比较本能的畏惧。在鲁院学习期间，我在北京有家，所以下了课就回家，基本上没在学校住。晚上，也很少参加同学的活动，比如一起吃饭喝酒，一起谈文学闲扯淡。我把那个阶段和下一个阶段要写的东西都规划好了，尽量避免被打断，或陷入一种很迷茫的状态。青年时经常有这种状态，所以内心很恐慌，也努力避免。但是，鲁院给你的东西你不会在短时间内就发现，就像那些一流的课程设置，可能要过很长时间，你才能意识到它对你潜移默化的改变。离开鲁院有两年了，我发现，鲁院对我的改变开始慢慢浮出水面。怎么说呢，去鲁院之前，我多多少少是个不知天高地厚的毛头小子，可近一段时间以来，我发现那时的我真是很肤浅、很愚蠢。我抱着的一些对文学的想法其实很片面，也很可笑。在鲁院，我的同学当中，有非常好的作家，可那时我似乎都没有好好地观察他们，多与他们沟通。现在，他们越发展露出光芒，有意无意中成了一种标准，对我形成了压力。凡此种种，其实都是鲁院在每个学员身上留下的印迹，不管你愿不愿意，他们都会终生督促着你，提醒着你。

沈念：有许多的感触，或者说许多写作上的小问题，在学习期间得以获得解答或释惑。比如写作中首要的价值排序问题，也就是作家的思想价值体系排序的问题，有的出现严重的媚俗逐利偏向，即价值体系排序呈现了扭曲状态。我能感到同学中普遍都有一种焦虑和无奈，或是看透俗世的苍凉感。一部作品出来，其核心价值或首选价值是什么，一个写作者如何坚持或找寻正确的价值，这是让我有所思索并试图打开的一个关键。

徐衎：从文学内部来说，我更具象地摸到了文学的边界，我觉得中文系出来的创作者有一个优势就是对文学史等等有一个脉络认识，容易找到自己的坐标在哪里，这样去创作，可以避免一些无用功，也可以比较清楚地找到自己可以用力的方向。鲁院的各种活动、教学形式都让我更接近所谓的文学现场，这也是一个可以印证、调试自己坐标的很好的机会，让个人诸如"开阔""多元"等等的创作诉求都变得更有针对性；文学以外，当然是又认识了一批老师同学，很好的同行，有的人格魅力，比如从容、松弛，真是很有魅力，也让我反思并更加努力地靠拢接近。

左昡：对我而言，鲁院给我一个很大的冲击在于切实地观察到了众多同时代青年儿童文学写作者的创作与生活状态。这里有视文学为信仰的苦修者，有不断攀登艺术山峰的践行者，有为生活所迫在创作里陷于困惑的踟蹰者，有与环境格格不入的独行者，有游刃有余者，有如履薄冰者，有人春风得意，挥斥方遒，有人沉默寡言，冷眼旁观……每一个写作者都有一个独特的灵魂，这么多独特的灵魂聚在鲁院，给我带来了很大的冲击，也让我提醒自己，要更加脚踏实地，勤谨努力。

王莫之：鲁院经历让我多了一些自省，自己有这里那里的缺点，写作上也是。最近两年，我写小说的时候也许表达的欲望、记录的欲望还是太强了，有时是那些东西带着人物在走，我觉得，还是应该更含蓄一些，先把人物塑造好。为什么要写这个小说，在想这个问题的时候，不妨改成为什么这个主角值得写，让人物带着情节走，深入新鲜而陌生的世界。

七、关于那所学院，你经历的和你想象的有什么不同？

东君：之前有人开玩笑说，新鲁院的内部构造看起来像美剧里面的监狱，而事实上，对我个人而言，这里简直就是一个"理想国"。我从来不曾有过这样无忧无虑的生活：每天有服务员打扫房间，每天踩着饭点去食堂吃饭，晚饭后时常摸着肚皮绕着中国现代文学馆大院做顺时针散步，碰到同学聊会儿天，一天就这么淡静地过去了。更多的时间，我是在北京街头游荡，看书、写作。在并不算长的四个月时间里，我几乎是过着清教徒般的生活。

王松：我当时也曾有过疑惑。来鲁院时，心里想的是，既然是鲁迅文学院，自然是冲着文学来的。可来了鲁院却很少谈文学，谈的都是别的。不过很快就明白了一件事。一个从事文学工作，尤其专门从事小说创作的人，其实平时是很少有机会系统接触其他门类艺术的。就是真有这种机会，也不会如此广泛。而在国内现有的教育环境下，你就是在大学里读中文系，或读其他艺术类或社会人文类专业，也不会有这样的条件。其实这才是鲁迅文学院，与今天普通意义大学里的文学院的区别。这和大学里的中文系培不培养作家，说的还不是一回事。我觉得大学中文系即使不一定培养作家，也应该学些别的东西——当然，这又是另外一个话题。在上世纪70年代末，我们国家刚恢复正规的高等教育。当时曾请了一些国外的科学家来考察，当然都是自然科学方面的专家，想就高等教育，听一听他们的建议。当时有人指出，中国的理科和工科教育分得太清。理科不学工，工科不学理，这样培养出的理科和工科的大学生，将来毕业到实际工作中会受很大局限。也就从那时起，我们国家开始注意这个问题，陆续出现了一大批"理工学院"和"理工大学"。其实文学也如此。文学与其他门类的艺术不该分得太清。当年相声大师侯宝林先生应聘去北大中文系授课，就是一个很好的例证。而其他门类的艺术，又何尝不需要文学呢？文学，应该是所有艺术的精神支撑。在这方面，我觉得，我们的鲁迅文学院提供了一个很成功，也很有意义的文学教育的范式。

鲁院这种独特的教育范式，我认为，可以成为一个教学模型。

写小说，到底能不能教？这个问题好像一直在说。说的人多，说法也多，似乎每个说法都有一定道理。我觉得能不能教，也看怎么说。写小说，对我来说就是两个层面的事。简单说就是技术层面和精神层面。但后者又决定前者。这就像我学会了"车、钳、铣、刨"的技术，当然得是精湛的技术，可以去做洋铁炉子，可以用铁皮打烟筒，也可以为高科技的设备制作精密部件。"车、钳、铣、刨"的技术可以学。既然可以学也就可以教。而学会了这些技术具体去制作什么，就是另外一回事了。这个所谓的"另外一回事"，也就是鲁院的意义和鲁院的事了。"车、钳、铣、刨"这些技术在哪儿都能学。而鲁院只是告诉掌握了这些技术的人，不能做洋铁炉子，也不要去用铁皮打烟筒。至于为什么不做，为什么不打，怎样才能不做不打，又应该去做什么，这就是鲁院教的，也是我在鲁院学的了。

就写小说而言，其实还是自己悟的事情。鲁院就是告诉我，怎么悟。

红柯：我想象的鲁院应该是这样子。

肖勤：一个伟大的文学殿堂，居然那么简陋狭小。一个人人敬仰的文学世界上，居然门外是那么繁杂粗糙的烟火人间……然而，也许这样才是真正意义上的文学，它与生活最近。鲁院的雪，鲁院的白漆大院门，鲁院门口的眉州小吃，鲁十二学员中，有几个没有在那里疯过闹过合影留念过的？说没有的，怕也是醉了忘了快乐得丢了。

张建祺： 我大约二十年前第一次接触鲁迅文学院这个名称，当时我以为是一所全日制大学，所以特想知道怎么才能报考。没有网络的年代很麻烦，我多方打听才知道这是一个进修培训机构，学员需要所属作协的推荐，我瞬间就觉得没戏了。我老家哈尔滨市的作协会员有八百多人，二十年前我年龄小资历浅，就算一年四届还得二百年才能轮到我，更何况那时候是一年一届，而且得省级作协推荐，筛选肯定更为严格，竞争更为激烈，四五百年之后轮到我骨灰都氧化了。没想到，我三十三岁就有幸来到鲁院就读，所以人还是不要太悲观。

弋舟： 还是有不同的。也许之前我对于一所文学学府的想象仍然有过于理想化的一面，但事实上，鲁院毕竟依旧是一所人间的学府，它当然充满了人间所有的困境，并且，有些困境在这里还是被强化了的，一群人密集地交往，禀赋、习性参差不齐，有时就具有了戏剧性和舞台感。

陶纯： 没有感觉到有什么不同。

任林举： 上鲁院前，特别第一次上鲁院前，觉得又要一本正经地当一次学生了，每天听先生们讲如何写好散文、小说和诗歌等。实际上，鲁院教我们的都不是写作技术层面上的东西，我理解，鲁院是在教我们如何做一名合格的或优秀的作家。

李骏虎： 第一次上鲁院前，只觉得这是搞文学的人的圣殿，来鲁院学习是作家的梦想，并没有什么具体的设想。我是离开鲁院后才发现鲁院探索出来的教学方法，是符合文艺创作规律的，而且还在不断探索，越来越科学。以作家为本，以作品为准，是鲁院服务作家、培养作家的纯正文学理念和历史担当。

徐坤：关于这所学院，我经历的和我想象的简直太不同了。最大的感觉就是：自由。我是"60后"，那种典型的学校女生，一路考学升级成长起来的，从学士硕士到博士，每进一个校，升一次学，考试作业论文，几乎都要累得扒一层皮，艰苦卓绝过关。但是鲁院不同，自由，轻松，不考试不留作业，学业丝毫没有压力，有足够的时间写小说写诗歌。这样的培训学校谁能不爱？

翌平：一个作者埋头写作视野很狭窄，鲁院可以让作者看得更远，视角更宽广。

黄孝阳：我知道它的优点，也知道它的缺点。有意思的是：它的优点是由缺点构成的，反之亦然。

当然，学院里是一个个人，一个个有血有肉的人，老师，同学。

我特别喜欢鲁院的女老师，比如郭艳、严迎春与李蔚超。"永恒的女性引领我们上升"。我想生活中的她们应该有一些我不喜欢的地方，但距离让我能在一个审美层面打望她们的眉眼。多么美好。

还有什么比这一个个的人更重要的呢？

王十月：我没上过大学，初中毕业就走向了社会，一直向往大学，我想象的鲁院，应该就是我理想中大学的样子。但现实中，鲁院的同学都是成年人，理想主义的光芒已经被沉重的生活现实消磨。这也是没有办法的事。当然，也还在有些同学身上，会偶尔闪烁出理想主义的光芒，让人心生敬意。

骁骑校：基本上和想象的没有出入，唯一意外的是鲁院隐藏了好多扫地僧，随便一个后勤人员拿出来都是无比强大的存在，学富五车还又多才多艺那种扫地僧。

刘建东：鲁院的经历对于每一个人都是特殊的一次学习历程，和任何的学校的教育都不同，一群充满想象力的家伙生活在那里，可以两耳不闻窗外事，每个人都以一张文学的面孔互相打招呼，这也是很奇特的。

邵丽：其实就我的经历而言，我觉得鲁院恰恰就是我想象的样子。

李浩：我希望哲学的、社会学的、艺术的课可以更多些；我希望我们能就一两部作品争论得更充分些；我希望一个班里同学们的水平和认知能基本相当，这样就具体问题的商讨、争论和启发都会更充分。说实话我总幻想自己进入的是当年巴黎斯坦恩小姐的沙龙，我希望自己一直……我希望听智者们的对话，哪怕我只是一个边缘的听众，也是幸福。

乔叶：想象中，以为所有的人都很文学。后来才知道不是。

刘亮程：我没上过大学，所以，到现在我的最高学历是鲁迅文学院。

马金莲：去鲁院之前，曾经无数次想象过这个地方。每次都理所当然地觉得它是一所学校，像所有学校一样，有教学楼、宿舍楼、操场、图书馆，同学们每天早晨踏着铃声出操，然后打饭吃，再踏着铃声去上课，课后可能还有作业。这和我的生活经历有关，也和极少外出参加各种活动有关，长期在一个小地方生活，眼界限制了我的想象力。

去鲁院学习那次是我第一次到北京，所以满脑子都是对这座帝王之都的想象。下飞机后，拖着箱子，试着倒换机场高铁，然后地铁，然后125路公交，在现代文学馆和外经贸大学之间的那条路上下车。时间已经是傍晚，有一种将要走丢自己的担忧。慌慌地找到了文学馆的门，拿出通知书给门卫看，门卫看了就放行，我自己倒疑惑了，镂空铁艺大门里面的建筑不像学校啊，也看不到鲁迅文学院的门牌，再问门卫，他点头，手扬起来，在半空里泛泛地一指。我有了信心，沿着一条路走，将要左转弯，看到了鲁迅。先生坐在石头底座上，一只眼睛闭着，是忧愁呢，还是心底平静，不喜不悲？总之我欣喜起来，一种温暖的找到家的感觉，既然先生都出现了，那文学院还会远吗？继续前行，看到了一片拴马桩。放下箱子上前查看，之前在文学作品里读到过这种物品，知道是三秦大地上最常见的一种物事，像照壁、上马石、石狮子、大门楼子等一样，是富有人家才用得起的，立在大门外，一来拴马，二来也是一种身份的象征。我生活的西海固大地上，都是只限于温暖的小康人家或者贫寒小户，很少有人家出现这种桩子。我绕着这些石桩看了一圈，摸了摸，手心里凉森森，心里喜滋滋，果然是和文学有关的地方，这些老物件儿，被费心栽在这里，让人想到岁月、文化、纪念等字眼儿。再往前，有院子，有树，树木花草尚在晚春中静默，看上去和西海固的植物没什么区别。

我站到了鲁迅文学院的教学楼下。旋转门进去，看到了等待报到的老师。顾不上细看老师，倒是先忙着打量四壁悬挂的文学名家的照片和简介了。边看边感慨，感觉自己走进了一条时光的隧道，眼前展现的，是中国文学史的画卷，是一条用文学作品镌刻出来的石子路。心里欣喜，惊讶，感叹，不得不点头，这确实是文学院该有的氛围。拿到钥匙进了房间，还是有点惊讶的，不是想象中的学校宿舍模样，而是宾馆一样的单间，还有电脑，基本生活设施一应俱全。等四个月时间过下来，离开的时候，反复打量住过的小空间，感念，留恋，舍不得。好像把人生中最美好的一段时光留在了这里。文学的收获是什么，有多少，我觉得都装在脑子里，装在心里，需要在漫长的文学道路上，一点点消化和吸收。

血红：没进院门前，我的猜测是，那是一个钢筋水泥混杂成的四方大水缸，几个面容灰白色的老人家坐在里面，很严肃地用刀子一样的目光审视我们所有人。进去之后，才发现，那是一个清静幽雅的小山谷，遍地绿草，清泉潺潺，可以安心地打坐冥想，有同样活泼活跃的老师耳提面命，帮我们想到很多以前根本没注意到的东西。所以，人生很多事情，经历过了，才知道那是和臆想完全不同的精彩。

徐则臣：因为在进鲁院之前就对鲁院比较熟悉，经历的和想象的区别不是很大，过渡起来比较自然。

萧萍：一种不可言说的经历，比想象更加超凡脱俗，也比想象更加丰沛接地气。

陈鹏：想象中，鲁院藏龙卧虎，高深莫测。实际上，我在其中收获了友谊与自信。原来鲁院也没那么深不可测。

鲁若迪基：我经历的比我想象的还要美好。

李凤群：我想象知识如涓涓细流往心田浇灌，然而，经历最多的却是挫折，在当时，这种挫折是伤人的，你想一想，周围一众有才华的人，每个星期都能见到编写教科书的人，大名鼎鼎的知名作家就坐你对面，你以为是幸福，但更多的痛苦，是自知之明。

阿舍：鲁院的美好与友善已经超乎我的想象。在这里，没有人会强迫你成为什么样的作家，没有人会要求你要这样写而不要那样写，鲁院更多的是提供，提供交流和学习的机会，提供善意的帮助和建议，最终怎样，完全在于作家自身的选择与努力。

次仁罗布：之前我也提到过，刚来鲁院之前认为这个学院是专门教授文学创作技能的一个学校，但是到这里后发现它是育智育德育心的一所学校。学业结束后，只感到自己还是个懵懂无知的人，还有很多知识急需补课，后面也是这样一点一点地学习进步的。

范稳：来上鲁院时，我想我的写作风格已基本定型，一直在从事民族或历史与文化方面的写作，也在思考这样的书写如何与当下现实生活结合起来的问题。我本早就该上鲁院，拖到 2009 年才去我想也许是因为得等我完成人生中最重要的几部作品，方才有资格来读。

葛水平：想象的要神秘一些，要文学一些，要胸怀广阔一些，要不俗一些。经历的可能要弱一些。

鬼金：没什么不同。

胡性能：和我想象的差不多。除了文学的讲座与交流之外，四个月自由的写作与阅读，是以前从未有过的奢侈享受。

石一枫：基本相同，不管老师和同学，大伙儿都挺认真的。以文学为业或以文学为爱好的人凑在一块儿切磋，这个状态本身就很有收获。

纪红建：客观地说，对于鲁院，我所经历的比我之前想象的更加丰富多彩，更加充满感情和温情，更加让我流连不舍。对我来说，鲁院的经历绝对不只是六十天的学习，而是搭乘文学之舟开始启程。看似文学之舟越行越远，实际上，我与文学在最大限度地接近。

钟求是：我想象的校园会不小，实际却不大。我想象的学习生活会比较简单，实际却产生了同学间的许多故事。我想象的高研班做若干期就结束了，实际却延续不断，"鲁院几期"这个称谓成了文学界的重要标识。

朱文颖：我没有想象过鲁院。这是真的。在有些方面我是个随遇而安的人。比如说，当年第二届鲁院高研班的时候，我就有机会来鲁院，但当时我没有来。然而时隔多年，我后来又来到了鲁院。这一切都是自然而然发生的……有时候我想，如果早十来年上鲁院，有些事情可能会有不同；但我恰恰就是晚了十来年来到这里。就像每个作家和每部作品都有它的命运一样，与作家作品相联系的经历其实也是有其命运的。

宋小词：关于这所学院，我来之前是心存敬仰的，我以前其实也不知道文学界还有一个叫鲁院的地方，写了三四年后才有文友告诉我说我应该去鲁院，我一直觉得写作的事有没有成就跟一个学院没有很大的关系，要是作家没有鲁院也会成为作家，不是作家，读十个鲁院也不会是作家，但后来很多人说起鲁院，甚至还有一些地方为争一个鲁院名额打破头的都有。所以基于此，鲁院在我心中还是有一些分量的。

我终于也上鲁院了，上鲁院的时候，就觉得鲁院也不过如此，文学的方法似乎别人怎么教也教不好，文学最好的老师就是文学作品，那些世界经典文学就是写作者的老师。但是在鲁院两个月的时光是轻松惬意的，是带着浪漫和诗情的，一所学院把我们这些心怀文学梦想的写作者从柴米油盐中打捞出来，暂时脱离那些油腻腻的生活，在一个相对纯粹、相对单纯的环境里思考和整理你以前那些破碎的文学碎碎念。你跟同学交流相处，三句话也能扯到本行上来，很多碎碎念也如钥匙，可以给人一些启示启发。当然这些在经历的时候都感知不到。但是在离开后，你在回忆那段生活的时候，有很多片段就会在心底慢慢清晰起来，才明白自己在那快乐单纯的两个月时光里，你获取了什么样的养分。后来，就渐渐成了一种情结，鲁院情结。

朱山坡：还好吧，但我以为鲁院应该有写作强化训练，有对具体文本的激烈交锋，对权威的质疑，对浮躁的文坛和虚假的东西有更多的批判。独立思考，良心评判，坚守原则，引领风尚，应该成为鲁院的核心价值观，或曰：鲁院精神。

张楚：跟我想象中的差不多，开放、包容、自由。

杨遥：感觉应该更纯粹一些，像大学那种象牙塔，或者比大学更纯粹些，但实际上也有许多社会习气。

雷平阳：想象中应该有足球场和游泳馆，没有。

周瑄璞：我所经历和之前想象没有大的差别，跟遥望时的感觉一样，办学质量、人文环境、教师素质都是一流。铁打的鲁院流水的学员，鲁院的老师也真不容易，面对全国各地各式各样的作家伪作家、好作家差作家，其情感当是又爱又恨，不能太远也不能太近，不能太冷淡也不能太热情，来了走了，聚了散了，对我们来说新鲜的内容，你们已是熟视无睹，唯愿平安度过，顺当来去。

王威廉：它比我想象的管理上更严格，更有秩序。比如说，如果没请假，班主任看你上课的时候还没到，会一直给你打电话，催你上课。我觉得这是好的。作家是崇尚自由的一批人，但如果来了都不上课，确实会把上课的机会浪费过去。在这样的催逼下，我重新体会到了大学甚至中学的感觉，我觉得也蛮有趣的。

马小淘：大部分和我想的差不多，就是食堂比我想的差一点，吃得一般。

杨怡芬：来之前，我就是抱着"好好来听几堂带劲的课"的想法，所以，我经历的，比我想象的要好。谢谢为我们请来好老师的鲁院老师们。

鱼禾：比我想象的更好。喜欢学院生活，简单，开阔，自在，免去了一切生活杂务和人事纠葛，能让人身心俱静，专注于自己喜爱的事，特别好。这些鲁院都给了，从来没有一个别的地方能有这样恰当的提供。

王凯：第一次上鲁院（鲁十五）之前，我甚至不知道还有这么一个地方，所以也谈不上什么想象。不过第二次去（鲁二十八）的时候，还是很有期待的，虽然有些课程曾经听过，校园也是一样（学院甚至很暖心地安排我们住在鲁十五时的宿舍里），但我意识到人是不一样的，即使是曾经的同学也都有了很多变化，因为我自己也在变化着。

林森：来之前觉得很神秘，经历之后觉得那里很自由，能让我们有四个多月的超脱时间。可惜我当年是辞掉工作去的，比较窘迫，没心情感受那里的自由。

沈念：我经历的基本属于正常的生活状态和可理解可接受的范畴，也并没有去想象鲁院应该是这样而不是那样，所以没有觉得有什么不同。如果现在需要我去想象的话，希望能在写作的实际训练上比例有所加重，不仅是从文化层面、理论层面、经验表达层面来进行传授和学习。

吕铮：最大的不同，就是包容、开放，有家的温暖，也有严谨的学风。在鲁院是老师，也是朋友。

徐衎：最大一个感受就是耳朵好累，不论上课、研讨、交流、改稿，必备的工具就是耳朵，对于习惯视觉阅读的我来说真是久违地感觉到耳朵超负荷了，这四个月也感受到鲁院老师的良苦用心，尽可能地把最大的能量通过耳朵都传输给我们。至于其他，其实都挺好的，就是书桌和床对我不太友好，就我个人而言，房间里的桌椅是真的不舒服，椅面太宽，坐在桌前靠不到椅背，每次我都要塞上枕头被子，填补屁股和椅背之间的空隙，让老腰有依靠。床垫和枕头也不太好，开头两周睡得很差，以至于我让家人把我的乳胶枕从家里快递了过来，让老颈有依靠，睡眠情况才有所好转；另外我是雄心勃勃带着一串写作计划来鲁院的，事实证明计划真的只是计划，是我想多了，当然很大程度上归咎于我的专注度和执行力出现了问题。

左昡： 我感觉鲁院生活和我想象的比较接近，一个比较纯粹的文学场，一群为文学相聚的文学人。唯一不同的是我没想到鲁院的老师在专业之外，那么亲切友善，平易近人，坦率真诚，十分可敬又十分可爱。

王莫之： 有些同学对于酒的热情刷新了我的眼界，以前只是听闻。

八、恐怕有不乏功利的想法是去北京，去鲁院，是活络人脉，拜拜码头。在你看来，鲁院对作家的作用到底是哪方面，是教育本身？是交际场？

徐则臣： 鲁院的意义因人而异。文学教育和增益写作肯定是学院和作家的初衷，但也不能否认，因为种种原因，鲁院也在发挥文坛交际场的作用。关于后者也要辩证地看。不能一涉及文学就必须一尘不染，就得一厢情愿地一尘不染，现实和人性的复杂性必须正视。鲁院的重要，恰恰在于它可以是文学的修道院，也可以是文坛的交际场，健康合理的文坛交际不是问题。要警惕的是，别让这种交际往大家都懂的歪路子上走。

东紫：我感觉鲁院最大的作用像苗圃，呵护作家的文学热情，给作家注入生长的能力。如同苗圃，鼎力对优质苗培养几个月，再移栽出去。

很多作家的写作是业余的，在工作之余自我琢磨自我摸索前行，难免有时会有消极和困惑。在这种状态下，进入鲁院学习是作家的幸运，能够较系统地学习，跳出自己原有的"井口"，开阔思路和眼界。还有一个作用，就是能解除作家孤独生长的感觉，找见同道的朋友，体会到一起成长的比对和刺激。

对于把到鲁院读书看做是活络人脉拜码头搞交际的看法，我本人不赞成，因为作家是靠作品说话的，如果没有好的作品，码头拜得再多，人脉再广，也没什么大作用。主宰码头和人脉的人，大都是文学鉴赏水平很高的前辈，你作品不行，态度再躬行谦卑也很难得到一个作家该有的尊重。即使偶尔得意，也很难经得住时间的淘洗。

鲁若迪基：鲁院对当代作家的作用，就是让有一定创作基础的人，在这里接受更高的综合教育，启迪他们的心智，开阔他们的思路，拓宽他们的视野，坚定他们的文学理想，让他们走向更广阔的文学世界。

李浩：我个人看重的，当然是教育交流，而不是什么交际场，虽然我们得承认鲁院还真有这个"功能"。

萧萍：我理解，鲁院这个驿站，对于每个鲁院人，都是文学和生命中重要而刻骨铭心的存在。2007年8月8号最后一天晚上，我们儿童文学高研班要离开八里庄，有人躺在鲁院的院子里仰望星空，被浩瀚和渺小深深触动——从此，这个世界更多了一种发光的、心照不宣的接头暗号："鲁院人"。从此天南海北，就此识别彼此的气息，加油并深深致意。

张建祺：我们还是换个中性一些的词吧，鲁院提供了一个拓展人脉的机会。不过这不是鲁院的特有属性，同行业人员无论在哪里聚集都会第一时间想到交换资源。我参加培训的时候没有资源可以提供他人，不是谦虚，我当时连找份工作都难，这种人哪里来的什么资源。不过希望随着我的不断努力，未来有机会也可以成为人脉之中流动的血液，因为人脉的交织已经构成了我们常说的主流社会，我不想再被排除在外。

鲁敏：其实每一个场域都有各样的人物，不独文学圈或社会上的各类高研班。活络的人，到哪里都会活络，都会搞成江湖派。这是一部分人的人性，或者是人性中的一部分。身为写作者，或者体恤或者旁观或者投入，看个人吧。但鲁院，到底是鲁院，我感觉有一个大概的恒常的价值取向或舆论基调，大家更欣赏专注与真诚的人，当然也重视才华以及对才华的友爱护佑。鲁院比任何一个院子都包容个性，以一种文学式的凝看，哪怕这样的个性有时会伤害外部或伤害自己。

李骏虎：文学不是象牙塔，不可否认在鲁院学习对作家与文学刊物、出版社加强联系，创作受到文坛更多关注起到的积极作用，但我们也看到作家们走出鲁院后的两种截然不同的状态：有的作家格局变大，创造力井喷，精品力作迭出，不断获奖；有的作家却不再写作，销声匿迹。所以鲁院也是一座熔炉，是试金石，关键还在作家本身素质是否可造。我最认可的是鲁院科学的教学设计，我有过一个比喻是鲁院仿佛就是一座现代化养鸡场，提供给你适当的光照、营养、温湿度，课程包括政治、经济、宗教、艺术、国家安全等等，每周只有三节课，适当的艺术刺激后，留下充足的交流思考写作时间，给你一个单间，有书桌有电脑，下不下蛋就看你本身素质了。一般来说，在这样浓厚的文学氛围里，鲁院期间都会成为作家创作的高潮期，很多作家的重要作品都是在鲁院完成或构思的。

邵丽：鲁院是一所严肃的学校，她培养的作家以及他们的作品，说明了一切。

石一枫：情商过剩的人给他扔沙漠里也能看起来跟谁都是哥们儿，寡淡点儿的人天天泡饭局也就是走形式。现在交通和联络方式都很发达，我想哪怕有活络人脉的需要也不一定非得扎堆儿，所以鲁院最重要的功能还是写作的人能集体学习吧。

王十月：如果鲁院成了交际场，那真是莫大的悲哀。只能说，鲁院不是象牙塔，鲁院就是我们平时生活的职场社会，职场有的一切，好的，坏的，这里都有。我读鲁二十八时，第一堂自我介绍，我就说过，我不请吃，但谁请我都会去吃。一学期下来，我真没有请，哪怕一碗面。也没有去拜杂志社、出版社、评论家的码头。我是来学习的。当然，请吃吃请，也是一种学习。有人喜欢，也无可厚非。我只是没有钱，也比较懒，请客是件很麻烦的事。

骁骑校：也许有吧，反正现在我出去讲自己是鲁二十五的，就好像古代士大夫之间套瓷说自己是哪年的进士一样，或者像是黄埔几期一样，是一种迅速拉近关系的好办法，但我觉得鲁院对作家的作用当然是在教育本身，因为没有任何一个机构，具备和鲁院一样的号召力，能够把全国最优秀的作家集中起来，心甘情愿地"关"上这么一段时间，很多学员都是有全职工作的，请长假的难度可想而知，这么难得的机会，如果来了只是交际的话，未免太傻。

陶纯：现代社会，作家关起门来过日子，不交际不交流，生活面会变得狭窄，对创作是不利的。北京是文化重地，文学中心，与作家、编辑加强信息方面的交流，拓展人脉，汲取别人的优长，得到别人的扶持，是很有必要的。

翌平：这个很自然，可以看作是生活的一部分，对于一些边远的作家来说，也许是生存的一部分。不过作为作家，可以依靠的只有作品。没有过硬的作品，再交际也不会有太大作用。

弋舟：毋庸讳言，一定有不少人是怀着功利的愿望来的，渐渐地，我也觉得这无可厚非——这也是鲁院对我的教益，它让我明白，理解他人的心情，理解人与人之间的关系，对于一个作家而言，同样的重要。而这份"明白"，我想对我而言却是"非功利"的，我并不想因此变得巧言令色，变得善于混世；于此，我觉得自己在人性上得到了部分的锻造。在这个意义上，鲁院对我的作用，不是教育地，不是交际场，是人性的观察站，观自己，观他人，观天地，继而观文学。它就这样吞吐着这个国家的文学栋梁，真的形成了自己格外铺排的气场。我觉得"铺排"在这里绝对是个褒义词。

范稳：的确有些同学在鲁院比较急功近利或浮躁。但多年以后回身来看，我认为这都是人之为人的局限所在。许多同学来自偏远地区，进一趟北京都不容易，一下进入鲁院这样的文学殿堂，难免有急于展现自己才华的急迫或焦虑之心。而鲁院的意义对每一个学员来说，对它的期待值是不一样的。但最根本的一点：我认为它是一个作家一次重要的人生经历，是一段难忘的成长岁月。

朱文颖：鲁院到底是什么？应该会有很多种答案。取决于来鲁院的这个人吧。没有标准答案。

黄孝阳：这要看我站在什么角度来说。

一个写作者与一个出版工作者得出的结论是不一样的。一个对文学抱有极大深情的人，与一个渴望通过文学去改变命运（我不认为获取名利是贬义的）的人，所得出的结论也是不一样的。

我是复杂的。我说过。

我是真诚的。所以我说——鲁院对作家的作用，有用，也没有。有极大的用处，也没丝毫鸟用。

阿舍：两次鲁院学习，于我而言，都是极其纯粹的学习时光。抛却日常之后，四分五裂的时间合拢了，这让每一天的学习生活都散发出一种清澈清洁的气息。因为知道这样的美好是短暂的，所以我倍加珍惜。两次八个月的时光，我很庆幸自己每一天都过得认真而快乐。

陈鹏：说实话，进鲁院之初，我绝无任何功利的想法，因为我毕竟是圈外人，是记者，是文学的狂热分子，仅此而已。全班五十一人，就我一个连市作协会员还不是（当时），是鲁院期间才入会的。四个月学习生活，忽然有了导师，有了各种圈内的朋友，有了各式各样的饭局，忽然发现交际和码头就是鲁院生活的一部分。嗯，事实上，我个人认为鲁院的交际功能大于教育功能，那么多作家集中在北京那么长时间，不跑圈子不混饭局简直难以想象。很多人也确实获得了各种各样的好处。

次仁罗布：从我个人来讲这里是个加油站，让我接触到了除文学之外的很多学科，才懂得自己的孤陋寡闻和需要奋斗的方向。鲁院对于我来讲她意味着教育和目标。

葛水平：我觉得应该是教育本身。当然交际也有利于文学创作驰骋，也能感受学习的美好。主要看学习者的目的，后者为目的，文学路可能不会走太长。文学也是名利场，现在的文学和 80 年代不一样，如时下一些女演员所说：先混个脸儿熟。这一招蛮灵。

钟求是：鲁院是个开眼界的地方，也是比实力的地方。就我们班来说，很多作家在各自的省份都是醒目的佼佼者，到了北京一看，才知道自己分量多少、排位如何。一些同学发现文坛原来是这样，自己也没有原来以为的那么牛，一下子萎下去，以后很少写出像样的作品了。一些同学觉得文坛原来是这样，很多成名作家的作品也没那么好，于是添了信心，越写越好。我觉得归根到底还在于对文学的价值认定，文学目的纯一些的，就会好；文学目的油一些的，就不容易好。

鬼金：交际场多一些吧。我还说我来自工厂不擅长交际。我知道这对一个写作者很吃亏，尤其是在一个强大的文学场域内。但我想，真正的写作者最后拼的还是视野和作品。因为那是为自己写作。我承认交流很重要，但对于不擅交际的人，是一种苦恼。还有，我几乎不喝酒，哈哈。不喝酒更是无法交际。我是一个理想主义的悲观者。

侯健飞：我入鲁院第十九届高研班学习时，年龄算同届中最大的一个。但我并不难为情，因为我心里有一团火一直在燃烧，火的材料不是煤块和柴火，而是文学。

我刚穿上军装时，正是解放军艺术学院创立文学系的时候，莫言、朱苏进等前辈很幸运地走进这个学堂。就在这时，我第一次听说，中国作家协会文学讲习所更名为鲁迅文学院，我做梦都想进入这两个学堂，却始终未能如愿。我的职业是文学编辑，业余时间创作，从业日久，我的文学鉴赏和判别能力有所提高，但越是如此，自己在创作上越迷茫，由此带来的痛苦是多少代编辑人共同经历过的，即使鲁迅、沈从文、叶圣陶、汪曾祺等前辈也不例外。入鲁院学习前，"为谁写，写什么，怎么写"这个问题在我耳边萦绕了好多年，却从来没有坐下来认真思考和研究过。

说到在学院可以活络人脉，其实就是关于作家与他人的关系问题。社会关系、环境关系，乃至政治关系，这个问题每个作家都有自己的见解和经历。世界上除少数少年天才作家外，生活积累和体察的人生必须先进入作家的心灵，然后再化成文学，这样的文学才可靠，才是艺术生活的升华。我因工作关系，接触了大量青年作家，但总是因为对一部作品的看法不同而对一个作家产生这样或那样的印象。随着年龄增长，我意识到，不论是对作家还是对作品，误读和误解是不可避免的。如何改变一个编辑较为固执的认识，巴尔扎克说：去面对一群作家，如果有机会和一群作家一起讨论一篇文章，你还能得到大多数赞成的话，你的固执和见解才有道理。放下手头的工作几个月，从编辑与作者一对一的常态中解脱出来，安心在学堂听名家讲授文学的方方面面，去面对一群年轻的作家，听听他们讲什么，看看他们写什么，是我学习和成长的机会。去鲁院，每个人都有自己的想法，假使有人把鲁院当成人脉场或某种码头，也能理解，相信通过几个月的学习和教育，他会正确理解和对待人脉关系，这正是鲁院发挥教育功能的最好机会。

马金莲：我觉得鲁院是一个这样的地方吧，是一个作家在写作的道路上走路走得很累的时候，暂时躲进去，坐下来歇息的地方，鲁院提供了俗世生活给不了我们的东西，外面是繁华人间，鲁院的小门之内，是一个相对悠闲安静的所在，我们可以在这里和花木对话，安静地思考，认真地重新审视自己，把文学的事情好好想一想，可能很多以前从来没有想过或者没有想明白的事情，在这里却豁然得到了答案。

在我们西海固的作家眼里，鲁院真的是神圣的文学殿堂，是向往的地方，既然能得到去的机会，我们都很珍惜，一分一秒的时间都是宝贵的。我就是抱着学习的心态去的，所以我真的没有考虑过别的目的。事实上我也得到了自己寻找的那种安静和沉寂，思索和明白。其实文学的事情很简单，也应该简单，以一颗简单的心，单纯地爱，单纯地投入，这样我感觉才是快乐的，这样的文学也是本真的。

胡性能：还是教育本身。一个写作者，最终证明身份的，还是作品。让自己安慰、踏实的，也是作品。我相信绝大多数鲁院学员都明白这个道理。

杨怡芬：在我看来，鲁院就是一个接受培训的地方，在那里，你很自然地和同学、和老师有交集，这种正常的文学交往，和"活络人脉""拜码头"这样的字眼无缘的吧？文学这东西，如果真的把"声名"当写作意义来追求的话，就太累了。我不是清高，只是觉得这样很累而已。同学和老师，有彼此欣赏的，也有机缘相处的，那就多处处。在鲁院，和老师、同学们聊天是种幸福，回到我生活的小城市，就没有这种福分了。

黄咏梅：我觉得都有吧。听课自不用说，哪怕一句话对自己的写作有启发，就是收获了。到文化中心去，认识人，这也是很好的，说得实际一点，起码一个写作者在投稿的时候，可以在某杂志某编辑部的后边加上一个姓名了，而不至于被归类到自然来稿的文件夹里，甚至可以在微信上告诉编辑自己向他投了稿子，请他帮看看，当然，至于能不能发表，最终还是看写作的质量，但起码你认识的编辑会给你指出作品的毛病，得到修改的意见。

刘建东：这两方面似乎都不是。好的作家有过一次鲁院的洗礼，会更优秀。如果只是抱着不纯洁的目的，也不会走多远。所以，上鲁院更多的是一次精神上的朝圣，和自信心的冲锋。

朱山坡：在鲁院，我从没去拜码头，也没去过哪家杂志编辑部，不是不想去，而是找不着门。除了笨，那时候我也穷，一直以为在北京张罗一次饭局得花掉大半年工资，想想也就不敢轻举妄动了。班上有些同学是文学杂志编辑，但我至今仍没有给过他们稿件。

纪红建：还是那句话，到鲁院学习会不会改变一个作家，完全在于作家本人，到底怀着什么目的来学习。无论是在鲁院学习时所看到的，还是在毛院工作时所看到的，确实不少作家勤于活络人脉，拜码头，并没有把重点放在创作上。从某种程度上说，这也可以理解，毕竟鲁院对作家的培训是文学普及的范畴，不像重点高中尖子班，要求他们都考上重点大学。但从总体来说，教育本身的作用更加巨大和主流，或者说抱着交际目的来学习的作家还是少数。当然，这也为鲁院招生提供了经验，一定要尽量把机会留给那些文学成就和文学态度俱佳的作家。

宋小词：嗯，这个我想是有的。任何一个行业，都免不了会有这样怀揣功利思想的人。这个全看写作者自己。我觉得鲁院给学员的不是一个交际场，至于有人觉得她是交际场，那是个人的看法。鲁院说到底还是一个比较单纯的有浓浓文学气氛的院校，鲁院的很多课程都非常好，是力求在开拓学员的视野，在打开你僵硬的旧观念，开放而科学，应该是注重文学情怀境界培养的学院。但因为这所学校本着对学生成长的想法，会邀请一些文学大咖来给学员们讲课，有些学员有心，会主动向老师要联系方式，方便日后交流，这些也都是很正常的一种表现。虽然鲁院确实也给学员提供了许多认识人的机会，但我觉得机会向来是光顾有准备的人。关于文学，还有任何一种艺术，练内功才是最最主要的。

张楚：我觉得还是教育本身。人脉再好，作品不行，还是立不住。当然，在学习的过程中接触到很多老师、学者、艺术家，交流过程中产生的碰撞、火花，对自己的创作会有一个间接影响。但不会有影响的焦虑。

杨遥：两方面都有影响，一方面通过教育开阔了自己的眼界，打开了自己的思维，尤其那种非常浓厚的学习氛围，非常适合创作。另一方面也认识了一些编辑、评论家，有的成了朋友，还与一些以前知道名字、读过作品的朋友加深了友谊，在以后的创作中互相砥砺，促进很大。

周瑄璞：两者都很重要。有种说法是文坛就是名利场，可是你看地方上小有名气的作家，到北京去，才知道文坛是什么，名利是什么，看到自己的不足，知耻而后勇，明白一个作家最大的尊严是优秀的作品。

马小淘：可能也有交际的作用吧，尤其是平时不在北京的，短暂地离开原来的生活，北京就是一个陌生新鲜的环境啊，交际交际也挺有意思的。我觉得对每个人的作用可能都不同吧，也确实让我认识了很多同学，很多人现在依然是好朋友。

雷平阳：拜码头、认识名流，古人如此，今人也如此，没什么不好，未必就是功利主义。不过，我们班一班的名流，互相认识已经足够好，免掉了满京城乱跑的麻烦。

任林举：我感觉，鲁院是一种特殊经历。也许当初很多人都有您提到的那些想法。那些世俗的想法，对我来说曾经是一种考虑，更是一种顾虑和忧虑，我曾经很担心，没有这些会造成自己的被动。但经过鲁院之后才明白，在文学的圣殿里，谁都不用，谁也不可能依靠那些走得太远。作为一个作家，只要像圣徒一样对待文学，写好作品，自然会得到应有的关注、认可和祝福。

王威廉：我想，对这个问题应该坦率，因为北京集中了优质的文化资源，不管是文化熏陶还是人际交往，对于作家的成长都是很重要的。鲁院实际上也在主动做这些事情，比如分配导师，让许多同学和刊物建立联系，把稿子可以直接给到主编手中，即便一时发表不了，但能听到主编的意见，其实也是大有裨益的。

王凯：鲁院的教育是比较开放的，而且也不是技术性或实用性的，所以也很难评估效果。不过对文学培训来说，这可能才是正常的状态，因为谁也不知道老师的哪句话就会触动在座的哪个人。相比之下，在鲁院认识新的老师和朋友这件事反倒是十分确定的，我觉得只要朋友同学间志趣相投，那么这种交往其实是有益的。

鱼禾：都有吧。教育本身的重要自不待言，作家之间的交流也不可少。

西元：我似乎是个不太会交往的人。在鲁院期间，其实有很多机会和杂志的老师一起座谈，一起吃饭喝酒，但我竟然没和任何一位老师拉上很亲密的关系。我的导师是《中国作家》的主编王山老师，我的同学俞胜是《中国作家》的资深编辑，可到目前为止，我还没在《中国作家》上发表过作品。由此看来，鲁院对我来说似乎不是个很好交际的场所。那么，鲁院是个很好的接受教育的场所吗？对我来说似乎也不是。四个月时间太短了，而且我和我的同学们也都老大不小，记不住太多的东西。应该说，这四个月的时间并没有立竿见影地触动我的一些观念，改变我的眼光。但我发现，鲁院是通过一种非常持久的方式来改变一个人。比如，我在北大博士毕业后，有段非常迷茫的日子。那段日子我甚至有点后悔上北大，这话说出来可能有点矫情，但是真心话。因为，进入了一个地方之后，你就注定不能再像过去那样过日子。那个地方在你的心里留了点东西，你可能不知道那是什么，但你永远也抹不去丢不掉。那些东西在一直折磨着你，让你做一个新的你，让你痛苦地改变，去有所成就。否则，你就永远都在受煎熬。鲁院也是这样一个地方，那里不教你怎样写作，但时刻提醒你要当一个好的作家。这个声音恐怕终生都要响在耳边吧！

林森： 我有点岛民心态，一直不那么喜欢北京，从鲁院结业后，本来在北京找好了工作，准备去一家影视公司，后来听说《天涯》要招编辑，毫不犹豫，拎包就回。所以我不是为了去北京而上鲁院。至于什么人脉、码头啊之类，当时都还没那意识，很多"大腕"上课，忍不住了，想睡就趴桌上睡，更不用说活络、走动了。其实，在我看来，鲁院最大的作用，应该是"祛魅"，破除掉一些人身上的神秘感，让我们找到自己的定位，让我们知道自己写到了什么程度，还可以达到什么程度——这个比任何人的课、比任何码头都重要。我甚至觉得，鲁院是给一个写作者提出预警的，而不是到那里混饭局、博交情的。我们看到不少人从鲁院回来后，好几年内，一直在回望鲁院的美好，甚至写出二三十万字关于鲁院的日记和散文啥的——我偏激地觉得，过度留恋鲁院时光的写作者，后来没一个有进步。这不是说鲁院不值得怀念、回望，而是说，写作者要有基本的反省和警惕，鲁院是让我们看到更阔大的世界的，而不应该成为一个写作者的终极目标。

沈念： 持有这种想法的人恐怕不少，但更多的人是有清醒认识的，那就是选择文学，从来都是应该从自我出发，抵达世界，靠作品立身，文学从来不是比谁认识的人多。我非常感谢鲁院的学习，让我结识了一些真正意义上的同道中人，他们身上闪光的东西，也照亮了我，温暖着我，激励着我。但性情使然，我从不刻意去和谁，怀着功利目的性地交往。所以在不同的人眼中，鲁院是不同的场。这些都不重要，重要的是这个场，让我看到更多的繁杂和混浊，也让我学会沉淀与扬清。

肖勤：是台阶，文学的台阶。鲁院让我们站到了老师们给予的那个高度看文学生态、文学创作、文学方向。说是活络人脉，也仅仅是对于真正有创作实力的人而言，你若没有实力，再有人缘，现在的文学刊物生存压力那么大，谁敢发次稿，自毁门庭。但是，鲁院给予了很多成长中的文学者更多舞台，这是必须承认的，这个平台的搭建不能被俗套地冠以"通关系、建人脉"，应该换一个说法是"师傅领进门，修行靠个人"。

李凤群：以上这些说法，全凭个人理想和运气。至少我本人没在鲁院活络到什么关系，我也没拜到码头，我也没拿出来交际的资本，我结识了几个知己，像周晓枫、方格子、胡性能，这倒是真的。

龙仁青：说起阅读与写作，许多人都会把它看成是一种纯粹的精神活动或者精神生活。其实，文学也有它的世俗性的。文学写作要求一个作家要更多地"入世"，而不是"出世"，这就是它的世俗性。也就是说，作家应该是生活的高手，也是发现生活、总结和书写生活的高手。鲁院的课时安排，也默许了它的学员在学习之余，有更多的时间去接触社会，依照你的说法，也就是去感受北京独有的文化魅力。再说，鲁院的学员都是成人，不是高校那些时刻要面对课业的大学生，所以说，鲁院对作家们来说，必须要提供学习和生活——也可以理解为交际吧——两种可能。

汤汤：哈，我完全不知道来鲁院还可以活络人脉、拜拜码头呢，为什么要做这些呢，写作真是一件太公平的事情了，不会因为人脉好关系好，文字就会水涨船高。唯一能做的，就是写好，写得更好，否则，一切都是徒劳的。人生那么短，写作的时间那么少，不做徒劳的事情，是更明智的选择吧。

汪玥含：如果说读过鲁院之后，我收获了上述学习到的内容和对创作的影响之外，我想，我还收获了最重要的就是鲁三十班级里五十二个同学之间的友谊。很奇怪，其实我到现在的一生中，也经历了二十一年的被教育生涯，甚至包括在北大一年的军训。而在鲁院的短短两个半月，却让我们这五十二个人有着结实而令人兴奋的友情。不管是谁来北京，或者我去外地，首先想到的就是和鲁院的同学聚会、见面，有时连大学同学都会被抛在脑后，之后的聚会一次次地证明着我们在鲁院时纯正、纯真、快乐的友情，不管同学们哪一个在文学上有了巨大的成绩，都让我们为之欢呼和雀跃。

吕铮： 作为北京本土人，我是不存在这种问题的。但在我身边，也不乏这样的作家，把日程和饭局安排得满满的，逢饭局必去，但自己从来不结账，哈哈。但我觉得吧，无论是当作家，还是交朋友，物以类聚、人以群分。因文学走到一起的人，鲁院结业了也会走到一起，带着世俗目的走到一起的人，最终不欢而散。鲁院对于我来说，不是交际场，而是令人惊喜的地方。我至今记得鲁院的清晨，被鸟叫声唤醒的感觉，我想，这才是我追求的纯粹。

王莫之： 坦白说，交际的作用更为显著。接触名家，结识朋友，获取资源，我都理解，谁都无法免俗。这不是问题，问题是，我们是否成为了自己讨厌的那种人。回顾四个月的学习，我的确交了几个朋友，上了几堂非常难忘的课，也开了眼界。鲁院在教育方面对我们无疑是有提高的，但是这种提高如何体现在作品里，其实也蛮难回答的，好像不是加减乘除，而是一道微积分的难题。

徐衎： 应该说作用多多，哪怕只是忙里偷闲来散心四个月，什么也不干，也是一个弥足珍贵的机会，大家根据自己的实际情况各取所需吧，就我而言，可以放慢节奏"闲"四个月是最吸引我的，其次也算是对我没有好好用功的硕士阶段的一剂后悔药吧。

刘亮程： 应该都有。

九、这个问题是我个人研究的兴趣所在，你对
鲁迅文学院的历史了解吗？你知道这所学院
倡导的文学方向和文学理想是什么吗？据
你的经验而论，这里与国际写作中心、
创意写作的区别是什么？

红柯： 鲁院就是建国初的中央文学研究所、文学讲习所，丁玲创办的。周扬、老舍、曹禺、叶圣陶、郑振铎讲过课，培养了马烽、陈登科、徐光耀等老一辈作家，新时期培养了莫言、刘震云、余华、蒋子龙、迟子建等新作家。这些都是中国当代文坛的主力。可以说是青年作家成长的很好的平台。国外尤其是美国大学都有创意写作班，教学方式类似于鲁院，鲁院总让我想起高尔基文学院，去过俄罗斯两次，苏联解体后，高尔基文学院还在，还有中国留学生。我上大学前很幸运买到了巴斯也夫斯基的《金蔷薇》，这本书就是他在高尔基文学院讲课的讲义，风行全世界。有关文学创作的另一本书就是英国福斯特的《小说面面观》，跟《金蔷薇》没法比。

王威廉： 对鲁院的历史大致是了解的，在那个年代，自然和国家意识形态密切相关。不能说今天的鲁院没有这方面的诉求，但是时过境迁，这里反而成为了文学之艺术的守护场所，尤其是面对汹涌的文化产业浪潮之际。这也是鲁院与别的类似机构的最大区别。比如各高校的创意写作，为了学生就业，已然成为编剧或畅销书作家的前期培训班。国际写作中心属于另外一个形式，那里的作家都是成熟作家，以交流为主。因此，鲁院除却国家意识形态的影响，我们需要注意到，它还是中国新文学传统下诞生的一所学校，以鲁迅的名字命名更是意味深长，如果没有鲁院，文学的处境在今天会变得更加尴尬。如果文学丧失了意义的深度、艺术的探询、价值的建构与反思——这几点显然都是鲁院欣赏的——那么文学便会对当

代文化失去任何的影响力。影响力不是说一时受众多就影响大，从人类的大历史来看，最终是优秀的、经典的作品参与建构了人类的整体文明。

徐衎：了解一点，不深，知道它以前叫文学讲习所是因为以前看过王安忆的回忆散文，那个时候吴组缃来给他们讲《红楼梦》，王安忆是一直埋头很认真地记笔记的，反观她的同桌（我在另一篇王安忆同桌写的散文中读到）更多是在打牌嗑瓜子，"学习态度不算端正"，导致那个散文里洋溢着懊悔的情绪，也是给我一个教训，为免他日苦寻后悔药，所以我在鲁院的学习还是挺认真的，该记笔记记笔记，基本没缺课和班级活动，尽管有的时候会觉得这个课不是我的菜，甚至觉得听课这样一种形式其实效率挺低的，但我还是让自己投入其中，套用前辈学姐马小淘的一个观点，大意是老师们在台上对自己专业的专注度那种精研的状态是很吸引人的，也让人敬佩。

和国际写作中心、创意写作相比，区别可能就是鲁院的学时还是太短了吧……结业前夕不是有同学还感慨真想读个"三年五载"的吗……今年鲁院结业后，我又参加了清华大学的青年作家文学工作坊，主导的格非老师也来鲁院上过课，工作坊也有讲座有交流，重头戏是针对每个人的作品大家特别认真地研讨交流，一个半天就集中研讨一位同学的作品，老师和其他同学都参与其中，涉及具体的文本操作，都是很细致的意见，因为大家都很认真地阅读了，所以发言也很有针对性很有质量。我觉得鲁院在文本"实践操作"层面可以加大一点比重，参与互动的频率还可以提高一些。

东君：很惭愧，我对鲁迅文学院的历史只是略知一二。鲁院跟国际著名的写作学院、写作中心、文学营之类当然是有区别的。我去年年底在台湾买到一本2010年的《联合文学》杂志，里面刊登了一则文艺营的招生广告，培训分小说组、散文组、新诗组、戏剧组等七个组别，导师和讲师都是台湾的著名作家、诗人、导演、艺术家，有意向者可以根据自己喜欢的组别报名参加。还有台北县办的文学营，其性质也差不多。跟鲁院不同的是，他们培训的对象更多的是那些文艺或文学爱好者，而不是专业领域内已经"功成名就"的精英人物。把一部分作家拉到鲁院这么一个地方，名义上是学习写作，事实上与写作本身相关不大，鲁院之于作家，更多的是施加一种影响，营造一种氛围。老师和我们之间的交流也是为了建立一种"信任与亲近"（王安忆语）。教母鸡生蛋，教鸟飞翔，无论怎么说都是一件吃力不讨好的事。

徐则臣： 对鲁院的历史有所了解，对鲁院的创办至今的宗旨和愿景也有所了解。问题里的"文学方向"和"文学理想"是专有名词吗？

张建祺： 我对鲁院的历史和宗旨有所了解，但都来源于网络，所以就不拾人牙慧进行复述了。

李浩： 了解一点儿。哈，不敢班门弄斧，一说肯定露怯。文学方向……我大约只会确立我自己的文学方向，具体到个人，我承认我的文学方向和文学理想是极为固定的，从二十几岁到现在，基本没有变化。我把我的思考和理想放置在我的书中，我不知道还有没有别的表达……我觉得，鲁院的存在极具意义，它影响作家，拓展视野，增强联系，促进交流……是不是显得太官方了？哈哈，但我也真是这样想的。作家们需要一个场，需要交流和碰撞的火花，也需要在悄悄自满的时候有人拿小鞭子抽一抽。至于国外著名的写作学院……我没有去过，了解不多，只读过一些所谓"创意写作"的读本，没有发言权。我个人一直认为，作家是可以培养的，至少在基本的认知层面和技艺层面，鲁院，是不是可以在这方面着力更多些？

沈念： 对鲁院的历史有一定的了解，但不深入全面。应该是每一个到鲁院来的写作者的理想汇聚成文学理想的大河。

国际写作中心、创意写作的教育与鲁院的教学，有暗合之处，但也有新的变化。从时间上说，前者更长，可能是两年、三年的一个学制化的教育，后者是一个短期几个月的培训。这种时间上的差异，以及前者所身处的大学校园这样的文化背景，让彼此之间存有一条看不见的沟堑。但时间和环境都不是关键，关键是身处其中的人，是基于一种怎样的态度去学习，并能在这个学习的场域里让自我发生质变。

血红：关于鲁迅文学院的历史，全部来自百度百科！文学方向和文学理想，这要传统严肃文学的作家来回答吧？

汤汤：其实我对鲁迅文学院的历史不太了解，但内心就是无法抑制的好奇和向往，也许是我念的书太少了，我都没有上过大学呢，所以就是想念书，给我浅薄的人生一些有趣的礼物，遇见更多精彩的人和精彩的事，遇见更多智慧和才华的美好吧。

鲁若迪基：我对鲁迅文学院的历史还是有所了解的，知道她的前身是中央文学研究所，第一任所长是著名作家丁玲，郭沫若、茅盾、老舍、曹禺、艾青等文学大师都曾在这里授过课。这所学校后来曾改为中央文学讲习所，上世纪 80 年代又更名为鲁迅文学院。我感受到这所学院在倡导作家走具有中国风骨、世界视野的经典化道路。

刘建东：了解不多，大多是文字上的印象。相比较而言，从鲁院走出来的作家还是有更深刻的印象。我记得在《长城》杂志社工作时，当时的副主编说起 80 年代末期到鲁院去组稿的经历，当时鲁院真的是人才济济啊。当时在鲁院学习的作家莫言、余华，都在《长城》上发过小说。而我自己第一次接触鲁院，就是鲁院高研班第一期时，作为一个编辑，我去约稿。见了那么多杂志上见过面的作家，我就觉得这就是鲁院，它能把天南海北的作家聚到一起。

萧萍：历史课就是一个人的启蒙课堂。每个写作者都以进入鲁院而感到荣耀，而每个人也都憧憬有一天鲁院为自己感到骄傲。"作家的摇篮，文学的圣殿"，这所名不虚传的文学的黄埔军校，名录上是一连串中国现当代文学史上闪闪发光的名字。那是以先生之名建立的一个国家的文学星空，更是一个民族的精神星空。我理解为脚踏实地为人民写作，为心中的梦想写作，为朝向未来的世界写作。

乔叶：有一些了解。知道其历史悠久，硕果累累。至于文学方向和文学理想，方向总是光明的，理想总是美好的。是吧？

李骏虎：鲁院的历史我是专门学习过的，较之国际写作中心和创意写作，鲁院有鲜明的国家民族担当和倡导以为人民写作的现实主义为主又兼容并蓄的方向，鲁院不是唯文学艺术技巧的，她更注重启迪作家思想，扩展作家格局，提高作家修养，从人的角度出发，催生真正的大作品。

鲁敏：我没有参加过后两者模式。理解中，国际写作中心可能侧重不同文化或语言的破壁、同构或交杂；创意写作，则更多一些实用写作或技术训练、文本细读的成分。很惭愧鲁院的历史我并没有特别去了解，但我感觉鲁院这些年，是有传统接引，也有不断调整、叠加与更新的。比如，鲁院也增加了来自不同国度的写作者或汉学家的部分，办过专门的外语班等等，课程上，则一直兼顾视野与理论、技术与实践，方式上兼顾共同学习、自我学习与少量的田野部分，是非常灵活、开放、兼容的模式。

因为我上过这个班，后来就不断有年轻的写作者来咨询，要不要报名去争取这个机会？他们当然也会有各样的考虑或犹豫，但不管是什么样的情形，我都会很肯定地告诉对方：如果没有现实（生活层面）的困难，能有这么一个机会，绝对是好的。鲁院特殊的地方就在于：适合各样的写作者，它总有一部分——正是你想要的乃至强烈渴求的。

陶纯：我对鲁院的历史，比较了解。对 1950 年建立时的文学方向和文学理想，搞不太准确，无非是培养作家、为人民写作、为社会主义写作之类的内容吧。

这里与国际写作中心、创意写作的区别，因为没参加过那类活动，我回答不出来。

邵丽：鲁院的历史我仅有粗浅的了解，至于她的文学理想，我也不是知道得很细。我只知道，我们每一个作家来到鲁院，得到了想得到的，达到了自己的满意，就应该是鲁院最大的文学理想吧！

翌平：不了解。创意写作是比较长期的写作训练，注重写作的技巧，试图从技术的角度来训练作者。鲁院是短期的培训，主要是让作家开拓眼界，让人醍醐灌顶。两种课程的目的不一样。

黄孝阳：有大致了解，没有详细读过它的历史。不管怎么说，它算是某种形式上的"文学理想国"。

就我浅薄陋见（对国际写作中心与创意写作不甚了解），最大的区别可能在于：鲁院极强调人的交流，近年来的各种跨学科知识的分享。好像，我只能说是好像，比如爱荷华写作中心，它们更讲究技术本身。这种讲究，能保证再怎么写不至于太差，在一个及格线上。

这也是中西方哲学思维差异之具体而微吧。

弋舟：对于鲁院的历史我自己挺有兴趣的，因此找了不少的相关史料来读。显而易见，作为"中国文学体制的组成部分"，它所倡导的文学方向和文学理想，乃至于它所担负的意识形态责任，肯定与那些国际写作中心、创意写作班不同。我想，这也是每一位有志于来此就读的作家首先要搞明白的地方。它除了讲专业，还讲中国式的人情，除了讲文学，还讲态度。在一定意义上，也许鲁院更强调的是后者。我们的根本制度是"有中国特色的社会主义"，那么，鲁院一定会是"有中国特色的文学学府"。这很重要，堪称熔炉。

王凯：正像刚才说的，来鲁院之前我对它一无所知，而现在我知道的也是我经历过的鲁院，其他的就知之甚少。而且我也不知道国际写作中心和创意写作到底是干吗的。我只知道从认识自己、让我巩固自知之明的角度上讲，鲁院是一个特别好的地方。

阿舍： 对鲁迅文学院的历史大致了解一些，印象中有许许多多光彩照人的名字。对国际写作中心和创意写作了解不多，肤浅的理解是，国际写作中心和创意写作更注重技艺的培养，鲁院教学虽以文学为核心，但更注重对一个作家的知识结构和整体素质的培养。

胡学文： 我对鲁院的历史了解一些，但不是很多。鲁院与国际写作中心、创意写作完全不同。2010 年，我和几个中国作家应邀前往爱荷华国际写作中心进行了为期十天的交流，了解一些中心的运行方式。中国作家更像野生的，自然生长，凭借个人的天资和优势在文坛立足。即便到鲁院学习，多数的课也不是教怎么写作，而是讲历史、地理、天文、哲学、经济等宏观的课程，似乎与写作关系不大，但这种全方位的滋养对作家的成长极有裨益。而写作中心则是从全国选一些写作有潜力的，进行写作技术的训练，如对同一篇小说进行拆解结构、改变主题、转换人物等，包括训练语言和想象力，都有一套。不能说他们的不好，至少在技巧方面他们掌握得比中国作家扎实。各有优势吧。中心的另一种形式是从全世界选一些优秀的作家入驻，让其在中心写作、生活。中国作家格非、迟子建等都去过。帕慕克也在那里住过。中心的工作人员说帕慕克白天睡觉夜晚写作，常常通宵。就文学的热爱程度，我想各国作家没有差别。

陈鹏： 会有一些了解，但是不多。建院之初的文学理想还真不知道。但它与国际写作中心、创意写作都有区别，最主要的，它没有直接"教会"学员什么东西，而后两者，必然会涉及写作的技术环节，告诉大家写作这行当其实是可教的。鲁院的课程驳杂，只能是一种积淀、储备式的教学，技术环节一概欠奉，研讨意义也不大，会漏掉一些真正的优秀作家的作品。

次仁罗布： 我对鲁迅文学院的历史是很清楚的，也有幸参加了鲁院的很多庆典活动，并作为学员代表给时任中宣部部长的刘云山汇报过学习情况和自己的收获。鲁院在我的心目中是神圣的文学殿堂，也是个民族作家腾飞的平台。

鲁院与国际写作中心和创意写作还是有很大的区别，鲁院是培养中国作家的园地，同时肩负着育智育德育心的功能，从这点来讲鲁院是在更高的境地上来为我国殚精竭虑地培养优秀作家。

东紫：曾看过一本鲁院主编的书《我的鲁院》，对鲁院的历史得以了解。知道她的办学理念是"为人民培养作家，培养人民作家，为时代培养作家，培养时代作家"。以"继承、创新、担当、超越"为训导，形成了独具中国特色的作家培养模式。

我认为鲁院的这种模式比国际写作中心，多了一些有关各个领域的授课，比创意写作多了作家实践性的交流。是一个非常适合作家成长的培养模式。

高鹏程：去的时候，通过网络资料了解过一点。没有了解过国际协作中心和创意写作。不清楚具体的区别。但我觉得，肯定有各自的倾向性和办学特色。有自身区别于他方的辨识度。

朱文颖：我不太了解鲁迅文学院的历史，同时我也不很清楚1950年建立时这所学院所倡导的文学方向和文学理想。我想这种比较专业的问题还是由您这样的专家和研究者来回答比较合适。因为无论如何，对于一个作家来说，知道或者不知道这些背景与他们创作的本身应该不会有太大的影响。

按照我的经验，或者说，更多的是按照我的直觉而论，国际写作中心、创意写作，它们把写作本身放置到一个更本质更纯粹甚至是更技术的层面上来讨论、研究，而鲁迅文学院毕竟是有她的历史背景的，多多少少，她还是会受她的大背景的引导。

葛水平：更多是从资料上了解。没有了解过国际协作中心和创意写作，不清楚具体的区别。肯定有各自的倾向性和办学特色，有自身区别于他方的辨识度。不管怎么说，写作都是门外的风景最好。

鬼金：真的不了解。与其他的区别，我想，更多是体制需要，回到具体文本的写作很少，一些研讨和交流，对文本说真话的少。

李凤群：对于作家来说，来鲁院是一种光荣，尤其对长年在基层生活的作家来说，鲁院是踏进梦想的台阶的重要一步。

就我目前对国际创意写作的理解，鲁院更注重全面，我了解到一些国外的文学授课，给学生们立一个题，然后开始发挥。对考勤、授课方面不是特别讲究，着力点是作家的想象力和文学创作基本功的训练，基本围绕作品。鲁院有点面面俱到。

胡性能：我对鲁院的历史不是太了解，隐约知道它的前身，好像是什么文学讲习所？至于建立时倡导的文学方向与文学理想，我一头雾水。我没有参加过国际写作中心，也不知道创意写作的内涵，因此不知道鲁院与它们的区别。

石一枫：以前不太了解，来了以后受了点儿教育，并且非常同意鲁院的最初宗旨。比起国外类似功能的机构，中国有中国独特的体制，这个体制又有独特的目的。自从新文学以来，中国文学就有着反思时代、改造社会的传统，如果将鲁院的功能放在这个传统里去考虑，我想它的初衷是极有价值的。

纪红建：可能与我在毛院工作有关，鲁院是我们的上级业务指导单位，所以我有意识地了解过鲁院的历史，并且1950年建立的中央文学研究所，所长丁玲、副所长张天翼都是湖南人，也就更加关注鲁院历史。我觉得，国际写作中心、创意写作，与鲁院的作家培训是两个不同层次的概念，鲁院的作家培训更加深刻，是作家对社会的深度参与，具有更强的现实和社会意义，而国际写作中心与创意写作更多的只是一种概念，或者说理念。

王十月：对鲁院历史还是有一定了解的。但当时的倡导方向和文学理想就不清楚了。我没有参加过国际写作中心的活动，不了解区别所在，我在大学也兼创意写作的辅导，我觉得还是有区别的，鲁院不会教你一种创作的方法，也不会教你思考问题的方法，鲁院最大的功能，是能让你和许多智慧的大脑有超灵魂的近距离交流。

创意写作更多的还是方法论。

钟求是：有点了解，知道是作家集中修炼的地方，可以听课，可以聊天，可以开阔视野。对学校的历史只是略知一二，后来参观校史馆，进一步知道解放之后中国重要的作家或多或少都跟鲁院有关系。

朱山坡：我对鲁院的历史还是有一定了解的。与国际写作中心、创意写作相比，对问题的深度探讨，对理想的执着追求，对原则的坚守，对经典作家和经典作品的尊崇，对新成果新理念的传播，对未来文学的指引，让文学在这个时代保持正常的体温，是鲁院自身应该具备和彰显的优势。

林森：对那段历史有些隐约印象，没太了解。我个人认为，国际写作中心、创意写作，提供写作技巧的传授，涉及具体创作问题，是方法论的意义上的；而鲁院，提供的是一个写作者寻找自己、认识中国的地方，是认知方面的。

宋小词：啊，这个问题我要捂脸，我去之前真的不知道鲁院的历史，去了之后才零星知道鲁院的前身是中央文学讲习所，第一任所长是丁玲，80年代的时候更名为鲁迅文学院，莫言、王安忆、余华、叶广芩等许多文坛大咖是鲁院第一届学员。我想1950年建立这所学院的话，倡导的文学方向和文学理想应该很大程度会是毛泽东主席在延安文艺座谈会上讲话的理念。后来鲁院之所以称为鲁迅文学院，应该是在倡导文学要有风骨，要有力量，要讲真话，要有呐喊之姿态、批判之精神。

张楚：对鲁院的历史和倡导的文学方向、文学理想很了解。个人感觉，跟创意写作的区别主要还在于授课方式的不同。鲁院主要是请各行各业的顶级权威来授课，授课面庞杂，既有广度，又有深度；既有文学的、艺术的，又有政治的、宗教的、科学的、美学的、哲学的，都是美食大餐。创意写作的授课针对性更强一些，注重的是写作中个体写作者的微观问题，涉及个体写作的立意、结构、语言、技术等实际问题，形式以学生讨论为主。

马金莲： 说实话我还真了解得不多。之前我就知道中国有个鲁迅文学院，是作家们向往的地方，也是很多作家写到一定程度，应该去进修的地方。

杨遥： 鲁迅文学院的前身是成立于1950年的中央文学研究所，再往前追溯，是延安时期的文学讲习所，由丁玲负责，培养出许多优秀作家。没有参加过国际写作中心、创意写作，不好判断，但感觉创意写作可能更注重创作技巧方面的教导，鲁院是大教学，对人的思维、眼界等影响比较大，技巧方面不是特别突出。

任林举： 对鲁院的历史当然也有一些初步了解。那么多中国文坛的名家大家都曾出自鲁院门下，所以令人心向往之。国际写作中心我没有去过，不知道他们怎么教学。至于创意写作，我想，本来就不一定是一个必要的文学概念，因为好的文学写作最起码的标准就是有创意的。鲁院已经以其成功的教学实践培养出无数的优秀作家、评论家和文学工作者，已经独立于各种教学机构走出了一条扎实的办学之路。如此，其"中国优秀作家摇篮"的称号难道不是当之无愧吗！

马小淘： 我对鲁院的历史不太了解。去读之前，查了一下，现在又模糊了。国际协作中心、创意写作我也不太了解，我的经验里只有鲁院。

杨怡芬： 入学不久，就去参观过院史室，粗略了解过。我没有体会过国际写作中心、创意写作，没经验就没比较啊。

鱼禾： 对鲁院历史略有了解，所知不深。我觉得鲁院的研修假设了一个比较高的门槛，所以课程、研讨及各种活动安排基本上是话题性的。创意写作那种学科式学习，对文学创作中的基本技能有比较系统的研究和分析，对于很多作家而言也许更有效，可适当借鉴。

龙仁青： 鲁院的历史当然了解一些。比如从最初的讲习班到现在的高研班等等。要说它与其他文学教育的不同，我想，那就是我刚才说的"入世"与"出世"吧。你提到的国际写作和创意写作，更多的是从写作本身出发的教育，比如技巧、手法等等，但鲁院可能希望它的学员们通过在鲁院的学习，成为一个更加能够走入现实、书写真实的作家吧。

左眩：鲁院给我的感觉是一个很正规很纯粹的文学场，是带有强烈的青年文学人理想色彩的文学场域，它与国际写作中心、创意写作的区别，可能是在于它不仅仅是对写作的职业技巧和职业素养进行培训，而更多的是从写作的观念、写作的意义、写作的责任上去浸染人。鲁院带给我的改变，足以撬动我的灵魂深处。从这一点来讲，鲁院在中国是不可取代的。

吕铮：我觉得，鲁院的教学固然很好，但还是缺少有的放矢的分层次教学，或者说，缺乏职业的写作训练教学。严歌苓老师曾经说过，她受益的学习在于美国的剧本教学训练。我在鲁院之后也参加过中戏等一些教学，感觉鲁院的开放式教学非常好，但如果能加上职业化的训练，更好。

徐剑：我觉得鲁院教学内容这个模板特别好，多次向军委宣传局分管文学工作的领导推荐，后来，解放军的文学培训就全方位地复制了鲁院的模式。作为火箭军创作室主任，因为自己尝到了读高研班的甜头，我多方呼吁，将火箭军的作家，专业的和业余的，分期分批地送到鲁院高研班学习。

王莫之：来之前有一些了解，更多的认识是到了北京之后。鲁院有一定的中国特色，有一定的意识形态光环，这部分想必是国外的创意写作课没有的。譬如，有一点我印象还蛮深的，就是那些评论家来了很爱谈路遥，或者绿色写作之类的议题。有一阶段，我甚至觉得自己是不是在上"路遥文学院"。

十、最后一个问题，请允许我们一起有限度地 煽情一下，怀旧一下——鲁院，什么最使你难忘？

刘亮程： 过去这么多年，我时常想起老鲁院的那棵大橡树，在门内左首，靠门卫室。去年遇到鲁院一位女教师，打问那棵橡树是否还好，答曰，没注意那里有一棵橡树。我想是不是被砍了。甚至怀疑自己记错了。后来又遇到这位老师，说她回去专门看了，确实有一棵大橡树，还在。她说那棵橡树还在的时候，我已经怀疑起自己的记忆了，我想起它好像是一棵香椿树，而不是橡树，但又常想起在鲁院的橡树下捡拾橡树果实。究竟那里有没有一棵橡树呢，人的记忆真是奇怪。或许那些恍惚的记忆、出错的记忆写成了最佳的文学。

我还记得我宿舍窗外的空调箱后面，有一对麻雀的窝，时常听见它们叫，我也开窗探头出去看它们，它们也探头看我。互看了几个月，不知道在麻雀的小眼睛里我是什么样子。

也不知道在那么多一起过了几个月的同学眼里，我是什么样子。

钟求是： 难忘的事挺多，拣一件吧。在校期间到锡林郭勒草原采风，有一天见到一个湖，我和张宏杰赌湖水的面积，谁输了谁喝酒。我数学不好，赌输了，于是半夜被张兄拉到外面找小店，还真找到了。我们买了一瓶白酒和一包花生出来，站到无人的小街上。我喝了几口，张兄也要喝，然后黑暗中来了一个身影，原来是雷平阳。于是三个人坐成一圈，把酒瓶递来递去。酒喝完了，三个人相互架着身子往回走，一边晃着脚步一边还唱着歌。歌声不美妙，但很嘹亮。那是午夜的草原小镇，一想就很有镜头感，所以一直记着。

陈鹏： 所有的一切，都难忘！最最难忘的，还是我们的花儿小组，我是发起人之一，从最开始的三四人，渐渐发展到十人。我们天天喝酒，吃瓜，讨论彼此作品，太纯粹了，太疯狂了，真有点

"竹林七贤"的意思了。现在回头看看，简直不可思议！因此鲁院彻底将我改变了，是我人生的重大的转折点。如今，花儿小组成员天各一方，再难相聚，一切恍如隔世，我们也各自沉浮，机遇再不相同……哎，难忘的鲁院！每次出差，我都住在附近的西藏大厦，未必每次都回去看看，但总觉得，只有住它旁边，心里才会踏实。

鲁若迪基： 难忘的事太多啦！最难忘的是在中国作家协会庆祝新中国成立六十周年联欢会上，我们五十五个少数民族的学员和老师共同登台表演了民族歌舞《五十六个民族是一家》。那绝对是整个晚会的最高潮。据说那是鲁院历史上第一次压倒性胜过中国作协所属各部门表演的节目。

血红： 一切的生活细节，都非常难忘。门前的小酒吧，一旁的小饭馆，门口的水池子，宿舍窗子外面的那个停满了车的大院子。寒风呼啸而过，吹得屋子都好像在晃动的时候，缩在床头码字的那种感觉。没办法确切地形容鲁院给我的印记，那是一种很新奇的，让我在短短两个月内想到很多问题，让它们从脑海中泛滥出来，然后又在两个月时间内快速沉淀下去，让很多想法都变得更加清晰、更加鲜明的过程。整个鲁院，都让我难忘。

李浩： 老师们。鲁院的老师们让我难忘。我觉得他们给予我的亲近，比我在其他地方得到的多得多，当然也有争执，好在老师们都不计较我。

东君： 鲁院有很多事让我难忘，因此谈不上"最"。如果非要说一件，那就是打乒乓球。这期间与评论家孟繁华、小说家毕飞宇等交过手，屡败屡战，虽败犹荣。

红柯： 认识了很多作家。我从事文学很早，1983 年就发表了作品，但进入文坛很晚。

葛水平： 旧鲁院的环境，那种旧到骨子里的文化。一点都不现代，阳光很安静地照进院子里，四周静寂，有乡下的味道，那种静挡住了外面马路上的喧嚣，我有些时候都忘记了夏天是怎样消失的。一个小天地，小世界的文学环境，四个月的生活是悠闲的，它的气场足够大，很是怀念那种充实无虑的日子。

徐则臣：相对放松的学习和交流环境。都是在社会上混迹多年的成人，重新开始规律的集体生活，多少会有一点水土不服，鲁院放松的生活环境更利于作家写作的开展。

次仁罗布：各民族作家在鲁院相聚时的酒歌，能让你咀嚼一辈子。随着时间的老去，它将越发地醇香！

张建祺：最难忘的是老师和同学间的情谊，我没上过大学、没参过军，所以对这种较长时间的集体生活非常陌生。大家相处两个月后的结业宴，我以为我不会哭，因为我平时就是个比较冷的人，朋友不多。但是那天我真的哭了，谁都不用说什么煽情的话，当晚的食堂越喧嚣，越预示着明日分别之后的孤独。可能这种曲终人散的感觉会让任何一个从事写作的人流泪吧，同学们来自全国各省、市、自治区，尽管交通再发达，想要一个不落地凑齐，此生大概也只剩这一次了。

萧萍：鲁院令人难忘的事情真的太多太多了。比如人人皆知的鲁院猫。比如鲁院会弹吉他唱《灰姑娘》的年轻门卫。比如装成大人模样的艳艳和东华老师衣裙飞扬。当然最最难忘的是儿童文学班的"七仙女"。我在博客上写过一首诗歌，就叫《鲁院七仙女》："我们做专门的仙女／不洗衣服不做饭也不带孩子／我们只做仙女／打扮好了／就坐鲁院的电梯下凡……我们就要按照次序站好／搭着彼此的肩头／亲密地朝着一个地方笑啊／笑着笑着／我们在心里想／哦这样的日子今后还会／有吗这样的日子／这样问的时候眼睛和心／就不知不觉潮湿了起来／你说从今以后／谁会心疼地／对着这一天的照片说／这七个专门的仙女呢都来自鲁院／她们依次是／阿汤、春儿、萧、林子、芦芦、三三、青辰"……

乔叶：我的宿舍对门住的是福建小说家赖妙宽，我每天去她那里蹭茶喝。她泡的茶真香啊。怀念！

杨怡芬：允许我给一个文艺的回答吧。最难忘的是鲁院旧址（八里庄南里）的院子和院子里的树。院子很家常，我们学员在院子里晾晒衣被，真是在过日子；院子里的那些树，我特意为它们写过一些文字的，到了春天就特别美，那棵有美丽桐花的高大桐树尤其让我难忘，真想再站在树下看桐花啊，看着看着，等它慢悠悠落下一朵来。

陶纯：我们首届高研班，本来有五十位同学，广西的东西因为有事，没有来，变成了四十九位。鲁院最让我难忘的，是与同学、老师们结下的友谊，人世间最可贵的，就是友谊的结交和珍惜。

翌平：老师们很友善，都是很知性、很真诚的帅哥美女，伙食很美味，营养充足，学习期间同学的情感都很真挚，这种感觉随着课程的结束也逐渐消失。重要的是鲁院让我一下子脱胎换骨了，短短的培训让我意识到该怎么去理解文学，该如何不断完善自己的这种认识，另外就是自己该有什么样的文学追求，写什么样的作品，用什么方式把写作长期坚持下去。

李骏虎：我还是对八里庄的老鲁院更怀念，最美好的时光是每天午饭后同学们站在院子里晒太阳，聊人生，聊文学，交流感情，交流思想，活泼又温馨。

弋舟：现在想来，还是那些同学间、师生间的情谊吧，有摩擦，有包容，毕竟是一些为文的人吧，总有专属这个群体的软弱和温暖。我觉得，上过鲁院和没有上过鲁院，对于一个中国作家而言，还真的是有很大不同。上过之后，无可避免，你就是那个"中国文坛"的一分子了。

邵丽：鲁院所创造出来的那种文学氛围、那种作家之间基于共同的文学爱好和理念所孕育出来的默契，是使我最难忘的。

骁骑校：当然是鲁院的人最难忘，两次鲁院学习的经历让我认识了很多作家朋友，其中一些成为挚友，去年有几次机会去八里庄校区给学员们上课，在熟悉的讲堂里睹物思人，当年在台下，今天坐在讲台上，恍惚间真有一种时光错乱的感觉，似乎回到从前，看到了同学们年轻的面庞。

黄孝阳：杀人游戏。

夜黑风高时，我们一起来玩杀人游戏吧。

朱山坡：新鲁院门口对面的那两棵高大桑树。到了 5 月，满树桑葚，遍体通红，青黄不接时节，可以充饥。图书馆那个叫井瑞的老头，谈起文学和时势的时候样子特别可爱。

阿舍：鲁院可以天天打乒乓球。

王凯：鲁院是我生活中一个特殊的意外，也是一个能经常出现在脑海里的地方。放松的环境和宿舍的阳光我很喜欢，当然最喜欢也最难忘的是鲁院的氛围。我觉得鲁院创造的就是这样一种氛围，就算你用大把的时间来喝酒闲聊，但你仍然觉得你肩负着某种使命，它时刻都在敦促你努力去写点更好的东西出来。

东紫：被老师关怀被同学理解是特别让我难忘和珍惜的。在社会上滚爬多年后，再次进入学校，过上学生生活，衣食无忧，不问烟火，完全沉浸在文学和文化的氛围里，并重新获得只有学生时期才能享受的被关爱被体谅，神仙一样。我把这种日子叫"飞翔"。在鲁院里飞几个月，然后落地，虽然会有近似失恋的不适和失落，虽然依然要重新陷入滚爬中，但内心里的储备丰盈了很多，滚爬的动力和心态有了很大的改变。

范稳：当然还是鲁院的同学和老师们，是一起交流切磋文学技艺的那段美好时光，是杯酒之间的恩恩怨怨。多年以后这些回忆都没有老去，显得愈发温馨美好。一群志同道合的人朝夕相处四个月，在每个学员的人生中都弥足珍贵。鲁院让许多曾经素不相识的人成为一起砥砺前行、相互关注温暖的兄弟姊妹。

高鹏程：我住过的房间、用过的杯子。放在抽屉里的留言簿。变黄的银杏叶。结冰的池塘。园中的雕塑。听课。朗诵。聚会。夜谈。还有出口成章的李一鸣院长。帅哥陈涛。美丽知性的老师们，郭艳老师，谢谢您对我的鼓励。我的亲爱的同学们。隔壁的杨献平。每一处我经历过的地方。每一处留下长者风度和我的脚印的地方。

鬼金：每天早上吃过早餐后，从食堂里偷一个馒头，坐在门前的池塘前，喂鱼。

胡性能：难忘的是相处的一群志同道合的朋友，这是上帝筛选过的人以群分。因为多年来我处于一种业余写作的状态，很少在一个时间段与数十位文学同道一起生活。进入鲁院，文学是我们之间天然的桥梁，共同的爱好有益于友情延续与巩固。结业六年半的一次聚会，从同学老师相见时的激动，就能看出彼此都非常珍惜那几个月的鲁院时光。当然，最让我难忘的，还是结业后的第二年，鲁十四的十多个同学，男男女女，在新疆赛里木湖边的蒙古大帐里，通宵达旦饮酒歌唱。那一夜，我相信已经深嵌在每一个亲历者的记忆之中。

石一枫：大伙儿一起到学校外的小饭馆吃饭聊天，经常这么打发晚上的时间。后来毕业了，因为我在北京，也经常以鲁院为中心陪朋友们故地重游。还有就是出去组稿开会的时候，见到的作家朋友基本上都得在鲁院的序列下排排辈儿，这时候会觉得鲁院是大家的集体记忆。

宁肯：即使有许多精彩的授课老师，精彩的课，我认为我们从自身所获仍多于课堂。就我个人来说，鲁院首先不是一种学习，甚至不是所谓的学习生活，而是生活本身。这点很重要，也是最值得怀念的。换句话说，如果不是从学习角度而是从生活的角度看待鲁院的四个月，那么鲁院就是一种奇特的经历：因暂时性而具有某种实验性，它是抽离的，封闭的，同时又是在内部敞开的。是日常生活裂开一道缝儿，出现一扇门，门内有院、墙、房间、活动室、植物、食堂，有三五人小坐的亭子，比如聚雅亭，或者叫别的什么亭，现在许多医院的住院部也有类似的亭子，有短而整齐的植物墙，有春花、秋叶、雪、雨、垂直的阳光。四个月，突然，在这里，每个人不再是平时的自己，但也不是新的自己，是，又不是，这非常艰难，非常奇特。这不是舞台，却又是真正的舞台：每个人如何确立自己和别人？塑造一个什么样的自己？四个月后回到过去的自己。

王松：如果说对鲁院最怀念的，还是院子里的雪。

那时的鲁院在东八里庄。校园不大，可以说就是一方庭院。但小中见大，院里幽径蜿蜒，还有一座小亭子，感觉别有洞天。那一年，北京的雪特别大。每到下雪，庭院里白白的一片。尤其到夜里，真的是静极了，美极了。一个人一生中，从小学到大学至少会有四个以上的母校。在我的这些母校中，真正堪称"母校"，也最怀念的，就是鲁院。

雪中的鲁院，这个记忆，应该是永远的。

黄咏梅：最难忘的是那种重回学生时代的感觉。人到中年重回课堂，大家由于写作这件事情被拢在一块儿，因而能结识到一些气味相投的老师和同学，这个机会很难得，也很珍贵。记得我们几个好朋友毕业分手的时候，在学校门口送别，抱头痛哭，那个场面我想以后不可能再有。

纪红建：温馨的校园，温暖的老师，友善的同学，自由的身心，思想的碰撞，那一幕幕时常在我脑海中荡漾，那波浪注定荡向生命的尽头。

马小淘：比较难忘的还是朋友。我在鲁院还是收获了很多友情，像蒋峰、水格、马中才、张悦然、王樨、叶舟、王华等等都是在鲁院认识或者在鲁院变得更熟悉的。我们当时一起谈论文学，一起玩，一起捣乱的事都挺记忆犹新。我记得那时候我们很多人都二十多岁，那也是鲁院高研班第一次有"80后"学员，所以班成立了一个团支部。有一天老师让我们开团支部会，可以搞一些活动。我们特别自作聪明，商量的结果是，我们想接受爱国主义教育，想去看升旗，但是升旗太早了，从鲁院出发交通不便。为了看升旗，我们决定唱一宿 KTV 然后直接去，KTV 的活动经费可以给报销吧。老师给出的答复是——交通方便，学校可以想办法租车送我们看升旗。我们很深思熟虑地回答——那我们再考虑考虑吧。

刘建东：老师和同学。无法复制的一段生活，永远铭记的一些细节与友谊。

徐坤：不考试。

张楚：鲁院的老师们和同学们，最让我难忘。如果没有接触他们，我可能还是一个闭塞的县城写作者。

朱文颖：不思量，自难忘。它不可重复、无可复制。就像文学的灵感，以及生命本身。

马金莲：必须极度地煽情地怀念啊，满院子开花的玉兰，那肉质丰厚，汁液饱满，绵软又保持着一定硬度的花瓣，绚烂而不夸张的白和粉，把光秃秃的北京和鲁院的小院子打扮得那么美。嗅着那样的花香，恍如和外界隔开了一个世界，早晚流连在那样的花树下，能真实地感受到生活和人世的美好。玉兰花看似娇柔，其实固执，不等枯萎，就已经脱落，离开枝头，落满路面，宁可掉落泥淖里，不肯抱残守枝头。尤其风过处，白花花一片，脚步踩着花瓣，心里觉得既凄美又残酷。那些不等枯萎就落地的花瓣，好像以一种清醒宏大的牺牲仪式，在提醒活在俗世中的我们，活着的意义，书写的意义，坚守的意义，进取的意义。

王十月：我最难忘的，肯定是我受伤之后，同学、老师们对我的帮助。终生难忘，没有他们的帮助，也许我这只手就废了。也无法忘，右手落下了的轻微残疾，在生活中的小小不便，时时提醒着我。大恩不言谢，在这里，借宝地，说一声谢谢。谢谢所有在我受伤时帮助过我的老师和同学们。

杨遥：最使我难忘的是鲁院的自由，有感觉时，关上门就成了独立的世界，里面静悄悄的没人会打扰你。想任性时，约三五好友喝个小酒、聊聊文学、看场电影，非常舒服。

周瑄璞：请允许我稍稍超出限度地煽情怀旧，鲁院的一切，都让我难忘，两个院落，三度学习，各位老师，工作人员，课堂，树木，花草，门卫，服务员，电梯，走廊，房间，还有味道独特、终生难忘的小点心……这里留下过我的喜悦，痛苦，收获，沮丧，反思，努力。鲁院精神，鲁院气质，都对我的写作和人生有着重要意义。

任林举：最难忘就是 2015 年开学讲话时李一鸣院长以很"庄重的"表情对大家说："同学们啊，鲁院到处都是摄像头，摄像头啊！"不仅鲁院期间，鲁院学习之后，不论走到哪里，好像都有一只高清摄像头在"盯"着自己，我把它视为鲁院的目光。

王威廉：鲁院最神奇的地方在于同学之间巨大的年龄差异，如果在社会上，这些人之间并不可能亲密地聚在一起，但在鲁院，因为文学，大家相聚在一起，不仅仅抛却了社会身份、阶层，还有年龄这个最显著的个体差异，在文学的名义下完全以人格相处在一起，这是最迷人的，会让人体会到生命最本质的东西，那是人历经岁月也不会丢掉或是磨灭的东西，是人独立于时间之外的东西。

鱼禾：老师，每一位。尤其善饮的。

同学，每一个。尤其善饮的。

园子里的果子。尤其可以酿酒的。

西元：大概是在鲁院和同学喝酒的时光吧，很纯粹，很散漫，是记忆里的世外桃源。

林森：我对 2007 年的鲁院，没那么怀念——当时工作也辞了，觉得自己是社会闲杂人等，有些迷茫、慌乱。2017 年就读鲁院与北师大联办的作家研究生班，宿舍还是在八里庄的老鲁院，我倒是对这一学年更难忘一些，因为：近些年由于工作耽搁的创作，在这不到一年的时间里，写了一些；我可以从忙成狗的工作里暂时抽身，让自己开始新的思考，希望能积蓄力量，来一场中年到来之前的"变法"；当然，我最怀念的，是这一年里，独居一个房间，没人吵，睡眠好了很多。

李凤群：使我难忘的是年轻的老师和同学们在一起的笑声，有时在食堂，有时在课堂，有时在路上，有时在照片里。

沈念：时至今日，我记留在脑海中的鲁院，最大的收获还是来自友情，来自友情所牵发出的文学的观照。

2015 年在鲁迅文学院的四个月，有太多的夜晚，和斯继东、王凯、曾剑等谈得来的同学，就坐在 511 弋舟的房间，聊天，喝酒，哼歌，也发呆，看夜空中北京越来越浓的雾霾，直到天明。我很喜欢弋舟的性情，温和，持重，善解人意，沉默是金，开口也是金。

一天夜间，弋舟和我在鬼金的房间，欣赏他的油画涂鸦。随手撕扯下的画册纸上，色彩重叠，影像绰约，一个人，一棵树，一种情绪，一段爱恨，缤纷意象，扑面而来，在一方小天地之间饱满流溢。艺术之间的通感无处不在，我们谈论抽象派油画的当下窘境，话锋一转说到即将在鲁院再度过去的日子，不约而同迸发出同样的困惑。我们多数人到中年，激情锐减，理性击退感性占据上风，不好不坏、不多不少地写着。一个无法回避的事实是，"70 后"这一代受西方经典影响甚深，开口闭口能谈博尔赫斯、马尔克斯、乔伊斯、福克纳、卡夫卡的创作人生，现代派、意识流、魔幻现实主义、新小说等形式风格在我们身上潜伏的深度连自己也不能准确探测，这固然是理应向经典致敬的方式，但我们到底缺什么，是否又有明晰的反思。对中国古典语言精妙广博的忽略，对写实主义的退守，对信仰、使命、情怀的闪避，与生活的隔离导致的经验同质化程度之严重，我们是没意识到，还是依然故我大量补充着体内多出来的元素，而缺少的，还是缺少……最后弋舟一针见血地点明，按照中国的俗话说，吃什么补什么，我们是否也应该缺什么补什么。

窄小空间里的三人"回炉"夜话，让我有所顿悟和豁然。缺什么，如何补，你得自个搜寻前行，但这条道的方向不会错。身处名利蜂拥而至、物欲烽烟四起的时代，把心放在安静处，在浮躁中求得安定已不是件容易之事，写作是最需要自觉抵制诱惑和过滤噪音的事。谁都想做《西游记》中那个跟斗云十万八千里的大圣，不愿当唐僧，孰不知看上去最弱最慢的唐僧，怀着对世界的大慈悲大天真，慢慢走过一山一水，才最终取到真经。写作者要做的正是唐僧这样的取经人。快与慢，轻与重，质地各异的金属回到鲁院这座高温火炉中重新熔化、锤炼的意义在此凸显，前行之中时常回望，不要偏离跑道。"回"，进入这个生动的世界，衍生出多重含义，不是退，不是避，不是离。试想太极拳中的回收动作，是一种天地元气的吸纳、一次八面来风的积蓄，是为了更有力量的防守与进攻。

其实文学也是一场没有终点的马拉松，路上有风雨也有风景，我们都懂得执念，开始了就不要停下，一直走，如同朝圣"麦加"者般拥有一颗纯粹的心，这比什么都重要。在火车上辗转迎来的那个清晨，窗外遥遥可见旭日喷薄，列车呼啸仍感距离甚远。回想这幕情景，遂想起一句"鸡汤"励志——太阳虽远，但必有太阳！

肖勤：老鲁院的小院，晒被子和打雪仗时，是幼时的故乡。

老鲁院高大的雪松，看书或散步的时候，是和善的师长。

老鲁院白色的大门，离开或归去来兮的时候，是无声的家人。

老鲁院大厅的乒乓球台，晚饭过后的热闹，是五十六个兄弟姐妹。

徐衎：在一个离开学校多年的当口，忽然重返校园过了一学期学生生活，尽可能少干扰地形而上，当然也可以形而下，这都是自由的，这很奢侈，尽管这是幻觉，但这幻觉太美妙了，像青春不死，像鲁院门口的玉兰，花开不败，即使败了，来年也还会再来……

龙仁青：我是不是提前回答了这个问题？看到这个题目，忽然有点提前透支的遗憾。不瞒你说，每次去北京，我都会去朝阳区芍药居小区对面的现代文学馆一角的鲁迅文学院。如今的保安已经不认识我了，所以我每次都需要打着要去找李蔚超老师的名义进去，在院子里走一走，在教学楼里转一转。有时候，保安会明确告诉我，李蔚超老师不在或者出去了，而不让我进去，我心里就会微微地起一些悲凉。有一年春暖花开时节，我混进鲁院，拍了许多照片，照片里有那个种植着桑树的院子，那些名人的雕塑，那一泓养着金鱼的水池，还有那块鲁迅字体的竖排着的"鲁迅文学院"的石碑，还有那一丛雕琢着猴头的拴马桩，据说其中一个长得很像一个作家，我后来见到这个作家，果然很像！总之，那个院子和院子里发生的一些与我个人相关的事，都成了我不时的回忆。

汪玥含：在鲁院单人房间里读书和写作的情景永远难忘，尤其是熬过那几个静静的夜晚，而且似乎再也不可能有一次这样的回归了，这让我感觉那样的时段已经镌刻在我的人生当中，无法抹去，也会永远存在。

吕铮：曾经认为鲁院最值得难忘的是环境，后来才发现，最令人怀念的有两点，第一是那时的友谊，第二是那时自己的憧憬和青春。

左昡：在鲁院难忘的很多，我们这一期是儿童文学作家班，同学们都很有才华，又特别可爱。我特别难忘的是和同学们一起排演开学晚会，运动会，还有万圣节之夜，大家在一起如同孩子一般，出主意，出力气，好像全世界好玩的人都来到了鲁院，真的太让人开心难忘了。我还在鲁院度过了我的三十五岁生日，那天我吃了三次长寿面，喝了两顿生日酒，收到了许多祝福，从早笑到晚，那感觉就像回到了无忧无虑的小时候，真是终生难忘。

王莫之：鲁院的老师实在太好了。邱华栋院长对我们这代年轻人的扶持和褒奖，某种程度上，已经接近于心灵鸡汤了。班主任老师在散伙饭上的热泪也非常难忘，同时她还给我留下了恩威并施的少数派印象，亏得还有她在抓考勤，不然——说实话，被她抓被她批评的时候我也很抵触。总体而言，绝大多数的鲁院老师都是爱心充溢得让我不好意思。还有，我非常想念我的好朋友贾骥，我们在一起很少聊文学，那是北京四个月生活的一股（某种程度上）清流，我很想和他再打一场篮球。

周李立：我怀念鲁院没有课程的下午，午睡充足，仿佛刚打开电脑，抬头却见黄昏日暮。

汤汤：一百二十多个日子，听课，阅读，写作，沙龙，逛京城，听音乐会，看话剧……大把大把的时间，整个整个的自我，不考虑柴米油盐，不考虑俗世纷扰。只有安静和快乐，只有悠闲和自在，只有惊喜和触动，只有幸福和感恩，只有梦想和飞翔，只有文学和艺术。生命回归到最简单最本真的状态，想发呆就发呆了，想伤感就伤感了，想哭就哭想笑就笑了，以三十多岁的年纪来享受这样的日子，是不是很奢侈，奢侈到不真实？

还有四十九个同学来自全国各地，我们为着文学而来，为着梦想聚到一起。我们深知，这场相遇简直是上帝安排的奇迹。所以我们最真挚地、透明地活着，全捧出热腾腾的一颗心来交往，用力珍惜。还有我们的老师，慈爱的白描院长，幽默的成曾樾院长，率真的李一鸣院长，他们半点领导的架子都没有，和我们呼吸在一起，毕业典礼的时候和我们一样泪湿眼眶。我们的班主任严迎春老师，年龄比大多数同学都小，喜欢装坚强和冷血，其实内心柔软无比……

可怀念的好多呀，那段童话般闪亮的日子已融进我的血液，凝固在我生命里，它会温暖并滋养我很久很久。

雷平阳：四个多月的时间，只有文学。实难忘。

文学何以分南北？

缘　起

仍是一篇命题作文。《江南》杂志《非常观察》栏目的编辑刘健老师是音乐人，一位创作型歌手，人在"乐坛"，这使他十分明白"雅俗共赏"四字的分量。2017 年，他嘱我做了一次《鲁院启思录》的访谈，他铺垫的约稿理由流露了几分"乐坛"人考虑问题的习惯，他说，圈子里的作家一说起鲁院，那是津津乐道，普通读者可能还真不了解，你能不能作为内部人给我们组个稿介绍一下？其实，对于鲁院，我也挺好奇的，汇集在一个问题上就是，鲁院到底能不能启作家之思？如何启的？合作的结果便是大家两不"嫌弃"。一年后，他又为我布置作业，让我访问上十几位作家，聊聊当代文学南北差异的问题。为《江南》、为刘健老师效力我是乐意的，但是这个差事不好领，一来关于南北文学差异研究和讨论的成果很多，我不是专家，岂敢随意设问？再说，这样你一言我一语的闲聊，能把这个问题说成什么样呢？二来古人说"南"的时候，心里想的就是他们"江南"，刘健老师电话里就说了，据说我们浙江作家文学面貌不太清晰，是吗？那可是中国新文学的"发祥地"！哪敢说不清晰。压力倍增。我这北地长大身居北京的北方人，能做个好的"组局人"吗？一拖再拖，到了年根，实在无地彷徨，我被刘健老师堵在了西安。彼时正在西安办班，身边都是大作家，吃完饭，人人被迫上阵，便有了这次访谈。最终，各位作家、评论家贡献了许多有趣、深入、生动的见解，而这种你一言我一语的谈话风，纵使没有答案、形不成定论，表达困惑也是一种观念的呈现，惊喜之余，收入本书时，我又邀请了五位作家、评论家加入。

多啰嗦一点。设问时，我的直觉是，这不是一个新颖的话题，甚至不是一个时髦的、有解释效力的话题，远不如科技与后人类、城市与乡村、现实主义及现实与文学等等话题关注度高，论起地域问题，在一带一路框架下，大陆与海洋、东部与西部，论政治实践，认同政治、人类命运共同体，这都和地域文化有关，不是更大的问题视域吗？但是，所有的问题领域都可以用新的视角进入，我只能从携带质疑与犹豫的视角进入，那就是何以如此，文学何以分南北？——

南与北，本是一组相对而言的地理方位，可是，在中国，何处是"南方"，何地又是"北方"，中国人自有一套古往今来的约定俗成。细究起来，中国的南与北各自包含着特定的文化意义。许倬云讲历史，说夏商周时整个中国是一个天下。既是天之下，又何来边境、界线呢？有的只能是由近及远、逐渐淡化的中央政治、文化影响力。中原，是为中央政权的基地，而又以同心圆的方式扩散其势力于各处，这便只有远近内外，无论南北东西。分南北这一格局，大抵应以"永嘉南渡"为标志事件。西晋永嘉年间，八王祸乱，匈奴、鲜卑、羌、北部夷狄入中原，古代中国所说的南、北，大概是中原一代为北，长江流域以南为南。自永嘉年间，汉族士族南渡为起点，开始了有两个文化中心的历史。文化上，北方奉中原文化为圭臬，南方则以江南文化为翘楚。然而，如今中国的"南方"文学，不仅有浙江、江苏这样的传统文学大省，还有经济崛起后的广东、福建等地区，那里的文学正伴随着社会发展而萌兴，特别是八九十年代台港严肃文学、电影、通俗小说进入中国大陆，深刻影响了大陆的文化发展。比邻而居的粤闽两地，或多或少有领风气之先的意思，它们的发展也逐步突破了江南作为南方主要代表的文化格局。另外，云南、贵州、广西等西南各地，这些地区的开放和人口徙入都发生在近古时期，古人所说的"南"，地域逼仄狭窄，大抵不会包括这里。清代中晚期，在这里的汉族农耕文明与山地原住民族文明融合，呈现出描写边地、民族、晚发现代性等差异性文学风貌。也许，今天中国文学如果要展开一场南北文学的对话，需要有更多的因素和参数加入进来，我只能强为其难地尝试一下。谢谢各位。

李蔚超：您心里是否认定自己是北 / 南方人、是一位北 / 南方作家？

贾平凹：从来没有想过这问题，只觉得自己是中国作家，用汉语写作。经你这么一问，我经常在西北，那就是北方人，北方作家了。

刘庆邦：北方人，北方作家。

李敬泽：我没想过这个问题。在我的认同系统里，并没有南或北这样的方位。现在，如果一定要我选择，我会觉得人生之幸福是终老南方。

你梳理了一下南北之别的历史渊源，我想，这里还有一个非常重要的因素，就是中国革命和社会主义经验的塑造性影响。国民党，那基本上是一个南方政权，他们的兴起之地在广东，然后北伐。共产党大部分是南方人，但他们有深刻的北方经验，从陕北东进、南下，席卷全国。从这里隐然可以看出中国历史的一个大节奏。建国以后，集中统一的政治动员体制和计划经济体制有一个深远的后果，打破数千年根深蒂固的地方意识和地域认同。在清朝，特别是1840年以前，一个人对我是中国人没多大感觉，但他必定牢记我是江苏人或山西人,这是他的身份意识中非常重要的环节。共和国完成了这个意识的现代重构,你可能不太在意自己是哪个地方的人,但你一定清晰地意识到,我是中国人。在一开始,主要是国家现代化建设的战略考量,比如支援边疆、支援内地、支援三线建设,包括大学生的统一分配,都是国家在全国范围内配置人力资源。但它的文化后果非常深远。比如我自己,我父亲是山西人,我母亲是河北人,他们在北京上大学,毕业分配到当时的河北省会天津,我在那儿出生,然后,河北省会开始乱转,先到保定,又到石家庄,我们家也跟着转,我自己十几岁又到北京上大学,然后留在北京到现在,父母后来也调到北京。那么你说我是哪儿的人呢?身份证上写着山西芮城,我们西周春秋时也是一国,叫芮国,不过它对我来说也就是地名而已。

我说这些的意思是,在地方、南北这些问题上,不能忽略共和国的社会主义经验的塑造性影响。共和国七十年,中国人的身份认同完成了现代建构,那就是我首先是中国人。至于是中国哪个地方的人,那就因人而异,但人们很少提到的是,人力资源的全国性统一调配,造就了一批没有什么地方认同的人,比如我。中国作家特别爱谈故乡,我就很惭愧很自卑,没什么故乡可谈,我是现代羁旅之人,我之所在便是故乡。这个进程在改革开放后没有停止,相反获得了更大的速度和规模,现在配置人力的主要不是计划,是市场,人口大规模迁徙,农民工第一代还很在意他是哪里人,二代三代呢?恐怕也就和我差不多了。

杜学文:如果仅仅从出生、工作的角度来看,我肯定是一个典型的北方人。直至今天,我仍然生活在太原这个北方城市里,从来没有在南方的任何一个地方生活过半年以上。但是,在创作的时候,我不会强调说自己是一个北方人,必须要写出与南方人不同的作品。尽管在主观上并没有刻意强调自己的地域身份,甚至也不会意识到这种地域区别,但在潜意识中,肯定会有很多北方的因素影响自己的写作。如果不是这种强调南北地域的提问，我应该会回答我是一个从事批评的中国人。

胡性能：是的。我是一位南方作家，确切说，是云南作家。

朱文颖：我出生在上海，大部分时间生活在苏州。我不知道认定一个人是北方人或者南方人，是以出生地为根据，还是生活的地方为依据，或者源于心理感受？这第一个问题就非常有意思。因为问题本身已经确认了可能性、边界以及拓展和想象的余地。在这里，如果最终一定要给出一个确定的答案，那就是：我出生以及成长在南方，性格上我认为自己南北兼容；我不希望自己仅仅被认为是南方作家，我也不认为自己仅仅是南方作家，但在我的作品里，一定会有着南方的血脉和烙印……我不知道有没有说清楚我要表达的意思。

李浩：我个人，对地域没有特别的强调，但从不否认地域对自己的写作有着潜在而深刻的影响。有批评家谈到"所谓个性本质上即是地域性"——虽然这句话里有它强大的片面，但其合理性、概括性和针对性也不可忽略。地域的环境、人文、历史及诸多因素都会对个人和个人审美构成丝丝缕缕的影响，直至影响到性格的养成。从这点上，我承认自己是一个北方作家，但同时也觉得自己骨血里有一个"南方"的存在。我甚至希望自己是南方人。

梁鸿：是的，我当然是北方人。虽然我长大之后我才发现我的老家其实更接近湖北，也几乎属于当年楚国的中心，但是，就我的童年体验而言，我一直觉得黄土漫天、落后闭塞，是一种被围困的内陆之感。

斯继东：我是个南方人，这个我得认领。我希望别人称我作家，或者具体点——小说家，而不是男作家、"70后"作家，或者南方作家。如果您读了我的小说，得出结论——斯继东是一个南方作家，那我也没法反驳。

弋舟：这个问题于我，可能意义更特殊一些。我祖籍江苏无锡，江浙之地，大约是典型意义上的"南方"，而且，这个祖籍，也并非三代之前的归属，我的父亲迄今仍是一口乡音。可是，我却出生在西安这座大约是典型意义上的"北方"城市，生于斯，长于斯，不认领一个"北方人"的标签，似乎都说不过去。在很大程度上，自小我就有着"南方人"的自我认定，这里面确乎有着某种略显矫情的孩童般的"优越感"，"南方胜于北方"的想象，至少在现代以来，的确是我们文化的一个特殊现象。然而时至今日，让我再做这样一个身份的认定，实在是很难决断了。如果非要有个答案，我倾向于自己的写作气质也许更"南方"一些？——这里没有文化的优劣，只关乎个人禀赋吧。

黄咏梅：我是不折不扣的南方人，同样在写作中我也认为我是南方作家。

陈崇正：这个还是比较清晰的，我是南方人，也是南方作家。我二十多岁才到过北方，那时候第一次见识北方冬天的寒冷，就如走在冰箱里的。那天晚上我在外面走了很久，街上并没有雪，但我还是走得很兴奋。不但没有雪，北方冬天晚上街上基本就没有人了，同样钟点南方的夜宵摊才刚摆开，夜生活才刚开始。说来惭愧，看见真正的雪花从天上飘下来，那是不久前在鲁院的事了。

石一枫：出生和生活都在北京，肯定觉得自己是北方人。

李德南：我心里默默列了一些指标：个性、出生地、语言风格、生活习惯、写作习惯，等等。就这些指标而言，我是南方人，也是一位南方作家。

傅逸尘：我祖籍山东平度，属于胶东；我生长在辽宁鞍山，东北人，肯定算是北方作家吧。

陶丽群：我是广西人，广西位于中国西南部，不知道侧重的是西还是南，我更倾向于自己是个南方人，南方水草丰茂，我喜欢。

李蔚超：在写作中，地域文化是否会影响和形塑你的情感结构？若有，你能否意识到这种影响？

胡性能：地域文化不仅会对作家的创作产生影响，而且这种影响是持续终生的。作为南方作家，我意识到了这种影响，却并不想做出改变，相反，我在写作中，有意识地强化这种影响。

李浩：是的，有。个人的情感结构会非常显著地受到地域文化的影响，最初的时候可能仅是想着"融入"，后来那种地域共性的成分便成了内需，成为了潜意识中的一个难以剔除的组成。另外，我觉得个人的身份、位置的变化也会影响到情感结构，知识的变化和积累也会构成影响，而自己"想成为的那个样子"同样构成影响。影响，从来都是复杂而综合的。

李德南：影响是有的，但我无法确证这影响有多大以及有多直接。

斯继东：不会。我觉得两者毫无关联。情感是全人类共通的，人性千古不易，这也正是文学，或者说人类所有精神活动存活的理由。

黄咏梅：从个人的体会来说，是会影响的。我是南方人，感情偏于委婉、含蓄，不习惯直白，欲言却止、影影绰绰的情感感受于我而言，更丰富。生活和写作都如此。

李敬泽：我前边说了，我没什么地域认同，也许天津、河北、北京、山西会影响我，比如爱吃面条，这就很山西，但我并没有把这种影响内化为一种意识。

贾平凹：影响是肯定的。生在哪里，就决定了你。我所写的都是我所熟悉的，商洛、秦岭、西安、陕西，这里的山水自然，历史人文，它构成了我作品的内容、审美，以及语言。除了文学作品，自己业余时间爱好的书法绘画，也是这样。

弋舟：一个作家，除了禀赋，当然深受所在环境的深刻影响。我们得承认，广袤的中国大地，的确派生着诸多迥异的文化特质，身在文化之中的人，总是或多或少要被"化"掉一些的。这种影响对我而言，也许是一件好事，如果说，我的禀赋密码般地归于南方，那么肉身所在，于北方栉风沐雨，南橘北枳，或许能让我有些"杂交"的优势。

梁鸿：我觉得应该会的。所谓的地域文化其实是你的日常生活带给你的无意识。譬如说，相对而言，尤其是70年代以前出生的作家（一种更严谨的表达），北方作家更关注大地、生存，这一定与作家本人的生活状况有关，就好像北方人还没有脱离人最基本的需求，即生存，而南方作家，则可以在精神的王国游荡，可以游于艺。另外，就总体倾向而言，南方因为沿海，一直有向外走的习俗，灵活、变动，吸收新生事物能力强，而北方内陆，因为地域的原因，确实相对封闭，文化上相对趋于要求稳定性。但我觉得，随着时代的变迁和全球化时代的到来，这一区分及因地域文化不同而产生的情感结构的不同会淡化很多。

朱文颖：会有影响和塑形。比如说，长期生活成长在江南，那种细腻、优美、婉约甚至颓废的调调已经深入骨髓；再比如说，早期的时候我写过一个叫《浮生》的小说，我觉得"浮生"这两个字的感觉和寓意，就如同某种潜意识，它顽强地影响着我的一些创作过程。有时候它是美妙迷人的，"在光明与黑暗、悲凉与欣悦的不断交织中，时光流逝了。就像与生命打一次仗，高手过招，兵不血刃。"这种姿态是向后退的，大抵也是苏州的姿态，有某种东方的智慧在里面……然而……真正的问题往往就在然而之后，这种向后退的姿态在小说创作中常常会形成致命的遗憾，临门那一脚，有时候需要一种饿狼扑食般的忘却美感、仪式，甚至智慧，直扑本质……

刘庆邦：地域文化对一个作家的成长有着决定性的作用。如一个人不可改变梦境一样，一个人不可能改变自己的地域，我一旦做梦，就离不开我的老家——中原腹地，豫东大平原。

傅逸尘：我的家乡鞍山是一座以重工业为主的城市，样貌和大多数北方城市差不多。尤其是冬天下雪时，整座城都笼罩在灰冷、晦暗的色调下。之所以说东北的城市都差不多，不仅是指城市建设的风格和样貌，更是因为大体相似的地域文化。从语言、饮食、民俗、老百姓的生活习惯，到城市阶层的划分、经济发展的状况都大体相似。所以，辽宁人也被泛称为"东北人"。尽管我十八岁就离开家乡，来到北京学习、工作，但是这种来自东北的地域根性始终没有淡化。举个例子，无论足球还是篮球，当北京队与辽宁队比赛时，我还是难以自抑地会支持辽宁队。这种对家乡的强烈的情感、认同感和归属感也或多或少影响了我的文学观念和审美趣味。我喜欢那种辽阔、宏大、苍茫甚或寂寥、冷硬的文学质地，喜欢带有机械和金属质感的东西。哪怕是写文章时，也时常会用到诸如强悍、雄健、伟岸、崇高、英雄、壮丽，甚或悲情、牺牲、铁血等等这一链路的语言。那种机器轰鸣、钢花飞溅、铁水奔流的场景在我的儿时记忆里深刻、牢固，那种工人的豪迈、粗犷、世俗、长情的性格，也让我无法割舍。

陈崇正：我来自潮汕平原，潮汕人认为只有讲潮汕话的才是南方人，不然就都属于北方，包括海南岛。地域文化必然影响思维模式，从而影响情感结构。至于什么样的影响，这是个复杂的问题，我自己也说不清楚。比如婚恋观念，我们处在半封建半现代之间，既有根性上的牵系，也有挣脱所带来的撕裂。再比如我的父母那一代人，他们的价值坐标依然是在故乡的亲情网络中，而对我们这一代而言，我们的亲情价值坐标就是破碎的，分身而折叠，甚至要细分到不同社交网络上。

石一枫：说不上塑造，影响肯定是有。在一个地方待惯了，这儿的气息肯定会深入意识之中。不过说实在的，也不觉得这种影响是多么本质性的，远到不了搁一帮外地人里就觉得自己有多特殊的地步。

陶丽群：影响肯定有，但我无法确定这种影响有多深刻。

杜学文：这是肯定的。只是因为我们习以为常，一般感觉不到，而且常常会把自己生活的地域文化特征视为一种具有普泛意义的东西。比如我的故乡在太行山深处，黄土覆地，沟壑纵横。因而也往往会认为，别人也生活在这样的环境中。北方的自然环境与南方有很大的不同。最典型的就是，这里四季分明，而南方很多地方则是四季如春。多年前大概是一个初冬的季节，去长沙开会。会议结束后乘火车返回太原。沿途的景观随着火车向北行进，逐渐变化。先是南方的绿，绿得不像样子，根本没有冬天的感觉。然后这种绿渐渐淡下来，有了黄。但仍然是很茂盛的样子。再之后，植物稀少，花叶凋零，黄土裸露，呈现出来的是一种暗黑。随着景物的变化，人的心情也在变。先是水汪汪的，生意盎然；然后这种水汪汪的感觉就会逐渐变小，最后，回到我的北方，心就会硬起来。因为你要面对凛冽的寒风，零下几十度的严冬。你推开门就会有狂风刮进来。你的心如果还是水汪汪的，肯定会被冻坏的。这种源于自然环境的影响当然会在写作的时候不自觉地体现出来。你会无意识地喜欢那些铁板铜琶式的东西。与这种自然环境相应的是地域文化中那些具有生命力的东西。如果你从小就听的是杨门女将的故事，是薛仁贵东征，是关公过五关斩六将，是走西口这样的故事，你身边的人，可能就是杨家的后人，是一个抗战时期杀敌英雄的侄儿，一个同学的叔叔据说就是电影《南征北战》中高营长的原型，你能说这些不影响你的情感吗？这是肯定的。但是在写作的时候，你不会意识到这些，它是一种潜意识的影响。你会在不自觉中认为自己应该就是这样的，而且会把这种情感状态放大，认为所有的人都应该是这样的。

李蔚超：您认为，地方方言是否会影响作家的叙述？大概是怎样影响的呢？

李敬泽：当然会影响。大家都用普通话写作，如果一个作家是有方言的，你用作家本人的方言读一下，你马上知道他内在的声调和表情根植于方言。好的作家会把这个变为有力的风格要素。我记得有一次让人读《秦腔》，一下子神采焕发。你如果熟悉兴化话，你就知道毕飞宇的语言是兴化普通话。刘震云的普通话很好，但你如果认识另外的延津人，你马上就知道刘的声调是延津声调。现代以来中国作家的一个内在艺术问题是和他的地方口音搏斗，一方面他努力消除口音，他必须用普通话，用"正音"；另一方面，他不由自主地携带着口音，或者像老贾那样，有意夹带私货，偷运他的口音。当然，长时段来看，这大概也是一个历史过程，我们很可能会逐渐迎来没有地方口音的文学时代，"70后""80后""90后"有口音的就越来越少，我自己也没有地方口音。

贾平凹：什么人说什么话，其说话的结构方式、节奏、口气都不一样的。方言可以准确地表达所写的人和事，尤其是在情绪上。一般性的方言或者别人很难听懂、文字上也很难看懂的方言我是不用的。但陕西方言有相当部分是上古语言遗落在民间的，把它记录下来，反倒很雅，别人能看得懂或明白意思的，我才用，甚至乐意用。比如，普通话说：把孩子抱上。陕西方言里说：把娃携好。普通话说：滚蛋！陕西方言里说：避远！

另外，我喜欢用洞察和拆解成语，经常被别人误以为我写的是方言。

黄咏梅：多少都会的。早期我的写作尤其明显，甚至影响整个小说的叙述腔调。在粤语里有一些倒置顺序的句法，诸如"我走先啦"，以前用得多，发表出来时都被编辑改为"我先走啦"。又比如"这是什么来的？"往往会被改成"这是什么东西？"……很多类似的，多数编辑觉得很拗口，不通顺，会直接改过来，我自己觉得在某些对话语境中，味道变了。

刘庆邦：中原作家在语言上有很大的优势，继承了中原悠久传统文化的中原地区的方言中，很多古代汉语的词汇还在使用，比如"始作俑"这个词在今天汉语里是书面语，但是在我老家，"作俑"就是方言口语，老百姓都在用。再比如，说这个人没本事，就说"菜菇苔"，也是古语里来的。从这一点来说，大中原作家包括河南、河北、山东、安徽，语言上有优势，更有历史感。

陈崇正：在我看来，潮汕方言大概是中国最复杂难懂的汉语方言了，有八个音调。我从小是听着潮汕话的评书长大的，我们那边管这种评书叫"讲古"。后来我才慢慢明白，我对语言婉转之美的感受力，跟我从小这种潜移默化的听觉训练有关。潮州话里面有很多非常漂亮而生动的表述，只可意会不可言传。

弋舟：一定是会的。不是吗，文学是语言的艺术，作为基本的材料，使用不同的腔调，怎么会不对叙述带来影响？何况，这种腔调的背后，挟着各自悠久而强悍的文化基因。这种影响自现代以来突然变得更为显著。白话文运动让口语登堂入室，这在一定程度上，可能陡然放大了南北精神的差异，尤其在文学创作上，不同语境的作家，南腔北调，说着说着，各自的精神自觉都会逐渐地凸显。好在书同文、车同轨，又是我们根本性的大一统传统，不至于让我们鸡同鸭讲，完全各说各话。事实上，我是比较反对过度地让方言进入写作的，至少，我在鲁迅那里，读不出"绍兴腔"。我很难说，过度地依赖自己的原始腔调，究竟是自信还是不自信，究竟是文化忠诚还是文化投机。

胡性能：地方方言肯定会对作家的叙述产生影响。很多时候，我们是用方言来思维，即使是变成文字，为了传播的需要，改用"普通话"写作，地方作家的文字里，也有擦不干净的方言指纹。

李浩：我个人的写作，更倾向于书面语，而且多少受江南作家和翻译作品的影响。方言，在我的写作中是受控的和克制的，但偶尔也会使用，尤其是在凸显生活的某种质感的时候。方言，如果用得好，会让小说更有生活气息，更有差异、陌生和灵活性。但我对它的使用一直警惕，我希望我的语言能有审美、独特、丰富的新意，更需要不和我生活在同一地域的人能懂、能体会得到。

李德南： 对有的作家来说会是如此。方言中隐含着独特的智慧和趣味，若是能善加利用，对作家的叙述会有助益，也有助于作家个人风格的形成。在京派和海派作家中，这样的例子可举出很多。我本人没有这种尝试，因为我所偏爱的写作题材并无明显的地域色彩。我之前主要说粤语，因此有一段时间，不管是说话还是写作，都会有一个把粤语"翻译"成普通话的过程。现在，不管是写作还是说话，这个转换的过程开始变得隐蔽，我也几乎意识不到它的存在。

杜学文： 地方方言肯定会影响作家的叙述。今天的写作者已经不太会使用方言了。我以为这是很可惜的，甚至是很可怕的。出现这一原因，首先是因为人们接受教育的程度高了。大家在学校都要学习说普通话。这也会表现在写作中。还有一个很重要的原因是人们的流动性高了。天南地北的人相遇，如果大家都说方言，就没有办法交流。所以大家都尽量说普通话。这就出现了许多带有地方口音的普通话，所谓的"川普""广普""晋普"等等。而方言的使用范围，特别是有效使用范围大大地缩小了。虽然从方便的角度来看，普通话的普及确实具有非常积极的意义。但是从语言的生动准确与活力来看，我们还是要承认、重视方言。老舍先生说过大概这样的话，他说普通话表达不出北京话的生动来。就是说许多被普通话"统一"起来的表达方式难以表现北京话作为一种方言存在的准确性、生动性。比如北京话形容一个人没有生气，没有能力，会说这个人"肉"。你要问什么是"肉"，他告诉你"肉"就是"菜"。什么是"菜"？他说"菜"就是"面"。你可以意会其中的意思，但这种生动性是难以用普通话来表现的。老一辈作家包括老舍、赵树理等人，非常善于使用方言，这使他们的描写表现出非同一般的生动、情趣。山西的作家中，很多人都继承了这种表现手法。比如最近张石山有一部长篇小说《清明无战事》，就充满了这种极为生动的描写。写村民被鬼子打了，说"看看，红伤黑疤的，叫鬼子打成个啥样儿？"这当然比用打伤了、打坏了，打得厉害、够呛什么的都更生动。除了这种叙述的生动准确外，还有一个更重要的方面就是刻画人物的性格，方言的使用也具有积极的作用。它可以更准确地表现出不同人物的不同个性。如《小二黑结婚》中的三仙姑与二诸葛就是极为典型的例子。而人物性格往往会决定情节的走向。

石一枫：肯定会。我的写作语言和口语基本上是一致的，说的是北京话，写作用的也就是北京话。这也是被普通话作为基础的"北方方言"地区的作家的特权，南方作家可能就会经过一道翻译的过程。不过这事儿有利有弊，不用口语写作的人文字上反而会更雕琢更讲究一些，不像我们，往往在习焉不察之间文字就糙了。另外多说一句，我说的北京话也不是多么正宗的老北京话，而是所谓的大院儿北京话，是建国以后形成的一个变体，只不过王朔那代大院儿出来的作家开宗立派了，我们也就跟着理直气壮起来，恍惚以为这就是真正的北京方言。

朱文颖：我这几天在宁波参加一个"中国－中东欧国家文学论坛"，人们在形容苏州方言的时候，有这么一个比喻——"宁可和苏州人吵架，也不和宁波人说话。"大抵是说苏州方言绵软细致，即便吵架时也不是那样让人不能接受。而宁波话语气语调都坚硬有力，即便说话细微处总有冲人的感觉。中国作家大致用普通话进行叙述，但也有部分作家尝试把方言植入小说的叙事语言，比如贾平凹的《秦腔》，比如金宇澄的《繁花》，这种植入改变了叙述的节奏、舒缓度，进而改变作品的结构和框架。这种尝试是极其有意义的。

傅逸尘：对作家一定会有影响，尤其是书写地方生活时。事实上，方言的影响不仅仅局限于日常的口语表达，它牵涉到此时此地人们的思维方式、性格、审美、格调、趣味等等精神性的存在，给人印象最直接的就是东北人的幽默感，其中，东北话里自带的喜感发挥了直接的作用。但是对批评家来说，方言的影响相对弱一些。尤其是，现在的批评家大都是学院派的，是高校文学教育这套生产机制加工出来的产品，写文章无论是行文还是用词，都是大体相似的。不过，我倒是期待能够看到哪个批评家，写文章大量用到方言，估计会很有趣。（笑）

斯继东： 当然会。方言不仅仅是字和音，字会带词、词组，然后是句子和语法，最终是语气、表达方式和腔调。而说话的"腔调"不就是我们小说中的"叙述"吗？我个人对方言写作颇感兴趣。我 2018 年的短篇《禁指》就大规模地使用了越地方言。这中间潜伏着诸多的可能性，当然风险也是不言而喻的。

李蔚超： 各地节气、风物、习俗的不同是否会影响作家的写作？能否具体谈谈自己的经验？

刘庆邦： 这些是作家取材的对象。中国节气的制定是根据中原的自然变化来定的，也就在中原地区体现得最清楚。中原以南以北都没有那么分明。每年节气一到，中原人即刻有感觉，也就对自然变化更加敏感。民俗方面也是。我写了十几个"民俗系列"的小说，我的小说《鞋》写的就是未嫁姑娘给爱人做鞋子，这本来是一种中原地区的民俗，日子久了，保留下来，就像一幅风景画，具有了审美性，以及经历了历史沧桑的仪式感。挖掘民俗文化的艺术性，是我创作小说的重要题材。

贾平凹： 地理不同，气候就不同，地理、气候，形成了各自的风物、习俗，形成了人的性格、观念、思维方式和趣味。这一切都影响了作家写作。就拿陕西来说，陕西分陕南、关中、陕西，三个地区的作家作品风格明显不同。再以我来讲，我故乡商洛是秦、楚交混地，我的性情上、作品风格上既有秦的东西又有楚的东西，这一点不是故意为之，而是不经意地就显现出来了。

黄咏梅： 日常生活就包括了作家所生活的地域、环境、文化，没有办法分割的。举个例子，相比杭州来说，广州四季不够分明，长期潮湿炎热，热带那种黏腻气息在我的市井描写里很突出，而到了杭州之后，我开始不自觉地写四季，在多篇小说里写到那种凛冽的下雪天。又比方说，现在我只在写回忆的时候会写到茶楼饮茶，写当下就不会细致地去写这些广东的生活习惯，就是觉得氛围不对。这当然只是很浅层的变化，但直接反映了环境进入写作时的差异，这种外部描写会直接影响作品的整体呈现。

傅逸尘：我觉得一定会有影响，而且这种影响对创作而言越独特、越深刻越好。举一个我比较熟悉的作家的例子吧，王凯，他军校毕业后就在巴丹吉林沙漠深处的某试验基地工作，他小说中的故事大都发生在那个"无物之阵"中。我们时常会把沙漠想象得浪漫唯美，但是当真在其中生活，是非常残酷的生命经验。军营的小环境原本就是封闭、严肃、紧张、冷硬的。广袤的沙漠戈壁围绕其外，这个大环境又是气候恶劣、植被稀少、人迹罕至的。

在军旅作家王凯的小说中，我们不仅能读到对沙漠天气、风物及环境的精确、优美的描写，还能清楚地看到人物的外貌、行动、言谈和性格，连同他们微妙复杂的内心世界也同样精确而清晰地呈现在我们面前。沙漠，以其艰苦卓绝、荒无人烟的特征，作为与生命力相对立的一种自然景象而存在；但由于责任与使命的要求，军人必须驻扎于此，以鲜活的生命、强大的精神与充沛的情感去抵御沙漠的吞噬。两者之间既对抗又相互依存的关系，很容易造就观念上的荒诞感。

因此，他的小说内在气质里便有着深重黏稠的质疑和悲悯，是那种深植于大漠的粗犷和苍凉。灰蓝色的沙漠，暗绿色的军营，王凯小说的背景大都是冷色调的，灰暗中闪耀着金属的光泽。荒芜恶劣的自然环境对于王凯的青春而言构成了压迫性的"存在"。沙漠既是王凯小说的外部环境，也是核心意象，更勾连着辽远而宽广的外部世界。沙漠如海般壮阔，而人物的命运就如同巴丹吉林沙漠深处的弱水，蜿蜒流过干渴、粗粝的河床。坚韧和严酷、逼仄和辽阔，诸多反义词构成的沙漠被文学化之后，显得尤为意味深长。

陈崇正：中元节是鬼节，但在潮州，中元节是拜祭祖宗的大节日，真正的鬼节是中元节的前一天，叫"普渡"，是拜祭游魂野鬼的节日。家家户户都会准备用纸做的衣服，叫"孤衣"，带上祭品，到桥头溪边去拜祭野鬼。祭品中包括很多复杂的样式，拜祭之前都不可能先尝，据说如果提前吃了会肚子痛，我胆子小，没试过。还有另一个鬼节是农历六月初六，那天晚上是鬼魂过桥的日子，大家都会早早关门，只怕不小心被鬼魂抓去挑西瓜。哦，对了，如果那天走亲访友相互串门，谁敢将西瓜作为礼物送过来，那估计要结下梁子。潮汕的神仙多，鬼也多，多数人生活在一个有神的世界里，认为这个世界存在天地人的分层模式，这些都对我产生影响。

石一枫：客观地说对我的影响不大，上面说的那些因素可能都是农业社会的产物吧，而我的生活经验基本上就是现代城市的，全国的城市甚至全世界的城市其实又都高度雷同，所以我不觉得自己常年混迹的地方给我带来了多么独特的民俗学资源。所谓胡同里的北京生活我也根本没过过，面对朱门只剩下眼馋的份儿。

李德南：节气、风物、习俗，往往是一个地方的独特所在。它和方言的作用类似，共同构成一个地方性的世界。如果把这些因素从沈从文、汪曾祺这一类的作家中抽离了，他们的作品会黯淡很多。

弋舟：一定是会的。在这个意义上，作家完全可以被定义为植物，没有哪株植物会逃脱雨露对自己的限定。譬如，同为秋分，北方已一片萧索，而南方却夏意未去，这种基本的物理性差异，给予我的写作心境必定截然不同，那种整体性的情绪，转化在具体的书写中，我很难想象自己会无动于衷。

斯继东：其实作家也是节气、风物和习俗的产物。2017年我写过一个叫《逆位》的小说。原型是读鲁院"回炉班"时听山西作家杨遥讲的，但是，我把故事放到了南方某个跟我青春记忆有关的城市里。我必须得把人物放置在我熟悉的节气、风物和习俗之中。否则，我作为小说家的叙述的自信从何而来？也有故事是没法移植的，怎么办？那就只能识趣地放弃。年轻时不知天高地厚，以为自己什么都能写，什么都不是问题，那是狂妄。

李浩：影响一个作家的因素从来都是综合的。你所读到的影响一一存在。说实话我很希望我的写作能有某种的"南方性"，像余华、苏童，像东君，文字里有那种湿润的水意、那种流水的曲婉之声，我承认自己反复地模仿过他们并致力做得更形似一些——然而，我心向往之却始终不能迈至。我也希望自己能像雷平阳，那种地域性的旷迈、苍凉和命运外凸的骨骼在写作中得到呈现，同样是心向往之却不能迈至。我不太愿意强调自己的北方性，自己的已有，而愿意尽可能地学习未有，让未有的也成为自己的一部分。王国维《人间词话》里也比较过南北的不同，他认为，迈至极致，必须融会南北双方的优长。写作也是如此。

节气、风物、习俗——它构成每个作家"虚构世界"的坚实基石，是一个作家的背后依撑。如果在十几年前问我，我可能会说它对写作的影响不大。但，在我完成第一部长篇《如归旅店》的时候，我就意识到自己的错误，那样的想法是错的。阿拉伯人的书中可以一句也不提到骆驼，然而骆驼的脚步声却在每一页纸上缓慢地穿行。

朱文颖：我从来没有办法在南方的夏天写作。夏天闷热潮湿，特别是夏末秋初的那段时间，中医里称之为苦夏。是一年中湿热最盛的季节。气温一低人便清醒，干燥也让人警醒。身体直接影响着思维。有时候我会想，这或许是对于"身体写作"的另一种解释。

胡性能：节气、风物和习俗，都是地域文化的一个部分。它们甚至都是作家想象的依托。通常，作家愿意把故事放在一个自己熟悉的文化环境里展开。这些熟悉的节气、风物和习俗，既可能是故事产生的土壤，又可能成为文本的"肉身"。

陶丽群：会影响。节气、风物、习俗，在创作的意义上，属于作品的环境背景，文学作品怎么可能避开环境背景。我大多数的作品中，总有丰沛的草木、热烈湿润的阳光、别具特色的食物以及民风古朴的小镇，并不是刻意为之，它们在你下笔时自然而来，无法回避。

自然环境的不同和物质生活的差异导致作品色彩美学倾向不同，实际上，政治环境的差异会导致作家作品主题的巨大差异。北方作家作品中有不自觉的家国同构意识，而南方作家则一直是个人生命体验占据重要的位置。他们对个人情感和生命的遭遇关注得要多，而外部环境，尤其是社会政治，较少成为他们思考的起点。但并不是一成不变的，政治文化环境的变化也在不停地改变着文学的面貌。当中原河南作为帝王的首都时，如唐代古都洛阳和宋代朝都开封时，也曾产生过细腻、典雅而又充满着雍容之气的艺术，开朗、富足、充满活力的生活流露其中，我们从唐代壁画那圆润、自信的线条便可感受出这一点，从白居易《长恨歌》那缠绵多情的基调也可略感一二，但是整个唐朝是豪放的，杜甫的诗只可能出现在北方，在他的诗国有一种时时存在的"家国同构"结构，这是北方文人自然的胸怀和气质，是久居中原之地文人的一种霸气，它的文学和南方做帝都时的文学截然不同；北宋时期的《东京梦华录》中描述市民生活的"丰富、从容"，繁复的色调和优裕的光华，对日常生活的玩味，勾栏瓦肆，说书斗鸡，有一种让人沉进去的温柔之感和颓败之气，这是一个繁荣帝国所特有的气息。

从整体意义而言，以上的分析有一定的学理性。但是，当真的把作家放在"声色气味"的地域背景中考察，尤其是，当你在真实的地域行走、观察、体验之后，当一个物质的地域中国呈现在面前的时候，才发现，用"南方、北方"这样的字眼来对地域文化、文学特征进行区分只能是一个较为笼统的概念，也许只适合属于典型的南方、北方省份，比如江浙、河南这样的地方，而对于像四川这样具有鲜明地域文化特征的地方，这一划分会掩盖了许多细节的但却也是本质的不同。

那一年秋天和朋友一起，绕了大半个中国，从中原腹地河南开始，到广州、海南，其间经过广西、湖南等地，然后，又到四川、西藏。对于南方，最大的感觉是太干净了，习惯了北方的风沙、灰尘，觉得南方干净得不近人情，但是，那清晰深刻的阳光与阴影、突然而至的骤雨、南方的潮湿的酷热却也使人能够更真切地体会到南方作家作品中的诸多气息。而感受最深的却是巴蜀之地——四川。

只有到了真正意义的蜀地之后，才能够参悟川籍作家作品中所隐藏着的神秘符码。

这是一种典型的盆地文化生态。川地的秀丽与明媚自不必说，它的边远与险峻之态更造就了巴蜀文化的基本形态。因其自在的封闭之态，所以才有巴金笔下的大家族那沉重压抑的生活——那种充满原型化的家族是最典型的中国封建家庭的生态图，才有沙汀笔下《其香居茶馆》中的众生相；但也因为自在，才有如今的安然与从容。在日益浮躁、紧张的现代化都市生活的背景下，川地犹如世外桃源，行走在时间之外，虽然有许多新生事物的侵蚀进入，但是，其步伐仍然没有紊乱，街边竹凳竹椅，谈天说地，喝茶斗牌，浑然不觉日已昏黄，温润的阳光，灰色的天空，美味的食物，靓丽的女性，无不充满着使人想无限地沉下去的醉感；也因其自在之态，川地盛产独异的才子才女。郭沫若、巴金、沙汀、周文、翟永明等都是典型的代表，在这样险峻而秀丽、封闭而广阔的自然环境中，人以自然的性情生活、成长并感受着事物。如巴金、艾芜这样的浪漫主义者，就好像从山野中走出的孩子，以一颗好奇的、单纯的心去感受世界，字里行间充满着新鲜的纯真与超越世俗之上的自然之光。北方的政治文化与南方的主情主义对他们来说都只是后天的熏染，在他们的骨子里，有着因与自然之间的和谐关系而天然的对自由的渴望。巴山蜀水，这是一个很容易滋生浪漫情怀的地方。边远但不边缘，避开了名利场的纷争，反而更能达到思想的沉淀与独立。我的一班生活在川地的同学朋友，平日教书写文，周末喝茶起社，游山玩水，韬光养晦，几年未见，一个个神色爽朗，清辉流泻，明净异常，也使我依稀感触到川地的净化功能。

在品尝了川地数目繁多、难以名状的美味之后，在迷失在重庆的浓雾之中的瞬间，川籍作家作品中另外一种气味突然被感觉出来。在第一个层面上，川籍作家作品中流露出无拘无束的浪漫与不谙世事的天真，但是，细细品味，却充满着厚实浓重的油烟味儿。那是诱人的、真切的人间烟火味儿，就像中午时分经过一家门口，从厨房里飘出来的是各种原料汇合的爆炒味儿，隐约能听到里面热烈的声音。人情世故，家长里短，或以短小精致见长，或长篇如史诗，人物、故事、风俗、掌故，都娓娓道来，不疾不徐，充满着一唱三叹的趣味与强烈的泼辣气质，或者，这与川地本身的生存状态一脉相通。麻辣的火锅，无数多的风味小吃，随处可见的清秀干练的女性，人对物质生活的热爱与创造在这里得到淋漓尽致的体现与发挥。如果说北方以单调、寥阔使人产生一种悲凉之感，南方以繁复、细密让人产生淡远的忧郁的话，那么，川地则以一种厚重的味觉和世俗的享受使人油然而生"沉沦"之心。这或许也是川地作家与广义的北方、南方作家微妙的不同之处。北方作家作品中没有吃的艺术，因为，吃只是吃，是温饱，是战斗，是奋斗的唯一目标，因此，北方作家一旦写到吃，有一股子狠劲，除了吃饱后的舒畅之外，似乎也找不到更多的能够传达北方作家乡情的地方了；南方作家作品中的吃是点心，是轻轻一拈的举动，吃本身并不重要，重要的是姿势、仪态与心境；但川地作家作品中的吃则是全方位的、实在的艺术与享受，是吃的过程，如川人之语，铿锵有力，但却回环往复，一波三折，也恰如坐在麻辣火锅的下风口，虽辛辣刺鼻，但却五味吃透，麻辣之中浸透着浓香，刚烈之中回旋着温柔。当看到一位优雅、美丽的川地女子，坐在热腾腾的火锅面前，一边说话聊天，一边用勺子耐心地替每一位朋友布菜、放料的时候，你会为她如此享受而莫名感动。如此从容、自在的享受，谁能说这不是生活的一种境界呢？或许生命在这其中也得到某种最大的尊重。

杜学文：对于评论来说，这些影响不大。但是评论也应该注意到它们对文本的影响，以及其中蕴含的文化意义。对于创作而言，这种影响还是很大的。如果作家不了解某一地域的习俗、风物，并在作品中表现出来，我以为不仅会失去地域特征，而且也将使作品的感染力削减。更主要的是，会使人物失去存在与活动的文化背景，进而成为一种"抽象"的人。以节气言，如果是一个农村生活的人，在某一节气来临的时候，就会考虑是不是应该播种、锄草、浇水，是不是应该收割等等。如果是一个从农村进入城市的人，虽然在城市里并不需要做这些工作，但他是不是会想到乡村的农人、劳作。比如赵树理在北京就会想到，村里的庄稼该浇水了，下雨对庄稼的生长很好之类的。而一直在城市生活的人就少有这些想法。因为他的知识体系与生活经历中没有这种东西。节气是农耕文化最主要的结晶。古谓"敬授民时"，就是要告诉农人，什么时令节气该做什么农活，以不误农时。

李蔚超：自古论到南北文学差异，素来有北音雄壮顿挫，南曲婉约精微之说。雄壮、顿挫、婉约、精微，都是含糊的形容词，我们只能大致意会领悟。您是否认为，在文学地理学的视角下，今天南、北方的文学仍有偏向某一方面的风格差异？

李敬泽：这个差异可能现在还是有，以后也还会有。不过我们谈这个问题的时候，恐怕要把它作为一个历史概念来理解。如你所说，这个南北之别里的南，主要是指江南，大致就是现在江苏、浙江、安徽、江西这一带。南北之别从魏晋开始谈，北大致没有动过，南却是不断扩展的，魏晋时连福建、广东还是蛮夷之地，到了现在，四川、云南也是南方。所以，这个"南北"之别是一种地理区分、一种风格区分，更是历史的、政治的、文化的区分。而现在，决定这个南北的政治历史因素已经基本不复存在，那么，我们在运用这个概念时，恐怕主要是从美学传统的角度，它既不是规范性的，也不一定是反映着实情。

李浩：会有，现在依然会有。它也许会时代地、坚固地一直含有下去。江南可以拓建大桥和大楼，但，那种梅雨时连绵的阴雨，以及这种连绵对人心绪的影响，是在北方无法复制性体会的；广州、福建每年几次的台风，在我生活的地域也无切身的感受。毫无疑问它会持续地影响人和人的感受，历史文化同样如此。

不过，时下南北人口流动的频繁，也会部分地消解南北差异，让南和北都有更多的兼容并包，这也是必然。哈，说不定哪一天我会成为一个江南作家或南方作家，谁让我这样向往南方呢。

梁鸿：当年写博士论文时，由于题目与区域文化有关，不自觉中，总会用对比的眼光去感受地域之间、地域文学之间的不同，这就发现，在小说领域，确有北方和南方的差别。作为一个地道的北方人，作为一个热爱创作的文学研究者，在研读南方小说时，我时常感到一种障碍，准确地说，这种障碍让我自卑。在南方小说家的作品中，有一种气质，不论我如何揣度、如何模仿，我永远无法超越。这一障碍即对物质、对日常生活、对人的内在情感和精神的丰富细微的描述，还有那种对文明的体会、对生命的自信从容和雍容的态度，北方作家不可能达到。其实，地域和由于地域而产生的自然环境、人文环境的差异会影响作家的文化心理结构和气质倾向，它们形成作家作品独特的色彩，气息和别具一格的精神气质，它来自于作家童年最初的记忆，来自于作家第一次看世界时进入视野的感觉。于是，属于北方和南方的不同气质也在小说中体现出来。

在阅读小说的过程中，我时时为两者色彩的不同而震惊、感叹。南方和北方的小说有着明显的色彩差别：繁复、绵密与单调、广阔（意象）；敏感、细腻与厚重、灰茫（对生活细节的体味）。南方文学常有梅雨季节的阴郁，潮湿、难耐的烦躁，清丽空灵的沉思，而北方则是一种忧郁和荒凉，它们的背景是阔大的，那种平原特有的孤寂、单调和阔大的忧郁；南方文学沉浸在"物"与"情"的喜悦中，在细雨中从容地铺开生命、生活的场景，日子是丰富、细密、缓慢而有意味的，北方文学里只有生活，"生活"已经够作家们忙碌的了，他们迷失在"生活"的海洋里，和作品中的人物一同争吵，打架，斗嘴，争权夺利，而对于生命本身，他们没有时间去体会，于是，北方出现了杨争光、刘震云、李佩甫、阎连科，而南方则有王安忆、叶兆言、余华、苏童、魏微等。

由色彩的差别而起，南方小说和北方小说有着明显的叙述差别和审美差别：前者是抒情的文学，带着一点贵族气息，带着许多美感，忧伤、喜悦，甚至暴虐，这些情绪都能产生出审美的空间，着重于表达情绪；后者则是叙事的文学，是实在化的，有着实在的目的和用途，忧伤和喜悦都是实实在在的，有着物质特性，与美感的关系不大，着重于结构故事；前者的审美在于表达了生命内在的冲突，后者的审美则更多地表达生命与外在环境的冲突和生成，一个是自我的，一个则时时显示着他人在自我世界中的意义。这使得两者的小说精神产生极大的差别。

北方，无论是河南，还是陕西，很难出现像张爱玲、苏青、沈从文那样的作家。自然环境的贫瘠和荒凉在本质上决定一个作家的思维背景和情感方式。重读当年苏青的《结婚十年》，对其中所描述的女性心灵的挣扎与辗转深切认同，但同时，更为迷恋的却似乎是她作品中那种密实、细腻的生活气息，穿衣吃饭，婚礼人情，庭院树木，无不透露出作者对物质的丰富感受和一种艺术化的情致，胡兰成在评价苏青时说，"苏青是宁波人。宁波人是热辣的，很少腐败的气氛，但也很少偏激走向革命。他们只是喜爱热闹的，丰富的，健康的生活。许多年前我到过宁波，得到的印象是，在那里有的是山珍海味，货物堆积如山，但不像上海；上海人容易给货物的洪流淹没，不然就变成玩世不恭者，宁波人可是有一种自信的满足。……她的热情与直率，就是张爱玲给她的作品的评语：'伟大的单纯'。……听她说话，往往没有得到什么启示，却是从她那里感染了现实生活的活力与热意，觉得人生是可以安排的，没有威吓，不阴暗，也不特别明亮，就是平平实实的。"

北方作家不可能有这样"平实""明亮""富足"的色调，不可能有张爱玲、苏青作品中的那种物质感，对物的细碎的喜悦、欣赏、品位，对旧式文明的咀嚼背后所隐藏的是从容、自信的贵族底蕴，可以把物质、把生活转化为艺术来欣赏。严酷的自然环境、低劣的文明条件、单调的北方乡村生活场景是大部分北方作家的童年记忆，没有所谓"文明"的物质环境，随时而至的战争、灾荒、饥饿不只是一个"惘惘的背景"，而是迫近于眼前需要解决的实际问题。没有热闹、踏实、富足的日常生活作为基础，他们所看到的是为基本的温饱而斗争、为一点点蝇头小利就争得死去活来的日常生活，他们的作品常常有一种绝望隐含在其中。南方作家也有绝望，但是是对生命的绝望，而北方作家多是对生活的绝望，他们还来不及把这绝望上升到生命的感受，这绝望是彻底的，有着彻骨的疼痛。因此，北方只可能出现徐玉诺的《一只破鞋》，师陀的《果园城记》。那果园城里的《城主》，威严的魁爷，在肮脏、布满灰尘的北方街道上背手而过，周围的妇女紧张地屏息着，又暗暗期待着能得到恩赐。北方作家不可能写出沈从文的《边城》，那明丽、自然、略带些哀愁的翠翠是只可能在南方温柔的河流边生活的。

张爱玲说，"我发觉许多作品里有力的成分。我不喜欢壮烈。我是喜欢悲壮，更喜欢苍凉。壮烈只有力，没有美，似乎缺少人性。悲壮则如大红大绿的配色，是一种强烈的对照。但它的刺激性还是大于启发性。苍凉之所以有更深长的回味，就因为它像葱绿配桃红，是一种参差的对照。"壮烈与悲壮"，这是一对并不相悖的词语，但因前者有了生命的断裂感而多了一丝决绝和牺牲，而喜悦着生命细微处之美的张爱玲本能地排斥这一名词；"悲壮""苍凉"则有体味、感受和留恋在内，是欲去还留的徘徊和回旋，因此，多了旋律和音乐，多了情感和"参差的对照"，这正是南方美学的基本特征。当代学者赵园在《北京：城与人》的后记中这样写道："我依然时时梦到乡村，而且总是北方灰黄的乡村：冬日黯淡的天幕下的平野与远村，沙岸间的清流细柳，被鞋底磨亮的乡间小道与杨树夹峙的笔直的公路。我疑心北方式的单调与荒凉已透入了我的肌肤、浸渍性情且构成了命运。"这种"北方式的单调与荒凉"也许并不是赵园一个人的感受，而是千百年来中国北方文人的感受，它不仅是一种自然色调，也奠定了作家审美的基础。斯达尔夫人在《论文学》中论及德国北方文学与南方文学时，说，"……北方各民族萦怀于心的不是逸乐而是痛苦，他们的想象却因而更加丰富。大自然的景象在他们身上起着强烈的作用。这个大自然，跟它在天气方面所表现的那样，总是阴霾而暗淡。当然，其他种种生活条件也可以使这种趋于忧郁的气质产生种种变化；然而只有这种气质带有民族精神的印记。南方的诗人不断把清新的空气、繁茂的树林、清澈的溪流这样一些形象和人的情操结合起来。……在南方，人们的兴趣更广，而思想的强烈程度却较逊；然而产生激情和意志的奇迹的，却正是对同一思想的专注。""北方的气质带有民族精神的印记"，也许这句话带有某种地域决定论的倾向，但对于一直以北方为政治经济中心的中国来说，却也有一定的道理。

石一枫：我想气质上还是有南北差异，我们中国人用以辨识自己、区别对方的一个重要参数就是南方人和北方人嘛，文学的面貌又是由人的面貌决定的。不过具体南北怎么分界好像也比较模糊，比如究竟是以长江还是黄河为界？或者以冬天有没有暖气作为划分？这个说法确实比较笼统，但感性上的差异又客观存在。总的来说还是北方人的写作风格粗犷一些，南方人写东西就相对细腻，北方人探寻问题的方向往往向外，南方人则比较多内省精神。当然也有特例，像张楚的东西，如果把很多地域性的标志去掉，给人的感觉其实比南方人还南方人。

朱文颖：南人北人的说法，从魏晋南北朝时期就开始了。《世说新语》里有一个地方就谈到南人和北人。不是从文学的角度，而是从学问的角度。说北方人做学问好比是"显处视月"，就好像在空旷的地方看月亮，扎实，看的书多，把问题讲得清清楚楚，可是不一定深入。而南方人做学问是"牖中窥月"，开着窗户看月亮，南方人傲娇，从家里某一个窗户里看出来，看得比较窄，有一个取景的限制，但也说明他独特的眼光。

我觉得这个观点也适用于南北方的文学。

陈崇正：在美学范式上还是存在南北之别，北方长枪大刀，南方只能打打咏春拳。如果你是个西安作家，若不弄个大长篇，好像都不好意思说自己是个作家；但江南作家的长篇都写不长。这个大概是共识，我想谈一点共识之外的变数，那就是网络的参与让这一切正在发生变化。我并不是说广东网络作家的长篇也写得挺长，而是说，过去这二十年，网络世界让南北语言全都混在了一起，我身边不少朋友开口闭口就"咋地"。很多人成长的语言环境也已经不是方言，而是普通话，因为只要是稍微有规模的城市，莫不是南腔北调混在一起，这样的交会之下，绝对的南北语言风格之别已经在变弱。但北方作家依然很会讲故事，南方作家还是很会玩技术，这个似乎没有变过。

刘庆邦：差异还是存在的。北方作家有优势，文字、语言可以直接转化，南方方言无法直接使用，需要转换成普通话。另外，一个地方四季分明与否，会影响到作家的写作风格，东北、中原远至俄罗斯作家，生活中有强烈的寒冷与温暖的交替感，他们会写出反差感，时间的轮回感，也就是说季节有四季，人生也有轮回。南方作家，不说国内，我了解的东南亚作家大多是写小小说，作品大多比较轻飘，这可能与他们的生活体验有关系。

胡性能：我以为，北方作家与南方作家在气息上是不一样的。特殊的地理环境，一定会对作家的创作产生或明或暗的影响。相对于南方来说，北方广袤、舒朗、干燥，对应的文学也自然更为雄浑和粗粝。

黄咏梅：如同粤语的平实，以中音调子为主，广东人的性格和情感也处于中音阶区，人与人之间既不会一言不合即翻脸，也不会一见如故即热烈言欢，在情感的键盘上，他们弹唱的中音坚实而平稳。北方在这方面更为高亢、热血些吧。呈现在作品里无论是语调还是人物性格的设定，都会不一样。

弋舟：有时候，"自古"论定的事儿，我们还是得认的。我们并不比先人们高明，焉能将一切"自古"都当做陈词滥调推翻。文学之事本来就难说，"大致的意会"也是没办法的事情。就我的认识，如今南北各有路径，似乎依然是个事实。我想，我们需要警惕的，无外乎是"路径依赖"，警惕不假思索地、简单粗暴地以"路径"放置一切的文化现象。

斯继东：往大处说，中国南北方的审美差异是客观存在的。北佬重社会性，好讲家国天下；南蛮更关注人，讲究艺术性。胡平老师在一次研讨会上曾借用康德的"纯粹美"和"依存美"来区别南北作家，我颇认同，但南方作家因此而占不到便宜，这责任实在不应该算在作家头上。当然，这种二分法是粗暴的，是经不起拷问的。比如弋舟算北方作家吗？噢，他有南方血统。那么张楚呢，他可是个地地道道的北方人呵？我只能就事论事地说，弋舟和张楚都是有南方气质的作家。我喜欢南方气质。那么，问题又来了，南方气质到底指的又是什么呢？

贾平凹：是的，这一比较就看出来了。上一问中我也说了这个问题。

杜学文：我以为今天南、北方文学仍然是存在差异的。这种差异除了日常生活的不同外，更主要的是表现在审美风格上。但是也有一种现象需要注意，这就是南、北的同质化倾向。这种同质化倾向并不是南北的问题，而是目前文学创作中的一种现象——地域文化的模糊性，人物个性的抽象化，审美追求的柔弱性，等等。总的来看，那种阳刚的、雄壮的、激励人心的东西比较少。

李蔚超：北方作家更适合宏大叙事吗？——这是一种带有预设的提问，包含了人们对文学和文化的某种惯性想象、潜在判断，比如宏大叙事是长篇小说题中应有之义，北方作家适合写鸿篇巨制。这个问题你如何看待？

刘庆邦：北方在历史上长期处于战乱冲突之中，政权更迭，你方唱罢我登台，少数民族和汉族冲突一直在进行，因此，北方作家骨子里就愿意关注权力更迭和国家要事，写作的时候不知不觉就去处理历史大事。南方相对稳定，历史上也有"偏安"江南的说法，稳定的生活环境使南方耕读文化比北方深厚。在我的印象中，南方人特别聪明，可能就是因为他们在相对平和的环境中延续了文明，古代南方状元多，现代文学的经典作家如鲁迅、茅盾、沈从文，他们都是南方作家。王安忆曾经说过，上海许多作家慢慢不写作了，因为上海人太聪明，写作是个苦差事，很辛苦也得不到多少好处。相比之下，北方作家就笨功夫多一些吧。

胡性能：从中国数千年的历史来看会发现，国家的权力中心绝大多数时间都建在北方，而且我们能感觉到，生活在北方广袤原野上的人们兼具雄心与野心，他们征战、杀戮、吞并、扩张，而北方千百年来王权文化的袭染，又影响和改变着北方人对世界的看法。与南方人相比，他们的目光是向外的，更关注王朝的更替，世事的沧桑，萦绕在他们内心难以排解的，是国家、民族和人类命运这类宏大主题，这是一望无际的北方大地带给他们看待世界的习惯。显然，与南方作家相比，北方的作家擅长于宏大叙事。

而南方，尤其像云南这样的高原，它漫长的雨季、隆起的山峦、江河切割的土地，形成了一个个封闭的地理存在。相应地，文化、宗教、语言、习俗也自成一体。历史上，云南曾在中央王朝衰弱时，出现过一个个地方政权：云南西部，曾经出现过南诏国、大理国，中部曾有过古滇国，东部有过爨国，甚至文山州的广南县，还出现过一个勾町国，但这些政权都不思进取。

也许正是因为文化和地理的切割，云南人解释天地万物形成了自身的一套系统。很多时候，他们更喜欢在自己的内心寻找答案，把内心的顿悟、理解和认识，当成是神灵的暗示。

李德南：这大概和南北作家的文学观和生活观不太一样有关。很多北方作家，会把写作视为生活中最重要的部分，甚至把写作看得远重于生活，写作大于生活。写作之于他们，确实是宏大叙事，甚至宏大得不能再宏大。这样的写作意志和写作抱负，也使得他们更愿意在长篇小说上下苦功，劳心劳力地经营鸿篇巨制。

石一枫：这应该是个误会吧，或者我们不能说一个东西写得长点儿、人物多点儿，貌似从爷爷讲到孙子，"史"的味道浓了点儿，就说它宏大了。作品是不是够得上真正意义的宏大，还得看作家有没有思考宏大问题的能力和意识，我觉得现当代文学里鲁迅和茅盾算宏大的作家，可人家恰恰是南方人。

贾平凹：可以这么说，也不可以这么说。《三国演义》怎么讲？《红楼梦》怎么讲？罗贯中、曹雪芹算哪儿人呢？作家往往流动性大，后天的学养又不同。还是看具体人。

陈崇正：我过去这段时间在北京住了一年，我就发现在北方，天气只要变冷，天很快就黑了，街上也没什么人，除了烧烤店，其他店铺都纷纷关门，如果你不躲在屋里读读书，写长篇，还真不知道干什么好。而在南方，天气太热，人都坐不住，总想喝点什么消消暑，找个什么人聊聊天，一个短篇小说一个月都写不完。另一个方面，坚实的现实主义确实令人敬畏，但是写作最后还是比拼一个人的美学建构，你能展示多美的画卷，你能触及哪一个层面的制高点，这才重要。所以，以想象力见长的南方作家，不一定就写不了鸿篇巨制。在人工智能时代，现实和历史的经验正在被破碎的现实体验所替代，如何写好一个破碎的现实，可能依然回到老路上，而应该去往星辰和大海的方向。

黄咏梅：这种预设或者说偏见不是没有道理。事实上，从目前的情况看，南方作家写出鸿篇巨制的大作品比北方作家少。这里边有个问题，篇幅巨大就等同于内容宏大？这又是另外一种偏见，这里不去议。刚才说到审美趣味，写作笔触的偏向，相比较而言，南方作家可能更重视写人的内部变化，写时代光照之下人性那些幽微曲折的变化。比如王安忆的《长恨歌》、金宇澄的《繁花》，这些长篇明显也不属于你所认为的那些"宏大叙事"吧。多数人觉得，向内写就会格局"小"，内心的波澜壮阔怎么能比时代的波澜壮阔大呢？但仔细想想是不应该这样区分"大"和"小"的。

李浩：哈，从现在的小说完成来看，似乎确有这样的——但不尽然。阿来的《尘埃落定》和他的《空山》都是有雄壮阔大之感的，现在属于北方的作家格非《江南三部曲》其目标也是建立雄壮广阔和丰厚。我承认地域差异影响写作的"格制"，但又不是唯一性的。纳博科夫说过一句片面深刻的话，他说从俄罗斯作家的写作中寻找所谓的"伟大的俄罗斯灵魂"是无敌的，"要在那里寻找个体。"一个天才作家甚至会改变某一区域的语言体系和价值谱系。伟大的作家一定是超南北甚至超文化的。

杜学文：也许北方的地域文化更具有宏大壮阔的特点。但这并不能说只有北方作家才适合宏大叙事。实际上南方作家中也不乏创作鸿篇巨制的例子。古代文学中如屈原的《九歌》《九章》《天问》，现代文学中如茅盾的《子夜》、巴金的《家》《春》《秋》、李劫人的《死水微澜》等。他们都是真正的南方人。当代文学中如古华的《芙蓉镇》等都是具有宏大叙事品格的作品。所以我以为，是不是创作出具有宏大品格的作品，更主要的在于作者个人的追求与禀赋。

傅逸尘： 这种惯性想象，基于古代文学的经典判断，当然有一定的道理和事实作为依据。但是南北方的笼统限定，一具体到某一地理坐标，往往就会失去作用。比如说云南，从传统南北方的划分来说，显然属于南方。但是云南的自然地理、风物民情与江南水乡相去甚远。从历史到现实，那方水土从来没有绵软孱弱，更多的是血性雄强。从这里生长出来的文学亦多是宏阔、大气、明亮、刚健的。而在我的家乡辽宁，情况似乎就有点复杂。

辽宁是共和国的长子，老的重工业基地，国有大型企业多。计划经济时代，对国家的贡献多，工人的待遇高，经济社会的发展情况好。因此辽宁人普遍具有一种骄傲和自豪感，"辽老大"嘛，甚至不愿意被称作东北人，而对辽宁人的自我定位更加清晰明确。但是进入市场经济以来，国企转型，工人下岗，辽宁在改革中受到了巨大的冲击和重创。尤其是广大产业工人和他们的家庭，承担了巨大的牺牲。这种创伤记忆延续至今，甚至在双雪涛这样的"80后"新锐小说家的笔下，我们依然会看到城市景观的破败和工人家庭生活的窘迫。类似的严酷图景在诸如《铁西区》《钢的琴》等电影中，表呈得就更加直观。从文学地理的角度来看，辽宁真的很奇怪。一方面是喜剧小品盛行，人们普遍具有强烈的幽默感，笑的艺术可以说领先全国；另一方面，复杂而痛苦的社会转型、停滞的经济发展、严酷的底层经验，凡此种种，使得辽宁的几代作家，心中既怀有对过往荣光的深沉记忆，眼下又不得不直面底层生活经验和小人物的命运。虽然说，不是文学关注了就能解决他们的问题，但文学起码可以抚慰他们的情感，给他们一种精神和力量，支撑他们的艰难生存。辽宁的老、中、青三代作家，始终在真诚地对待文学，甚至把文学当作自己生活与生命中最重要的一部分，这一点让我非常感动，让我每每有厌倦文学，甚至厌倦生活的念头闪现的时候，给我一种难以言说的信念、激情和温暖。

当消费、娱乐与欲望以合理甚至合法的身份成为当下社会文化主流的时候，便意味着文学的"宏大叙事"已经成为明日黄花。用"个人化"叙事取代"宏大叙事"是文学内部的一种逻辑演变，是文学观念与文学思潮的递嬗；而把消费、娱乐与欲望作为文学的终极目的的时候，就不能不说与意识形态一点关系没有了，因为消费、娱乐与欲望本身就在消解意识形态。淡化意识形态对文学的浸染使得中国上世纪90年代以后的文学在文学本体化的道路上跨出了重要的一步，但沿着商业化的路径继续向消费、娱乐与欲望下滑，文学完全有可能走向它的反面——反文学。这是任何一个喜欢文学的人都不愿意看到的景象。

弋舟：如你所说，这是一个带有惯性想象、潜在判断的预设性问题。那么我们就得问问自己了，我们是为何"惯性"的，怎么"潜在"的？喏，原来我们的"预设"并不是凭空而来，至少，我们的文学实践支撑着这样的想象和判断。究竟是什么逻辑使然，这背后有着太过复杂的动因，除了"自古"，还有从1949年前推不过几十年至今的"自今"。

朱文颖：有一次一位北方的朋友很神秘地对我说，你知道为什么南方作家更适合写中短篇而不是长篇吗？那是由于南北方地形的差异构成的。南方最多有丘陵平原，而北方起伏的高山高原、大起大落……这些进入了作家的视野和潜意识，从而形成了文体结构的庞大宏阔。

我觉得这个观点很有意思，也很神秘。

斯继东：问题的关键恐怕并不是"适不适合"，而在"乐不乐意"。跟您的前一个预设比，后一句"题中应有之义"其实才是更大的预设。小说为什么叫"小说"，不叫"大说"？因为"大说"还有历史。沈从文为什么要造"希腊小庙"而不是"希腊大庙"？因为他的庙里供奉的是"人性",而在人性的幽微处,每一小步都性命攸关。何言"小"? "大"都在小处藏着呢!要我说,小说家来写他的"一瓢饮",评论家去谈他们的"万千江河",各取所需,这多好啊!

李敬泽: 我想如果你按照地理分法,按淮河画一条线,你恐怕不能说以北就宏大叙事、以南就浅斟低唱,这个问题只能是瞎扯闲聊。一定要说,我想,江南甚至南方的作家确实更具文人传统,闲适一点,放松一点,让他们像农夫一样天天种地是很难的,而北方,唐宋之后,迭经大变,总的看缺乏那种文人根基,大家都是劳动者,是写书的劳动者,不得不更勤苦用力。

李蔚超: 只怕类似的"问题"还有,例如,当下的南方作家——特别是浙江作家,叙事似乎较为平和舒缓,风格细腻。您如何看待?

李德南: 宏观而言,这种风格差异是存在的,但具体到个人,还是得看具体的情况。

斯继东: 同为浙江小说家的东君曾经在一篇文章写道:"可斯继东偏偏又是一个产量不高的小说家。他为什么会写得那么少?原因大概是他把小说当作遣兴的酒,而不是管饱的饭——他有着南方旧式文人的散淡性情,他无法忍受自己像享用一日三餐那样每天在既定的时间内坐在那里写作。换言之,他写小说,就像跑到酒馆里喝酒,乘兴而来,兴尽而返。"作家给人写印象记,说着说着最后说的常常是自己。在我看来,浙江作家普遍都散淡,慢性子,少功利。市场经济当然有竞争,但是慢慢地也会让大家明白一个道理——你干你的我干我的,你好我更好。正是基于这种对游戏规则的尊重,浙江才有良性发展的块状经济,也有相对健康的文学生态。为人的性情就是成文的风格。急什么急啊?——您形容为"平和舒缓",我觉得至少吃相不难看。

黄咏梅：更多的是审美趣味的传承吧。近现代江南文化人，一路数下来，基本都是这种风格。

陈崇正：我非常喜欢的作家金庸就是浙江海宁人。当然，很多人会将他列入类型文学，觉得不登大雅之堂。但我想，时间会慢慢证明这个创造了郭靖、黄蓉、灭绝师太的作家是值得重新审视的。金庸笔下的人物大部分已经符号化了，这非常了不起。过去一百年，我们作家群体能创作出像孙悟空一样家喻户晓的人物形象的，真的不多，而金庸是其中之一。从这个角度思考，有射雕三部曲，有《天龙八部》，如果谁说南方作家写不了大东西，我是不同意的。近两年，《繁花》就写得挺长的。

李浩：这样的感觉我们大约是共有的。我认为和节气、风物、习俗的影响有关，更与一个时段共有的审美趣味有关。鲁迅也是南方人啊，他就与时下的江南写作很不同，而他兄弟周作人则似乎江南气息更重一些。我对此的看法是：无论南人北人，都立足本区域，但不要强调自己已有区域共性，而是尽可能"拿来"，取自己的未有，向外不断地攻城略地，一直伸展到西方去，凡是有用，就尽可能为我所用。

弋舟：这多好啊，真要感谢祖国的辽阔——这甚至都是我们百花齐放、百家争鸣的前提。我的个人气质也许更加接近此类作家吧，所以我对浙江作家会由衷地喜爱。可是你别忘了，"浙江作家"里还出鲁迅，那么，平和舒缓，风格细腻，必定不能将那块地方的文化创造一网打尽。

胡性能：叙事的平和舒缓，一个重要的原因，我以为是浙江受商业文化和海洋文明的影响比较大，表现在文学上，就会显得风格细腻。

朱文颖：这个问题又在潜意识里让我想到了浙江的地形地貌，风物风俗，平静舒缓精致的西湖，那种美。当然，我不愿意也无法就此下一个武断的定论。

石一枫：类似生活环境里的人肯定有类似的美学追求吧，或者不拔高了说，就算是说话的习惯也可以。

李蔚超：就影响或者说文学脉络而言，您是否受到同样地域来源的作家吸引？是否更愿意接受他们的影响？

贾平凹：我不是的。缺什么就注意补什么。我是陕南人，故乡是秦楚交混地，陕西人性硬，有些呆板，我当年大量读明清文学，明清文学大都是江南人写的，后又担心自己生命基因里有楚文化的东西，看明清文学可能使自己太柔弱了，就又大量读汉唐以前的文学。

弋舟：大致上，我写作之初喜爱的那些作家，都来自"江浙一脉"，余华，苏童，格非，孙甘露……这不是一个我自己愿不愿意接受的问题，往大了说，这是"没法躲"，是禀赋和天设，往小了说，这是"躲不开"。我对文学发生兴趣的时候，这批作家构成了我们文学现场的小气候，他们就是我不得不领受的风雨和阳光。

斯继东：这也是不以人的意愿为转移的事。先不提鲁迅、周作人、胡兰成等这些绍兴作家。单说沈从文、汪曾祺两位。读沈从文，我总觉得隔着什么；翻开汪曾祺，哪一页哪一句都贴肉。人文社新出一套汪曾祺全集，我刚刚在京东下了单。实在没办法，中国方言七大区也好九大块也罢，吴越都同属吴语区，你想不喜欢他不受他影响都难。

石一枫：肯定还是有，就像把你扔到外国，遇到有人说中文肯定多听两耳朵，人到了外地，也会对乡音敏感起来。至于影响倒也说不上，或者说受影响也不仅仅是地域特色的原因。就拿老舍来说，我们只是因为民俗文化和说话方式而受他的影响吗？那反而是把老舍看低了。老舍最值得后人学习的应该还是社会责任感以及在写作中对"人"的塑造和把握，这恰恰是放之四海而皆准的。

刘庆邦：我骨子里受北方文化影响，但是我也愿意向沈从文、汪曾祺这样的南方作家学习——当然他们两位也接受了北方文化，叙事方式中带有北方文化的特征，尽管他们依然保留着南方才子的气质，这种结合方式跟我的文学追求很投合。我的借鉴对象也包括世界优秀作家，可惜那是翻译文学，出不来一个作家语言的味儿。

李浩： 受影响是必然，但我不愿意，很不愿意，我不希望自己是渺小的后来者。

陈崇正： 我喜欢《白鹿原》《尘埃落定》，也喜欢苏童、余华，就如我喜欢吃肠粉，也喜欢饺子。文学食谱上我还算比较营养均衡，不会偏食。

黄咏梅： 同地域的作家影响不是太明显，我也欣赏北方作家一些优秀的好作品。我更愿意接受跟自己写作趣味和追求相近的作家的影响，不拘南方北方、东方西方。

胡性能： 是的。正如同一个人的味觉有记忆一样，文化也一样。每个人都会对自己的文学出发点心怀眷顾。

李德南： 这种影响在我，如果有，是以潜移默化的方式发生的。我没有刻意去接受，甚至想刻意去接受也无法做到。在写作中，我希望把自己放置在更广阔的时空中，尽管在现实生活中我是偏于"宅"的。

朱文颖： 在我早期写作的时候确实如此，因为这种吸引和影响更直接、更容易知道出处、更方便唤醒本能……但随着写作、阅读、阅历的进展和增长，这种情况会有着微妙的变化。小说是虚构的艺术，那么这种背叛出生地和血脉的尝试，何尝不是一种虚构和挑战呢？

陶丽群： 就我个人而言，我觉得我不会受到同地域来源作家的吸引，也不大愿意接受影响。这种心理类似于"熟悉的地方没有风景"，并不代表同地域的作家不优秀。好像他就在我的眼前，他所写的我也很熟悉，从而失去了对我的吸引力。我更倾向于接受异地作家影响，里头有新鲜的东西。

杜学文：这是肯定的。我个人当然受到了包括赵树理在内的山西作家的影响。因为我主要是从事评论，这种影响首先体现在文学观念与审美情趣上。但是也不能说我接受的影响只限于山西作家。就山西的地域文化而言，我以为这样几个方面对我的影响是比较大的。首先是山西的自然地理环境对个人性格的塑造。其次是包括赵树理等人在文学观念上的影响。还有一个很重要的方面是山西学人的影响。比如历史上山西的学人就非常强调学理研究与社会实践的结合。如子夏，具有与时俱进的思想，强调学以致用等就具有非常积极的意义。以此来看，文学批评也不仅是对文学的批评，而是超越文学之外的社会文化构建，应该具有极为突出的现实针对性。

李蔚超：和广大中国人一样，如今作家们也大多寓居与移居在他乡，除去由乡村搬到了城市之外，也会有自北而南下，以及南人北上的经历。南与北的移居是否会对你的写作产生影响？

陈崇正：我就在北京住了一年。严格算，是十个月。所以也没有南北迁徙过。不过北京一年让我感受了北方的四季，也给了我回望南方的一个视角，记忆中的南方变得更为可爱，而北方也变得可以喜欢，没有想象中那么高冷。我想，作家无论如何搬来搬去，最后他们魂牵梦萦的依旧是他童年那个方圆之地。而且现在无论你搬到哪里，关掉朋友圈就相当于隐居了，没有人知道你的消息。所以，地理在变得容易，也就变得不那么重要。每天起床打开手机，打开朋友圈，无论人在哪里，我们都能批阅天下奏章。

李浩：至今，我更多地生活于北方，然而我很希望自己能在南方生活一段时间。陌生、新奇和差别，永远是活力的部分，我相信它能为我提供"活力"。徐则臣都到"耶路撒冷"了，我难道就不能到南方么？哈，玩笑。

弋舟：迄今我还没有经历这样的迁徙，如果发生，我想我的写作是会发生变化的。前些日子在上海，我好像对李宏伟说过：若是让我在这里生活一段时间，我对于城市的书写一定会发生重大的变化。

黄咏梅：会啊。最明显、直接的就是语言上。我的母语是粤语方言，在广州那些年写的小说里，经常有粤语方言的运用，辨识度还比较高，作品大多写的都是岭南生活，一些地名、岭南生活习俗只有粤语腔调的使用才更贴合。到杭州以后，完全没有粤语的语境，语言、城市气质是跟岭南很不一样的。语言会影响一个人的思维，你是用粤语想问题，还是杭州话，还是普通话，无形中都有着差异。从语言的角度来说，我现在变成了一个普通话写作者。这种写作根据地位移，会很长一段时间困扰我，直到我渐渐融入这个城市，对这个城市的个性气质、生活细节可以信手拈来，敲到键盘上。

胡性能：对于我个人来说，这种移居是在省内，也就是说是在一个文化环境里，所以生活地点的改变，对我的写作并没有产生什么影响。我猜想，即使是迁徙的跨度比较大，对作家写作产生的影响也可能有限。许多作家一生漂泊，可还是愿意写自己认定的故乡。就像沈从文，他年少时就离开湘西，可他一生中最重要的作品，写的还是湘西。

刘庆邦：如果鲁迅没有在北京的经历，他不一定成为特别伟大的作家。沈从文一个湖南人居然成了京派作家的代表人物，他不来北京漂泊，都很难说他是否有这样的成就。这样的例子还有许多，张恨水、胡适，考察起来背后原因肯定很复杂，但是南北方文化的碰撞肯定是原因之一。

石一枫：我没移居过，不过也看过一些移居作家写的东西，感觉还是会有影响，比如很多人在北京生活一段时间，写的东西明显就不一样了。不过究其原因，到底是南北差异的影响还是城市之间差异的影响，这就不好说了。

杜学文：尽管很多人有移居的经历，但我个人并没有在不同城市地区生活，而是一直在山西。对坚守地域文化而言，这可能是一种优势。但也可能因此形成限制——思维方式、视野、知识结构，以及信息来源等诸多方面。这些都会影响我的写作。

朱文颖： 我愿意举另外的一个例子。有一次我和一位上海的朋友聊天，谈到地域文化的思维定势问题。那位朋友说，苏州这个城市和上海相近的一点就是几乎所有的苏州人都认为苏州的过去是一场梦，作家就更是这样。凡是写这个地域的作家，都很少能绕开这个思路。习惯的力量是巨大的。还有最近我看到诗人西川的一篇文章，里面提到"江南"这个话题，其中有一个观点很有意思。他说"新清史"的研究中，发现清朝的鼎盛时期似乎并未视中原和江南地区为核心，其关注视野放在辽阔的亚洲腹地：蒙古、西藏、新疆，再加上同属边疆的东北；中原和江南只是其全盘"大一统"规划下的一个组成部分。这种研究打破了我们以中原和江南为文化核心的思维惯性，很多问题再来看就要换一种思路。

我真正想说的是，不仅仅南北的移居，作家最好要有一个"同心圆"的扩散方式，圆心是灵魂，而绝不仅仅是地域。

斯继东： 故土无风景，"异乡感"应该是有利于写作的吧。年轻时就想着朝外跑，"海阔洋洋忘记爹妈"。四十过后，越来越珍惜跟家人在一起的机会。是啊，若非万不得已，谁愿意背井离乡呢？

陶丽群： 我不会受影响，即使影响也不是颠覆性的影响。作品整体上还是会带有原生地的气质与气息。

李蔚超： 我的想法是，南北问题之所以成为问题，与中国古代的文学观念有关，研究古代文学的学者就顺延出这个老问题，可概括为三种倾向：差异论、融合论和超越论，它们各有其存在的理由，彼此之间又形成互补关系。而今天的中国，从政治经济角度而论，南北差异并不比东西差异大，文化上更是如此，也许东与西的文化维度更值得考量，您是怎样理解的？

李德南： 你的预设和提问里其实就包含了答案。确实如此。当然，从政治的、经济的角度，或是从文化的维度入手，都是出于分析和认知的方便，难免会对对象有所简化。而在实际生活中，地方世界实际上是一个整体性的、非常丰富的存在。从学术传统的角度看，南北方面的比较做得比较多，对东西差异的关注，则还有待加强。尤其是西部，它对于大多数人来说，还是非常神秘的存在，值得注视和倾听。

李浩：说得好。确是如此。在过去，哪怕并不遥远的清代，南方到北方，北方至南方，都是一段遥远的、包含着巨大冒险的旅程。许多人一生所到过的区域不过方圆百里，我奶奶对她"最大范围"的表达是"十里八村"，基本是这样。因此南北差异极为明显，每一区域的文化都是一种起稳定性的结构，一根草木的位移都是事件。现在地球都有"村庄"感了，甚至，东西文化的差异也没有原来认为的那么大了。文字，肯定会受其影响，虽然这种影响未必立竿见影地呈现。

弋舟：无论南北与东西，若仅仅放在九百六十万平方公里的尺度中来讨论，我们大约仍要在"自古"的路径里继续谈下去，先人们至少还能管我们一百年。正如你所说，今天的中国，天翻地覆，我们与世界的空间关系，空前地决定着我们对自己地盘上空间关系的判断。你所说的东西差异，在我理解，也许是海洋与陆地的差异了。显然，于更大的维度中去着眼，再辟蹊径，重建一种更为有效和及物的判断尺度，才能更好地呼应我们今天面对的诸般问题。

黄咏梅：是的，中国版图的南方北方，其实随着现代生活的模式化，差异逐渐减少，很多传统、习俗都在慢慢消失，这也如同城市与城市之间的面貌大相径庭一样。我们讨论写作上南方北方的差异，还主要是从自己已经形成的审美习惯，包括情感、记忆等方面的倾向来看，这些都是作家内部坚固的根。事实上，时代在变化，这些变化逐渐会使这些坚固的东西都"烟消云散"。东西方文化的差异，是我们面向外部世界写作的一个重要问题。

杜学文： 前面我说过，目前的创作存在一种同质化倾向。但这可能是一种暂时的现象。当我们意识到这一问题后，会发生改变。但隐藏在这一现象之后的问题是随着现代化程度的深化，社会生活本身存在同质化的倾向。那种由于地域特征不同而形成的文化差异会逐渐缩小，甚至消泯。至于东西方之间的差异，我认为是一个更具挑战性的问题。这可以从东西方文化交流融合的层面去思考，但也可以从东部与西部这样的地域差别来思考。特别是改革开放之后，东部的发展比较快，西部相对滞后。这其中既有地理条件的差别，也有文化特征的不同。表现在文学创作上，现代化的、城市化的东西东部作家会更多地涉及。而西部，直至今天，人们仍然会从边地、传统等层面来考虑。但是就中国而言，实现现代化，是一种全面现代化，其中不仅包括东部的现代化，也包括西部的现代化。这种社会条件对文学创作的影响也许更为重要。

胡性能： 在汉文化的语境里，南北差异再大，也是一个文化系统里表现的不同。东西方的差异，不仅有历史的、语言的、文化的、地理的，还有心理的、情感的，其间巨大的鸿沟显而易见。

刘庆邦： 东西差异与南北差异相近，我觉得西部甚至更接近北方，地理纬度接近的地方如甘肃、宁夏、新疆等地，有少数民族文化的特点，但是更接近北方的文化。以文学来论，西部还是欠缺本土作家，王蒙、董立勃等东部作家来到西部生活与工作，他们是写出了不同于内地生活的作家。少数民族作家用本民族语言写作应该呈现出不一样的文学样貌，可能是翻译的问题，还没有看到有全国性影响的精彩篇章，这的确是一个问题。

陈崇正： 世界正在变得越来越小，越来越扁平，城市与城市之间也越来越像，不管南北。作家所面对的现实经验也在趋同，无论南北我们都会对着同一条新闻傻笑，这其实是个非常恐怖的信号。而如何获得异质性，如何去书写这个台风眼一样安静而躁动的世界，是每一个作家都需要思考的问题，无论南北东西。

石一枫：肯定是观察文学变化的一个重要维度吧，我们在编辑部说作家作品时，也经常说这是北方人写的，这是南方人写的，甚至南和北还要细化到西南、西北、东南、东北。别说作家了，文学杂志也有地域气质上的差别。中国东部与西部在文学面貌上的差异，我感觉倒不如南方和北方大，这可能是漫长的历史文化变迁决定的。但今天南方和北方的文学差异，究竟是本质性的不同，还是仅仅表现为一种面貌和气质的区别？各个地域之间的写作究竟是貌离神合还是貌合神离？我想这都是值得继续思考的。

朱文颖：我不是地域学家或者文化研究学者，我的直觉告诉我，作家写作的时候，那个"同心圆"或者"黑洞"是人，是人性，是人类处境。地域差异或者南北问题只是其中的几道熠熠发光的光束而已。

斯继东：对了，最近常跟朋友说的还有一句话：再怎么折腾，你 TM 还是个中国人。马炜说我败了。我说，不是败，是知错了。嘴硬有什么用啊？都说"70 后"是喝狼奶长大的一代，在步入中年之际，我们是否能为自己寻求到一条基于现代性的和合之途呢？

贾平凹：我同意你说的！南北之分其实是东和南（不是东南）、西和北（不是西北）之分。政治经济如此，文学也如此。

梁鸿：哈哈"东西"是个啥东西，好像还没想过这个问题。北宋南迁确实是非常重要的分界点。但如果你看今天的中国地图，就会发现，所谓的"南"其实是东南，当然，南宋的都城杭州其实是偏东南，但是，西部可能就更异域一些。

李敬泽：有一点是肯定的，就是，中国之大，岂是南北东西可以道尽。南北论之所以源远流长，就是因为它和中国历史的大脉络、大节奏有关，这个大脉络、大节奏直到现代前期还在起作用，我刚才说，中国共产党的胜利之势是由北向南、由西向东。现代历史确实使得东西问题突出出来了，近现代史上第一次把这个问题挑明是左宗棠、李鸿章的塞防、海防之争，由此已经隐然可以看出现代中国面临的新的大的结构性矛盾，因为他们已经是从中国在现代世界的位置来考量问题。时至今日，东西确实是比南北更具政治、经济和文化意义的问题，所以才有了"一带一路"。

就文学来说，一方面要看到大势，你是个现代人，是个中国人，就地球村来说，中国也是个地方，你要在中国现代转型的大势里看待地方性经验和知识。另一方面，我相信，地方性经验和知识没有失效，至少在文化上、美学上没有失效，恰恰相反，它很可能会获得新的活力。不过，在复杂的政治经济文化逻辑中，地域文化也可能越来越变成景观性的、风格化的。

中国作家之仿"普鲁斯特问答"

缘　起

说实话，以下的《中国作家之仿"普鲁斯特问答"》是我"剽窃"来的。"普鲁斯特问卷"，顾名思义与著名的小说家普鲁斯特有关，问卷由一系列问题组成，包括人的生活、价值观及人生经验等内容。普鲁斯特并不是这份问卷的发明者，但这份问卷因为他特别的答案而出名，并在当年时髦的巴黎沙龙中流行。普鲁斯特在十三岁和二十岁的时候分别做了一次调查，答案有很大不同，后来研究普鲁斯特的人士还以此为依据来分析一个作家成长的变化。

2018 年，我在向作家们发放《鲁院启思录》约稿信后，陆续收到了几十位作家的稿件，我发现尽管好的作家各有一颗玲珑心，但是，马克思主义的信徒雷蒙德·威廉姆斯发明的"情感结构"，确有其理论概括力和现实解释力，也就是说，当马克思的唯物论说物质决定意识的时候，人的精微的情感与思维便向哲学提出了挑战，千人千面，多少个读者就有多少个哈姆雷特，谁能决定我的心和他的一样？但威廉姆斯认为，历史、社会构成的客观条件，影响和塑造人的情感的结构，情感是弥散、流淌、在时间中运动的，但是，总之不脱一个"结构"。如此一来，历史与现实、物质与意识、国家与个人便在关系和运动组成的网络中互相关联。我想说的是，前面的关于鲁院的访谈，限于经历的相似——都在一所学院读书，听的课，教学安排，都有一脉相承的传统，何况一个时代之下，文学的差异性本就是每位作家终其一生追逐的，我提出的几个问题，哪里就能得到什么琳琅满目的答案？于是，我开始自我怀疑，沮丧，后撤，我一向对自己缺乏信心。发问，是一项有难度的活动，在你是天大的疑惑、有十足的合理性，可能在别人那里就是莫名其妙的想法——在下面的部分中，你们将见识到小说家晓航对我提问的质疑。这没问题。质疑，回答的不确定，没有答案，都是对这个问题的一种回应。

我们的院长邱华栋先生很了解不自信的我，以及我那眼高手低的毛病，知道我在犹豫，便发来了"普鲁斯特问卷"，建议我可以设计这类问题。从这些问题的回答中，可以看出中国作家对人性问题的理解，而中国小说，新世纪以来就围绕着人性问题打转。茅塞顿开，开始动手。在整理答案的时候，我再次感叹威廉姆斯的理论智慧，在我的观察中，这些问题往往作用于回答者一时的、即时的反应，需要深思、斟酌的不太多，因此，大家的回答也很简短（有的作家的答案字数比他名字还少一个字）。综合看待，文学方面，最尊敬的作家首推鲁迅，一本经典则是《红楼梦》或19世纪现实主义经典，语言风格阿城最受青睐，除了阿城其生也晚，另外几种判断基本符合百年中国文学史的大叙述，连50年代中央文学研究所的作家们也大概如此认为。对于人性、美德、品质的提问大多出自"普鲁斯特问卷"，从各位作家的回答中，我隐约感知到当下社会的主流价值观——人对于自我和生活的期许，大致便是维持内心平和、物质安稳、互不侵扰的状态。你可以看到，伪、虚、假，是被集体声讨的人性弱点，甚至超越了对恶的鞭挞，由此，那些"美德"变得可疑了起来，被视为伪、虚、假的表演，譬如道德、利他、奉献。我也感知到青年一代在现实中的压迫与压抑感，于是，男人的责任感是最重要的品质，正如女人的自立与独立，也恰如女性的温柔，这些都是应对压力的必备品德。只有一位"60后"作家保持了个性与豪情，他想当上帝，至少统治地球，他想当个女人，他害怕吃屎。更多的人似乎宁可保持内敛、低调、中庸，这些思绪摆在一起时，你无法错过其中的压抑感。对了，幸好还有人看重人类的情感——爱。也许，这些可以当做看待文学的"情感结构"的立足点。

一、你最希望拥有哪种才华？

蔡东：希望拥有"无我"和"内心安静"的才华——我将其定义为才华，并且认为比写作、绘画、音乐等具体的才华更重要也更根本。

陈集益：作为小说家，我个人以为我并不缺虚构和想象的才华，而是缺少某些能力。我最希望拥有的能力是，过目不忘的能力，看穿世事的能力，能言善辩的能力。它们虽说是能力，其实也属于才华范畴。我缺这些，所以无法记住很多知识，生活、社交能力差。而且在受到压制的时候，缺乏从人群里站出来的勇气。

高岩：将内心和思考完全阐述出来的能力！

李德南：能回答如下问题的才华：人是什么，从哪里来，到哪里去。

刘汀：就现在来看，还是写出理想作品的叙事才华吧。

孟小书：过目不忘。我记性不好，无论是多喜欢的书、电影或发生过的事，总是过阵子就忘。

祁媛：作曲，我一直觉得音乐是最感性又最精致的艺术语言，如果我能精于此道，我想我会此生无憾。

王苏辛：整理房间和做饭。

王小王：如果是现实主义的回答，我希望得到一个超棒的舞蹈技艺，因为爱跳舞，但小时候学舞蹈偷懒，现在看到舞蹈家在台上自由支配肢体，用身体展现心灵深处的情感，非常羡慕。如果是超现实主义的回答，那我希望能够读懂所有人的心。

王秀云：年轻时，觉得才华是一个带着光芒的词。今天，我会觉得所有带光芒的词，我们都是要警惕的。作为写作者，我希望有写作才华；作为绘画艺术的眺望者，我希望我有绘画才华，当然，看见影视明星交税都可以到八亿，让我这种每月几千元的人忍不住想有表演才华。可是，静下心来，我此刻最想要的，其实是面对多维多元的人世，我可以沉默的才华。

魏微：叙事的才华。

吴玄：我希望我可以像上帝一样，整一整宇宙，如果不行，整一整地球也可以。

晓航：我最希望拥有能透彻理解这个世界和人心的能力，虽然我不断从各个学科，比如科学、哲学、宗教那里接纳各种看法，学习运用各种工具，但是面对世界时还是常常感到力不从心。

杨庆祥：通灵。

于晓威：当然还是写作。

哲贵：我对"才华"持怀疑态度，只对"独特"和"沉默"情有独钟。

二、你最尊敬的作家是谁？

蔡东：托尔斯泰。真实、滚烫的灵魂，热爱生命，反思生命，作品如大地本身，辽阔深厚，让我有被哺育的感觉。

陈集益：已经去世的是鲁迅、卡夫卡。目前还活着的是拉什迪、杨显惠、阎连科、余华。

高岩：曹雪芹，在一本书中，可以刻画出数百个人物，数十种性格，足以赢得应有的尊敬！

李德南：史铁生。他的写作，很好地思考并呈现了有限的生命如何走向无限，还有如何在困厄中保持希望，如何去爱，如何建立信仰，等等。

刘汀：其实有很多，难以挑出个最来，如果最终只选一个，现阶段我的选择是托尔斯泰，因为他全部作品中所包含的那颗伟大心灵。

孟小书：阿城，他对笔下的人物都有怜爱和悲悯之情。

祁媛：鲁迅吧，他犀利诚恳，我喜欢读他骂人，那些都是活该被骂的。他小说写得多好啊，虽然不复杂，数量也少，但也够品尝再三了。鲁迅笔力沉郁犀利又富有灵气，一看就是鲁迅的，尤其他语气的诚恳非常动人，也因此诚恳是我写作的座右铭。我觉得一个人如果在写作时也不能诚恳的话，那么他大概是在什么时候都不会诚恳的了。

王苏辛：福楼拜。

王小王：从文学成就来考量，那有太多值得尊敬的作家，无分先后。从人生经历来看，第一时间能想到的是博尔赫斯和索尔仁尼琴。人生给了他们超出常人的痛苦，可他们竟能用才华与毅力获得超出常人的成就。

王秀云：写作者，尊敬的作家很多，而且不同的写作阶段会有不同的榜样和楷模。年轻时，尊敬曹雪芹和君特·格拉斯，后来尊敬托尔斯泰、莫言、赫拉巴尔、福楼拜。现在更多了，我尊敬写好小说的所有作家。

魏微：很多啊。曹雪芹，卡夫卡，博尔赫斯等。

吴玄：加缪。

晓航：曹雪芹，金庸，博尔赫斯，马尔克斯。

杨庆祥：莎士比亚和曹雪芹。还可以加上我自己。

于晓威：雨果。他奠定了我少年时的价值基础。

哲贵：有一堆。中外都有，不胜枚举。

三、对你影响最深的作品是哪个？

蔡东：这是一个会产生不同答案的问题，或者说，答案不唯一。就目前的心境来说，我更看重《微不足道的生活》这样的作品。

陈集益：马尔克斯的《百年孤独》。

高岩：《红楼梦》。

李德南：不同阶段有不同的"最深"。昆德拉的《不能承受的生命之轻》，梁漱溟的《朝话：人生的醒悟》，海德格尔的《林中路》，还有很多……

刘汀：迄今为止，是《战争与和平》与《变形记》的二者交织。

孟小书：《动物凶猛》。是这部作品让我有了写小说的冲动。

祁媛：说不好，对我影响深刻的作品有很多，此时立刻想起来的是一篇不那么有名的意大利短篇小说《乘客》。这篇小说是我在一本旧书上偶然翻到的，一下子就读了进去，后来忍不住又读了几遍。小说的故事很简单，就是一个接近于老年的中年女人每天上下班都固定地要坐一趟火车，直到有一天她在车上遇见了一位英俊的年轻男人，聪明的读者看到这儿肯定会明白这是一个多简单的故事了，没错，就是那种最老套的爱情骗局。不过作者的高明之处就是通过这个女主人公的观察和叙述，让读者真真切切地感受到这个女人一厢情愿的爱情幻觉是真实的，这给当时的我留下了很深的冲击和印象，就是小说不是描写"真实"，而是描写"真实感"的，这个结论引发了我对写小说的兴趣，尽管我当时还没有写过任何东西。有意思的是这本书我现在怎么找也找不到了，所以我连小说作者的名字都说不出来，这又是一种"真实"。

王苏辛：布瓦尔和佩库歇。

王小王：这无疑应该是那部最初让我感受到文学力量的作品。初中时读了《悲惨世界》，我感到它甚至影响了我人生观世界观的形成。

王秀云：这就说不好了。因为少年时没书看，谈不上影响。年轻时有些不知天高地厚，错过了跟大师致敬的最佳年龄，没模仿过任何大师。这是我终生最遗憾的事情之一。如果非要让我说，那就是生活。生活这部作品对我影响是最深的。

魏微：《红楼梦》。

吴玄：《局外人》。

晓航：《红楼梦》。

杨庆祥：很多。包括金庸和古龙。

于晓威：最初接触的总是影响最深，《悲惨世界》。

哲贵：没有"最深"。有影响的有：《庄子》《金刚经》《史记》《红楼梦》《包法利夫人》《永别了，武器》《祖先三部曲》，等等等等。

四、你偏爱哪位中国作家／华人作家的语言风格？

蔡东：语言上有个人风格的都偏爱。鲁迅、废名、丰子恺、钱钟书、张爱玲、沈从文等等。

陈集益：余华。不是他所有作品的语言都好，但是诸如《在细雨中呼喊》《活着》《许三观卖血记》，部分中短篇小说，以及大量随笔、前言后记，是讲方言的浙江人怎么运用标准普通话写作的典范。

高岩：汪曾祺，其实我没读过汪老先生多少东西，只是偶尔看见他的一篇随笔，惊讶感叹，文字已经与他融为一体！

李德南：鲁迅的。鲁迅的语言，很好地融合了诗性和智性，既古雅，又有现代气息。它可看，可听，可读；可反复看，可反复听，可反复读。它具有永恒的魅力。

刘汀：鲁迅，这个可以毫不犹豫地回答。

孟小书：老舍、叶广芩等京味儿作家。

祁媛：我比较偏爱阿城的语言风格，他斯文，骨子里透出来的那种斯文。我注意到他比较喜欢用不长不短的句子，短句子和长句子偶尔出现以作调剂，取得通篇的平衡，这种平衡的美感总是让我想到素颜的佳人，也不着锦衣华服，对自己的美完全无所谓，这个就牛×了，不得不服。

王苏辛：孙文波。

王小王：格非，我的创作导师，嘿嘿。

王秀云：莫言、毕飞宇、格非、刘慈欣、刘震云、李浩、马伯庸、慕容雪村等。

魏微：语言风格上，以前喜欢张爱玲、萧红，现在喜欢鲁迅。

吴玄：阿城。

晓航：没注意过，应该是曹雪芹吧？但是不会影响写作时我自己对于语言的应用。

杨庆祥：2018 年偏爱黄锦树。

于晓威：早年的格非。

哲贵：汪曾祺和林斤澜，李敬泽和毕飞宇。其实他们风格迥然不同，可都闪耀着迷人的光芒。我偏爱他们的光芒。

五、还在世的人中，你最钦佩的是谁？

蔡东：文斯·吉里根、诺兰兄弟、欧文·亚隆。他们秉持有杰出的好奇心、想象力、探索人类和世界的热情。

陈集益：崔健。

高岩： 李敬泽，不过只看过一些短篇小文，但李先生的逻辑性与思辨的敏捷让人叹为观止。

李德南： 以技术改变世界和人类的存在方式的人，以及以思索和行动去抵御技术的负面影响的人。

刘汀： 我女儿。因为她在成长过程中向我展示的一切，都无法再从其他任何人那里获得。

孟小书： 马克·扎克伯格。虽说他有诸多负面新闻，但不得不承认，他改变了世界的交往方式，让世界人民建立起了联系。重要的是，他与我们是同龄人。

祁媛： 佩服的人不少，比如前面提到过的几个人，当然那是间接的，现实里接触多一点的，大概还是我读研究生时的导师曹立伟，从几年的交流中，我觉得他是我所认识的最有才华的人。我也感到对一个人真正的钦佩还是要建立在具体了解上。小的时候，我还钦佩过我的爷爷，不是因为他的"爷爷"尊位我才崇拜，不是小孩崇拜大人的那种，而是我真的感觉到他的才华和能量，这种能量笼罩了我，后来我爷爷进入暮年，那种笼罩我的能量就渐渐消失了，只是在极少的时候仍会偶然闪现一下子，代之的好像是某种伤感，他的时代过去了，他要死了，要彻底消失了，所以我伤感，不过我也明白这是我们每个人的宿命和下场，都一个样。

王苏辛： 凯伦·阿姆斯特朗。

王小王： 这个荣誉我想留给我的父母，他们俩并列第一。

王秀云： 昆德拉。

魏微： 年轻时容易钦佩人，现在不大用这个词。

吴玄： 我自己。

晓航： 应该是我父亲，清华毕业的，八十多了，还能算题，还出专业书。我的叔伯弟弟曾经说，就是一条狗走过来，大爷也能写出它走动的方程式。我们这些二类大学毕业的，跟清华的完全不是一个档次，认识世界、解决问题的能力差太多了。

杨庆祥：没有。

于晓威：我母亲。可惜她不在世了。

哲贵：回答这个问题要得罪人的。

六、生活中，你使用过最多的词是什么？

蔡东：给我妈打电话的时候，说得最多的是"真实"这个词，提醒她也是告诫自己，我们都要真实地活着。

陈集益：最多的是"假如"。它有时是懊悔，有时是憧憬。它既让我想到生活的种种可能，也让我承认就我的出身、能力、性格、才华、学养，不得不像现在这样生活。比如，假如那年我好好读书，假如不是为了钱，假如不是为了文学……我会怎么样怎么样。诸如此类，一边是对过去的回望、叹息，一边又对未来进行憧憬、规划，比如，假如我辞职的话，假如我改变一下性格，我想我会有新的发展。

高岩：一时竟然答不上来，努力想想，应该是，啊，早上起床，伸个懒腰，然后，啊，一声，天天都用，然后是妮妮，整天在家呼唤我女儿的名字！

李德南：没作过统计。想了想，还是答不出来。

刘汀：没有统计过，现在来想，可能就是"生活"这个词，在不同的语境不同的层面上提到它、使用它、阐释它，当然也就是实践它。

孟小书：知道啦。

祁媛：很奇怪，从来没留意过。有的时候我会记住身边的朋友和家人的习惯用语，可轮到问我自己，大脑一片空白。我想身边的朋友要比我自己更知道这个问题的答案吧，可我在生活中是不太爱说话的人，问她们好像也是在为难她们。

王苏辛："我"。

王小王：大概是"嗯"吧，我很懒，这词不用张嘴就能表达很多种意思（这算是词吧？）。

王秀云：没什么大不了。

魏微：没所谓。

吴玄：无聊。

晓航：不知道。我很奇怪，为什么会问这样一个相当无聊的问题，应该是文科生问的吧？谁会关注这么琐碎的细节，会做这样的统计？一个人每天关注的都是生活中最现实的那些事情，因为他要活下去，并且活得好一些，偶尔会有一些高大上的想法，但是再犄角旮旯也很难想到上述问题，反正我是这样。

杨庆祥：挺好。

于晓威：不行。

哲贵：没事。

七、写作时，你使用过最多的词是什么？

蔡东：不太好统计。

陈集益：这个不太好答。如果是一种情绪，我想会是"悲怆感"，我的小说几乎都有这样一种情绪。具体到词语，我没有统计过。假如运用什么软件搜索，可能会是"我"。我的很多小说，都是用第一人称叙述，以家庭为背景写的，而且每篇里面都会有一个父亲存在。所以，也可能用得最多的是"父亲"这个词。

曾经有人问我，为什么老是写到父亲？我的回答是这样的："'父亲'，首先是与我们的成长关系最密切的人，也是引导我们走向社会的人。他是一个家庭与社会的纽带，社会生活可以通过他反映在家庭生活上。比起母亲，我们对父亲的感情总要复杂得多，对母亲的爱是纯粹的爱，对父亲的爱中往往掺杂着崇拜、模仿、叛逆、对抗，甚至恨。这种难以说清的感情，对小说是有益的。那么我反复将这个'父亲'塑造为一个窝囊而又固执，甚至带点儿神经质，对家庭成员暴戾的形象，这也是出于一种整体表达的需要。某种程度上，这样的表达方式有点像当年的摇滚歌曲《一块红布》，'那天是你用一块红布蒙住我双眼也蒙住了天'，好像这是歌者生活中的一个场景，但是也可以延伸为一段历史的再现。"

高岩： 所以，于是，甚至……

李德南： 或许，未必，不过。这是一首歌的名字，也是我经常用的词。使用最多的词，应是其中的一个。

刘汀： 像是在找一个写作的关键词，如果有，这个词也是变动不居的，可能一个阶段是"奇谈"，一个阶段是"吃什么"，另一个阶段是"虚构"，下一个阶段又变了。

孟小书： 不太记得了。

祁媛： 不知道，你提出这个问题时我还特地去把我那些小说又大概翻了一遍，发现我的常用词还是挺多的，几乎没有什么"最"，所以搜寻落空，也让你失望了。不过我发现我好像用了很多的"甚至"，为什么是"甚至"？我甚至也不知道。

王苏辛： "我"。

王小王： 这个记不得。不过在同一篇小说里我尽量避免使用重复的词，感到某个词用过了，我就会搜索，把重复的词改掉。

王秀云： 小说。

魏微： 清朗。阔朗。

吴玄： 因为，所以，然后，但是。

晓航： 不知道。我的感受同上。

杨庆祥： 没有统计过，大概是"爱"吧。

于晓威： 笑了一下。

哲贵： 我最喜欢用句号。

八、你最大的恐惧是什么？

蔡东： 失去健康，失去思考的能力，体会不到读好书的乐趣也感受不到世间形形色色的美了。

陈集益： 第一是死亡，火葬。很希望老年以后，能回到家乡的小山村生活，并且按照传统的土葬方式入土。土葬是一个人在大地上生长、行走很多年，最后回归土地的最好的方式。我不赞成像我家乡那样的山区实行火葬。想到一个山里人死后，还要按政府的规定，拉到城市郊区扔进高科技焚烧炉焚烧，想到这是一种强迫行为，就想：要是真能变成鬼该多好啊，我掐死强迫山区居民进行火葬的人。

第二是被莫名其妙抓走，或者突然一无所有，无法与亲人生活在一起。

第三是对血腥的战争、丧失伦理底线的科技探索、环境恶化的担忧，可能还称不上恐惧。

高岩： 对悲观情绪的恐惧，长久的工作，让人在思考中总是无可抑制地走向悲观的终点，于是考虑生病、死亡、未知、无常，因此忽略了生命的宽度和广阔！

李德南： 对恐惧的恐惧。

刘汀： 战争。

孟小书： 没有一技之长，或是说没有任何爱好，乏味地过一生。

祁媛： 当然怕死喽！不过细分怕的阶段，那么是：十岁怕上街走丢，十五岁怕做噩梦醒不来，初中怕过二十岁的生日，觉得那是世界末日，三十岁怕老。现在好像无所谓了，觉得该怕的都差不多怕过了，死嘛，目前也不那么恐惧了，好像自己已经死了一次似的，目前最大的恐惧是害怕虚度光阴，怕变成行尸走肉，说到这就感觉很不舒服，因为我真的太懒，浪费了太多时间了。

王苏辛：身体不好。

王小王：恐惧死亡本身，恐惧生命的虚无，我们终其一生都无法知道世界的本质。

王秀云：虫子和散养的大狗。

魏微：我不大恐惧的。

吴玄：永生，死不了。

晓航：在生命的终点与所爱的人分离。

杨庆祥：没有人爱。

于晓威：失明。主要是看不到书，看不到女性之美。

哲贵：最大恐惧是恐惧本身。

九、你最喜欢女性身上的什么品质？

蔡东：柔韧，独立，宽厚，有同理心；像欣赏异性一样欣赏自己的同类。

陈集益：温柔、贤惠，善解人意。

高岩：坚韧，乐观，即便是身处逆境，依然寻找生活幸福点滴的能力！

李德南：在我的理解中，似乎并没有一种品质是独属于女性的，也没有一种品质独属于男性。我最喜欢很多女性的知性美。

刘汀：独立，广义的。

孟小书：宽容。宽容会让女人变得从容且优雅，不易衰老。

祁媛：应该是坚韧。我喜欢那种从容平静但永远知道自己最重要的事是什么的女人，就我所了解的大部分女人其实都相对比较贪心，什么都想要，不会也没有勇气做取舍。

王苏辛：耐心。

王小王：柔韧。在逆境中女性往往更乐观而坚持。

王秀云：漂亮。

魏微：温柔。以前喜欢独立的、有个性的女性，现在还是觉得温柔好。我们老祖宗的审美没问题的。

吴玄：美。

晓航：充满情感与爱，包容，同情，善良，细腻，温柔，善解人意，不功利。

杨庆祥：善良。

于晓威：又善良又聪明。

哲贵：我喜欢咄咄逼人的女性。她们充满自信。

十、你最喜欢男性身上的什么品质？

蔡东：无忌，无畏；像欣赏异性一样欣赏自己的同类。

陈集益：阳刚、真诚，有社会担当，有奉献精神。不与权贵同流合污。

高岩：勇敢，一往无前，即便是处于低谷，依然信心十足！

李德南：回答的前提与上一个问题相同。我最喜欢兼备诚与真的男性。

刘汀：责任感，也是广义的。

孟小书：勤奋。

祁媛：克制。尽管很多男人身上也没有……

王苏辛：果毅。

王小王：责任感和宽厚。

王秀云：没有小文人气。

魏微：不大好讲。果断？责任心？正派？其实我觉得这些都不重要，这些品质一旦脱离具体的人来谈，就没意义。

吴玄：智慧。

晓航：拥有理想主义精神，博爱，包容，坚定，勇敢，有责任感，平和。

杨庆祥：知行合一。

于晓威：勤恳，果断，责任感。

哲贵：沉默。淡然。克制。负责任。

十一、你最痛恨人性中的哪种特质？

蔡东：虚伪不诚。

陈集益：奴性，欺骗，尔虞我诈，阳奉阴违。或者自高自大，高高在上，愚蠢透顶。以及虚荣，虚伪，贪婪。

高岩：自我，一种借由区别于群体，却最终总是被群体通化的所谓的个性！

李德南：会作恶。

刘汀：自私。

孟小书：自私。

祁媛：虚伪，但每个人身上都多少有点，也许是动物性，也许不是，动物虚伪吗，好像不吧，人虚伪，当然也有的是为了保护自己，有的不是，仅仅是个虚伪的习惯……

王苏辛：不节制。

王小王：人云亦云。

王秀云：嫉妒，我觉得上帝造人的时候，造出嫉妒这种病，就等于给人类判了无期徒刑。任何环境，只要有人有了嫉妒之心，这个环境早晚就烂掉。没办法。我觉得嫉妒是人类的癌症。

魏微：伪善。

吴玄：假。

晓航：尔虞我诈，笑里藏刀，口蜜腹剑。

杨庆祥：反复无常。

于晓威：貌似忠厚，四处讨好，伪善欺世。孔子所谓的"乡愿"，德之贼也。

哲贵：没有"最痛恨"。

十二、你认为人性中最值得欣慰的特质是什么？

蔡东：不管环境多残酷，境遇多恶劣，总有人能够怀抱希望，生存，成长，创造。

陈集益：善良，同情心，乐观。

高岩：好奇，对未知的好奇，无论是平庸还是伟大，或者是其他种种都不能掩盖的对不可知的探索。

李德南：有的人深知利害，却还是能选择去爱，甚至是奋不顾身。

刘汀：忍耐吧，生而为人，太需要这个了。

孟小书：善良。

祁媛：善良？大概是的，是善良，但我不知道这是不是人的天性，也许不是，只是人偶然冒出来的东西而已，谁知道！不过我还是愿意相信善良是人的天性，愿意相信无缘无故害人的人少，我觉得这个蛮重要的，它会让人在很多无情的时光中留有温柔，不是吗？

王苏辛：总会有不得不诚实的那一刻。

王小王：同情心。其实这跟我痛恨的有同样的根源。人是群居动物，太容易受到其他人的影响，我们每个人身上都有其他所有人的存在。这是一把双刃剑，它既让我们更为理解和同情他人，又容易让我们丧失或主动放弃自我意志。

王秀云：爱美。爱美丽的人，爱美丽的花，爱美好的食物和环境。因为还有爱美的天性，人类才不至于成为垃圾场。

魏微：善良。

吴玄：没发现人性有什么最值得欣慰的特质。

晓航：爱，同情，怜悯，包容，宽恕，崇尚自由，追求真理。

杨庆祥：遗忘。遗忘让人类延续。

于晓威：怀旧。

哲贵：宽恕。

十三、你认为人生至深的痛苦是什么？

蔡东：彩云易散，好事多磨，生而执着而必须学会面对人生的一切无常。还有一种至深的痛苦，是一个人在已经被证明是纯粹消耗生命及不断制造痛苦的思维模式或人生模式里来回往复，从生到死，一直如此。

陈集益：看不到希望。我十六岁时，因为中考成绩与我们当地重点中学相差七分，被一个"光头学校"录取。所谓"光头学校"就是从建校几十年以来，该校还没有一个学生考上大学，也就是过高考录取分数线的。于是，当我的成绩下滑到全校多少名以后，追又追不上去，刻骨铭心的绝望就产生了。那种绝望甚至从精神上摧垮了我，我在高中后面两年自暴自弃，基本没有再读书，与小镇上的小流氓混到了一起。幸好我真正成年以后，又从那种状态里爬了出来。但是，在目前，在我们的身处的这个环境，看不到希望的感觉，那种所有人好像都无能为力的感觉，如影随形，绝望已成了我最主要的创作母题。

高岩：内疚，一种自我背负枷锁的方式。

李德南：知道有美好的去处，也知道通往美好去处的道路是存在的，但无法抵达。

刘汀：求而不得。

孟小书：富有充沛的情感。

祁媛：最爱的家人离开你。

王苏辛：永远得不到最初想要得到的东西。

王小王：不想分离的分离。

王秀云：写不出自己真满意的好小说。别人叫好不算，得自己心里为自己叫好，不忐忑。

魏微：时间无涯，生命有限。

吴玄：嘴里被塞了一团屎。

晓航：在生命的旅程中，不断与所爱的人们告别。

杨庆祥：衰老或者长生不老。

于晓威：失去至亲。至亲在，你人生所取得的一切都是收获。至亲不在，这些事物很多只是炫耀。

哲贵：无能为力。

十四、如果可以，你选择改变人生的哪个部分？

蔡东：一时想不到如何回答。身边的朋友说，他最想改变自己的童年。

陈集益：我改变自己在年少时不爱读书，在二十多岁后仍然虚度光阴，大约三十岁以前的光阴，那段时间，我的人生没有目标、理想，仅仅是活着。

高岩：想象不出来！或者说不知道该改变什么，既然想不出来，就索性不改了吧！

李德南：我经常觉得人生太短，很难有真正意义上的大创造，甚至一生都来不及把人类已创造的文明检阅一遍。如果可以，我想活两百年以上，在不断加速的时代中可以慢下来，慢慢看。但我不想永生，永生是对所有意义的取消。

刘汀：当然是未来啊。

孟小书：二十四至二十九岁。那时候的我太幼稚，做了很多冲动、鲁莽的事儿。

祁媛：可以选择？嗯，这是个很浪漫的想法，我不想改变我的童年，尽管我的童年是残缺的，家境也实在普通，但我仍然是在爱和被爱中长大的。在我二十七岁到三十岁的这两三年，应该是我失去最多的两年，我的爷爷离开我了，我所最爱的亲人们都几乎不在了，我感觉自己是一无所有的人，我恐惧过，也想过自暴自弃，如果我能对那时的我提个忠告的话，我会说"坚强一点"。

王苏辛：性别。

王小王：回到我父亲生病前，好好督促他、看顾他，让他一直健康。

王秀云：计划生育那一部分，我希望要三个孩子。最好是两个儿子一个女儿。可是，人生没有如果，痛心疾首。

魏微：我都想改变，想重新来过。

吴玄：做人。

晓航：青少年时代。

杨庆祥：如果可以，就选择做一棵树或者一朵流云吧。

于晓威：到目前为止，我很知足。

哲贵：哪一部分也不想改变。

十五、你认为哪种美德是被过高地评估的？

蔡东：浑浑噩噩的牺牲。

陈集益：道德感。因为道德的标准，是不好把握并且处于变化之中的。今天，当我们站在道德的制高点，去指摘某些人与事，明天可能发现没有什么不道德的。当年穿喇叭裤和烫头发的年轻人，不就被人认为是流氓装扮吗？但是，假如没有道德感，人的行为方式得不到法律以外的道德约束，社会的秩序将会被破坏，其实也不行的。所以，我们自身要多学习、多思考，多关注社会变迁，体恤人心，由此超越个人认知局限，创作出有艺术生命力的作品。

高岩：无私，有违人性的一种品德，除非在母性与子女、信仰与信徒之间，否则，所有的无私，都值得考量和商榷。

李德南：自我的道德感。大多数人的德行其实并不像人们所想象的那么好，自我高估是经常发生的现象。我自己亦如是。人类自我认知和自我完善的道路还很漫长。

刘汀：善良，不但被高估了，而且被滥用了，它成了它自己的桎梏。

孟小书：忠诚。人性之复杂，很难让一个人完全忠诚于另一个人或是某个组织。

祁媛：我觉得人类所有的美德都有被高估和被低估的时候，这是个人体验范畴的事，有的人运气好，老是有各种美德满满的人在周围打转，有的人则相反。实在要说一个的话，"友爱"吧，因为很多"友爱"不"真实"。

王苏辛：诚实。

王小王：我们往往过高期待人性中的"善"，其实往往善恶之间是可以无缝切换的，著名的心理学实验"斯坦福监狱实验"早已证明了情境对人性的影响。

王秀云：勤奋。这是我被经常冠以的美德，但我个人非常不愿意拥有了，因为，没有智慧的勤奋没有太多意义。生活和写作都不是仅有勤奋就能心想事成的。

魏微：母爱。是挺伟大的，但说到底这是本能。本能是不当被过高评估的。

吴玄：不知哪些是美德，不知哪些被高估。

晓航：似乎没有，我并没有认真考虑过这个问题，所以答案可能是有问题的，我只是觉得，每种美德人类都有特别伟大的而且特别极致的例子，来证明这种美德有多么美好！

杨庆祥：清贫且坚持。

于晓威：利他主义。

哲贵：无论哪一种美德，都不会被高估。

附录：作家档案

阿舍（1971—），散文家，小说家，女，本名杨咏，维吾尔族，汉语写作。生于新疆，现居银川，《黄河文学》编辑。中国作协会员。银川作协副主席。鲁迅文学院第十五届、第二十八届高研班学员。出版有长篇历史小说《乌孙》，短篇小说集《奔跑的骨头》《飞地在哪里》，散文集《白蝴蝶，黑蝴蝶》《撞痕》。2010年、2011年、2014年获《民族文学》年度散文奖、小说奖。2016年获《十月》文学奖、《朔方》文学奖。

蔡东（1980—），小说家，文学硕士，生于山东，现居深圳。2006年在《人民文学》发表小说，相继在《当代》《天涯》《收获》《十月》《花城》等刊发表作品，在《文艺争鸣》等刊物发表艺术随笔，曾获得华语文学传媒大奖最具潜力新人奖、《十月》文学奖、郁达夫小说奖等。

陈鹏（1975—），小说家，生于昆明，国家二级足球运动员，鲁迅文学院第十七届高研班学员。小说家。曾获十月文学奖、莽原文学奖、滇池文学奖等多种奖励。现任大益文学院院长。

陈崇正（1983—），小说家，生于广东潮州，著有《折叠术》《黑镜分身术》《半步村叙事》《我的恐惧是一只黑鸟》《正解：从写作文到写作》等多部小说；中国作家协会会员，2017年入读北师大与鲁院联办硕士研究生班；现供职于花城出版社《花城》编辑部，兼任广东外语外贸大学创意写作专业导师、韩山师范学院诗歌创研中心副研究员。

陈集益（1973—），小说家，浙江金华人。中国作家协会会员。《青年文学》编辑。高中毕业后做过多种苦力。鲁迅文学院第七、二十八届高研班学员。有中篇小说《城门洞开》《人皮鼓》《驯牛记》《制造好人》等，见于《十月》《人民文学》《钟山》《花城》等刊物。出版有小说集《野猪场》《长翅膀的人》《吴村野人》《哭泣事件》。现居北京。

次仁罗布（1965—），小说家，西藏作家协会副主席，《西藏文学》主编；中国作家协会全委会委员，鲁迅文学院第四、十二届高研班学员；中宣部文化名家暨"四个一批人才"；西藏自治区学术带头人；西藏民族大学驻校作家。获西藏"第五届珠穆朗玛文学艺术奖"金奖、"西藏新世纪文学奖""第五届鲁迅文学奖""第三届汉语文学女评委大奖特别奖"，被收录进《中国一百年经典作品集》。长篇小说《祭语风中》被国家新闻出版广电总局列入"中国七十七部文艺原创精品作品"，获第六届中华优秀出版物奖，中国小说协会"2015年度中国长篇小说排行榜第三名"奖，第二届路遥文学奖第二名（并列），2016年获"第五届汉语文学女评委奖大奖"，作品被翻译成了英文和哈萨克文、藏文等；出版儿童读物《雪域童年》（四本），入选国家新闻出版广电总局"2015年主题出版重点出版物"；著有中短篇小说集《放生羊》等；小说集《界》翻译成了英文、德文、法文、西班牙文、日文、印地文等出版。

邓刚（1945—），小说家，原名马全理。曾任辽宁作协副主席、大连作协主席，今为中国作协全委名誉委员，《人民文学》编委委员。中国作家协会文学讲习所学员。著有长篇小说《白海参》《曲里拐弯》《山狼海贼》、中篇小说《迷人的海》等五百万字。其作品改编成影视剧本《碰海人》《站直喽，别趴下》《狂吻俄罗斯》《澳门雨》等多部。并多次获全国及省、市文学奖，作品译成多国文字。

董夏青青（1987—），小说家，女，生于北京，山东安丘人，在湖南长沙长大。毕业于解放军艺术学院文学系，中央戏剧学院戏文系硕士，鲁迅文学院第三十二届高研班学员，现供职于新疆军区。小说、散文曾在《人民文学》《收获》《十月》《当代》《解放军文艺》《思南文学选刊》《芙蓉》《青年作家》《青年文学》《南方周末》等杂志报纸发表。曾获"紫金·人民文学短篇小说奖""解放军报长征文艺奖"。

杜学文（1962—），文艺评论家，山西人，现任山西省作家协会党组书记、主席。长期从事文艺批评及文化理论研究，已发表研究成果三百多万字。出版有文艺评论集《寂寞的爱心》《人民作家西戎》《生命因你而美丽》《艺术的精神》《中国审美与中国精神》、历史文化著作《追思文化大师》《我们的文明》等。主编的作品有《聚焦山西电影》《世界反法西斯战争中的山西抗战文学》《刘慈欣现象观察》《"晋军崛起"论》《山西历史文化读本》《三晋史话·综合卷》《山西历史举要》《与大学生谈心》等。曾先后获中国文联文艺评论奖、中国金鹰电视艺术节电视艺术论文奖、中国当代文学研究优秀成果奖、赵树理文学奖、山西省精神文明建设"五个一工程"奖、山西省社会科学优秀成果奖、山西省出版奖等多种奖项。

东君（1974—），小说家，本名郑晓泉，生于浙江乐清柳市。主要从事小说创作，兼写诗与随笔。鲁迅文学院第八、二十八届高研班学员。结集作品《东瓯小史》《某年某月某先生》《子虚先生在乌有乡》《徒然先生穿过北冰洋》《立鱼》等。另著有长篇小说《浮世三记》《树巢》。

东紫（1970—），小说家，本名戚慧贞，山东莒县浮来山人，现供职于山东中医药大学第二附属医院。鲁迅文学院第九届、二十八届高研班学员。出版长篇《好日子就要来了》（2018年，北京十月文艺出版社）、《隐形的父亲》（2017年，安徽少儿出版社）及中短篇小说集《天涯近》（二十一世纪文学之星2008年卷）、《被复习的爱情》（2012 年，二十一世纪出版社）、《白猫》（2012 年，山东文艺出版社）、《在楼群中歌唱》（2014 年，台湾人间出版社）、《红领巾》（2016 年，中国言实出版社）。中篇《春茶》获 2009 年茅台杯人民文学奖，中篇《乐乐》获 2009 年鄂尔多斯杯中国作家新人奖，中篇《穿堂风》2010 年获《山东文学》2006—2010 年优秀作品奖，中篇《北京来人了》2013 年获第五届《北京文学·中篇小说月报》奖，中篇《白猫》获第二届山东泰山文艺奖（2011 年）、第六届鲁迅文学奖提名（2014 年）。

范稳（1962—），小说家，男，生于四川，毕业于西南师大（现西南大学）中文系，鲁迅文学院第十一届高研班学员。现供职于云南省作家协会，国家一级作家，云南省有突出贡献的优秀专家，首批"云岭文艺名家获得者"，全国文艺名家暨"四个一批人才"；全国政协委员，云南省政协委员，中国作协全委会委员，中国作协小说创作委员会委员，九三学社社员。1986 年开始发表作品。现已发表各类题材、体裁的文学作品近六百万字，已出版各种体裁的文学作品十六部。含长篇小说、中短篇小说、散文、报告文学等文学体裁。代表作为反映西藏百年历史的"藏地三部曲"——《水乳大地》《悲悯大地》《大地雅歌》。其中《水乳大地》已翻译成法文出版，《悲悯大地》翻译成英文出版。另一部反映滇越铁路修筑史的长篇小说《碧色寨》翻译成意大利文版，《吾血吾土》和《重庆之眼》是其新近出版的反映抗战历史文化的两部长篇小说。曾获第七、第八、第九届茅盾文学奖提名奖，第八、第十一届"十月文学奖"，第四届《人民文学》长篇小说双年奖等诸多国内重要文学奖项。

傅逸尘（1983—），评论家，本名傅强，生于辽宁鞍山，毕业于原解放军艺术学院文学系，鲁迅文学院第二十六届高研班学员，现为解放军报社文化部编辑；中国作家协会会员·军事文学委员会委员、中国报告文学学会理事、中国现代文学馆特邀研究员、解放军军事文学研究中心研究员；著有文论集《重建英雄叙事》《叙事的嬗变》、专著《英雄话语的涅槃》《新生代军旅作家面面观》、长篇纪实文学《远航记》、绘本《最美妙的声音》等；曾获中国当代文学研究优秀成果奖、"紫金·人民文学之星"文学奖、中国文联文艺评论奖、全军文艺优秀作品奖，以及"啄木鸟杯"中国文艺评论年度优秀作品、《当代作家评论》优秀论文奖等。

高鹏程（1974—），诗人，男，宁夏人，现居浙东。写诗兼及其他文字。中国作协会员。浙江青年文学之星。二十二届青春诗会成员。鲁迅文学院第二十一届高研班学员。曾获浙江省优秀文学作品奖、第三届人民文学新人奖、第四届全国红高粱诗歌奖、第三届国际华文诗歌奖一等奖等奖项。著有诗集《海边书》《风暴眼》《退潮》《县城》《江南：时光考古学》、随笔集《低声部》等。

高岩（1979—），笔名最后的卫道者，编剧，网络作家。原为企业会计，现为中国作家协会会员、山东省作家协会会员、山东省网络文学委员会委员，华鼎奖最佳编剧奖获得者。自2005年起，从事文学创作，先后在铁血、逐浪、搜狐、天鹰等网络文学站点发表过数篇网络小说，点击量过亿。2007年，驻站铁血，创作《中日战争，第三次世界大战的序幕》历时六年，作品总点击量两亿万，目前已在海外出版繁体版。同年，与人合作创作玄幻类小说《悟神奇宝录》，后由台湾信昌出版社出版。先后出版过《边缘狙击》《杀破狼》《胡子》《神枪手》《猎狐》等多部小说。其中，《胡子》《神枪手》两部小说，入选首届网络文艺大赛，并分别获得三等奖和纪念奖，是唯一入选两部小说的参赛作者。参与进行《我的兄弟叫顺溜》《老大的幸福》两部剧本改编小说的工作。鲁迅文学院第二十五届高级研讨班学员。担任《战海飞鹰》《杀戮之地》《钓大鱼》《B区32号》《死亡航线》《战狼》《万圣夜惊魂》《特种部队－龙牙》《西南联大》《战狼2》《空天猎》《绝密行动》等多部电影的编剧和文学统筹工作。有《天津大码头》《陆战之王》《烈火英雄连》《如果有来生》多部电视剧剧本。

葛水平（1966—），小说家，编剧，女，山西作协副主席，山西文学院专业作家，祖籍山西沁水县山神凹。创作有中短篇小说集《喊山》《地气》《甩鞭》《守望》《我望灯》《空山草马》《一丈红》等、长篇小说《裸地》、散文集《我走我在》《走过时间》《绣履追尘》《河水带走两岸》等；有作品翻译到国外，并多次获得国内各刊物奖项。中篇小说《喊山》获第四届鲁迅文学奖。有电视剧本《盘龙卧虎高山顶》《平凡的世界》。

鬼金（1974—），小说家，本名刘政波，辽宁人，鲁迅文学院第十五、三十八届高研班学员。2008年开始中短篇小说写作。小说在《花城》《十月》《作品》《青年作家》《上海文学》《西部》《青年文学》等杂志发表，多篇小说入选《小说选刊》《中篇小说选刊》《中华文学选刊》。短篇小说《金色的麦子》获第九届《上海文学》奖。中篇小说《追随天梯的旅程》获辽宁省文学奖。有小说集《用眼泪，作成狮子的纵发》《长在天上的树》，长篇小说《我的乌托邦》。中国作家协会会员。现为吊车司机。

红柯（1962—2018），小说家，本名杨宏科，生于陕西关中农村，1985年大学毕业，先居新疆奎屯，后居小城宝鸡，后执教于陕西师范大学。曾漫游天山十年，主要作品有"天山－丝绸之路系列"、长篇小说《西去的骑手》《大河》《乌尔禾》《生命树》《喀拉布风暴》等、中短篇小说集《美丽奴羊》《跃马天山》《黄金草原》《太阳发芽》《莫合烟》《额尔齐斯河波浪》等，另有幽默荒诞长篇小说《阿斗》《好人难做》《百鸟朝凤》等六百万字。曾获冯牧文学奖、鲁迅文学奖、庄重文文学奖、中国小说学会奖长篇小说奖、陕西省文艺大奖等。

侯健飞（1968—），散文家，男，满族。河北承德围场县人。现役军人，先后毕业于南京政治学院新闻系、北京大学艺术系研究生班。鲁迅文学院第十九届高研班学员。解放军艺术学院文学系第二届高研班学员。多年从事文学编辑工作，所编图书多次分获全国"五个一工程"奖、中国图书奖、中国人民解放军文艺奖、鲁迅文学奖等。业余时间以中短篇小说和散文随笔创作为主，作品曾获《解放军文艺》优秀作品奖、中国人民解放军文艺奖、全国"五个一工程"奖、鲁迅文学奖，现任解放军（文艺）出版社文艺图书编辑部主任兼编审。

胡性能（1965—），小说家，云南昭通人，1965年6月出生。中国作协全委会委员，文学创作一级。现为云南省作协副主席，鲁迅文学院第十四届高研班学员。中短篇小说集《在温暖中入眠》入选中国作协21世纪文学之星丛书2004年卷，中篇小说集《有人回故乡》收入中国作家前沿文丛，中篇小说集《下野石手记》收入云南文学精品丛书。出版短篇小说集《孤证》。获第十届《十月》文学奖、云南文学奖等。

胡学文（1967—），小说家，男，中国作协会员，河北作协副主席。鲁迅文学院第三届高研班学员。著有长篇小说《私人档案》《红月亮》等四部，中篇小说集《麦子的盖头》《命案高悬》《我们为她做点什么吧》等八部。曾获《小说选刊》"贞丰杯"全国优秀小说奖，《小说选刊》首届中国小说双年奖，《小说选刊》全国读者喜爱的小说奖，《小说月报》第十二届、十三届、十四届、十五届、十六届百花奖，《十月》文学奖，《北京文学·中篇小说月报》奖，《中篇小说选刊》奖，《中国作家》首届"鄂尔多斯"奖，青年文学创作奖，河北省文艺振兴奖，第六届鲁迅文学奖，第二届鲁彦周文学奖，《钟山》文学奖，小说入选中国小说学会2004年、2006年、2011年全国中篇小说排行榜。《命案高悬》出版英文单行本。

黄孝阳（1974—），小说家，男，作家。出版社编辑。鲁迅文学院第十四、二十八届高研班学员。主要作品有《众生：迷宫》《众生：设计师》《旅人书》《乱世》《人间世》《遗失在光阴之外》《时代三部曲》《阿槑冒险记》《网人》《少年》等，小说集《是谁杀死了我》，文学理论集《这人眼所望处》等，提出"量子文学观"。多部中短篇小说入选各种年度选本。《人间世》入围"凤凰网网友票选 2010 年度十大好书"，《乱世》获第五届紫金山文学奖长篇小说奖，《众生》获第二届钟山文学奖，中篇小说《阿达》获第九届金陵文学奖大奖。获江苏省第三届紫金山文学奖新人奖、2013 年度"中国好编辑"、2013 年度中国"书业十佳策划人"、2014 年度"凤凰好编辑"等。

黄咏梅（1974— ），小说家，广西梧州人，鲁迅文学院第二十二届高研班学员，2002 年开始小说创作，在《人民文学》《花城》《钟山》《收获》《十月》等杂志发表小说百余万字，多篇被《小说月报》《小说选刊》等转载并收入多种选本。出版小说《一本正经》《把梦想喂肥》《隐身登录》《少爷威威》《走甜》等。曾获《十月》文学奖、《人民文学》新人奖、《钟山》文学奖、林斤澜优秀短篇小说作家奖、汪曾祺文学奖等。小说多次进入中国小说学会年度排行榜。

计文君（1973— ），小说家，女，河南人，艺术学博士。中国现代文学馆副研究员，鲁迅文学院第十三届高研班学员，出版有小说集《帅旦》《剔红》《窑变》《白头吟》《化城喻》等，专著《谁是继承人——红楼梦小说艺术现当代继承研究》。

纪红建（1978— ），报告文学作家，湖南望城人。鲁迅文学院第二十届高研班学员。中国报告文学学会理事、青年创作委员会副主任。现供职于湖南毛泽东文学院，文学创作一级。已出版《乡村国是》《哑巴红军传奇》《不孕不育者调查》《母爱最真》《见证：中国乡村红色群落传奇》（合著）、《马桑树儿搭灯台——湘西北红色传奇》等长篇报告文学十余部，在《中国作家》《当代》等发表长中短篇报告文学二百余万字。《见证：中国乡村红色群落传奇》《乡村国是》分别入选 2016 年、2017 年中国报告文学优秀作品排行榜，多篇作品入选各种年度选本。曾获第七届鲁迅文学奖、第二届"茅盾文学新人奖"、第十一届全军文艺优秀作品奖、首届《中国作家》鄂尔多斯文学奖、第二十八届湖南省青年文学奖、湖南省第十三届"五个一工程"奖等。

贾平凹（1952—），作家，生于陕西省丹凤县棣花镇。中国作家协会副主席，陕西省作家协会主席，西安市文联主席。1975年毕业于西北大学中文系。1974年开始发表作品。著有《贾平凹文集》二十六卷。长篇小说代表作有《浮躁》《废都》《秦腔》《古炉》《带灯》《老生》《山本》等。中短篇小说代表作有《黑氏》《天狗》《五魁》《倒流河》等。散文代表作有《商州散记》《丑石》《定西笔记》等。其作品曾获得过国内茅盾文学奖、鲁迅文学奖、全国优秀短篇小说奖、全国优秀中篇小说奖、全国优秀散文（集）奖、香港"红楼梦·世界华文长篇小说奖""华语文学传媒大奖""施耐庵文学奖""当代文学奖""人民文学奖"等，以及美国"飞马文学奖"、法国"费米娜文学奖"、法兰西金棕榈文学艺术骑士勋章。有三十多部作品被译为美、法、德、瑞典、意大利、西班牙、俄、日、韩、越文，在二十多个国家出版发行。

雷平阳（1966—），诗人，生于云南昭通，现居昆明。出版作品集多部，获华语传媒大奖诗歌奖和鲁迅文学奖等奖项。鲁迅文学院第三届高研班学员。

李德南（1983—），评论家，广东信宜人，上海大学哲学硕士、中山大学文学博士，现为广州文学艺术创作研究院青年学者、专业作家，兼任中国现代文学馆特邀研究员、广东外语外贸大学创意写作专业导师、广东省首届签约评论家等。著有《"我"与"世界"的现象学——史铁生及其生命哲学》《小说：问题与方法》《有风自南》《途中之镜》等。获《南方文坛》"年度优秀论文奖"、广东省鲁迅文学艺术奖等奖项。入选羊城青年文化英才、广东省青年文化英才。

李凤群（1973—），小说家，女，安徽无为人。2000年开始创作长篇小说。2006年加入中国作家协会。鲁迅文学院第十四届高研班学员。曾获江苏省第三、四届紫金山文学奖,安徽省首届鲁彦周文学奖,江苏省"五个一工程"奖,"安徽省文学新星奖""2013年度青年作家奖"等。作品《良霞》获得2014年中国小说学会排行榜中篇小说第二名。作品《大风》入选2016年中国小说学会排行榜,在《人民文学》《十月》《大家》《作家》《芳草》等杂志发表长、中、短篇作品百万字。共出版小说集《边缘女人》《没有春天的网恋》《如是我爱》《非城市爱情》《背道而驰》《大江边》《颤抖》《大风》等多部。

李浩(1971—),小说家,男,河北沧州人,河北师范大学文学院教授。曾先后发表小说、诗歌、文学评论等文字。鲁迅文学院第八、二十八届高研班学员。有作品被各类选刊选载,或被译成英、法、德、日、俄、意、韩文。著有小说集《谁生来是刺客》《侧面的镜子》《蓝试纸》《将军的部队》《父亲,镜子和树》《变形魔术师》《消失在镜子后面的妻子》,长篇小说《如归旅店》《镜子里的父亲》,评论集《在我头顶的星辰》《阅读颂,虚构颂》。另有诗集《果壳里的国王》等,共计二十余部。曾获第四届鲁迅文学奖,第十一届庄重文文学奖,第三届蒲松龄文学奖,第九届《人民文学》奖,第九届《十月》文学奖,第一届孙犁文学奖,第一届建安文学奖,第七届《滇池》文学奖,第九、十一、十二届河北文艺振兴奖等。

李敬泽(1964—),评论家,散文家,山西人,1984年毕业于北京大学。曾任《人民文学》杂志主编,现为中国作家协会副主席、书记处书记。2000年获中华文学基金会冯牧文学奖优秀青年批评家奖。2005年获《南方都市报》华语文学传媒大奖年度文学评论家奖。2007年获鲁迅文学奖文学理论评论奖。2014年获《羊城晚报》花地文学榜年度评论家金奖。2016年获十月文学奖。2017年获《南方都市报》华语文学传媒大奖年度散文家奖。著有各种理论批评文集和散文随笔集十余种。2014年出版评论集《致理想读者》,2017年出版《青鸟故事集》，2018 年出版《咏而归》和评论集《会议室与山丘》。

李骏虎（1975—），小说家，山西洪洞人。中国作家协会会员，山西省作家协会副主席，山西省青年联合会副主席。出版有长篇小说《奋斗期的爱情》《公司春秋》《婚姻之痒》《母系氏家》《中国战场之共赴国难》《众生之路》《浮云》，中短篇小说集《前面就是麦季》《此案无关风月》《李骏虎小说选》（上、下卷），随笔集《比南方更南》，散文集《受伤的文明》，评论集《经典的背景》。曾获第四届山西新世纪文学奖、第十二届庄重文文学奖、第五届鲁迅文学奖、2007—2009 年度赵树理文学奖及赵树理文学奖荣誉奖。鲁迅文学院第七届中青年作家高级研讨班、第二十八届中青年作家高级研讨（深造）班学员。

梁鸿（1973—），学者，作家，女，河南人，中国人民大学文学院教授。出版非虚构文学作品《出梁庄记》和《中国在梁庄》、学术著作《黄花苔与皂角树》《新启蒙话语建构》《外省笔记》《"灵光"的消逝》等、学术随笔集《历史与我的瞬间》、小说集《神圣家族》。2017 年 11 月出版长篇小说《梁光正的光》，曾获第十一届华语文学传媒大奖"年度散文家"，及"2010 年度《人民文学》奖""2010 年度新京报文学类好书""第七届文津图书奖""2013 年度中国好书""新浪网年度十大好书"（2011 年、2013 年）、"凤凰网2013 年度十大好书""《亚洲周刊》非虚构类十大好书"（2010 年）、"广州势力榜"（2010 年、2016 年）等多个奖项。

林森（1982—），小说家，现居海口，现任《天涯》杂志副主编。曾就读于鲁迅文学院第七届高研班，现就读于鲁迅文学院与北师大联办作家研究生班。作品见《人民文学》《十月》《作家》《钟山》《长江文艺》《诗刊》《中国作家》《山花》《作品》《大家》《青年文学》《小说选刊》《小说月报》《中篇小说选刊》《中华文学选刊》等。出版有小说集《小镇》《捧一个冰椰子度过漫长夏日》《海风今岁寒》、长篇小说《关关雎鸠》《暖若春风》、诗集《海岛的忧郁》《月落星归》等。

刘建东（1967—），小说家，中国作协全委会委员，河北省作协副主席，文坛"河北四侠"之一。1989年毕业于兰州大学中文系。鲁迅文学院第十四期高研班学员。1995年起在《人民文学》《收获》等发表小说。著有长篇小说《全家福》《女人嗅》《一座塔》，小说集《情感的刀锋》《午夜狂奔》《我们的爱》《射击》《羞耻之乡》《黑眼睛》《丹麦奶糖》等。曾获人民文学奖、十月文学奖、《小说月报》百花奖、孙犁文学奖、河北省文艺振兴奖等。多次入选中国小说学会年度小说排行榜。

刘亮程（1962—），作家，甘肃人。鲁迅文学院第三届高研班学员。著有诗集《晒晒黄沙梁的太阳》，散文集《一个人的村庄》《在新疆》，长篇小说《虚土》《凿空》《捎话》等，有多篇文章收入全国中学、大学语文课本。获第六届鲁迅文学奖。2013年入住木垒，创建菜籽沟艺术家村落及木垒书院，任院长。

刘庆邦（1951—），小说家，生于河南沈丘农村。现为中国煤矿作家协会、北京作家协会副主席，一级作家，北京市政协委员，中国作家协会全国委员会委员。著有长篇小说《断层》《远方诗意》《平原上的歌谣》《红煤》《遍地月光》等七部，中短篇小说集、散文集《走窑汉》《梅妞放羊》《遍地白花》《响器》《黄花绣》等三十余种，并出版有四卷本刘庆邦系列小说。短篇小说《鞋》获第二届鲁迅文学奖。中篇小说《神木》获第二届老舍文学奖。中篇小说《到城里去》和长篇小说《红煤》分别获第四届、第五届北京市政府奖，获《北京文学》奖六度、《小说选刊》奖三度、《小说月报》百花奖三度、《十月》文学奖二度、《人民文学》奖二度、全国煤矿文学乌金奖四度等。根据其小说《神术》改编的电影《盲井》获第五十三届柏林电影艺术节银熊奖。曾获北京市首届德艺双馨奖。

刘汀（1981—），小说家、诗人，生于内蒙古赤峰市，现供职于《人民文学》杂志社。出版有长篇小说《布克村信札》、散文集《浮生》《老家》、小说集《中国奇谭》、诗集《我为这人间操碎了心》等。曾获新小说家大赛新锐奖、第三十九届香港文学奖小说组亚军、第二届华语青年作家奖非虚构提名奖、《诗刊》2017年度陈子昂诗歌奖青年诗人奖等。

龙仁青（1967—），小说家、翻译家。出生于青海湖畔。鲁迅文学院第二十届高研班学员。1990年开始文学创作及文学翻译。先后在《人民文学》《中国作家》《民族文学》《芳草》《章恰尔》等汉藏文报刊发表原创、翻译作品。作品多次入选《小说选刊》《小说月报》《中华文学选刊》等选刊类杂志及《中国短篇小说年选》《中国短篇小说年度佳作》《中国短篇小说经典》等年度选本。创作出版有"龙仁青藏地文典"（三卷本）、小说集《光荣的草原》《锅庄》等；翻译出版有《当代藏族母语作家代表作选译》《端智嘉经典小说选译》《仓央嘉措诗歌集》《居·格桑的诗》及《格萨尔》史诗部本《敦氏预言授记》《白热山羊宗》等。作品曾获中国汉语文学"女评委"大奖、《青海湖》文学奖、《红豆》文学奖等，入围第五届鲁迅文学奖终评。中国作协会员、青海省文联委员、青海省作协副主席、青海省《格萨尔》工作专家委员会委员、青海省民族文学翻译协会副会长兼秘书长。

鲁敏（1973—），小说家，女，江苏人，1998年开始小说写作。已出版《奔月》《六人晚餐》《九种忧伤》《荷尔蒙夜谈》《墙上的父亲》《取景器》《惹尘埃》《伴宴》《纸醉》《回忆的深渊》《百恼汇》等二十部。曾获鲁迅文学奖、庄重文文学奖、人民文学奖、郁达夫奖、《中国作家》奖、中国小说双年奖、《小说选刊》读者最喜爱小说奖、《小说月报》百花奖原创奖、"2007年度青年作家奖"，入选"《人民文学》未来大家TOP20"、台湾联合文学华文小说界"20 under 40"等。作品先后入选中国小说学会2005、2007、2008、2010、2012、2017年度排行榜。有作品译为德、法、日、俄、英、西班牙、意大利、阿拉伯文等。鲁迅文学院第七届高研班学员。

鲁若迪基（1967—），诗人，又名曹文彬，普米族，生于云南宁蒗县。鲁迅文学院第十二届高研班学员。出版诗集《我曾属于原始的苍茫》《没有比泪水更干净的水》《一个普米人的心经》《时间的粮食》《母语唤醒的词》等多部。作品被翻译为英、俄、西班牙等语。曾获第五届、第七届全国少数民族文学创作"骏马奖"，首届汉语诗歌双年十佳奖，第三届徐志摩诗歌奖等。中国作家协会全委委员、中国作家协会少数民族文学委员会委员。现任云南省作家协会副主席、丽江市文联党组书记。

吕铮（1980—），小说家，北京警察，曾为公安部猎狐缉捕队成员。中国作协会员，全国公安文联理事，全国公安作协签约作家。出版长篇小说《三叉戟》《名提》《猎狐行动》等十二部，连续荣获四届公安部金盾文学奖，获得 2015 年中国报告文学优秀作品排行榜第三名，获得海峡两岸新锐作家好书评选优秀作品，获得燧石文学奖。2014 年、2016 年、2017 年获得三次中国作协重点扶持项目。多部长篇小说改编影视作品。鲁迅文学院第十五届高研班学员。

马金莲（1983—），小说家，女，回族，宁夏人，先后发表作品三百余万字，部分作品被选载，部分作品入选各种选本，有作品译介国外。出版小说集《父亲的雪》《碎媳妇》《长河》《1987 年的浆水和酸菜》《绣鸳鸯》《难肠》，长篇小说《马兰花开》《数星星的孩子》。中国作协会员，鲁迅文学院高研班学员。获《民族文学》年度奖，《小说选刊》年度奖，中国作家出版集团"作家突出贡献奖"，《朔方》文学奖，《飞天》十年文学奖，郁达夫奖，中宣部"五个一工程"奖，茅盾文学新人奖，全国少数民族文学骏马奖，第七届鲁迅文学奖·短篇小说奖。

马小淘（1982—），小说家，本名马天牧，黑龙江哈尔滨人，硕士毕业于中国传媒大学，鲁迅文学院第七届高研班学员，供职于《人民文学》杂志社。曾获全国新概念作文大赛一等奖、"中国作家鄂尔多斯文学新人奖"、在场主义散文奖新锐奖、西湖·中国新锐文学奖、储吉旺文学奖等。十七岁出版随笔集《蓝色发带》。已出版长篇小说《飞走的是树，留下的是鸟》《慢慢爱》《琥珀爱》、小说集《火星女孩的地球经历》《章某某》、散文集《成长的烦恼》《冷眼》等多部作品。

孟小书（1987—），小说家，生于北京。加拿大约克大学毕业。《当代》编辑。鲁迅文学院第二十九届高研班学员。著有长篇小说《走钢丝的女孩》，小说集《满月》。获第六届西湖·中国新锐文学奖。

宁肯（1959—），小说家，散文家，北京人，曾在西藏旅居，主要作品有长篇小说《天·藏》《蒙面之城》《三个三重奏》《沉默之门》《环形山》，散文集《我的二十世纪》《说吧，西藏》《思想的烟斗》，获第七届鲁迅文学奖，第二届、第四届老舍文学奖长篇小说奖，首届施耐庵文学奖，第四届《人民文学》长篇小说双年奖，首届香港"红楼梦奖"长篇小说奖提名，美国纽曼文学奖提名奖，作品翻译成英文、法文，意大利文、捷克文。

祁媛（1986—），小说家，女，江西人，文学硕士，毕业于中国美术学院，鲁迅文学院第三十四届高研班学员。小说散见于《收获》《人民文学》《当代》《十月》等刊物，先后获第三届"紫金·人民文学之星"短篇小说奖、第四届郁达夫中篇小说提名奖、2016年十月短篇小说奖、第十五届华语文学传媒大奖"年度最具潜力新人奖"提名、"第二届茅盾文学新人奖"等奖项。出版中短篇小说集两部、儿童小长篇一部。

乔叶（1972—），小说家，散文家，女，本名李巧艳，河南省修武县人，河南省作家协会副主席，中国作家协会全委会委员。鲁迅文学院第三届高研班学员。著有长篇小说《认罪书》《拆楼记》《藏珠记》等多部，中短篇小说《最慢的是活着》《打火机》《取暖》《失语症》等多部，多部小说作品入选中国小说年度排行榜，并获得鲁迅文学奖、人民文学奖、华语文学传媒奖、庄重文文学奖、北京文学奖、锦绣文学奖、郁达夫小说奖、杜甫文学奖、小说月报百花奖以及中国原创小说年度大奖等多个文学奖项。小说《打火机》被译介到英国，《取暖》被译介到西班牙，《叶小灵病史》被译介到俄罗斯，《黄金时间》被译介到奥地利，另有若干作品被译介到埃及、墨西哥、日本、韩国等多个国家。

任林举（1962—），散文家，中国作家协会会员，中国电力作家协会副主席，鲁迅文学院第五、二十八届高研班学员。近年来主要从事散文、文学评论及纪实文学的创作。著有《玉米大地》《粮道》《松漠往事》《上帝的蓖麻》《时间的形态》等。曾获第六届鲁迅文学奖、第六届冰心散文奖、第七届老舍散文奖、丰子恺散文奖、首届三毛散文奖、2014年最佳华文散文奖、长白山文艺奖、吉林文学奖等。

邵丽（1963—），女，汉族，小说家，中国作家协会主席团委员。现任河南省文联主席、党组副书记，河南省作协主席。创作小说散文诗歌两百多万字。作品发表于《人民文学》《当代》《十月》《作家》等全国大型刊物，作品多次被《小说月报》《小说选刊》《新华文摘》等选载，部分作品译介到国外。曾获《人民文学》年度中篇小说奖，《小说选刊》双年奖，第十五、十六届百花奖中篇小说奖，第十届"十月文学奖"中篇小说奖等多项国家大型刊物奖。中篇小说《明惠的圣诞》获第四届"鲁迅文学奖"。长篇小说《我的生活质量》入围第七届"茅盾文学奖"。

沈念（1979—），散文家，中国作家协会会员，湖南省作家协会副主席。在《十月》《天涯》《世界文学》等大型文学期刊发表作品，被《新华文摘》《中华文学选刊》《小说月报》等多次转载并入选各类年度选本。出版有散文集《时间里的事物》（21世纪文学之星丛书2008年卷）、小说集《鱼乐少年远足记》《出离心》、长篇儿童小说《岛上离歌》等。曾就读于鲁十三届中青年作家高研班、二十八届中青年作家深造班。

石一枫（1979—），小说家，生于北京，1998年考入北京大学中文系，文学硕士。鲁迅文学院第二十届高研班学员。著有长篇小说《红旗下的果儿》《恋恋北京》《心灵外史》等，小说集《世间已无陈金芳》《特别能战斗》等。曾获鲁迅文学奖·中篇小说奖、冯牧文学奖、十月文学奖、百花文学奖、小说选刊中篇小说奖等。

斯继东（1973—），小说家，浙江绍兴人，中国作协会员，鲁迅文学院第十五、二十八届高研班学员。中短篇小说散见《收获》《人民文学》《十月》《今天》等刊，多次被《小说选刊》《小说月报》《中华文学选刊》《思南文学选刊》及各种年选转载，进入《小说选刊》2009年中国小说排行榜、2012年度中国小说学会排行榜、2016年花地文学榜、2018年收获文学排行榜和《扬子江评论》2018年文学排行榜。曾获林斤澜短篇小说奖、浙江优秀文学作品奖、浙江优秀青年作品奖。著有小说集《今夜无人入眠》《你为何心虚》《白牙》等。现为《野草》杂志主编、绍兴市作协主席。

宋小词（1982—），小说家，女，本名宋春芳，鲁迅文学院二十届高研班学员，现为南昌市专业作家。著有中篇小说《血盆经》《开屏》《太阳照在镜子上》《呐喊的尘埃》《锅底沟流血事件》《直立行走》和长篇小说《声声慢》等，多部小说被《小说月报》《小说选刊》《中篇小说选刊》选载。获第六届湖北文学奖，获第十八届《当代》文学拉力赛中篇小说总冠军，获第八届《小说选刊》中篇小说年度大奖。

汤汤（1977—），儿童文学作家，女，本名汤红英，痴迷童话，热爱行走。住在一个小小的县城——浙江武义，有滋有味地过着简单的日子，获第八、九、十届全国优秀儿童文学奖，有《到你心里躲一躲》《别去五厘米之外》《喜地的牙》《水妖喀喀莎》等作品。鲁迅文学院第十八届高研班学员。

陶纯（1964—），男，山东省东阿县人，先后就读于解放军艺术学院文学系、鲁迅文学院首届高研班。1988年开始发表作品,有大量长、中、短篇小说见于各文学期刊,部分作品被各类选刊转载。曾两次获得"中国人民解放军文艺大奖",两次获得全国"五个一工程"优秀图书奖,三次获得"全军文艺新作品奖"一等奖,两次获得"中国图书奖",以及《人民文学》《解放军文艺》《中国作家》等刊物优秀作品奖;2003年后转向影视剧本创作,参与编剧电影《钱学森》、电视剧《我们的连队》《红领章》《国家命运》《聂荣臻》《刑警队长》等八部,影视作品先后五次获全国"五个一工程"奖,四次获中国电视剧"飞天奖"。

2014年回归文学创作,长篇小说《一座营盘》入选2015年度中国小说学会年度排行榜、《当代》长篇小说"年度五佳"。2017年出版长篇小说《浪漫沧桑》。现为解放军战略支援部队专业作家。

陶丽群(1978—),小说家,女,壮族,广西百色人。作品散见《人民文学》《山花》《青年文学》《芙蓉》《民族文学》《广西文学》等,多次转载各选本。曾获广西文学小说、散文奖,广西少数民族文学创作花山奖,广西文艺铜鼓奖,2012年、2017年民族文学年度奖,北京文学优秀作品奖,骏马奖等。鲁迅文学院第十五、二十八届高研班学员。

汪玥含(1973—),儿童文学作家,北京大学文学学士,北京师范大学文学硕士,鲁迅文学院第三十届高研班学员,中国作家协会会员,中国电影文学学会会员,编审,现任中国少年儿童新闻出版总社儿童文学中心副主任。1994年开始发表作品,著有青春长篇小说《乍放的玫瑰》《我是一个任性的孩子》《沉睡的爱》等,儿童长篇小说《白羊座狂想家》《黄想想的狂想生活系列》等三十多部,曾获中宣部第十二届精神文明建设"五个一工程"奖、冰心儿童图书奖、全球华语科幻星云奖,作品入选"中国好书榜"和原创精品出版工程。

王凯(1975—),小说家,生于陕北黄土高原,长于河西走廊军营，1992 年考入空军工程学院，历任学员、技术员、排长、指导员、干事等职，现为空政文艺创作室创作员，中国作协全委会委员。鲁迅文学院第十五、二十八届高研班学员。曾在《人民文学》《当代》《解放军文艺》等刊物发表中短篇小说若干，著有长篇小说《全金属青春》《导弹和向日葵》及小说集《指间的巴丹吉林》《沉默的中士》等。

王莫之（1982—），小说家，本名王峰，在上海生活，鲁迅文学院第三十四届高研班学员。著有长篇小说《现代变奏》《安慰喜剧》、短篇小说集《310》，写小说之前是一位乐评人，希望以后还是。

王十月（1972—），小说家，初中学历。鲁迅文学院第八、二十八届高研班学员。2000 年开始小说创作。迄今为止出版、发表长中短篇小说、散文计三百余万字。获第五届鲁迅文学奖，《人民文学》《中国作家》《小说选刊》《北京文学》《小说月报》等期刊奖及广东省第七、八届鲁迅文艺奖等。上榜多种小说、散文排行榜。百余次入选各种选刊、选本。有作品译成多国文字。

王松（1956—），小说家，祖籍北京，现居天津。天津师范大学数学系毕业。鲁迅文学院首届高研班学员。中国作协全委会委员，天津作协副主席，文学创作一级。曾在国内各大文学期刊发表《蛾的飞翔》《燃烧的月亮》《荣誉》《双驴记》《红汞》《哭麦》等大量长、中、短篇小说。出版长篇小说《流淌在刀尖的月光》《红》《寻爱记》等及个人作品集多部。

王苏辛（1991—），小说家，女，生于河南，现居上海。曾出版中短篇集《白夜照相馆》、长篇小说《他们不是虹城人》，新小说集《在平原》将于 2019 年出版。

王威廉（1982—），小说家，陕西人，现居广州。先后就读于中山大学物理系、人类学系、中文系，中国现当代文学博士。中国作家协会会员，鲁迅文学院第二十九届高研班学员。在《收获》《十月》《花城》《作家》《散文》《读书》等刊发表作品，被各类选刊、选本大量转载。著有长篇小说《获救者》，小说集《内脸》《非法入住》《听盐生长的声音》《生活课》《倒立生活》《北京一夜》（台湾）等。现任职于广东省作家协会，兼任广东外语外贸大学中国语言文化学院创意写作专业导师。曾获首届"紫金·人民文学之星"文学奖、首届"文学港·储吉旺文学大奖"、十月文学奖、花城文学奖、广东省鲁迅文艺奖等，当选广东省青年文化英才。

王小王（1979—），小说家，女，原名王瑁，吉林人。小说发表于《人民文学》《钟山》《花城》《山花》《上海文学》等文学期刊，入选各类选刊及年度选本。小说集《第四个苹果》入选2012年"21世纪文学之星丛书"。曾获华语青年作家奖·小说主奖、《人民文学》短篇小说年度奖等。北京师范大学文学创作硕士（鲁迅文学院合办）。

王秀云（1966—），小说家，女，河北人，中国作协会员，著有长篇小说《出局》《飞奔的口红》《花折辱》等，出版有中短篇小说集《钻石时代》《我们不配和蚂蚁同归于尽》等，在《人民文学》《北京文学》《十月》《散文》《青年文学》《诗刊》等刊登小说诗歌散文多篇。鲁迅文学院第二十二届高研班学员。

魏微（1970—），小说家，女，江苏人。1994年开始写作，迄今已发表小说、随笔一百余万字。作品曾登2001、2003、2004、2006、2010、2012年中国小说排行榜。曾获第三届鲁迅文学奖、第二届中国小说学会奖、第十届庄重文文学奖、第九届华语文学传媒大奖·年度小说家奖、第四届冯牧文学奖及各类文学刊物奖。部分作品被译成英、法、日、韩、意、俄、波兰、希腊、西班牙、塞尔维亚等多国文字。现供职于广东省作家协会。鲁迅文学院第十四届高研班学员。

吴玄（1966—），小说家，浙江温州人。鲁迅文学院首届高研班学员。主要作品有《陌生人》《玄白》《西地》《发廊》《谁的身体》等。长篇小说《陌生人》被认为是中国后先锋文学的代表作，塑造了中国的一个新的文学形象。现居杭州，《西湖》文学杂志主编。

西元（1976—），小说家，本名刘稀元，籍贯黑龙江巴彦。1994年考入解放军南京政治学院，同年入伍，历任排长、干事、代理组织科长、营教导员。就读于中国人民大学、北京大学，获文学博士学位，鲁迅文学院第二十九届高研班学员。现为解放军战略支援部队航天系统部文艺创作室创作员。曾获《中篇小说选刊》全国优秀中篇小说奖、第二届《钟山》文学奖、第二届"茅盾文学新人奖"、第三届华语青年作家奖、第十二届解放军文艺优秀作品奖、《解放军文艺》优秀作品奖、《北京文学·中篇小说选刊》年度优秀中篇小说奖、第七届鲁迅文学奖中篇小说奖提名。

肖勤（1976—），作家，女，贵州人。鲁迅文学院第十二届高研班学员，中国作协会员，中国少数民族作家学会理事，第十届全国少数民族文学骏马奖得主。贵州省第二届德艺双馨文艺工作者。代表作有《暖》《霜晨月》《上善》《丹砂的味道》等，作品散见于《人民文学》《新华文摘》《小说月刊》《十月》《芳草》《中篇小说选刊》《小说月报》《山花》等。小说集《丹砂》入选中国2010年度21世纪文学之星丛书。小说《暖》获《小说选刊》中国2010年度第二届茅台杯小说年度奖。《金宝》获《民族文学》中国2010年度小说大奖。长篇小说《水土》获贵州省第十四届精神文明建设"五个一工程"奖。有多部小说、诗歌入选中国各年度选本并译为法、韩、蒙古、哈萨克等文。根据其小说《暖》改编的电影《小等》获美国圣地亚哥国际儿童电影节"最佳长片"奖。

萧萍（1968—），儿童文学作家，戏剧学博士，湖北人。现为上海师范大学人文与传播学院教授，儿童艺术创意与研究中心主任，非吼叫妈妈俱乐部创始人。曾获第八届（2007—2009年）、第十届（2013—2016年）全国优秀儿童文学奖，第四届（2014—2016年）中国政府出版奖提名奖，2016年、2017年陈伯吹国际儿童文学奖，2016年大众喜爱的五十种图书，2016年桂冠图书奖，第十四届国家新闻出版总局向全国青少年推荐百种优秀出版物等。著有小说、散文、童话和诗歌集三十多种，2014年出版儿童诗歌剧《蚂蚁恰恰》，2016年出版儿童新话本《沐阳上学记》（四本），2016年出版《萧萍儿童文学获奖作品》（十本），2018年出版《玩转儿童戏剧——小学戏剧教育的理论与实践》。鲁迅文学院第六届高研班学员。

骁骑校（1977—），本名刘晔，网络作家，中国作协会员，江苏省网络作协副主席，徐州市作协副主席。鲁迅文学院第二十五届高研班毕业，2007年开始职业写作，著有《橙红年代》《国士无双》《匹夫的逆袭》《罪恶调查局》等系列作品一千五百万字，小说人物剧情之间皆有关系，构建了独特的橙红宇宙。其中《橙红年代》被改编为四十七集同名电视连续剧，《匹夫的逆袭》获第六届紫金山文学奖，《罪恶调查局》获得第一届金键盘奖。

晓航（1967—），小说家，本名蔡晓航，北京人，搞过科研，做过电台主持人，现从事贸易工作。鲁迅文学院第二十一届高研班学员。从1996年开始创作，至今写作二百万字，曾获鲁迅文学奖、《人民文学》奖、《小说选刊》优秀小说奖、《十月》文学奖等其他国内各大奖项。自2001—2012年每年均有小说入选各年度最佳中篇、最佳短篇等年选，作品被翻译成英语、德语、日语、韩语、俄语、西班牙语等多国文字。2012年起开始长篇创作。被文学圈广泛地认为是"智性写作"的独具一格的代表人物。主要作品：《所有的猪都到齐了》《双生梦》。长篇小说：《被声音打扰的时光》《游戏是不能忘记的》。

徐剑（1958—），报告文学作家，编剧，汉族，云南昆明人，火箭军政治工作部文艺创作室主任，中国作协全委会委员，中国报告文学学会副会长，一级作家，享受国务院特殊津贴，中宣部全国宣传文化系统"文化名家暨四个一批人才"。著有小说、散文、报告文学、电视剧剧本共计六百万字，先后创作出版"导弹系列"的文学作品《大国长剑》《鸟瞰地球》《砺剑灞上》《原子弹日记》《逐鹿天疆》《大国重器》和电视连续剧《导弹旅长》，著有报告文学《水患中国》《麦克马洪线》《东方哈达》《冰冷血热》《遍地英雄》《国家负荷》《雪域飞虹》《浴火重生》《王者之地》《天空如镜》《于阗王子》《梵香》《坛城》，长篇散文《岁月之河》《灵山》《玛吉米》《经幡》《祁连如梦》等二十五部。曾三次获得中宣部"五个一工程"奖、两次获得"中国人民解放军文艺奖"，并荣获首届鲁迅文学奖"中国图书奖""中华优秀出版物奖""全军新作品一等奖""飞天奖""金鹰奖"等三十多项全国、全军文学奖，被中国文联评为"德艺双馨"文艺家。火箭军党委为表彰其创作上的成就，曾记二等功一次、三等功四次。

徐坤（1965—），小说家，女，辽宁沈阳人。现任《人民文学》杂志副主编，北京作家协会副主席。中国社会科学院文学博士，中国作家协会全委会委员，北京市政协委员，享受国务院特殊津贴专家。出版作品五百多万字，获得国家及省部级奖项及各大期刊奖三十余项（次）。代表作有《厨房》《狗日的足球》《午夜广场最后的探戈》《春天的二十二个夜晚》等。其中短篇小说《厨房》2001年获第二届鲁迅文学奖，长篇小说《八月狂想曲》2009年获中宣部"五个一工程"优秀图书奖、第四届老舍文学奖。长篇小说《野草根》被香港《亚洲周刊》评为"2007年中文十大好书"。部分作品被翻译成英、德、法、俄、意、韩、日语等出版。

徐衍（1989—），小说家，南开大学2011级中国现当代文学硕士，中国作协会员，2016年浙江省"新荷十家"，2018年获第五届"人民文学·紫金之星"短篇小说佳作奖；鲁迅文学院第三十四届青年作家高研班学员；曾获第十一届、第十二届全国新概念作文大赛一等奖；中短篇小说见《人民文学》《收获》《十月》《花城》《上海文学》《江南》《西湖》《长江文艺》《青年文学》《小说选刊》《中华文学选刊》等。

徐则臣（1978— ），作家，生于江苏东海，毕业于北京大学中文系，供职于《人民文学》杂志社。著有《耶路撒冷》《王城如海》《跑步穿过中关村》《青云谷童话》等。鲁迅文学院第十五届高研班学员。曾获庄重文文学奖、华语文学传媒大奖·年度小说家奖、冯牧文学奖，被《南方人物周刊》评为"2015年度中国青年领袖"。《如果大雪封门》获第六届鲁迅文学奖短篇小说奖，同名短篇小说集获CCTV"2016中国好书"奖。长篇小说《耶路撒冷》被香港《亚洲周刊》评为"2014年度十大中文小说"，获第五届老舍文学奖、第六届香港"红楼梦奖"决审团奖、首届腾讯书院文学奖。长篇小说《王城如海》被香港《亚洲周刊》评为"2017年度十大中文小说"、被台湾《镜周刊》评为"2017年度华文十大好书"。部分作品被翻译成德、英、日、韩、意、蒙、荷、俄、阿、西等十余种语言

血红（1979— ），本名刘炜，网络作家，2002年于武汉大学肄业，2010年吉首大学哲学硕士毕业。鲁迅文学院第二十五届高研班学员。现为上海市作协主席团成员，上海市网络作家协会会长。2003年开始创作，至今创作《升龙道》《邪风曲》《巫颂》《巫神纪》《光明纪元》《道行纪》《万界天尊》等长篇小说十余部，近五千万字。作品《万界天尊》于2018年入选网络文学二十年二十部优秀作品名录。

杨庆祥（1980— ），诗人，批评家。安徽人，文学博士，供职于中国人民大学文学院。出版有思想随笔《80后，怎么办》，诗集《我选择哭泣和爱你》，评论集《社会问题和文学想象》等。作品被翻译成英语、韩语、日语等多种文字发表出版。

杨遥（1975— ），小说家，原名杨全喜，山西代县人，中国作协会员，2011年、2015年分别就读鲁迅文学院第十五届和第二十八届高研班。在《人民文学》《十月》《当代》《收获》《上海文学》等刊物发表中短篇小说一百三十余篇。出版中短篇小说集《二弟的碉

堡》《硬起来的刀子》《我们迅速老去》《流年》《村逝》等。曾获"赵树理文学奖"、第九届十月文学奖、第十届《上海文学》文学奖等奖项。

杨怡芬（1971—），小说家，女，浙江人，中国作协会员，鲁迅文学院第十三届高研班学员。2002年开始小说创作，已在《人民文学》《十月》《花城》等杂志发表中短篇七十余万字，出版有《披肩》（作家出版社）、《追鱼》（浙江文艺出版社）两部中短篇小说集；2008年入选中国作协中华文学基金会"21世纪文学之星"丛书，2010年获"浙江省青年文学之星"奖，2013年获《作品》杂志"鲁院高研班学员征文"小说奖。

弋舟（1972—），小说家，原名邹弋舟，江苏人。曾获郁达夫小说奖（第三、四届）、首届中华文学基金会茅盾文学新人奖、第二届鲁彦周文学奖、敦煌文艺奖（第六、七、八届）、黄河文学奖（第二、三、四、五届）一等奖、首届"漓江年选"文学奖、第四届《小说选刊》年度大奖、《小说月报》百花奖（第十六、十七届）、第十一届《十月》文学奖、第四届《作家》金短篇小说奖、《青年文学》《当代》《西部》《飞天》等刊物奖及华语文学传媒盛典年度小说家提名。著有长篇小说《我们的踟蹰》等五部、小说集《刘晓东》《丙申故事集》等多部、随笔集《犹在缸中》等两部、长篇非虚构作品《我在这世上太孤独》。鲁迅文学院第十四、二十八届高研班学员。

翌平（1966—），儿童文学作家，本名赵易平，北京人，鲁迅文学院第六届高研班学员。精通武术、音乐、外语。迄今为止，已出版长篇小说《少年摔跤手》，中篇小说集《冬天里的小号》，科幻小说集《燃烧的云彩》，长篇幻想小说系列《克隆世界》《网络大劫难》《小飞虎》《精灵鸭》，长篇童话《迷糊蛋与蹦蹦猪》，童话集《骑狼的小兔》《小鼹鼠的火车》《小狗布丁》《魔法猫》《花喵咪的故事》等多种作品。译作有《一个孩子的诗园》《布朗家的天才宝宝》《布朗家的超级明星》《威廉先生的圣诞树》等。曾获全国优秀儿童文学奖、国家图书奖、冰心儿童文学奖、北京市建国六十周年文学作品优秀奖、上海优秀儿童图书奖等多种奖项。

于晓威（1970—），小说家，满族，辽宁省作家协会副主席，辽宁省委省政府优秀专家，一级作家。先后毕业于鲁迅文学院第四、二十八届高研班，上海社会科学院首届全国作家研究生班。在《收获》《中国作家》《上海文学》《钟山》等数十种国家级、省级文学刊物发表中短篇小说一百多万字。出版小说集《L形转弯》《勾引家日记》《午夜落》《羽叶茑萝》，长篇小说《遍地野草》等。曾获中国作家协会第九届全国"骏马奖"，中国作家协会首届"全国少数民族文学之星"，第一、二、三、四、五、七届辽宁文学奖，辽宁省优秀青年作家奖等。作品被翻译成日、韩等多种文字。

鱼禾（1966—），散文家，女，原名马素芳，河南人，毕业于复旦大学中文系，中国作家协会会员，河南省作家协会副主席，河南省散文学会副会长。鲁迅文学院第十七届高研班学员。已出版散文集《私人传说》《非常在》等六部。有大量散文、小说、文艺评论作品刊于《人民文学》《十月》《天涯》《青年文学》《北京文学》等期刊。散文《驾驶的隐喻》获第十一届十月文学奖。散文《失踪谱》获2015年莽原文学奖。

张建祺（1980—），作家，编剧，哈尔滨人。中国作家协会会员，鲁迅文学院第二十届高研班学员，黑龙江省作家协会签约作家，哈尔滨市作家协会副主席。曾获黑龙江省文艺奖、哈尔滨市天鹅文艺奖等奖项，著有长篇小说《我们的红楼梦》、长篇电视连续剧《北上广依然相信爱情》。

张楚（1974—），小说家，本名张小伟，河北人，河北作协专业作家，在《人民文学》《收获》《十月》等杂志发表过小说，出版小说集《七根孔雀羽毛》《夜是怎样黑下来的》《野象小姐》《在云落》《中年妇女恋爱史》等。鲁迅文学院第十五届高研班学员。曾获鲁

迅文学奖、郁达夫小说奖、《人民文学》短篇小说奖、《中国作家》
"大红鹰文学奖"、《北京文学》奖、《十月》文学奖、《小说月报》
百花奖、《作家》金短篇奖、《小说选刊》奖、孙犁文学奖、林斤澜
短篇小说奖、茅盾文学新人奖、华语青年作家奖等。部分作品被翻
译成英、法、俄、日、韩、德、西班牙等文字。

哲贵（1973—），小说家，本名黄哲贵，浙江温州人。已出版
《金属心》《施耐德的一日三餐》《信河街传奇》《迷路》《空心人》
《猛虎图》《我对这个时代有话要说》《金乡》等。曾获浙江省青年
文学之星、《作家》杂志金短篇奖、十月文学奖、郁达夫小说奖等。
鲁迅文学院第二十届高研班学员。

钟求是（1964—），小说家，男，毕业于中央民族大学经济系。
鲁迅文学院第三届中青年作家高级研讨班学员。在《收获》《人民
文学》《当代》《十月》等刊物发表小说多篇，作品获《小说月报》
百花奖、《中篇小说月报》双年奖、《中篇小说选刊》优秀中篇小说
奖、《十月》文学奖、《当代》文学拉力赛站冠军、浙江省优秀文学
作品奖等。出版小说集《零年代》《两个人的电影》《谢雨的大学》
《给我一个借口》《昆城记》《街上的耳朵》等。有作品改编为电影
和电视剧，部分作品翻译为英文、德文、日文、阿文等。现为《江
南》杂志主编，一级作家，中国作家协会会员。

周李立（1984—），小说家，女，四川人。鲁迅文学院第三十四
届高研班学员。出版小说集《黑熊怪》《丹青手》《八道门》《透视》
《欢喜腾》。获汉语文学女评委奖、十七届百花文学奖、《小说选刊》
新人奖及双年奖中篇小说奖、《广州文艺》都市小说双年奖一等奖、
《朔方》文学奖、储吉旺文学奖等。现居北京。

周瑄璞（1970—），小说家，女，陕西人，曾就读于鲁迅文学
院第十三届、第二十八届高研班，现实主义题材培训班。著有长篇
小说《夏日残梦》《我的黑夜比白天多》《疑似爱情》《多湾》，中短
篇小说集《曼琴的四月》《骊歌》《故障》《房东》。在《人民文学》

《十月》《作家》《芳草》等杂志发表中短篇小说，多篇小说被转载和收入各类年度选本，曾进入年度小说排行榜。获第三届中国女性文学奖，《多湾》入围路遥文学奖、花地文学榜。

朱山坡（1973—），诗人，小说家，本名龙琨，广西北流市人。出版有长篇小说《懦夫传》《马强壮精神自传》《风暴预警期》，小说集《把世界分成两半》《喂饱两匹马》《中国银行》《灵魂课》《十三个父亲》等，曾获得首届郁达夫小说奖、《上海文学》奖、《朔方》文学奖、《雨花》文学奖等多个奖项，有小说被译介俄、美、英、日、越等国。现供职广西文联，为广西作家协会专职副主席，江苏省作家协会合同制作家。鲁迅文学院第十七届高研班学员、北师大合办研究生班学生。

朱文颖（1970—），小说家，女，生于上海，一级作家。中国"70后"代表性作家之一。鲁迅文学院第十五届高研班学员。近年介入艺术策展和批评领域。著有长篇小说《莉莉姨妈的细小南方》《戴女士与蓝》《高跟鞋》《水姻缘》、中短篇作品《繁华》《浮生》《重瞳》《花杀》《哈瓦那》《凝视玛丽娜》等。有小说随笔集多部。小说入选多种选刊选本，并有部分英文、法文、日文、俄文、俄罗斯文、韩文、德文、意大利文译本。曾获《人民文学》奖、《作家》"金短篇"小说奖、《中国作家》奖、紫金山文学奖、首届叶圣陶文学奖、金圣叹文学评论奖、《人民文学》年度青年作家奖等，2005年由"中国青年作家批评家论坛"评选为首届"年度青年小说家"。2011年入选"娇子·未来大家TOP20"。部分作品被馆藏于法国国家图书馆，并多次入选夏威夷大学纯文学刊物MANOA"环太平洋地区最有潜力的青年作家作品专辑"。其作品在同辈作家中独树一帜，被中国评论界誉为"江南那古老绚烂精致纤细的文化气脉在她身上获得了新的延展"。现任苏州市作家协会副主席。

左昡（1981—），儿童文学作家，女，生于重庆市渝中区，北京师范大学儿童文学博士。现居北京，出版社编辑。鲁迅文学院第三十届高研班学员。喜欢孩子，不想长大，爱笑，也爱哭，胆小，嗓门儿大，希望能为世上所有的纯真之心写作，用儿童文学和生活对抗，用儿童文学对世界发声，一直为此默默地、慢慢地努力着。曾出版多部童话、图画书及童话集作品，其中童话《住在房梁上的必必》荣获第九届全国优秀儿童文学奖、2012 年冰心儿童图书奖、2013 年 CCBF"金风车"中国原创图书奖等，《像棵树电影院的奇闻轶事》荣获 2008 年冰心儿童文学新作奖。

后记：鲁院启我之思

书名叫《鲁院启思录》，说的可不只作家有没有在鲁院受到启发，我在鲁院工作九年了，鲁院自然也启我之思。这本书的完成过程中，我扮演的角色是观察者、倾听者、思考者、考古发掘者、探险者和业余侦探，我在档案故纸堆中寻找故人的行踪，我分享每一位来过鲁院的作家的情感和回忆。

限度是这本书展开思考和写作的前提，我深知这一道理，正如我明白，自己决计不能"代表"鲁院向作家发问，中央文学研究所、中国作家协会文学讲习所、鲁迅文学院，三个名称跨越了六十余年中国当代史，多少人事、命运，多少偶然因素，影响了这所学院和作家们，绝不是我的文章和采访所能包含的，更不必提几代鲁院人为这所学院付出了几多心血。中央文学研究所自成立起到今天，来过这所学院的作家成千上万，我这里采访的几十人，只是极少的一部分。而这些受访作家，大多是我到鲁院之后认识的作家，我仿佛在许多场合听他们谈起自己的"鲁院故事"，很遗憾没有采访到更多人，人人都有一个鲁院故事。除去高研班之外，鲁院的培训形式非常多，限于个人的力量，我远远没有涉及到。举一个远点的例子，1952年，中央文学研究所草创之初，所务繁忙庞杂，政治运动、学习、生活，各种事宜让我这一后辈旁观者都觉得焦头烂额，但是，在第一期第一班学生下乡、下场、入伍实践时，文研所立刻向中宣部、文化部申请，开办"星期天文艺"的活动，希望利用所内资源，尽可能向文艺爱好者和普通读者开放，向更多的普通人敞开文学的世界。这就是我们中国的文学院。

书里大部分的篇幅，是作家们的所思所想，他们也许在对着我说话，在对着关注鲁院的听众们说，假想正与昔年同窗、记忆中的自己叙旧，抑或向无尽的远方、面目模糊的人们诉说。尽可能地，我让自己的身影隐藏起来，给大家递几个话柄，让操持不同口音的、老老少少的、性格迥异的作家们聊起来，吵起来，声音响起来。发提纲给作家时，我会啰嗦一句，可以放开讲，不必一定限制在我的提问中，我相信，哪怕他们话里有话，藏着掖着，只要说出来，便留下了点什么，给心系这里的人们留下可循的踪迹，哪怕是遗憾，哪怕是质疑。这是我心中的鲁院，每位来过这里的人不会无动于衷地离去，它属于中国，属于文学，属于众人……

对 1950 年代的院存档案感兴趣，源自几年前我从同事陈涛老师那里听到的一句话。他说，看 1980 年代档案，王安忆他们班作家是手写总结的，不像现在，都用电脑，毫无个人气息。好奇心驱使下，我申请去档案室看档案，幸运的是，领导们十分开明，准我入内。于是，历史一角缓慢在我面前展开。我在北大中文系听过洪子诚老师的讲座，学中国当代文学史用的是洪老师写的教材，他对当代文学学科的最大贡献就是对当代文学体制的研究，而中央文学研究所，无疑是建国初期文学体制的组成部分，况且，那里是鲁院历史的起点。对 50 年代文研所的研究，让我更加理解鲁院的今天。鲁院教研部主任郭艳老师对这些院史档案十分珍重，不仅自己写文章做研究，还力推档案电子化的工作，组织部内同事整理文稿。这项工作，必将为未来鲁院院史研究打下坚实的基础。

感谢我的导师陈晓明教授，他对文学和艺术终生抱定深挚的、无法动摇的信仰。他多次在课堂、采薇阁读书会上谈到艺术对人类社会无可替代的"启示意义"，鼓励年轻的学生们，要相信文学！这本书的题目"启思"二字，便来自陈老师的课堂。

另外，我必须隆重鸣谢近百位接受我访谈的作家、评论家们，大家无条件地贡献自己的思想和文字，众声喧哗中，我是第一个聆听者，也是第一位受益者。我明白，这些付出是为了文学，为了鲁院的荣光，为了一份弥足珍贵的文学时间，我以雷平阳的话"四个多月的时间，只有文学。实难忘"作为《鲁院启思录》单元的结尾，因为这既是鲁院人的梦想，也是许多受访作家的共同心声。更要感谢邱华栋院长，没有他的鼓励、催稿、谈心和指引，容易畏难放弃的我绝不会坚持下来。几年来，他对我的信心，甚至超过我自己。他鼓励人的热情远胜于肯定自己，我最喜欢他的一部长篇小说《时间的囚徒》，复杂的叙事技巧、磅礴的知识内涵和小说内在的语言愉悦，无疑是一部杰出之作，可是每每提到他的小说，他总是异常谦逊，他宁可去谈论那些世界文学史上的大师，不吝于对你的"溢美"，而却无论如何不肯谈论自己。最后，要感谢鲁迅文学院的领导和同事们，包括已经退休和调离的"鲁院人"，特别是教研部的同事们，2010年硕士毕业后，我来到鲁院便加入教研部工作，他们参加过我的婚礼，看着我女儿慢慢长大，他们教会我如何去做这份工作，包容我的幼稚和粗率，为我分担许多工作和家庭的烦恼，这种情谊，值得永远珍惜。在这里，一并感谢他们。

我曾想过，明知限度重重，也许回答我的提问，根本是在浪费作家们的时间，我做这本书的动力到底在哪里？此刻终于明白，一定是源自我对鲁院的热爱吧！有爱就好。

图书在版编目（CIP）数据

鲁院启思录 / 李蔚超著. -- 北京：作家出版社，2019.3
ISBN 978 - 7 - 5212 - 0425 - 4

Ⅰ.①鲁…　Ⅱ.①李…　Ⅲ.①文学 - 研究院 - 文集
Ⅳ.①I2-24

中国版本图书馆 CIP 数据核字（2019）第 046718 号

鲁院启思录

作　　者：李蔚超
责任编辑：李宏伟　秦　悦
装帧设计：申晓声
出版发行：作家出版社有限公司
社　　址：北京农展馆南里 10 号　　　邮　　编：100125
电话传真：86 - 10 - 65067186（发行中心及邮购部）
　　　　　86 - 10 - 65004079（总编室）
E – mail: zuojia@zuojia. net. cn
http: // www. zuojiachubanshe. com
印　　刷：北京玺诚印务有限公司
成品尺寸：152 × 230
字　　数：294 千
印　　张：21.5
版　　次：2020 年 1 月第 1 版
印　　次：2020 年 1 月第 1 次印刷
ISBN 978 - 7 - 5212 - 0425 - 4
定　　价：58.00 元